リ文庫

運命の日

〔上〕

デニス・ルヘイン

加賀山卓朗訳

早川書房

6995

THE GIVEN DAY
by
Dennis Lehane
Copyright © 2008 by
Dennis Lehane
Translated by
Takuro Kagayama
Published 2012 in Japan by
HAYAKAWA PUBLISHING, INC.
This book is published in Japan by
arrangement with
ANN RITTENBERG LITERARY AGENCY, INC.
through JAPAN UNI AGENCY, INC., TOKYO.

わが家、アンジーに

イエスがお告げにくるときには、と彼女は言った。
列車に乗ってあの山をまわってくる。

——ジョシュ・リッター『ウィングズ』

目次

下巻目次

登場人物

ダニー（エイデン）・コグリン……………ボストン市警巡査
トマス・コグリン……………………………ダニーの父。ボストン市警警部
エレン・コグリン……………………………ダニーの母
コナー・コグリン……………………………ダニーの弟。サフォーク郡地区検事補
ジョー（ジョゼフ）・コグリン……………ダニーの末弟
エディ・マッケンナ…………………………ダニーの名付け親。ボストン市警警部補
ノラ・オシェイ
エイヴリー・ウォレス｝………………………コグリン家の使用人
スティーヴ・コイル…………………………ボストン市警巡査。ダニーのパートナー
ミセス・ディマッシ…………………………ダニーの下宿屋の大家
アラベラ・モスカ……………………………ミセス・ディマッシの姪
テッサ・アブルッツェ………………………ダニーの下宿屋の住人
フェデリコ・アブルッツェ…………………テッサの父

ルーサー・ローレンス……タルサ・ホテルの従業員。野球の選手
ライラ・ウォーターズ・ローレンス……ルーサーの妻
オールド・バイロン・ジャクソン……タルサ・ホテルのベルボーイ組合長
クラレンス・ジェシー
（ジェサップ）・テル……タルサ・ホテルの従業員。ルーサーの親友
ディーコン・スキナー・ブロシャス……タルサのギャング
ダンディ
スモーク……ディーコンのボディガード
ホリス・ローレンス……ルーサーのおじ
アイザイア・ジドロ……ルーサーの保護者。NAACP（全米黒人地位向上協会）ボストン支部長
イヴェット・ジドロ……アイザイアの妻
エイミー・ワーゲンフェルド……エレン・コグリンの知人
クレイトン・トームズ……ワーゲンフェルド家の使用人。ルーサーの友人
ベーブ・ルース……レッドソックスの選手
スタフィ・マッキニス……ベーブのチームメイト
ジョニー・アイゴー……ベーブのエージェント

ハリー・フレイジー…………………レッドソックスのオーナー
マーク・デントン…………BSC（ボストン・ソーシャル・クラブ）会長。
　　　　　　　　　　　　　ボストン市警巡査
ケヴィン・マクレー…………同財務係。ボストン市警巡査
ネイサン・ビショップ…………急進主義者。医師
ルイス・フレニア…………ロクスベリー・レティッシュ労働者協会（レッツ）
　　　　　　　　　　　　　会長
ピョートル・グラヴィアチ…………同会員
サミュエル・ゴンパーズ…………AFL（アメリカ労働総同盟）会長
レイム・フィンチ…………捜査局の捜査官
ジョン・フーヴァー…………司法省急進派対策部のメンバー
クロード・メスプリード…………ボストン市議会議員
パトリック・ドネガン…………ボストン第六区の政治指導者
サイラス・プレンダギャスト…………サフォーク郡地区検事
ピーター・ウォルド…………同地区検事補
チャールズ・スティードマン…………銀行家

アンドルー・ピーターズ……………………ボストン市長
カルヴィン・クーリッジ…………………マサチューセッツ州知事
スティーヴン・オマラ…………………ボストン市警本部長
ビル・マディガン…………………………同副本部長

運命の日
〔上〕

オハイオのベーブ・ルース

プロローグ

陸軍省が大リーグ野球に課した旅行制限によって、一九一八年のワールドシリーズは、九月中に両チームの本拠地でおこなわれた。最初の三試合はカブスのシカゴ、残る四試合はレッドソックスのボストンでやることになった。九月七日、カブスが第三試合を落とすと、両チームはそろってミシガン・セントラル鉄道に乗り、二十七時間の旅に出たが、ベーブ・ルースは道中で酔っ払い、帽子を盗みはじめた。

そもそも抱え上げるようにして汽車に乗せなければならなかった。七日の試合後、ルースはウォバシュ・アヴェニューの数区画東の店に行った。カード遊びができ、酒がふんだんにあり、女のひとりふたりは見つけられる店で、もし探すべき場所をスタフィ・マッキニスが心得ていなかったら、ボストンに戻りそこねていたところだった。

ルースは車掌車のうしろから線路に吐いた。機関車はシュッシュッと蒸気を吐いて午後八時少しすぎにイリノイ中央駅を発《た》ち、ゆったりと曲がりながら家畜保管場のまえを走っていった。大気には煙と牛の濃厚なにおいが織りこまれ、暗い空を見上げても星ひとつ見えなかった。ルースはフラスクからライウィスキーをあおり、口のなかをゆすいでから、鉄の手すり越しに吐き出した。シカゴの光り輝く輪郭《りんかく》が浮かび上がって、遠ざかっていくのを見つめ、しこたま飲んで旅立つときによくそうなるように、やたら太って、天涯孤独になった気がした。

またライを飲んだ。ルースは二十三歳で、ついにリーグでも怖れられる打者のひとりになりつつあった。アメリカン・リーグのホームラン総数が九十六本という年に、ひとりで十一本打った。十二パーセント近くだ。六月の三週間のスランプを思い出す者はいるとしても、投手たちは敬意を抱いて彼に立ち向かうようになっていた。敵の打者も同じだ。そのシーズン、ルースはレッドソックスで投げて十三勝していたのだ。五十九試合は左翼手、十三試合は一塁手として先発した。

だが左投手は打てない。そこがつらいところだった。選手が戦地に駆り出されて、どこのチームもベンチの人員確保に窮しているのに、ルースには泣きどころがあり、敵の監督たちはそこをつきはじめていた。

あいつら、地獄に堕ちろ。

風にそうつぶやいて、またフラスクをあおった。フラスクは球団オーナーのハリー・フレイジーから贈られたものだった。ルースは七月に一度レッドソックスを去り、ペンシルヴェニアのチェスター・シップヤーズに移っていた。レッドソックスのバロウ監督が、彼の打撃より投球をはるかに買っていて、ルースとしてはもう投げるのが嫌になったのだ。三振をとれば喝采を浴びるが、ホームランを打てば観客席が噴火する。問題は、チェスター・シップヤーズも、どちらかといえば彼を投手として評価していたことだった。裁判に持ちこむぞとフレイジーが脅すと、彼らはルースをもとのチームに戻した。

フレイジーが駅で出迎えて、ルースをローチ・ラング社のエレクトリック・オペラ・クーペの後部座席へといざなった。車体はえび茶色で縁が黒。天気や時刻に関係なく、スティールの車体につねにくっきりと自分の姿が映ることに、ルースはつねづね感心していた。この手の車はどのくらいするんだと尋ねると、フレイジーは、内装のグレイの革をさりげなくでた。車はアトランティック・アヴェニューを走りはじめていた。「きみ以上の額だよ、ミスター・ルース」とフレイジーは言い、ルースにフラスクを手渡したのだった。

白鑞《しろめ》のその表面に、こう文字が彫りこまれていた。

G・H・ルース
ペンシルヴェニア州チェスター
一九一八年七月一日―一九一八年七月七日

ルースはそれを指でなで、もう一度あおった。牛の血の脂《あぶら》っこいにおいが、工場町と温まった線路の金臭《かなくさ》さに混じった。おれはべーブ・ルースだ、列車から叫びたかった。車掌車のうしろでひとり酔ってなきゃ、侮《あなど》れない人間だぞ。歯車のたったひとつの歯、そう、自分でもそれはよくわかってる、だがダイヤモンドの歯だ。歯のなかの歯だ。いつかきっと……。

ルースはフラスクを持ち上げ、ひとしきり雑言《ぞうごん》を吐き、明るい笑みを浮かべて、ハリー・フレイジーと、世のすべてのハリー・フレイジーに乾杯した。ぐいっと飲むと、酒はまぶたを重くした。

「寝るぞ、老いぼれのすれっからしめ」ルースはささやいた——夜に、街の輪郭に、殺された家畜のにおいに。眼のまえに広がる中西部の暗い野原に。ここからガヴァナーズ・スクウエアまでに存在するすべての灰色の工場町に。煤《すす》けた星のない空に。

ジョーンズ、スコット、マッキニスといっしょに使う個室に転がりこんだ。朝の六時に服を着たままの姿で眼覚めると、そこはオハイオ州だった。食堂車で朝食をとり、コーヒーをポット二本分飲みながら、暗い丘の中腹にうずくまる鋳造所や製鋼所の煙突が吐き出す煙を見つめた。頭痛がしたので、フラスクからコーヒーカップに一、二滴たらすと、痛まなくなった。しばらくエヴェレット・スコットとカナスタ（トランプのゲーム）をしているうちに、列車はまた別の工場町、サマーフォードに着き、長時間停車した。みな駅のすぐ先の野原に出て脚を伸ばした。そこでルースは初めて、ストライキのことを耳にした。

レッドソックスの右翼手でキャプテンのハリー・フーパーと、二塁手のデイヴ・シーンが、カブスの左翼手のレスリー・マン、捕手のビル・キレファーと話していた。マッキニスが言うには、四人は旅のあいだじゅう盗賊仲間のように親密に話しこんでいた。

「どんなことを?」ルースは心の隅でどうでもいいと思いながら訊いた。

「さあな」スタフィが言った。「金をもらってフライを捕りそこねるとか? 八百長の話だと思うか?」

フーパーが野原を渡って近づいてきた。

「ストライキに入るぞ、おまえら」

スタフィ・マッキニスが言った。「酔っ払ってるな」

フーパーは首を振った。「やつらはおれたちを食い物にしてる」

「やつらって?」

「コミッションの連中さ。ほかに誰がいる? ヘイドラー、ハーマン、ジョンソン。あいつらだ」

スタフィは紙に煙草を散らし、巻いて器用になめてとめ、両端をねじった。「どんなふうに?」

スタフィは煙草に火をつけた。ルースはフラスクからひと口飲み、野原の向こう、青い空の下に見える小さな木々を眺めた。

「シリーズの入場料の分配方法を変えた。受け取りのパーセンテージだ。去年の冬に変えてたんだが、いままでおれたちに黙ってた」

「待てよ」スタフィが言った。「おれたちは最初の四試合の六十パーセントをもらうんだろう」

ハリー・フーパーは首を振った。ルースは会話から自分の注意がそれていくのを感じた。野原の端に電線が走っている。近くに寄れば、あれがうなるのが聞こえるだろうか。入場料の受け取り、分配。もうひと皿、卵が食べたかった。ベーコンも。

ハリーが言った。「かつては六十パーセントだった。いまは五十五だ。入場者数が減った。ほら、戦争のせいで。だから五パーセントの減少を受け入れるのは、おれたち愛国者の義務というわけだ」

スタフィは肩をすくめた。「だったらそれが――」

「で、その四十パーセントがクリーヴランド、ワシントン、シカゴにまわされる」

「なんで?」スタフィは言った。「やつらを二位から四位に蹴落としてやったから（この年からワールドシリーズの売上げを両リーグ二位から四位のチームにも分配することになった）?」

「でもって戦争の義捐金《ぎえんきん》にさらに十パーセントだ。そろそろわかってきたか?」

スタフィは顔をしかめた。誰か徹底的に蹴りつけることのできる相手を、いますぐ蹴りたそうに見えた。

ベーブは帽子を宙に放り、背中のうしろで取った。石を拾って空に投げた。また帽子を投げた。

「いずれみんなうまくいくさ」彼は言った。

フーパーが彼を見た。「なんだって?」

「どんなことになっても」ベーブは言った。「おれたちはその分を取り戻すさ」

スタフィが言った。「どうやってだ、ジッジ？　教えてくれよ。どうやって？」
「どうにかして」ベーブはまた頭痛がしはじめた。金の話をすると頭が痛くなる。世界のことを考えても――ボルシェヴィキが皇帝《ツァー》を倒し、ドイツ皇帝がヨーロッパで非道を働き、ほかならぬこの国でも、アナーキストが通りで爆弾を投げ、パレードや郵便ポストを吹き飛ばしている。人々は怒り、叫び、塹壕《ざんごう》で死に、工場の外へデモにくり出している。これらがすべて金に関係していることは、ベーブにもわかった。が、それ以上考えたくなかった。自分も金は好きだ、否定はしない。大金を稼いでいるのはわかっているし、これからさらに稼ぐつもりだ。買ったばかりのモーター・スクーターが好きで、高級葉巻を買うのも、分厚いカーテンのかかった豪華なホテルの部屋に泊まるのも、バーで人におごるのも好きだ。けれど金について考えたり、話したりするのは大嫌いだった。いまはただボストンに戻りたかった。ボールを打ち、飲んで底抜けに騒ぎたかった。ガヴァナーズ・スクウェアには娼館や上等の酒場が山とある。冬が近い。雪が、寒さが来るまえに、できるだけ愉しんでおきたかった。ヘレンと馬のにおいとともに、サドベリーにまた閉じこめられるまえに。

ルースはハリーの肩を叩いて、また予想を語った。「とにかく、すべてうまくいくさ。いずれわかる」

ハリー・フーパーは自分の肩を見た。野原を見やり、またルースに眼を戻した。ルースは微笑んだ。
「いい子《グッド・ベーブ》にしてな」ハリー・フーパーは言った。「大事な話は大人にまかせろ」

ハリー・フーパーは彼に背を向けた。麦藁《むぎわら》のカンカン帽を額から少し上げてかぶっている。ルースはカンカン帽が大嫌いだった。顔が丸く、肉づきがよすぎて、まったく似合わないからだ。カンカン帽をかぶると、着せかえ遊びをしている子供のように見える。ハリーの帽子を頭からひったくって、列車の屋根に放り投げてやるところを想像した。

ハリーはスタフィ・マッキニスの腕を取り、うつむきかげんで話しながら野原のなかへ入っていった。

ベーブは石を拾って、ハリー・フーパーのシアサッカーのジャケットの背中を見つめ、そこに捕手のミットがあることを想像した。鋭い背骨に鋭い石が当たった音を。しかし、頭のなかの音に代わって、別の鋭い音が聞こえた。暖炉のなかで木がはぜるのに似た、遠くで何かが割れるような音。野原が低い木立で終わる東のほうを見た。背後で汽車が静かに蒸気を吐いていた。どこかにいる選手たちの声が聞こえ、野原の草がサワサワ鳴った。ふたりの技師がうしろを通りかかって、フランジが一カ所壊れた、修理にあと二時間、ひょっとすると三時間かかると話していた。こんなろくでもない場所に二時間？　ベーブは思った。するとまた聞こえた――遠くで何かが割れるような乾いた音。あの木立の向こうで、誰かが野球をしているのだ。

ベーブは誰にも気づかれず、ひとりで野原を横切った。野球の試合の音が近づいてきた――一本調子の野次、草のなかでボールを追う荒々しい足音、外野手のグラブで息の根を止められるボールの湿ったパシンという音。木々のあいだを通り、暑さに上着を脱いで木立から出ると、ちょうど攻守交替しているところだった。男たちが一塁側の空き地に引き上げ、別のグループが三塁側の空き地から駆け出してきた。

黒人だった。

ベーブは出た場所に立ったまま、数ヤード先で守りにつこうと走ってきた中堅手にうなずいた。中堅手もそっけなくうなずき、今日はもっと白人が湧いて出るのだろうかと気にするように、木立のなかをのぞいた。そしてベーブに背を向け、腰を屈めて、手とグラブを膝に当てた。大きな男で、肩幅はベーブほどもあるが、腹や尻に贅肉がついていないのは認めざるをえなかった。

投手は時間をまったく無駄にしなかった。ろくにふりかぶりもせず、投石機で海をも越えよと石を放つように、怖ろしく長い右腕を振りきった。ベーブが立っているところから見ても、火を噴く勢いでボールがホームベース上を通過したのがわかった。打者は鋭く巧みに振ったが、それでもバットが五、六インチは離れていた。

しかし次の球は打った。渾身の力でとらえ、折れたバットからしか出ないような大きな音がした。ボールはまっすぐにベーブのほうに飛んできて、うしろ向きに泳ぐことにしたアヒルのように青空で速度を落とし、中堅手が一歩移動して開いた革のグラブのまんなかに、安心したようにすとんと収まった。

ルースは視力を調べられたことがなかった。調べさせなかったのだが、子供のころから、ほかの誰よりはるかに離れた場所から道路標識を――たとえ建物の隅に描かれたものでさえ

——読むことができた。獲物を狙って百ヤード上空を弾丸のように飛んでいく、タカの羽の生え具合も見ることができた。ボールは彼には大きく見え、ゆっくりと動く。投げるときには、捕手のミットがホテルの部屋の枕ぐらいに見えた。

　だからこれだけ距離を置いても、次の打席に立った男の顔がひどいありさまなのがわかった。小柄で少し痩せすぎだが、顔にまちがいなく何かがある――キャラメル色の肌に、赤いミミズ脹《ば》れか傷跡が。打席で全身エネルギーの固まりとなり、打つ気満々で足から腰を上下させている。バットを構えたウィペット犬だ。人の皮を突き破らないように懸命にこらえている。ツーストライクのあとで打ったとき、この黒人が飛ぶように走るのはわかっていたが、さすがのルースも、これほど速いとは思わなかった。

　ボールが右翼手の足元にまだ飛んでこないうちに（右翼手が捕れないのは本人より先にわかった）、ウィペット犬はもう一塁をまわっていた。それが草地に落ちると、右翼手は素手で捕って、助走ももどかしく踏んばって投げた。ボールは右翼手の娘と寝ているところを見つかった男のようにその手から飛び出し、またたく間に二塁手のグラブに入ったが、なんとウィペットはすでに二塁ベースに立っていた。誇らしげに胸を張って。すべりこみも、飛びこみもせず。朝刊でも取りにきたように楽々とそこに立って、中堅手のほうを振り返っていた。そこでようやくルースは見られていることに気づいた。挨拶代わりに帽子のつばにちょっと触れると、青年は一瞬、にやっと気取った笑みを浮かべた。

　ルースはこの青年に注目することにした。次に何をするにしろ、それは特別なことだという感じがした。

二塁ベースにいるその青年は、ついこのままでライトヴィル・マドホークスでプレーしていた。名前はルーサー・ローレンス。六月に、監督で一塁手のジェファーソン・リースと喧嘩《けん》をして、マドホークスから放り出された。リースは、大きな歯を見せてにこにこと白人に媚《こ》びへつらう男で、使用人として働くコロンバス郊外の家で、香水をかけられたプードルのように彼らにまとわりつき、黒人仲間の悪口を言っていた。ルーサーはある夜、しばらくつき合っている娘からくわしい話を聞いた。ライラというその若く美しい娘は、ジェファーソン・リースと同じ家で働いていた。ライラの話では、リースはある晩、ダイニングルームで鉢からスープをついでいた。白人たちは、シカゴの無作法な黒人たちがわがもの顔で通りを歩いている、白人女性とすれちがっても眼をそらそうともしないなどと、延々と話しつづけていた。そこでここぞとばかりに古株のリースが割りこんだ。「ええ、ほんとに恥ずかしいことです、スー。シカゴの黒人は蔓《つる》からぶら下がったチンパンジーと変わりゃしない。教会に行く時間もありません。金曜は酒、土曜はポーカー、日曜は誰か別の男の彼女とずっといちゃいちゃでさあ」

「本当にそう言ったのか？」ルーサーは黒人専用のディクソン・ホテルの浴槽のなかでライラに訊いた。湯に泡を立てていて、それをライラの小さく固い胸の上に塗った。彼女の体——磨かれていない金の色の体——にのった泡の眺めがよかった。

「もっとひどい言い方だった」ライラは答えた。「でもいきなり彼と喧嘩しないでね、ベイビー。平気でむごいことをする人だから」

ルーサーが彼女の忠告を聞かずにインクウェル球場のダグアウトで怒りをぶつけると、リースはすっと笑みを引っこめ、眼にあの険しい昔ながらの表情を浮かべた——太陽の下で拷問さながらの畑仕事をさせられたあの時代から、まだそう離れていないことを物語る表情を。ルーサーが「やばい」と思った瞬間、リースは彼を押し倒して馬乗りになり、バットのグリップエンドのように硬い両の拳を顔にぶつけてきた。ルーサーもありったけの力で殴り返したが、歳はルーサーの二倍以上で、十年間使用人として働いているジェファーソン・リースは、体の奥底に沸々《ふつふつ》とした怒りをためこんでいた。あまりにも長く闇に抑えこまれていたその怒りは、外にほとばしるや、手がつけられないほど熱く、激しくなった。ルーサーを地面に叩きつけ、続けざまに無慈悲に殴りつけ、これでもかと打ちすえて、ついにはルーサーから幾筋も血が流れ、泥やチョークや球場の塵と混ざり合った。

セント・ジョンズ病院の無料病棟で、ルーサーの友人のイーニアス・ジェイムズが彼に言った。「おい、おまえさん足が速いんだから、あのいかれた爺さんがそういう眼になったときに、なんでさっさと逃げなかったんだ？」

ルーサーは長い夏のあいだ、その質問について考えたが、答はまだ出ていなかった。たしかに足は速い。自分より速い男に会ったこともないが、あのときにはどうしても逃げたくない気分だったのだろうか。

しかし、木立からこちらを見ている、ベーブ・ルースを思わせる太った男を見つめながら、ルーサーはこう思っていた。〝たいした走りを見たと思ったかい、白人さん？　まだだ。これから見せてやる。孫に聞かせてやるといい〟

そして、あのタコのような手の動きからスティッキー・ジョー・ビームが球を放つと同時に、二塁を飛び出した。一瞬、白人が眼を下腹のように大きく突き出すのが見えた。ルーサーの足はすさまじい速さで動き、下の地面が彼以上の速さでうしろに飛んでいった。早春の川の速さで流れていった。三塁にタイレル・ホークが体をぶるぶる震わせて立っているところを思い描いた。前夜飲みすぎたからだが、ルーサーはそれをあてにしていた。今日は三塁で止まるつもりはない——止まるものか——そう、野球はスピードのスポーツ、そしておれはあんたがこれまで見たなかでくそ最高スピードの男だ。顔を上げて最初に眼に入ったのは耳のすぐ横にあるタイレルのグラブだった。次に見たのはすぐ左にあるボール、傾いだ楕円形になって煙を噴きながら流星のように飛んでくる。ルーサーが「おい！」と叫ぶとボールは鋭く浮き上がり——よし！——タイレルのグラブが三インチ上がった。ルーサーは身を屈め、ボールはタイレルのグラブの下を焦がし、ルーサーのうなじの毛にキスをして——メリディアン・アヴェニューのモービー理髪店のカミソリのように熱く——ルーサーは右足の爪先で三塁を蹴り、線上をホームへと突進した。足元の地面があまりにも速くうしろに飛び、地面の先まで行ってしまうのではないか、崖の端から、ことによると世界の端から飛び出してしまうのではないかと思った。捕手のランサム・ボイントンがしきりに叫んでいるのが聞こえた。「早く！　こっちだ！」見上げると、ランサムは数ヤード前方で膝を落として構え、その眼に飛んでくるボールが映っていた。ルーサーは膝頭に力をこめ、角氷ほどの空気を呑みこんで、ふくらはぎをバネに、足を拳銃の撃鉄に変えた。ランサムにめいっぱいの力でぶつかり、相手がいることを感じないほどの勢いでなぎ倒すと、ボールがホームのうしろの木のフェンスにぶつかり、同時にルーサーの足がベースを踏んで、ふたつの音が――ひとつは強くはっきりと、もうひとつはこすれて埃《ほこり》っぽく――重なり合った。ルーサーは思った――あんたらがこれまで夢にも思わなかった速さだろう。

チームメイトたちの胸にぶつかって止まった。あちこち叩かれ、はやされながら、白人がどんな顔をしているか見ようと振り返ると、彼はもう木立のまえにはいなかった。なんと二塁のあたりにいて、フィールドを横切ってルーサーのほうへ走ってくる。赤ん坊のような顔をしきりに振って、笑みを浮かべ、眼をくるくる動かしながら。まるで五歳になったばかりで、子馬を買ってやると言われ、うれしさにいてもたってもいられず、揺れたり跳んだり走ったりする子供のように。

ルーサーはその顔を初めてまともに見て思った――まさか。

だが、ランサム・ポイントンが横に並んで大声で言った。

「おまえら、とても信じられねえだろうけど、ベーブ・ルースがどでかい貨物列車みたいな勢いでおれたちのほうへ走ってくるぜ」

「プレーしていいか？」

誰もそのことばが信じられなかった。ベーブがルーサーに駆け寄って彼を地面から持ち上げ、顔の上に支えてこう言ったあとのことだった。「いや、おれも昔からいろんな走塁を見てきたが、一度も——ただの一度だって——おまえみたいに走るやつは見たことがない」そしてルーサーを抱きしめ、背中を叩いて言ったのだった。「いやまったく、たいした見ものだったよ」

そのあと彼らは、その男が本物のベーブ・ルースであることを確認した。ベーブは彼らの多くが自分のことを知っていただけでも驚いたが、スティッキー・ジョーはシカゴで彼の試合を見たことがあり、ランサムに至ってはクリーヴランドで二度——投げたときと、左翼を守ったときに——見ていた。残りの連中も新聞や《ベースボール・マガジン》で彼の記事を読んでいて、ベーブはこの地上に文字を読める黒人がいるのは信じがたいといったふうに眉を上げた。

「ならサインでもしようか？」

誰も興味はなさそうだった。みな自分の靴に眼を落としたり、空を見上げたりしているので、ベーブは気が沈んだ。

ルーサーは、あなたのまえに立っている連中もみなすばらしい選手なのだと教えてやろうかと思った。正真正銘の伝説なのだと。タコの腕のあの男？　彼は去年、オハイオ・ミル・ワーカーズ・リーグのミラーズポート・キング・ホーンズで三十二勝二敗だった。三十二勝二敗で、防御率は一・七八。どう思う。それからアンディ・ヒューズ。寄せ集めのこの試合で敵の遊撃手の彼は、グランドヴュー・ハイツのダウンタウン・シュガー・シャックスで打率三割九分だ。それに、サインを欲しがるのは白人だけだ。サインなんてなんの役に立つ？誰かが紙切れに読めない文字を書き殴るだけじゃないか。

ルーサーは口を開いてそう説明しようとしたが、ベーブの顔を見て、説明しても無駄だと悟った——この男は子供だ。カバほど大きく、枝が生えるかと思うほど太い腿を持ったせわしない子供だが、子供であることに変わりはない。眼はルーサーがこれまで見たなかでいちばん大きかった。以来数年にわたって、ルーサーはその眼を思い出すことになる。時とともにその眼は変わっていく。新聞で新しい写真を見るたびに、小さく、暗くなっていく。しかしこのとき、オハイオの野原では、ベーブ・ルースは校庭にいる小さな太った少年の眼をしていた。希望と、怖れと、必死の思いがあふれる眼を。

「プレーしていいか？」彼はセントバーナード犬のような手を差し出した。「きみら全員と」

これには全員が吹き出し、前屈みになってくすくす笑った。が、ルーサーは真顔だった。

「さて……」ゆっくりと時間をかけて残りの仲間を見渡し、またベーブに眼を戻して、「場合によります」と言った。「野球にはくわしいんですよね、スー？」

これでレジー・ポークが地面に転がった。ほかの選手数人も腕を振って笑いだした。しかし、ベーブ・ルースはルーサーを驚かせた。あれほど大きかった眼が小さくなり、空のように澄みきった。ルーサーはたちまち理解した——バットを持ったら、彼はおれたちの誰よりも大人だ。

ベーブは火のついていない葉巻をくわえ、ネクタイをゆるめた。「おれも旅の途中でちょっとくわしくなったかな、ミスター……？」

「ローレンスです、スー。ルーサー・ローレンス」ルーサーはまだ無表情だった。

ベーブは彼に腕をまわした。ルーサーのベッドほどもある腕の大きさだった。「ポジションは、ルーサー？」

「中堅です、スー」

「ほう、だったらのけぞること以外、何も心配しなくていい」

「のけぞる？」

「そして、おれの打った球が上を飛んでいくのを眺める」

ルーサーはもう我慢できなかった——彼の顔に大きな笑みが広がった。

「それから、敬称のスーはやめてくれ、な、ルーサー。おれたちみんな野球選手なんだから」

スティッキー・ジョーが初めて彼を三振にとったのは痛快だった！　三球連続ストライク、みな絶妙なコントロールの剛速球で、太った男は一度もボールに触れなかった。

ベーブは三球目のあとで笑い、スティッキー・ジョーにバットの先を向けて、大きくうなずいた。「だが学んでるぞ。学校で眼を覚ましてるときのようにおまえの球を学んでる」
誰もルースを投手にはしたくなかったので、彼は毎イニング、誰かひとりの代わりに入った。ベンチに坐らされることを気にする者はいなかった。相手がベーブ・ルースなのだ——よりにもよって。わびしいちっぽけなサインはいらないにしても、この話を披露すれば、長いことただで酒が飲める。

あるイニングではベーブが左翼に入り、ルーサーは中堅で、味方の投手だったレジー・ポークが、いつものようにゆっくりと愉しげに間を置いて投げていた。ベーブが言った。「ルーサー、野球をしてないときにはいつも何してる？」

ルーサーはコロンバス郊外の軍需工場での仕事について話した。戦争はひどいことだが、まちがいなく収入の足しにはなると。ベーブは「事実だな」と言った。だがルーサーには、ベーブが意味を理解しているのではなく、ただ話を合わせるためにそう言っているように聞こえた。ベーブは、その顔はどうしたと訊いた。

「サボテンですよ、ミスター・ルース」

ボールを打つ音がした。ゆるいフライが飛んできて、ベーブはずんぐりした小さな爪先のバレリーナのような動きで追いつき、ボールを二塁に戻した。

「オハイオにはサボテンが多《ロッタ・カクタス》いのか？　聞いたことないが」

ルーサーは微笑んだ。「ちなみに、ミスター・ルース、サー、二本以上のサボテンのときには〝カクティ〟と言うんですよ。ええ、もちろん、この州には群生地がいくらでもあります。それこそ山のようにサボテン《カクテイ》がありますよ」

「で、なんだ、そういう場所に落ちちまったわけだ」

「ええ、スー、しかもかなり激しく」

「飛行機から落ちたように見える」

ルーサーはきわめてゆっくりと首を振った。「飛行船です、ミスター・ルース」

ふたりは長いあいだ低い声で笑った。ルーサーはグラブを上げて、空から落ちてきたルーブ・グレイのフライをひったくったときにもまだくすくす笑っていた。

次のイニングで木立からさらに白人の男たちが出てきた。そのうち何人かは、見てすぐに誰かわかった――スタフィ・マッキニス、まちがいない、エヴェレット・スコット、驚いた、それからカブスの選手が数人、なんてこった――フラック、マン、三人目には誰も心当たりがないが、どちらかのチームでプレーしているのだろう。みなぞろぞろと右翼側を歩いてきて、ほどなく一塁線沿いのぐらつく古いベンチのうしろに立った。この暑さでスーツにネクタイ、帽子という恰好で、葉巻を吸いながら、ときどき〝ジッジ〟という名の誰かに叫んでルーサーをさんざん混乱させたが、やがてそれはベーブ・ルースのあだ名だとわかった。次にルーサーが見たときには、さらに三人加わっていた。レッドソックスのホワイトマン、カブス遊撃手のホロシャー、そして誰も顔を知らない痩せた若者――赤ら顔で、よけいな皮膚のように顎が張り出している。ルーサーはその数が気に入らなかった。八人とベーブ・ルースで、ちょうど一チームできる。

一イニングかそこらは何も問題がなかった。白人たちはたいてい内輪で話していて、二、三人がときおり猿の鳴きまねをしたり、「その球を落とすなよ、黒いの、そいつは熱いぜ」とか「もっと下に入ったほうがよかったな、黒」とか叫んだりはしたが、ルーサーはそれよりひどい――はるかにひどい――野次を聞いたことがあった。ただ、眼を向けるたびに、その八人が少しずつ一塁線に近づいているように見えるのはまずいと思った。すぐに彼らはコロンがにおうほど右側に近づいて、きわどく一塁に走りこもうとするとぶつかりそうになった。

ついにイニングの合間にひとりが言った。「おれたちからひとり、いっしょにやらせてもらえないか？」

ルーサーはベーブを見た。ベーブは穴にでも隠れたそうな様子だった。

「どうだ、ジッジ？　ひとりしばらく入れてもらったら、おまえの新しい友だちは嫌がるかな？　黒人がすごいプレーをするってのはずっと聞いてる。七月にポーチに出したバターが溶けるより速く走るってな」

その男はベーブに両手を広げた。数人いる誰も知らない男のひとりだった。控えの選手にちがいない。だがその手は大きく、鼻はつぶれて、細い顔にがっしりした肩、体じゅう固く角張っていた。ルーサーが見たことのある貧乏白人の眼をしていた――食べ物の代わりに怒りを食って生きてきた男の眼だ。怒りの味を占めているので、残りの人生でどれだけふつうの食事をしようと、それを忘れることはない。

ルーサーの考えを読んだかのように、男は微笑んだ。「どうだ、おまえ？　ひとりぐらい入ったってかまわんだろう？」

ルーブ・グレイがしばらくはずれると言い、白人たちは〝サザン・オハイオ・黒人リーグ〟への最新トレード選手にスタフィ・マッキニスを選んだ。白人の大男はみなそうなのか、彼も大声でばか笑いしていたが、ルーサーはそれでもかまわなかった——スタフィ・マッキニスはすばらしい選手だ。一九〇九年にマッキニスがフィラデルフィアでプレーしはじめたときから、ルーサーは雑誌で彼の記事を読んでいた。

しかし、そのイニングが終わって、ルーサーが守備位置から戻ってくると、ほかの白人たちがみなホームベースの横に並んでいた。シカゴのフラックが先頭に立ち、バットを肩にかついでいた。

ベーブは抵抗した、少なくともしばらくは。ルーサーもそれは認める。ベーブは言った。

「おい、おまえら、試合中だぞ」

フラックが大きく明るい笑みを浮かべた。「ならもっといい試合をしようぜ、ルース。こいつらが、アメリカン・リーグとナショナル・リーグを合わせた最高の選手を相手にどれだけやれるか、見てみようじゃないか」

「それは、つまり、白人リーグということですか？」スティッキー・ジョー・ビームが言った。「そういうことで？」

全員が彼のほうを見た。

「おまえはどう思う？」

スティッキー・ジョー・ビームは四十二歳で、焦げたひと切れのベーコンのように見えた。唇を引き結び、地面に眼を落とし、また眼を上げて、一列に並んだ白人たちを見た。これは喧嘩になるとルーサーが思うような眼つきだった。

「だったら腕前を見せてもらいましょう」彼は白人たちを見すえた。「旦那がた」

ルーサーはベーブを見た。眼が合った。ベビーフェイスの太っちょがあいまいな笑みを浮かべた。ルーサーは、少年時代に祖母からよく聞かされた聖書のことばを思い出した。心は燃えていても、体は弱いといったことだった。

あんたもそれなのか、ベーブ？　彼は訊きたかった。そうなのか？

ベーブは黒人たちが九人を選び出すなり飲みはじめた。何が悪いのかわからなかった――ただの野球の試合だ。それでも悲しく、恥ずかしかった。わけがわからない。ただの試合なのに。汽車の修理を待つあいだ、夏のひとときを愉しむだけ、それだけだ。しかし悲しみと恥ずかしさは消えなかった。だからフラスクのキャップを開け、ぐいとあおった。

投げるのは勘弁してくれと断わった。肘にまだ第一試合の疲れが残っている。ワールドシリーズ記録も考えとかなきゃならない。無得点イニング記録だ。たまたま始めた田舎の草野球リーグの試合で、それを危険にさらすわけにはいかない。

そこでエビー・ウィルソンが投げた。エビーは意地の悪い、顎の張り出したオザーク山地出身の若者で、七月からボストンでプレーしていた。ボールを渡されると微笑んだ。「よし。おまえらが気づくより早くこの黒人どもを片づけるぜ。あいつらも気づかないかもな」そして笑ったが、いっしょに笑う者はいなかった。

エビーは気合い充分で投げはじめ、たちまち三者を打ちとった。スティッキー・ジョーがマウンドに立つと、こちらも最初から全力投球で、あの触手を動かすような大きなスイングで投げられると何が飛んでくるかまったくわからなかった。速球は見えず、スクリューボールには眼がついていて――バットを見るなりよけてウィンクをよこす――カーブは円を描くほど曲がり、ほかの変化球もホームベースの四インチ手前で驚くような動きをする。彼はマンを三振させた。スコットを三振させた。マッキニスを二塁への凡フライでアウトにし、その回を終了させた。

そこから数イニングは投手戦だった。マウンドを越えるヒットはあまりなく、ベーブは左翼であくびをしはじめ、フラスクからだんだん長く飲むようになった。それでも黒人たちは二回に一本、三回にも一本、ヒットを打ち、ルーサー・ローレンスが一塁から二塁への走りを、一塁からホームベースへの走りに変えた。内野を駆けまわるその信じがたい速さにホロシャーは驚き、中継のボールを落として、ようやく拾ったときにはルーサー・ローレンスはもうホームベースを踏んでいた。

冗談で始まった試合は、予想外の尊敬（「あの黒人ほど球を変化させるやつは見たことがない。おまえも含めてだ、ジッジ。まったく、ウォルター・ジョンソンすら越えてるかもな。

あいつはすごい」）から、神経質なジョーク（「くそワールドシリーズに戻るまえに、おれたちがヒットを打てると思うか？」）へ、そして怒り（「ここは黒人の球場だからな。要するにそれさ。あいつらがリグリー球場でプレーするところを見てみたいね。フェンウェイでプレーさせてみろよ。けっ」）へと変わった。

黒人たちはバントもできた——信じられない。ボールはホームベースから六インチのところに落ちて、銃で撃たれたようにぴたりと止まった。彼らは走ることもできた。一塁より二塁にいたいからと、ただそう決めているように盗塁もできた。シングルヒットも打てた。五回が終わるころには、一日じゅうシングルヒットを打っていられるように見えた。たんに打席に立ち、またひとつ内野の外に弾き出す。そこでホワイトマンが一塁からマウンドに歩いていって、エビー・ウィルソンと話した。その先、エビーは小技を使って賢く投げるのをやめ、冬のあいだじゅう三角巾で腕を吊ってもかまわないという勢いで真っ向勝負を始めた。

六回表、黒人が六対三でリードしているとき、スタフィ・マッキニスがスティッキー・ジョー・ビームの初球のストレートをとらえ、木立の向こうに運んだ。ルーサー・ローレンスはボールを探そうともしなかった。彼らはベンチの脇のキャンバスバッグから新しいボールを出してきた。ホワイトマンがそれを長打し、二塁に立った。フラックがツーストライクから六回ファウルでねばり、左翼前にシングルヒットを打って、六対四、ノーアウト一、三塁となった。

ベーブは布でバットを拭きながら、それを感じた。打席に立ち、靴の先で土を蹴りながら、彼ら全員の血の流れを感じた。この瞬間、この太陽、この空、このバットと革と手足と指と、これから起きることを待たされる苦しみがすばらしいのだ。女より、ことばより、果ては笑いよりすばらしい。

スティッキー・ジョーがベーブをのけぞらせた。鋭いカーブが内角高めに来て、ベーブがすばやく頭をうしろに引かなかったら、南オハイオの旅で歯をもぎ取られるところだった。ベーブはバットをまっすぐスティッキー・ジョーに向け、ライフル銃で狙うように相手を見つめた。歳上の男の黒い眼に喜びを見てとり、にやりとすると、相手も笑みを返してきた。ふたりはともにうなずいた。ベーブは歳上の男のでこぼこの額にキスをしたくなった。

「みんな、いまのはボールでいいいな？」ベーブ・ルースは叫んだ。はるか遠い中堅のルーサーまで笑っているのが見えた。

ああ、最高の気分だ。だが、おい、来たぞ、速くて鋭い変化球が。ベーブは片眼でボールの縫い目をとらえた。その赤い線がすっともぐるのを見て、バットを低めに振りはじめた。ずいぶん低く落ちているが、軌道は見えている。くそったれ、当てた——ボールを空間の外へ、時間の外へかっとばした。打たれたボールは手と膝がついているかのように空へのぼっていった。ベーブは線上を走りはじめ、フラックが一塁から出るのを見て、そこで初めて、会心の当たりではなかったとはっきり感じた。純粋さがなかった。「待て！」と叫んだが、フラックは走りつづけた。ホワイトマンは三塁から数歩出ていたが、その場にとどまり、どちらにも行けるように両手を広げた。ルーサーがボールを追いながら木立のほうへ下がっていった。ベーブが見ていると、ボールは消えた空からまたまっすぐ落ちてきて、木々のあいだを縫ってルーサーのグラブに収まった。

フラックはすでに二塁から戻りはじめていた。足は速かった。ルーサーがボールを一塁に投げると同時に、ホワイトマンが三塁からタッチアップした。そしてフラック、彼は文句なく速いが、ルーサーは痩せた体のなかに大砲のようなものを持っていて、投げたボールは草地の上を切り裂くように飛び、フラックが駅馬車のように地を蹴って最後に飛びこんだところで、イーニアス・ジェイムズのグラブにぱしんと入った。ベーブが木立から出たときに中堅にいた大男のイーニアスは、一塁にすべりこんでくるフラックに長い腕を振りおろし、肩に大きくタッチした。そのあとフラックの手がベースに触れた。

イーニアスは空いた手をフラックに差しのべたが、フラックはそれを無視して立ち上がった。

イーニアスはボールをスティッキー・ジョーに返した。

フラックはズボンの土を払い、一塁ベースに立った。両手を膝に置き、右足を二塁のほうに踏み出した。

スティッキー・ジョーがマウンドから彼をじっと見つめた。

イーニアス・ジェイムズが言った。「何してるんです、ス﹅ー﹅?」

フラックが言った。「なんだって?」声がわずかに明るすぎた。

イーニアス・ジェイムズが言った。「ここで何をしてるのかなと、ス﹅ー﹅」

フラックが言った。「一塁にいるときにはここに立つことになってる」

イーニアス・ジェイムズは突然、疲れきったような表情を浮かべた。十四時間働いて家に帰ってみたら、誰かにカウチを盗まれていたような。

ベーブは思った——ああ、頼む、やめてくれ。

「アウトです、スー」

「何言ってる？　セーフだよ」

「セーフだったぞ、おい」ベーブの横に立っていたエビー・ウィルソンが言った。「一マイル離れててもわかる」

黒人が数人近づいて、何をもめているのかと訊いた。

イーニアスが言った。「セーフだって言うのさ」

「はあ？」キャメロン・モーガンが二塁からゆっくり歩いてきた。「冗談だよな」

「話し方に気をつけな」

「自分で気をつけたいものに気をつける」

「そうなのか？」

「そうです」

「そいつはセーフだった。余裕綽々《しやくしやく》で」

「アウトでした」スティッキー・ジョーが穏やかに言った。「あなたを侮辱するつもりはないけれど、ミスター・フラック、アウトでした、サー」

フラックが両手をうしろにまわしてスティッキー・ジョーに詰め寄った。自分より背の低い男にきっと顔を向け、わけもなく空気のにおいを嗅《か》いだ。

「おれが勘ちがいして一塁に立ってると思ってるのか、え？」

「いいえ、サー、そうは思いません」

「だったらどう思うんだ」

「あなたはアウトだと思います、サー」

全員が一塁ベースに集まった――両チームの九人ずつと、新しい試合が始まってからベンチにいた黒人九人が。

ベーブの耳に「アウト」「セーフ」が入ってきた。何度も、何度も。「ボーイ」「ニガー」「ニグラ」「作男《フィールド・ハンド》」も。誰かが彼の名前を呼んだ。

見るとスタフィ・マッキニスがこちらを向いてベースを指さしていた。「ジッジ、おまえがいちばん近かった。フラックはセーフだと言う。エビーは眼がいいが、その彼もセーフだと言う。教えてくれ、ベーブ、セーフか、アウトか」

ベーブはこれほど大勢の怒った黒人の顔を、これほど近くで見たことがなかった。十八人だ。大きく平らな鼻、腕や脚の鉛管のような筋肉、強《こわ》い髪のなかに浮き出した涙のような汗。彼らについてこれまで見てきたものはすべて好きだが、それでも、こちらのことを何か知っていて、それを話すつもりはないといった眼つきで見られるのは好きではなかった。彼らの眼がすばやくこちらを品定めして、急に疲労を浮かべ、遠く離れていくのは。

六年前、大リーグは初めてストライキを経験した。タイ・カッブが観客席のファンを殴ったという疑いをバン・ジョンソンが撤回するまで、デトロイト・タイガースの選手たちがプレーしなくなったのだ。そのファンは両手が途中までしかなく、みずからを守ることもできなかったが、カッブは彼が倒れてからも長いこと殴りつづけ、気の毒なその相手の顔や脇腹にスパイクシューズをぶつけた。しかし、チームメイトはカッブをかばい、誰も好きですらなかった男のためにストライキを決行した。そう、誰もがカッブを嫌っていたが、重要なのはそこではなかった。重要だったのは、そのファンがカッブを〝ハーフ・ニガー〟と呼んだことだった。白人をそう呼ぶより悪いことはほとんどない、〝ニガー好き〟あるいはたんに〝ニガー〟と呼ぶことを除いて。

その話を聞いたとき、ベーブはまだ矯正院にいたが、タイガースのほかの選手たちの気持ちはよくわかった。黒人としゃべることはできる。笑い合い、互いにジョークを言うことも、そしてクリスマスの時期には、いちばんよくいっしょに笑ったやつに何か特別なものを贈ることもできる。が、それでもここは白人社会。家族と、日々のまじめな労働の上に築かれた社会だ（ちなみにこの黒人たちは、平日の真っ昼間に野原に出て何してる？　愛する者たちが家で腹を空かしているかもしれないのに、野球をしてるじゃないか）。つまるところ、自分と同種の人間、残りの人生をともに生き、食べ、働かなければならない人間から離れないのがいちばんなのだ。

ベーブは一塁ベースをじっと見つめていた。ルーサーがどこにいるか知りたくなかった。

黒い顔の一団を見て、たまたまルーサーと眼を合わせる危険は冒したくなかった。

「セーフだった」彼は言った。

黒人たちは怒り狂った。叫び、ベースを指さし、「くそったれ!」とわめき、それがしばらく続いたが、ふいに白人には聞こえない犬笛でも聞いたかのように、みな口を閉じた。黒人たちの体から力が抜け、肩が落ち、眼はまるでベーブの頭の裏が見えるかのように、まっすぐ彼を見すえた。スティッキー・ジョー・ビームが言った。「わかった、わかった。そういう試合をしたいなら、そうしよう」

「そうしたいんだ」マッキニスが言った。

「わかりました、スー」スティッキー・ジョーが言った。「そりゃもう、はっきりと」

そしてみな引き返して、もとのポジションについた。

ベーブはベンチに坐って酒を飲んだ。自分が穢《けが》れた気がした。エビー・ウィルソンの頭を首からもぎ取り、干し草の山に放り投げてやりたいと思っていることに気づいた。その横にフラックの頭も。わけがわからない――チームにとっていいことをしたはずだ――が、やはりそう感じた。

飲めば飲むほど気分が悪くなった。八回になるころには、次の打席でわざとアウトになったら何が起きるだろうと考えていた。すでにホワイトマンと守備位置を替わって一塁を守っていた。タイレル・ホークが打席にいるあいだ、ルーサー・ローレンスが次の打者として控えていて、ベーブに、こいつも同じ白人だという眼を向けていた――ポーターや、靴磨きや、ベルボーイの黒人に見かけるあの無表情な眼を。ベーブは身の内がしなびた気がした。

タッチアウトについてさらに二回口論があり（どちらが勝ったかは子供にもわかる）、大リーグ側がホームランと見なした特大ファウルがあったが、九回裏でまだ九対六と黒人がリードしており、大リーグの選手たちはナショナル、アメリカン双方のプライドを賭けてプレーしはじめた。

ホロシャーが一塁線を抜いた。スコットが三塁手の頭を越えるヒットを叩き出した。フラックは三振に倒れたが、マッキニスが右翼の手前に打ち、ワンアウト満塁でジョージ・ホワイトマンが打席に入った。その次の打者はベーブ・ルース。内野はダブルプレーの守備を固め、スティッキー・ジョー・ビームはジョージが長打できる球をいっさい投げず、ベーブは気づくと、それまでの人生で一度も祈っていなかったことを祈っていた——どうかダブルプレーになって、打席に立たなくてもいいように。

ホワイトマンが、あまり沈まなかったシンカーをここぞとばかりに叩いた。ボールは勢いよく飛んで、内野を越えたあたりで右に曲がり、ぐんぐん曲がってファウルになった。明らかにファウルだ。そこでスティッキー・ジョー・ビームは、ベーブがそれまで見たこともない剛速球を二発放って、ホワイトマンをしりぞけた。

ベーブが打席に立った。自分たちの六本のヒットのうち何本が公正なものだったか数えてみると、三本だった。たったの三本。オハイオのど田舎の原っぱで、誰も知らない黒人相手に、知られた世界ではほぼ最高の選手たちが、みじめったらしいたったの三本。ベーブ自身も三打数一安打だった。しかも本気でやって。原因はビームの投球だけではない。野球ではよく、人がいないところに打てと言われる。だがこの黒人たちはどこにでもいた。空いているところがあると思ったら、それが消える。生身の人間が追いつけないはずの場所に打っても、誰かひとりがそれをグラブで捕って、息切れすらしない。

自分たちがずるいことをしていなければ、これはベーブの人生でもまれに見るすばらしい瞬間だった――過去に出会ったなかで最高の選手たちをまえにして、自分が試合を握っている。九回裏、ツーアウト、三点差。一回のスイングですべてを勝ち取ることができる。

そして、彼にはそれができた。スティッキー・ジョーの投球をしばらく観察しているし、相手は疲れていて、球はすべて見きわめることができる。ずるさえしていなければ、このときベーブが鼻から吸いこんだ空気は、純粋なコカインと変わらなかっただろう。

スティッキー・ジョーの初球はゆるくて重く、ベーブは空振りするのにタイミングを計らなければならなかった。見せつけるためにわざと大きくはずし、これにはスティッキー・ジョーも驚いていた。二球目は少し厳しく、螺旋《らせん》状の軌道を描いて、ベーブは後方にファウルした。次の球は地面に当たり、その次はベーブの顎まで浮き上がった。

スティッキー・ジョーは返球をもらうと、しばらくマウンドをはずした。ベーブはすべての眼が自分に注がれているのを感じた。ルーサー・ローレンスのうしろの木々が見え、ベースにいるホロシャー、スコット、マッキニスが見えて、フェアにやっていればどれほど愛おしい光景だったろうと思った。もし次の球を、良心に恥じることなく、天国の神のところまで送ることができたら、そのときには……。

ベーブは手を上げて、打席から出た。

ただの遊びだ、そうだろう？　八百長をしようと決めたときにそう自分に言い聞かせたはずだ。くだらない試合に、たった一度負けたからといってなんなのだ？

しかし、逆も真なりだった。勝ったからといってなんなのだ？　それが明日、大きな意味を持つか？　もちろん持たない。誰の人生も左右しない。いまこのとき、ツーアウト、三点差、九回裏、それだけのことだ。

ベーブは打席に戻りながら、もしおいしい球を投げてきたら食ってやろうと心に決めた。どうして打たないでいられる？　あいつらが塁にいて、このバットが手のなかにあって、土と草と太陽のにおいがして。

ただのボール。ただのバット。九人の男。この一瞬。永遠ではない。ほんの一瞬だ。

そのボールが飛んできた。出るべき速度が出ていない。ベーブは黒人の顔に見て取った。ボールが手を離れた瞬間にわかったのだ――これは甘い球だ。

空振りしようかと思った。ボールの上を振って、フェアな態度をとろうか。

そのとき列車の警笛が鳴った。大きく甲高《かんだか》い音が空へと響いた。ベーブはこれがサインだと思い、踏みこんでバットを振った。捕手が「くそっ」と言うのが聞こえ――あの音、木が牛革のボールを打つあの華々しい音がして、打球が空に消えた。

ベーブは一塁のほうへ数ヤード走って、足を止めた。飛距離が足りないのがわかったからだ。

外野に眼をやると、ルーサー・ローレンスがほんのわずかの時間こちらを見た。ベーブは、ルーサーは理解していると感じた——ベーブが満塁ホームランを打とうとしたこと、フェアでなかった試合で、それでもフェアにプレーした男たちから勝利をものにしようとしたことを。

ルーサーの眼がベーブの顔から離れた。もう二度と彼の視線を感じることはないとベーブに悟らせる離れ方だった。ルーサーは空を見上げ、ボールの下へと走っていった。止まって、頭上にグラブを構えた。これで終わり、試合終了だった。ルーサーはボールの真下にいた。

ところが、ルーサーは歩き去った。

彼はグラブを下げ、内野のほうへ歩きはじめた。右翼手も、左翼手もそうした。ボールがうしろの草地にぽとんと落ちたが、黒人たちは振り返ろうともせず、歩きつづけた。ホロシャーがホームベースを踏んだが、待っている捕手はいなかった。捕手はすでに三塁側のベンチに向かっていた。三塁手もだった。

スコットはホームに戻ったが、マッキニスは三塁で走るのをやめ、突っ立って、黒人たちが九回裏ではなく二回裏のようにのんびりとベンチに引き上げるのを見ていた。黒人たちはそこに集まると、バットとグラブを別々にふたつのキャンバスバッグに詰めた。まるで白人などいないかのように。ベーブはフィールドの向こうのルーサーに近づいて何か言いたかったが、ルーサーは一度も振り返らなかった。やがて彼らはそろって球場裏の土の道へと歩いていき、ルーサーの姿は黒人の集団に埋もれて見えなくなった。まえにいるのか、うしろにいるのかもわからず、ルーサーは決して振り返らなかった。

警笛がまた鳴った。白人たちはみなほとんど動いていなかった。黒人の集団はゆっくり歩いているように見えたが、全員がほとんど球場の外に出た。

スティッキー・ジョー・ビームを除いて。彼は戻ってきて、ベーブが使ったバットを取り出した。それを肩に当てて、ベーブの顔を見つめた。

ベーブは片手を差し出した。「すばらしい試合だった、ミスター・ビーム」

スティッキー・ジョー・ビームには、ベーブの手が見えていないかのようだった。

彼は言った。「あれはあなたの汽車ですよね、スー」そして球場から出ていった。

ベーブは列車に戻った。バーで酒を飲んだ。

列車はオハイオ州を出て、ペンシルヴェニア州を疾走した。ベーブはひとりで坐り、酒を飲み、荒涼とした丘や土地が連なるペンシルヴェニアの風景を眺めた。ボルティモアで二週間前に亡くなった父親のことを考えた。二番目の妻の兄、ベンジー・サイプスと喧嘩して、父親は二発、サイプスは一発、相手を殴ったが、その一発で父親は縁石に頭をぶつけ、二時間後に大学病院で息を引き取ったのだった。

新聞はその事件を数日間、派手に書きたてた。ベーブにも意見や感想を尋ねた。ベーブは、父が死んで残念だ、悲しいと答えた。

父親は八歳のベーブを矯正院に放りこんだ。少し行儀作法を学べ、おれや母さんの言うことを聞かせるのはもううんざりだ、セント・メアリーはきっとためになる、おれは酒場を経営しなきゃならん、面倒をかけないことを学んだらまた引き取ってやる、と言って。

その学校に入っているあいだに、母親が死んだ。悲しいことだ。

悲しいことだ、ベーブは新聞記者に語った。二週間、待っていた。

彼は何かを感じるのを待っていた。

概して彼が何かを感じるのは――酔いつぶれて感じる自己憐憫を除くと――ボールを打つときだけだった。投げるときではない。捕るときでもない。打つときだけだ。木が牛革に当たって、腰をひねり、肩をまわし、腿とふくらはぎの筋肉が緊張して、体全体に力がみなぎるのを感じ、黒いバットを振り終えると、白いボールはこの惑星の何より速く高く飛んでいく。だからこの日の午後にも、心を変えてバットを振ったのだ。そうせずにはいられなかった。あれはあまりにも甘く、純粋に、そこにあった。だから彼は打った。あの話はそれだけのことだった。本当にそれだけだ。

マッキニス、ジョーンズ、マン、ホロシャーとポーカーをしたが、話題はストライキと戦争のことばかりだった（誰もあの試合のことには触れなかった、まるでなかったことにしようと決めたかのように）。そこでベーブは長い、長い昼寝をして、眼が覚めるとほとんどニューヨーク州を横断し終わっていた。頭のなかのもやもやを払うために二、三杯飲んだ。そして寝ているハリー・フーパーの頭から帽子を奪い、てっぺんに拳で穴を開けてまたフーパーの頭に戻した。誰かが笑い、別の誰かが「ジッジ、おまえは何かに敬意を払うってことがないのか」と訊いた。そこでベーブはまた別の帽子を盗んだ。今度はカブスの営業部長のステュ・スプリンガーのを。また穴を開けて戻すと、ほどなく車両の半分の人間が彼に帽子を投げつけて、はやしたてた。ベーブは座席の上にのぼり、「フー、フー、フー」と猿のような声を上げながら、席から席へと渡った。突然狂ったように伸びはじめた小麦の茎のように、説明のつかないプライドが胸に湧き起こり、腕や脚に行き渡った。ベーブは叫んだ。「おれは猿人だ！　ベーブ・ファッキング・ルースだ。おまえらを食っちまうぞ！」

何人かが彼を引きおろそうとした。落ち着かせようとする者もいた。が、ベーブは椅子の背を跳びまわり、通路でジグを踊り、さらにいくつか帽子を奪って投げるわ、穴を開けるわで、仲間たちはそれに拍手し、歓声を上げ、指笛を吹いた。ベーブは猿のように両手をぱちんと打ち合わせ、尻をかき、「フー、フー、フー」と言った。これがみんなにどれほど受けたことか。

やがて帽子がなくなった。ベーブは通路を振り返った。帽子だらけだった。荷物の棚からもぶら下がっていた。いくつかの窓には麦藁《むぎわら》がくっついていた。彼自身も、脊柱《せきちゅう》の脳のすぐ下に藁が詰まっている感じだった。酔っ払い、気分が昂揚《こうよう》して、次はネクタイに取りかかろうとした。スーツでも、荷物でも。

エビー・ウィルソンが彼の胸に手を当てた。どこから現われたのかもわからなかった。スタフィが席で立ち上がり、ベーブの何かを祝って叫び、にこにこしてグラスを掲げた。ベーブは手を振った。

エビー・ウィルソンが言った。「新しいのを作ってくれ」

ベーブは相手を見下ろした。「え?」

エビーは両手を広げ、理由を説明した。「おれに新しい帽子を作ってくれ。おまえが壊したんだから、おれに新しいのをくれ」

誰かが口笛を吹いた。

ベーブはウィルソンのスーツの上着の両肩をなでた。「酒をおごるよ」

「酒はいらない。帽子が欲しい」

ベーブが「くそくらえ」と言おうとしたとき、エビー・ウィルソンが彼を押した。たいした力ではなかったが、同時に列車が曲がったので、ベーブには本気のひと押しに感じられた。ウィルソンに微笑み、侮辱する代わりに殴ってやることにした。パンチを放つと、エビー・ウィルソンの眼に自分の拳が映った。ウィルソンはもう気取っておらず、帽子のことも気にしていないようだったが、そこでまた列車がガタンと揺れ、ベーブのパンチは大きくはずれて、体全体が右に傾いた。心の声が「おまえらしくないぞ、ジッジ。おまえらしくない」と言うのが聞こえた。

彼のパンチは窓に当たった。衝撃が肘から肩へ、首の横へと伝わった。耳のすぐ下をくり抜かれた気がした。腹がぐらりと揺れ——たいした見ものだったろう——また太って天涯孤独になった感じがした。ベーブは空いた席にどさりと落ち、歯のあいだから息を吸って、手を抱えた。

ルーサー・ローレンスと、スティッキー・ジョーと、イーニアス・ジェイムズは、いまごろどこかのポーチに坐り、夜の暑さを感じながら、いっしょに酒でも飲んでいるだろうか。ことによると、おれのことを話しているかもしれない。ルーサーが、空中を落ちてくるあのボールを無視して歩きはじめたときに、おれの顔に見た表情のことを。あるいは、ヒットや投球や走塁を思い出して、笑っているかもしれない。

そしておれはここにいる。この世界に。

ニューヨークを寝すごしちまった、ベーブは仲間が氷を入れて持ってきたバケツに手を入れながら思った。列車が通過するのはオルバニーだけで、マンハッタンには行かないことを思い出したが、それでも残念だった。マンハッタンは数えきれないほど見ているが、いまだに大好きだ。あの光、島をカーペットのように取り巻く川、夜にまばゆいほど白々と映える石灰石の摩天楼。

氷から手を出して見た。投げるほうの手だ。赤く腫《は》れて、拳を握ることができなかった。

「ジッジ」誰かが車両の後方から呼びかけた。「帽子になんの恨みがある?」

ベーブは答えなかった。窓の外、マサチューセッツ州スプリングフィールドの平坦な低木地帯を見た。額を窓ガラスにつけて冷やし、自分の顔と土地が絡み合うように映っているのを見た。

腫れた手をガラスのまえに上げると、土地が手を突き抜けて流れていった。痛む指の関節をそれが癒《いや》してくれることを想像し、帽子みたいなくだらないことで骨が折れていないようにと祈った。

どこか埃っぽい町の埃っぽい通りでルーサーに出会うことを想像した。酒をおごって謝ると、ルーサーは、何も気にすることなんてありませんよ、ミスター・ルース、スー、と言い、オハイオのサボテン《カクティ》について別の話をする。

だがそこでベーブは、ルーサーのあの眼を思い出した。何も表わさず、ただこちらの心を見透かして、そこにあるものを認めないことだけを感じさせるあの眼を。ベーブは思った、くたばれ、おまえが認めようが認めまいが知ったことか。そんなものは必要ない。わかったか？

必要ない。

ベーブ・ルースはいままさに始まるところだった。これから爆発する。それを感じることができた。大きなこと。大きなことが起きようとしている。自分から。あらゆる場所から。最近そんなふうに感じるのだった。まるで全世界が小さな厩《うまや》に押しこまれていて、自分もそのなかにいたが、それがもうすぐ飛び出してそこらじゅうに広がっていくように。

頭を窓につけたまま眼を閉じると、田舎の土地が顔を突き抜けていくのを感じ、やがて彼はいびきをかきはじめた。

見まわり

1

じめじめした夏の夜、ボストン市警の警官、ダニー・コグリンは、コプリー・スクウェアのすぐ外のメカニクス・ホールで、もうひとりの警官、ジョニー・グリーンと四ラウンドを闘った。コグリンとグリーンのこの試合は、フライ級、ウェルター級、ライトヘビー級、ヘビー級にわたる全市警のカードの最終戦だった。身長六フィート二インチ、体重二百二十ポンドのダニー・コグリンはヘビー級だ。少々怪しい左のフックと、圧倒的と言うにはあと数ステップ足りないスピードのせいで、プロのボクサーにはなれないが、肉切りナイフのような左のジャブと、おまえの顎をジョージアまで吹っ飛ばすぞというほど爆発的な右のクロスの組み合わせは、東海岸のどんなセミプロも顔負けだった。

この一日がかりのボクシング大会は〈ボクシング&バッジズ——希望のパンチ〉と名づけられていた。収益はセント・トマス身体障害児孤児院と、警官たちの共済組合ボストン・ソーシャル・クラブが折半する。共済組合はそれを、負傷した警官の保険財源に加えたり、制服や装備の費用、市警が負担しようとしなかった費用に充《あ》てる。大会の宣伝チラシは、健全な地域の電柱に貼られ、店頭に下げられて、実際に会場に来る気のない人々からも寄付金を募るとともに、ボストンでも最悪の貧民街に大量にばらまかれていた。きわめつきの犯罪分子がいちばんいそうな場所だ——ならず者、チンピラ、暴漢、そしてもちろん、街でもっとも有力で頭のいかれたギャングのガスティーズ。組織の拠点はサウス・ボストンにあるが、街のあらゆる場所に触手を伸ばしている。

理屈は単純だった。

まず、犯罪者が警官をぶん殴るのと同じくらい好きなことはただひとつ、警官同士が思いきり殴り合うのを見物することだ。

そして、メカニクス・ホールの〈ボクシング&バッジズ〉で、警官たちは思いきり殴り合う。

ゆえに、犯罪者はメカニクス・ホールに集まって、彼らが殴り合うのを見物する。

ダニー・コグリンの名づけ親、エディ・マッケンナ警部補は、この理論をボストン市警——とりわけみずから率いる特捜隊——のために最大限活用していた。この日、エディ・マッケンナの部下たちは群衆に交じって、驚くほど無慈悲な効率のよさで、次から次へと未逮捕の容疑者を捕まえていた。標的がたいてい用を足すためにメインホールから出るのを待ち、警棒で頭を殴り、路地で待っている護送車へと引っ張っていく。ダニーがリングに立つころには、逮捕状の出ていた悪党のほとんどは捕らえられるか、裏口から逃げ出していたが、それでも救いがたいほど愚かな数人は、煙の充満する部屋で、ビールがこぼれてねばつく床の上をうろついていた。

ダニーのセコンドはスティーヴ・コイルだった。スティーヴも、ダニーと同じノース・エンドの一分署の巡査で、ふたりはハノーヴァー通りの端から端——コンスティテューション埠頭からクロフォード・ハウス・ホテル——までを巡回区域にしていた。そしてその仕事についているかぎり、ダニーはボクシングをし、スティーヴは彼のセコンドを務めてきた。

一九一六年のサリュテーション署の爆破事件を生き延びたダニーは、着任した年から尊敬を集めていた。肩幅が広く、黒髪に黒い眼で、女たちから憧れの眼差しを向けられたことは数知れない。それも移民や、人前で煙草を吸うような女だけではなかった。一方、スティーヴは教会の鐘のようにずんぐりと丸く、顔は大きなピンク色の球根のようで、腰を屈めて歩いた。この年の初めには、女の気を惹《ひ》くために理髪店にかよう四人組に加わり、春すぎまでそこそこの成果を上げていたが、秋の気配とともに候補者もだんだん少なくなってきたようだった。

スティーヴは、アスピリンの粉末にも頭痛を起こさせるほどよくしゃべると言われていた。若いころ両親を亡くし、縁故や口利きにまったく頼らず市警に入った。九年たってもいまだに平《ひら》の巡査だ。一方、ダニーはボストン市警の王族だった。サウス・ボストンの一二分署長トマス・コグリン警部の息子で、特捜隊を率いるエディ・マッケンナ警部補の名づけ子である彼は、入署後まだ五年もたっていないが、制服組を出るのも時間の問題だと街じゅうの警官が考えていた。

「なんであの野郎はこんなに時間がかかってる？」スティーヴはホールの後方を見渡した。その恰好はひときわ目立つ。スコットランド人がもっとも恐るべきセコンドの技能を持っているとどこかで読んだらしく、試合の夜にはキルトをまとってリングに現われる。本物の赤いターータンチェックのキルトに、赤と黒のアーガイル模様の靴下、チャコールグレイのツイードのジャケットと、それに合った五つボタンのチョッキ、銀色のウェディング・ネクタイ、足には本物のスコットランドの革靴《ギリー》、頭にはふんわりした縁なし帽《バルモラル》というでたちだ。真に驚くべきは、その恰好が板についていることではなく、彼がスコットランド人ですらないことだった。

顔を赤らめ、酔っ払った観衆は、この一時間で徐々に苛立っていた。予定に組まれた闘いのほかに、客同士の闘いが増えてきた。ダニーはロープにもたれてあくびをした。メカニクス・ホールは汗と酒のにおいがした。濃く、湿った煙草の煙が腕のまわりで渦巻く。どう考えても控え室に戻るべきだったが、じつのところ控え室などなく、保守点検用の通路にベンチが置いてあるだけだ。そこにいたダニーのところへ、五分前に九分署のウッズが送りこまれ、リングに上がる時間だと告げたのだった。

だからダニーは空っぽのリングに立ち、ジョニー・グリーンを待っていた。群衆はますます酔って騒ぎたてた。八列目で誰かがたたんだ椅子を振り上げ、別の誰かを殴った。殴ったほうも泥酔していて、犠牲者の上に倒れた。ひとりの警官が手に持った半球型のヘルメットと警棒で人混みをかき分け、ただちに近づいていった。

「グリーンが何をもたもたしてるのか見てきたらどうだ？」ダニーはスティーヴに訊いた。

「おれのキルトにもぐってキスしたらどうだ？」スティーヴは群衆のほうに顎を振った。

「あの酔っ払いどもにキルトを破られたり、靴を汚されたりするのはごめんだ」

「もっともだ」ダニーは言った。「おまえは靴磨きの箱も持ってないしな」ロープにもたれて何度か揺すった。首筋を伸ばし、両方の手首をまわした。「果物が飛んできた」

　スティーヴが「え？」と言ってうしろに下がると、茶色のレタスが飛んできてロープを越え、リングの中央で砕けた。

「ちがった」ダニーは言った。「野菜だ」

「どっちでもいい」スティーヴが指さした。「気を持たせるやつの登場だぞ。ようやくのことで」

　ダニーが中央通路を見やると、ジョニー・グリーンが入口の傾いた白い長方形のなかに立っていた。観衆が彼の存在を感じて振り返った。グリーンはトレーナーと通路をおりてきた。トレーナーは一五分署の内勤の巡査部長だが、ダニーは名前を思い出せなかった。リングから十五列目のあたりで、エディ・マッケンナの特捜隊のひとり――ハミルトンという暴れ者――が、ひとりの男の鼻の穴に指を突っこんで持ち上げ、通路を引きずっていった。最終戦ともなれば、特捜隊のカウボーイたちはもう体裁を繕《つくろ》う必要はないと考えているようだった。

　ボストン市警報道官のカール・ミルズが、ロープの反対側からスティーヴに呼びかけていた。スティーヴはミルズのところへいき、片膝をついて話した。ダニーはジョニー・グリーンが近づいてくるのを見つめた。その眼に何か不安定なものが浮かんでいるのが気に入らなかった。ジョニー・グリーンは観衆を、リングを、ダニーを見た――が、実際にはそうしていなかった。あらゆるものを見ると同時に、そのすべてを透かした先を見ていた。ダニーが以前にも見たことのある表情――たいてい、ボトル三本を空けた酔っ払いか、レイプの犠牲者に見られる表情だった。

スティーヴがうしろに戻ってきて、ダニーの肘に手を当てた。「ミルズからいま聞いたんだが、この二十四時間で三試合目だとさ」

「何？　誰のことだ？」

「くそグリーンに決まってるだろう。昨日の夜、サマーヴィルのクラウンで一戦、今朝《けさ》、ブライトンの駅でもう一戦、そしてこれだ」

「何ラウンドやった？」

「ミルズが言うには、昨日の夜はまちがいなく十三ラウンドまでいったそうだ。で、ＫＯ負けした」

「やつはどういうつもりなんだ？」

「家賃稼ぎさ」スティーヴは言った。「子供がふたり、妻は妊娠中」

「家賃だと？」

観衆は総立ちだった。まわりの壁が揺れ、垂木が震えた。屋根がいきなり弾けて空に飛んでいっても不思議はないとダニーは思った。グリーンがロープなしでリングに入った。自分のコーナーに立ち、両手のグラブを打ち合わせ、眼は自分の頭のなかの何かを見ていた。

「あいつは自分がどこにいるかもわかってないぞ」ダニーは言った。

「いや、わかってる」とスティーヴ。「リング中央に向かってる」

「スティーヴ、冗談はよせ」

「おれに言ってもどうにもならない。さあ行け」

リング中央で、かつてみずからもボクサーだったレフリー役のビルキー・ニール刑事が、両人の肩に手を置いた。「潔く闘ってくれ。それが無理でも、潔く見えることを望む。質問は？」

ダニーが言った。「彼は眼が見えてない」

グリーンは自分の靴を見ていた。「おまえの頭を吹っ飛ばす程度には見えてるさ」

「グラブをはずすぞ。おれの指を数えられるか？」

グリーンは顔を上げて、ダニーの胸に唾《つば》を吐きかけた。

ダニーはあとずさりした。「くそっ、どういうつもりだ」唾をグラブで拭き、そのグラブをトランクスで拭いた。

観衆の叫び声。ビール壜が何本もリングの下に当たって砕け散った。

グリーンがダニーと眼を合わせた。グリーンは揺れる船の上のもののようにすべっていた。

「やめたいならやめればいい。だがおれに賞金が入るように、ちゃんと棄権しろよ。メガフォンを取って宣言しろ」

「やめない」

「なら闘うまでだ」

ビルキー・ニールが苛立ちと怒りを同時に含む笑みをふたりに向けた。「客はもう待てない状態だ」

ダニーはグラブで指し示した。「見てみろ、ニール、こいつを見ろよ」

「おれには問題なさそうに見える」

「馬鹿な。おれは――」

グリーンのジャブがダニーの顎をとらえた。ビルキー・ニールが全速力でうしろに下がり、腕を振った。ゴングが鳴った。観衆が吠えた。グリーンはまたダニーの喉にジャブを放った。

観衆は狂喜した。

ダニーは次のパンチの内側に入り、グリーンを抱きかかえた。グリーンが首のうしろを五、六発殴ってくるあいだに耳元でささやいた。「あきらめろ、いいな？」

「くそったれ、必要なんだ……おれには……」

ダニーは背中に温かい液体が流れるのを感じた。クリンチをはずした。

グリーンが顔を上げると、下唇からピンクの泡があふれ出て顎から滴《したた》った。両腕をだらりと垂らし、そのまま五秒ほど――リングでは永遠にも思える時間――立っていた。ダニーは相手の表情が赤ん坊のようになっているのに気づいた。まるでいま生まれたかのように。

やがてグリーンの眼が細くなった。肩がすぼまった。両手が上がった。のちに医者がダニーに語った（愚かにもダニーが質問したときに）ところでは、極端な緊張を強いられた体はよく反射的に動く。もしこのときダニーがそれを知っていれば、結果はちがっていたかもしれないが、ダニーは切羽詰《せっぱつ》まって動きを考えるどころではなかった。ボクシングのリングで手が構えられれば、ふつう想定する以外のことが起きる余地はほとんどない。グリーンの左の拳がふたりの体のあいだに入ってきた。ダニーの肩がぴくっと動き、右のクロスがグリーンの頭の横を吹き飛ばした。

本能。純粋な本能だった。

カウントをとるほどのものは残されていなかった。ジョニー・グリーンはマットに倒れたまま、足で宙を蹴り、白い泡のあとからピンクの液体を吐き出した。左から右、右から左へ頭を振った。魚を思わせる動作で空気にキスをしていた。

一日で三試合だと？　ダニーは思った。冗談だろう？

グリーンは生き延びた。回復した。もちろん二度と闘えないが、一カ月後にははっきりとしゃべれるようになった。二カ月後にはきちんと歩きだし、口の左側も引きつらなくなった。ダニーのほうはまた別だった。責任を感じたのではない――そう、ときに感じることはあったが、たいてい、自分がカウンターパンチを放つまえにグリーンは卒中にみまわれたと納得していた。ダニーの問題は精神のバランスにあった。わずか二年のうちに、サリュテーションョン署の爆破事件に遭い、これまでに愛したただひとりの女、ノラ・オシェイを失った。ノラはダニーの両親の家で働くアイルランド人の家政婦だった。ふたりの関係には最初から暗い影がさしていた。終わらせたのはダニーだが、人生から彼女が去ってからというもの、生きるべき理由をひとつも見つけられないでいる。そんなときに、メカニクス・ホールのリングでジョニー・グリーンを危うく殺しかけた。これらすべてが二十一カ月のあいだに起きた。わずか二十一カ月——誰だって神に恨まれているのではないかと疑いはじめる。

「かみさんに逃げられたそうだ」二カ月後、スティーヴがダニーに言った。九月の初め、ダニーとスティーヴはボストンのノース・エンドを巡回していた。ノース・エンドは圧倒的にイタリア人が多く、貧しい地域だ。ネズミが肉屋の前腕ほどにまで成長し、乳児が歩きはじめるまえに亡くなることも多い。英語はめったに話されず、車もほとんど走らない。しかし、ダニーとスティーヴはこの界隈《かいわい》が大好きで、中心部のセイレム通りに建つ同じ下宿屋の別の階に住んでいる。ハノーヴァー通りの一分署からわずか数区画のところだ。

「誰のかみさんだ?」

「いいか、自分を責めるなよ」スティーヴが言った。「ジョニー・グリーンだ」

「なぜ逃げられた?」

「秋が来る。家から強制退去させられた」

「だが仕事には戻ったんだろう」ダニーは言った。「内勤だが、仕事には復帰した」

スティーヴはうなずいた。「それでも二カ月の休職の埋め合わせにはならない」

ダニーは立ち止まって相棒を見た。「連中は給料を払わなかったのか？　警察が主催する大会で闘ったんだぞ」

「本当に知りたいか？」

「ああ」

「ここ数カ月、まわりで誰かがジョニー・グリーンの名前を出すたびに、おまえは貞操帯みたいにぴしっとそいつの口を封じてたじゃないか」

「知りたい」ダニーは言った。

スティーヴは肩をすくめた。「あれはボ《B》ストン・ソ《S》ーシャル・ク《C》ラブの主催だった。だから厳密に言えば、彼は勤務外で倒れたことになる。よって……」また肩をすくめた。「病欠中の給料はなしだ」

ダニーは何も言わなかった。まわりのものに慰めを見出そうとした。ノース・エンドには七歳のときまで住んでいたが、いまのノース・エンドは、通りを作ったアイルランド人でも、そのあとに住みついたユダヤ人でもなく、イタリア人の居住地になっている。住民のほとんどがイタリア人で、ナポリの写真とハノーヴァー通りの写真を見比べても、どちらがアメリカで撮られたものか容易にはわからない。

ダニーとスティーヴは、冷たく澄んだ空気に煙突の煙とラードを調理するにおいが漂う、受け持ち区域を歩いていった。老いた女たちがよたよたと通りに入ってくる。敷石の道を荷車と馬が進む。開いた窓から咳をする音が聞こえる。あちこちで赤ん坊が泣いている。あまりに高い声なので、ダニーの頭には彼らの赤い顔が浮かぶ。ほとんどの家では、鶏《にわとり》が廊下をうろつき、ヤギが階段に糞を落とし、豚が破れた新聞紙とハエの鈍い羽音のなかにうずくまっている。イタリア的でないもの——英語も含まれる——に対する根深い不信感がこれに加われば、どんなアメリカーノにも決して理解できない社会ができあがる。

だからノース・エンドが、東海岸におけるアナーキスト、ボルシェヴィキ、急進派、破壊活動家のあらゆる主要組織への最大の人材供給源となっているのも、驚くにはあたらなかった。ダニーはそれゆえに——少々ひねくれているが——この地域をいっそう愛していた。この人々を悪く言いたければ言うがいい。実際、誰もが声を大にして言い散らしている。が、ここにいる連中の情熱に疑いを差しはさむ余地はない。一九一七年の諜報活動取締法によって、彼らのほとんどを反政府的宣伝活動で逮捕するか、国外に追放することが可能となった。多くの都市ではそれが実行されているが、ノース・エンドでアメリカ政府転覆を唱えたとして誰かを逮捕するのは、通りで馬に糞をさせた人を逮捕するようなものだ——逮捕者を見つけるのはたやすいが、ばかでかいトラックが必要になる。

ダニーとスティーヴは、リッチモンド通りのカフェに入った。壁は黒い毛糸の十字架で埋め尽くされていた。少なくとも三十あまりあり、ほとんどが人の頭ほどの大きさだ。アメリカが参戦して以来、店主の細君が編みつづけている。ダニーとスティーヴはエスプレッソを注文した。店主はガラスの天板のカウンターにカップを置き、茶色の角砂糖の入ったボウルを出したあと、ふたりの邪魔をしなかった。細君が奥の部屋からパンののったトレイを持って何度か出てきて、カウンターの下の棚に並べていった。やがてふたりが肘をついたカウンターのガラスが湯気で曇った。

細君がダニーに言った。「戦争はもうすぐ終わる？」

「そう聞いている」

「よかった」彼女は言った。「もうひとつ十字架を編むよ。きっとためになる」ためらいがちに微笑んで頭を軽く下げ、奥の部屋に引き上げた。

エスプレッソを飲んでカフェから出ると、さらに明るくなった太陽がダニーの眼をとらえた。波止場沿いに並ぶ大きな煙突から、煤《すす》がゆらゆらと飛んできて敷石に積もった。ときおり店のシャッターを上げる音や、馬が牽《ひ》く荷車の軋《きし》みや車輪の音が響くほか、あたりは静かだった。これがずっと続けばいいのだが、まもなく通りは行商人や家畜、学校をさぼった子供、木箱の演壇に立つボルシェヴィキやアナーキストであふれかえる。やがて男たちが遅めの朝食をとりに酒場に入り、街頭演説者が占拠していない通りの角に音楽家が立ち、誰かが妻か夫かボルシェヴィキを殴りはじめる。

妻や夫やボルシェヴィキを殴る輩《やから》がそれぞれ対処されると、今度はスリや強請屋《ゆすりや》が現われ、布の上でダイス賭博、カフェの奥の部屋や理髪店でカード賭博が始まり、黒手組《ブラック・ハンド》が保険を売りはじめる。火事から疫病まであらゆる災害に備えるものだが、いちばんの災害は黒手組そのものだ。

「今晩も会合がある」スティーヴが言った。「重要な集まりだ」

「BSCの会合か？」ダニーは首を振った。「重要な集まり。本気で言ってるのか？」

スティーヴは警棒の革のストラップに指を入れてくるくるまわした。「こう考えたことはないか？　おまえも組合の会合に顔を出してたら、いまごろ刑事部に昇格して、おれたちみんな給料も上がり、ジョニー・グリーンにはまだ妻子がいたと」

ダニーはちらっと空に眼をやった。輝いているが、太陽は見えない。「あれは社交クラブだ」

「組合だ」スティーヴは言った。

「だからボストン・ソーシャル・クラブと呼ばれてるんだろう？」ダニーは白革のような空にあくびをした。

「なかなか鋭い。実際、核心を突いてる。じつは名前を変えようとしてるんだ」

「どう変えようと、名ばかりの組合であることに変わりはない。おれたちは警官だぞ、スティーヴ。権利などない。BSC？　あんなのは少年クラブだ。ガキが遊ぶつまらない木の家みたいなもんだ」

「いまゴンパーズと話し合おうとしてる、ダン。アメリカ労働総同盟《AFL》だぞ」

ダニーは立ち止まった。このことを父親かエディ・マッケンナに話したら金の盾（刑事のバッジ）を与えられて、あさってには巡査から一気に昇格だろう。

「アメリカ労働総同盟は全国組織だ。頭がおかしくなったのか？　彼らが警官を加入させるわけないだろう」

「誰のことだ？　市長か？　州知事？　それともオマラ？」

「オマラ」ダニーは言った。「重要なのは彼だけだ」

市警察本部長スティーヴン・オマラの揺るぎない信念は、警察職は公職のなかでもっとも地位が高く、したがって内でも外でも名誉が重んじられなければならないというものだった。彼がボストン市警を受け継いだとき、各管区は王の領地のようなものだった。政治指導者や市議会議員が競争相手より早く、深く、権益に鼻先を突っこむ私有地だった。彼らはくそのような顔つき、くそのようななりをして、他人のことなどくそほども気にかけなかった。

オマラがその多くを追放した。全員でなかったのはたしかだが、役立たずをいくらか解雇し、悪行はなはだしい区内の政治家や指導者を起訴するよう働きかけた。腐敗した体制を立て直し、願わくはいったん崩れ去れと圧力をかけた。体制は崩壊こそしなかったが、ときにぐらつくことはあり、それに乗じてオマラは各地域に警官を大量に送りこみ、奉仕すべき住民とのつながりを強めさせた。オマラのボストン市警において、賢明な巡査が（かぎられた行動範囲のなかで）していることはそれだ——住民への奉仕。政治指導者でも、金の延べ棒を集めるちびの皇帝でもなく、住民に奉仕する。警官らしいなりをして、警官らしくふるまい、何人《なんぴと》のまえでも譲らず、己が法であるという基本原則を決して曲げない。

しかし、そのオマラでさえ、昇給をめぐる最近の交渉では、思いどおりに市庁舎を動かすことができなかった。警官の昇給はここ六年ない。オマラ自身が無理やり実現させた最後の昇給も、八年間の据え置きのあとだった。つまり、ダニーもほかの警官たちもみな、一九〇五年当時の賃金を支払われている。そしてピーターズ市長は、ＢＳＣとの直近の会合で、当面これが警官の望みうる最高金額だと言明していた。

　週七十三時間勤務で、時給二十九セント。超勤手当なし。ダニーやスティーヴ・コイルのような単純な日勤の巡査でこの額だ。気の毒な夜勤の連中は、時給二十五セントちょうどで週に八十三時間働いていた。ダニーも、初めての巡回の日から受け入れたひとつの厳然たる事実がなければ、いまの状況をとんでもないと思ったことだろう。その事実とは——体制は労働者を食い物にしている。そこで下すべき唯一の現実的な決断は、体制に刃向かって飢えるか、不公平が身に降りかからないように体制に粉骨砕身して従うかだ。

「オマラね」スティーヴは言った。「もちろん。おれもあのおやじは大好きだ。本当に好きだよ、ダン。だが彼はおれたちに約束されたものを与えてくれてない」

　ダニーは言った。「ことによると、本当に金がないのかもしれない」

「彼らは去年そう言った。戦争が終わるまで待ってくれ、そうすれば忠誠に報いることができると」スティーヴは両手を広げた。「おれは待ってる。報いはどこだ？」

「戦争は終わってない」

　スティーヴ・コイルは顔をしかめた。「あらゆる点から見てな」

「わかったよ、なら交渉を再開すればいい」

「もう再開したよ。先週また拒否された。しかも生活費は六月から上がる一方だ。おれたちに飢え死にしろってのか、ダン。おまえも子供がいればわかるよ」

「おまえに子供はいないぞ」

「兄貴の未亡人——神よ、兄貴に安らかな眠りを——にふたりいる。おれだって結婚してるようなもんだ。彼女はおれのことを、なんでもただでもらえる店だと思ってる」

ダニーは、スティーヴがそのコイル未亡人とつき合っているのを知っていた。兄の遺体が墓に収められて一、二カ月たってからだ。スティーヴの兄のローリー・コイルは、ブライトンの家畜保管場で働いているときに牛の剪毛《せんもう》バリカンで大腿動脈を切り、呆然とする労働者とぼんやりした牛たちに囲まれて出血死した。家族が満足な死亡手当も得られないことがわかると、労働者たちはローリー・コイルの死を組合結成の呼びかけに用いたが、ストライキはわずか三日しかもたなかった。そのあいだにブライトン警察や、ピンカートン探偵社や、街の外から来たスト破りたちが反撃に出て、ローリー・ジョゼフ・コイルを〝どこの馬の骨とも知れない〟ローリーに変えてしまったのだ。

通りの向こうで、アナーキストの必需品である防寒帽をかぶり、天神ひげを生やした男が街灯の下に木箱を置き、小脇に抱えていたノートを広げて読んだあと、箱の上に立った。いっときダニーはその男に奇妙な同情を覚えた。彼に子供は、妻は、いるのだろうか。

「AFLは全国組織だ」ダニーはくり返した。「市警側はぜったいに——どんなことがあっても——加入は認めない」

スティーヴは相棒の腕に手を当てた。眼からいつもの快活な光が失われていた。「会合に来いよ、ダン。フェイ・ホールだ。火曜と木曜にやってる」

「行ってどうなる？」ダニーは言った。通りの向かいの男がイタリア語で叫びはじめた。

「いいから来い」スティーヴは言った。


勤務交替のあと、ダニーはコステロの店に入ってひとりで食事をとり、いつもより数杯よけいに飲んだ。警官たちが波止場でひいきにしている店だ。一杯飲むたびに、ジョニー・グリーンが小さくなっていった――ジョニー・グリーンと、彼の一日三試合、泡を吹いていたロ、内勤の仕事、立ち退き通知が。店からフラスクを持って出てノース・エンドを歩いた。

翌日は二十日あるうちの最初の休日だった。どんなひねくれた理由からかわからないが、いつものように、疲れきっているためにかえって眼が冴《さ》え、気持ちがざわついた。通りはまた静かになり、まわりで夜が深まっている。ハノーヴァーとサリュテーションの角で街灯にもたれ、シャッターのおりた警察署を眺めた。歩道の位置にあるいちばん下の窓には焼け焦げの跡が残っているが、ほかに内部で爆発があったことを想起させるものは見当たらない。

港湾警察はすでに数区画先のアトランティック・アヴェニューへの移転を決めていた。新聞には、移転は一年前から計画されていたと発表したが、そんなことを信じる者はいなかった。サリュテーション通りの建物は、もはや誰もが安全ではないと思うようになっていた。そして、安全であるという幻想は、住民が警察署に要求する最低限のものだ。

一九一六年のクリスマスの一週間前、スティーヴは咽頭炎《いんとうえん》にかかって仕事を休んでいた。ひとりで巡回していたダニーは、バッテリー埠頭で、流氷と灰色の三角波のなかに停泊している船から出てきた泥棒を逮捕した。ことは港湾警察の管轄で、港湾警察の書類仕事だ。ダニーは犯人をただ引き渡せばよかった。

逮捕はたやすかった。泥棒が麻袋を肩にかついで埠頭に渡ってくるときに、袋の中身がガチャガチャ鳴ったのだ。あくびをしながらシフトを終えようとしていたダニーは、その男の手や靴や歩き方を見て、港湾労働者でもトラック運転手でもないことに気づき、止まれと命じた。泥棒は肩をすくめ、袋をおろした。彼が盗みを働いた船は、ベルギーの飢えた子供たちのために食糧と医薬品を積んで出るところだった。食べ物の缶詰が袋からこぼれ落ちるのを見た通行人がいて、話が広がり、ダニーが男に手錠をかけるころには埠頭の端に人垣ができはじめていた。ベルギーの飢えた子供たちは、その月、たいへんな話題だった。新聞は、無辜《むこ》で敬虔《けいけん》なフラマン人に対するドイツ人の心ない残虐行為に関する記事で埋め尽くされていた。ダニーは泥棒を群衆から引き離すのに、警棒を取り出して振り上げなければならなかった。そうしてハノーヴァー通りをサリュテーション通りのほうへ歩いていった。

波止場を離れると、日曜の通りは寒く静かで、午前中降りつづいていた雪がうっすらと積もっていた。雪片は灰のように細かく、乾いていた。サリュテーション署の受付で、泥棒がダニーの横に立ち、あかぎれの手を見せながら、この寒さだ、ブタ箱に入って二、三日すごせばまた血が流れ出してちょうどいいや、と言っていたそのとき、地下でダイナマイト十七本が爆発した。

それがどのような爆発だったかは、その後何週間も近隣の住民のあいだで議論になった。

爆発のまえに響いた、地を揺るがすような音は二度だったか、三度だったか。建物が揺れたのはドアが蝶番《ちょうつがい》から弾き飛ばされるまえだったか、あとだったか。通りの向かい側の窓は、その区画まるごと一階から五階まですべて爆風で吹き飛ばされ、警察署の爆発そのものと区別がつかないほどの騒ぎを引き起こした。しかし署内にいた者にとって、爆発音は、あとに続いた床の崩落と壁の倒壊の音とはまったく異なるものだった。

ダニーが聞いたのは雷鳴だった。それまで聞いた雷鳴のなかでいちばん大きな音でもないが、いちばん深かった。とてつもなく大きな神の暗く大きなあくびのように。下から来たとすぐにわからなければ、雷だと思いこんでいただろう。壁を動かし、床を震わすバリトンの悲痛な叫びだった。それらすべてが一秒以内に起きた。その間に泥棒はダニーを見、ダニーは当直の巡査部長を見、巡査部長は部屋の隅でベルギーでの戦争について言い争っているふたりの巡査を見た。地鳴りと建物の震動がさらに深まった。当直の巡査部長のうしろの壁が漆喰《しっくい》の粉を降らせた。粉ミルクか洗剤のようだった。ダニーは指さして巡査部長に教えてやろうと思ったが、巡査部長は消えていた。絞首台から落ちる死刑囚のように、机のうしろに落ちていった。窓が砕け散った。ダニーはその向こうに薄膜のような灰色の空を見た。と思う間に足元の床が崩れた。

雷鳴から崩壊までおそらく十秒ほどだった。ダニーは一、二分後にけたたましい警報の音を聞いて眼を開けた。左耳で別の音も鳴っていた。警報より高い音だが、それほどうるさくはない。湯が沸いたやかんの笛が鳴りつづけているような。少し離れたところに、巡査部長が仰向けに倒れていた。両膝の上に机の板があった。閉じた眼、折れた鼻、歯も何本か失っている。ダニーの首のうしろには何か鋭いものが刺さっていた。両手、両腕がかき傷だらけだった。首の傷から血が流れていて、ダニーはポケットからハンカチを取り出して当てた。彼のコートと制服はばらばらにちぎれ、あちこちに散らばっていた。ヘルメットもなくなっていた。勤務の合間に寝台で寝ていた下着姿の警官たちが瓦礫《がれき》のなかに横たわっていた。ひとりが眼を開け、こんなことになっている理由を説明してくれると思っているかのようにダニーを見た。

外でサイレンの音がした。消防車の重いタイヤが止まる音。警笛。

下着姿の警官の顔に血がついていた。彼は土埃で白くなった手を上げ、いくらか血を拭いた。

「くそアナーキストだ」警官は言った。

ダニーもまずそう思った。アメリカはベルギーでの戦いに加わらない、独仏間のあらゆる問題に立ち入らないと約束してウィルソンが大統領に再選されていたが、権力の回廊のどこかで明らかに心変わりが生じていた。いつの間にか、アメリカの参戦は不可欠と見なされていた。ロックフェラーがそう言った。J・P・モルガンがそう言った。このところ新聞もそう言っている。ベルギーの子供たちはひどい仕打ちを受けている。餓死しかかっている。ドイツ人の残虐さには定評がある――フランスの病院を爆撃し、さらにベルギーの子供たちを飢えさせている。いつだって鍵は子供だ、ダニーは気づいていた。国の大半の人々がうさん臭さを感じていたが、まず行動を起こしたのは急進派だった。二週間前、数区画先でアナーキスト、社会主義者、世界産業労働組合《IWW》によるデモがあった。警察――市警と港湾警察の両方――がそれを解散させ、数人を逮捕して、警棒でいくつか頭を殴った。アナーキストは、かならず報復するという脅迫状を新聞に送りつけていた。

「くそアナーキストだ」下着姿の警官がくり返した。「くそテロリストのイタ公どもが」

ダニーは左脚を動かしてみた。次に右脚を。しっかり体を支えられることがわかってから立ち上がった。天井の穴を見上げた。ビール樽ほどの穴がいくつも開いている。奈落の底から空が見えた。

左のほうで誰かがうめいた。ダニーがそちらを見ると、モルタルと、木と、通路の先にある監房の扉の破片の下から、泥棒の赤毛の髪がのぞいていた。背中から黒焦げの厚板をどかし、首の上から煉瓦《れんが》を取り除いてやった。泥棒の横に身を屈めると、相手は引きつった感謝の笑みを浮かべた。

「名前は？」ダニーは訊いた。突然そうすることが重要に思えたからだ。しかし、岩棚から落ちるように、泥棒の瞳孔から生命が抜け出していった。ダニーは命は昇っていくものだと思っていた。天へ消えていくものだろうと。だがそうではなく、みずからのなかに沈んでいった。動物が穴にもぐりこんで影も形も見えなくなるように。残ったのは、同じ場所に横たわるもう人間でない人間、遠く冷たくなっていくものだった。ダニーは首にさらに強くハンカチを当て、親指で泥棒のまぶたを閉じてやった。男の名前が結局わからなかったことに、なんとも説明のつかない動揺を感じた。

マサチューセッツ総合病院で、医師はピンセットを使ってダニーの首から毛筋のような金属を抜いていった。金属片はベッドの枠の一部で、枠自体が飛んでいって壁にめりこむ途中で、ダニーの首に刺さったのだった。場所は頸動脈《けいどうみゃく》のすぐそばだった、動脈を一刀両断していてもおかしくなかったと医師は言った。さらに一分かそこら傷を観察したあと、正確に言えば千分の一ミリほどの差だったなとダニーに告げた。統計的には、飛んできた牛が頭に当たるのと同じくらいまれなことだ。今後はアナーキストが爆破したがる類いの建物にはいっさい入らないように、と警告した。

病院を出て数カ月後に、ノラ・オシェイとのたぎるような情事が始まった。密会していたある日、ノラはダニーの首の傷にキスをして、あなたは祝福されてると言った。

「おれが祝福されてるなら」ダニーは言った。「あの泥棒はなんだったんだ？」

「あなたじゃなかった」

ふたりはハルのナンタスケット・ビーチの遊歩道を見下ろす、タイドウォーター・ホテルにいた。ダウンタウンから蒸気船に乗り、パラゴン公園で回転木馬やティーカップに乗って一日をすごした。塩キャラメルや揚げたハマグリを食べた。ハマグリは熱く、潮風のなかで振ってからでなければ食べられなかった。

ノラが射的場でダニーを負かした。運よく当たったのはたしかだが、見事まんなかを撃ち抜き、ダニーはにやにやする店主からぬいぐるみのクマを渡された。ぼろぼろのぬいぐるみで、縫い目からすでに薄茶色の詰め物とおが屑がはみ出していた。ホテルの部屋に入ってから、ノラは枕合戦で身を守るためにそれを使い、クマは最期を迎えた。ふたりは手でおが屑と詰め物を拾い集めた。膝をついたダニーは、真鍮《しんちゅう》のベッドの下に、亡きクマの眼だったボタンを見つけ、ポケットに入れた。その日の先まで持っているつもりはなかったが、一年以上たったいまも、それを持たずに下宿屋を出ることはめったにない。

ダニーとノラのつき合いは一九一七年四月に始まった。アメリカがドイツに宣戦布告した月だった。季節はずれの暖かさだった。予想より早く花が咲き、月末には通りのはるか上にある窓にも花の香りが届いた。ふたりは花の香りに包まれて横たわった。いつも雨が降りそうな空模様だが、決して降ることはなかった。船が次々とヨーロッパへ発《た》ち、愛国者が通りを練り歩き、自分たちの下で咲きはじめた花より早く新しい世界が生まれている気がした。ノラといっしょに横たわるダニーには、この関係が長く続かないことがわかっていた。ノラの寒々しい秘密を知るはるかまえ、ふたりの関係が初めて薄赤く染まりはじめた時期から、すでにわかっていた。ダニーは、サリュテーション署の地下で眼覚めて以来、ずっと消えようとしないやりきれなさを感じた。原因はサリュテーションだけではない（残りの人生で彼の考え方に大きな影響を与えたのはたしかだが）。世界が係わっていた——日ごとにスピードを増していく世界、速くなればなるほどどんな舵もきかなくなるような、どんな星座にも導かれなくなるような世界、彼と関係なくひたすら航海を続けるこの世界が係わっていた。

ダニーは板を打ちつけられたサリュテーション署の廃墟をあとにし、フラスクを手に街を横切った。ちょうど夜明けまえにドーヴァー・ストリート・ブリッジに立ち、浮かび上がる街の輪郭《りんかく》を見やった。低く走る雲の下、薄明と日の出のあいだに囚われた街。石灰石と煉瓦とガラス、戦争準備で消された明かり、銀行、酒場、レストラン、本屋、宝石店、倉庫、百貨店、下宿屋の集まり。しかしその街が、昨日の夜と明日の朝のあいだで、そのどちらも誘惑できなかったかのようにひっそりとうずくまっているのを感じ取ることができた。夜明けの街には派手な装飾も、化粧も、香水もない。そこにあるのは床のおが屑、ひっくり返ったタンブラー、革紐《かわひも》の切れた片方だけの靴だ。

「酔ったよ」ダニーは水面につぶやいた。灰色の水に映った光のカップのなかから、おぼろな自分の顔が見つめ返した。橋の下に一本だけ立っている街灯の光だ。「完全に酔っ払った」水に映った顔に唾を吐いたが、はずれた。

右手から声が聞こえたので、振り向くと彼らがいた——サウス・ボストンから来る、朝いちばんの騒々しい移動者たちだ。活動しはじめた街に入ってくる女や子供たち。

ダニーは先に橋を渡り、倒産した果物卸売業者の建物の入口に立った。人々が最初はいくつかの集団で、やがてひとつの流れとなって近づいてくるのを見つめた。いつもまず来るのは女と子供だ。先に帰宅して食事の支度ができるように、男より一、二時間勤務が早い。大声で愉しそうにしゃべる者もいれば、黙っているか、起き抜けでぐったりしている者もいる。年配の女は背中や腰や、ほかの痛いところに両手を当てて歩いていた。たいてい工場労働者の粗末な服を着ているが、なかには糊《のり》のききすぎた、家政婦やホテルの清掃員の白黒の制服もいた。

ダニーは暗い建物の入口でフラスクから酒を飲んだ。あのなかに彼女がいてほしいと願い、いないでくれと願った。

ドーヴァーで子供の一群がふたりの年嵩《としかさ》の女にまとめられていた。泣いたり、足を引きずったり、通行の邪魔をしたりして、女たちに叱られている。それぞれの家を継ぐために、もっとも早い年齢で送り出されたいちばん歳上の子たちだろうか、ダニーは思った。それとも末っ子で、学校にやる金が上の子たちで尽きてしまったのか。

そのときノラが見えた。髪をうしろでまとめてハンカチで覆っているが、手強《てごわ》いくせ毛なのでいつも短く切っていることをダニーは知っていた。眼の下が腫《は》れぼったいので、よく眠っていないことがわかった。彼女の背骨のつけ根に染みがあることも知っていた。蒼白い肌に真っ赤な染みで、食事を知らせる鐘の形をしていることも。アイルランドのドニゴール地方の訛《なまり》を気にしていて、五年前のクリスマスイブに、ノーザン・アヴェニューの埠頭で霜にまみれて飢え死にしかけていたところをダニーの父親が見つけ、コグリン家に連れてきて家政婦にしてから、ずっとその訛をなくそうと努力していることも、ダニーは知っていた。

ノラともうひとりの若い女が、足の遅い子供たちを追い越すために歩道の外に出た。若い女がノラにこっそりと煙草を渡し、ノラがそれを手で覆って急いで吸うのを見て、ダニーは微笑んだ。

入口から出て呼びかけようかと思った。彼女の眼に自分の姿が映るところを思い描いた。彼の眼は酒と不安で泳いでいる。ほかの人間が勇気を見るときに、ノラは臆病を見る。

彼女は正しい。

ほかの人間が長身の力強い男を見るときに、ノラは弱々しい子供を見る。

彼女は正しい。

だからダニーは入口の奥にとどまっていた。そこにいて、ズボンのポケットに入ったクマのボタンをいじっているうちに、ノラはドーヴァー通りを進む群衆のなかに消え去っていた。ダニーは自分を憎み、彼女を憎んだ――互いに相手のなかに作り合った廃墟を思って。

2

ルーサーは九月に軍需工場の仕事を失った。一日の仕事のために工場に入ると、作業台に黄色い紙がテープで貼られていた。その日は水曜で、ルーサーは毎週の習慣として、道具袋をまえの晩から作業台の下に残していた。道具はひとつずつ油布で包み、きちんと並べてある。会社の所有物ではなく、みな自前の道具だった。これから働き盛りというときに失明した、おじのコーネリアスから譲り受けたものだ。ルーサーが子供だったころ、コーネリアスはポーチに坐り、日陰で四十度近くあろうと、積んだ薪《まき》に霜が降りていようと、いつも着ているオーバーオールのポケットからオイルの小壜を取り出し、道具一式を拭いていった。触《さわ》るだけでそれが何かわかり、ルーサーに、こいつは自在レンチじゃなくて六角レンチだぞ、坊主、しっかり憶えとけ、とか、触るだけで道具がわからないやつはモンキーレンチだけ使ってればいい、そいつは猿《モンキー》と変わらんから、などと説明した。自分が知っているとおりに、ルーサーに使い方を教えてくれた。ルーサーに目隠しをして——少年は暑いポーチでくすくす笑った——ボルトを手渡し、ソケットレンチの受け口に当てはめさせた。ルーサーの眼に汗がしみて目隠しが愉しくなくなるまで、それを何度も練習させた。しかし、そうして時間がたつうちに、ルーサーの手はものを見、においを嗅ぎ、味わえるようになった。ときに眼より先に指が色を見ているのではないかと思うほどだった。おそらくそのせいで、生まれて一度も野球のボールを捕りそこねたことがないのだろう。

仕事中に怪我もしなかった。金属プレス機で親指をつぶすこともなければ、プロペラ状の刃を持ち上げるときにまちがったほうをつかんで、切り傷を作ることもなかった。そういった作業のあいだじゅう、まるで別の場所を見ていたにもかかわらず。ルーサーは工場のブリキの壁を見て、向こう側の世界のにおいを嗅《か》いでいた。いつか自分がこの場所から出ていくこと、はるか遠く、広大な世界へ出ていくことがわかっていた。

黄色い紙には〝ビルに会え〟と書かれていた。たったそれだけだったが、そのことばにルーサーは何かを感じ、作業台の下に手を伸ばして古びた革の道具袋を取り上げ、作業場を交替勤務監督者の事務室へと歩いていった。ビル・ハックマンの机のまえに立ったときにも、まだ手に道具袋を持っていた。悲しい眼をしていつもため息をついているビルは、白人にしては悪い男ではないが、「ルーサー、おまえには辞《や》めてもらわなければならなくなった」と言った。

ルーサーは自分が消えていくのを感じた。体のなかで自分が途方もなく小さくなり、針の長い部分のない針先だけに、頭蓋《ずがい》のうしろのほうに引っこんでいる空気のように薄い点になった気がした。そして、自分自身の体がビルの机のまえに立っているのを見つめながら、その針先にまた動けと言われるのを待っていた。

白人が面と向かって話しかけてくるときにはそうしなければならない。彼らがそういうふうに話すのは、いずれにせよ奪うつもりの何かをくれと頼んでみせるときか、いまのように、悪い知らせを伝えるときだけだからだ。

「わかりました」ルーサーは言った。

「私が決めたことじゃない」ビルは説明した。「まもなく多くの人間が戦争から帰ってくる。彼らには仕事が必要だ」

「戦争はまだ続いてます」ルーサーは言った。

ビルは悲しい笑みを浮かべた。可愛がっているが、お坐りも、仰向けに寝かせることも教えられない犬に向けるような笑みを。「戦争は終わったも同然だ。本当に。われわれにはわかっている」

ルーサーは〝われわれ〟が会社であることを知っていた。たしかに、誰かが戦争のことを知っているとすれば、それはこの会社だ。アメリカがこの戦争になんら関与していなかったであろう一九一五年から、ルーサーに途切れることなく給料を支払い、武器を作らせていたのだから。

「わかりました」ルーサーは言った。

「ああ、それと、おまえはここでいい仕事をした。われわれもどうにかおまえが残れる場所はないかと真剣に探したんだが、とにかく帰ってくる連中の人数が多すぎる。みな戦地では必死で戦ってきたから、アンクル・サムは感謝の意を示したいのだ」

「わかりました」

「なあ」ビルはまるでルーサーが喧嘩をしかけているかのように、少々苛立った口調で言った。「わかるだろう？　国を愛するあの若者たちを通りに放り出すようなことは、おまえだって望まないだろう。そんなことをしたらどう思われる、ルーサー？　断言してもいいが、正しく見えないに決まってる。通りを歩いていて、そういう若者が職を探しているのに出くわしたら、胸を張っていられるか？　おまえ自身はポケットにたんまり給料を入れてるというのに」

ルーサーは何も言わなかった。国を愛し、国のためにみずからの命を危険にさらしている若者の多くは黒人だが、自分の仕事を奪おうとしているのは彼らではない。そう確信していることは黙っていた。賭けてもいいが、一年後にこの工場に戻ってきたら、見かける黒人は、事務室の屑籠を空《から》にしたり、作業場の床の金屑を掃《は》き集めたりする清掃員だけになっているだろう。ここの黒人と置き換わる白人の若者の何人が実際に外国で戦ったのか、ジョージア州やカンザス州あたりでタイプを打ったり、ほかの事務職についたりして勲章を与えられた者が何人いるのかとも思ったが、口には出さなかった。

ルーサーは黙っていた。彼のほかの部分と同様、口も閉じていた。やがてビルはひとりで議論するのに疲れ、残りの給料を受け取りにいくべき場所をルーサーに告げた。

かくしてルーサーは耳をそばだてた。ひょっとしたら——とびきり運がよければ——ヤングズタウンに仕事があるかもしれないという話があった。別の誰かが、レイヴンズウッドの外の鉱山で人を雇っているという噂を聞いていた。川の向こう側のウェスト・ヴァージニア州に渡ってすぐの場所だ。しかし、景気はまた厳しい状況になっていると誰もが言った。血の気を失うぐらい厳しいと。

するとライラが、グリーンウッドにいるおばの話をしはじめた。

ルーサーは言った。「聞いたことのない地名だな」

「オハイオ州じゃないの、ベイビー。ウェスト・ヴァージニアでも、ケンタッキーでもない」

「だったらどこだ？」

「タルサ」

「オクラホマ州？」

「そうよ」彼女の声は穏やかだった。まるで以前からこのことを計画していて、ルーサー自身が決断したと思えるように切り出し方を考えていたかのように。

「おいこら」ルーサーは彼女の両腕の外側をなでた。「おれはオクラホマには行かないぞ」

「だったらどこへ行くの？　隣の家？」

「隣の家ってなんだ？」そちらを見た。

「仕事はない。隣の家についてわたしにわかってるのは、そのことだけ」

ルーサーはそのことについて考えた。ライラが遠まわしに提案している気がした。彼より何歩も先を進んでいるかのごとく。

「ベイビー」彼女は言った。「オハイオは、ただわたしたちを貧しくしてるだけ」

「貧しくはしてないさ」

「お金持ちにはしてくれない」

ふたりはポーチに置かれたルーサーの手作りのブランコの上に坐っていた。コーネリアスが彼に一から十まで商売の手ほどきをしてくれたポーチの名残だ。その三分の二は一九一三年の洪水で流されてしまった。ルーサーはずっと作り直すつもりだったが、ここ数年は野球と仕事が忙しすぎてとても手がまわらなかった。ふと彼は思った——金がある。おそらく永遠には続かないにしても——神のみぞ知る——人生で初めていくらかの金を蓄えていた。とにかく引っ越しはできるくらいの金を。

ああ、ライラが好きだ。ルーサーはまだ結婚して若さをすべて捨ててしまうほどの歳ではないが——なんと言っても二十三歳だ——彼女のにおいを嗅ぎ、彼女と話し、ポーチのブランコで彼女がこうして横で丸まって、骨にぴったりとくる感じがとても好きだった。

「きみのおばのほかに、グリーンウッドに何がある？」

「仕事よ。そこらじゅうに仕事がある。好景気に沸く大きな街で、黒人しかいなくて、みんなとても豊かに暮らしてる。医者も弁護士もいて、兄弟たちが自分の車に乗り、姉妹たちが日曜に素敵な服を着て、誰もが自分の家を持ってる」

ルーサーはライラの頭のてっぺんにキスをした。言っていることは信じられなかったが、何かがすばらしいはずだと考えるあまり、本当にすばらしいのかもしれないと彼女が半分くらい信じているのが愛おしかった。

「へえ、そう?」ルーサーはくすっと笑った。「ついでに土地を耕してくれる白人もいるのか?」

ライラは手を伸ばしてルーサーの額を叩き、彼の手首を噛んだ。

「おいこら、投げるほうの手だぞ。気をつけろよ」

ライラはルーサーの手首を持ち上げ、そこにキスをしてから、彼の手を胸のあいだに持っていった。「わたしのお腹に触って、ベイビー」

「届かない」

彼女が寄り添ったまま体を持ち上げると、ルーサーの手が腹に届いた。ルーサーはさらに手をおろそうとしたが、彼女が手首をつかんで止めた。

「触って」

「触ってる」

「ここにあるものもグリーンウッドで待ってるの」

「きみの腹か?」

ライラは彼の顎にキスをした。

「いいえ、お馬鹿さん。あなたの子供よ」

彼らは十月一日にコロンバスから列車に乗り、夏の金色の畑が一面の霜の畝《うね》に代わっている八百マイルの土地を横断した。夜に降りた霜は朝になると溶け、ケーキの糖衣のように土の上に滴《したた》っていた。空はプレス機から出てきたばかりの青い金属の色。焦げ茶色の畑に干し草がいくつも積み上げられ、ミズーリ州では馬の一群が一マイルほども走ってついてきた。吐く息と同じ灰色の体の馬だった。列車は大地を揺らし、空に叫びながら、それらすべてのあいだを流れるように進んでいった。ルーサーは窓ガラスに息を吐き、曇ったところに指でいたずら書きをした。野球のボールを、バットを、体に比べて頭が大きすぎる子供を描いた。

ライラがそれを見て笑った。「わたしたちの男の子がそうなるの？　父さんそっくりの大きな頭と、ひょろりとした体？」

「いや」ルーサーは言った。「きみそっくりになる」

そして子供にサーカスの風船ほどの胸を描き加えると、ライラはくすくす笑って彼の手を叩き、窓をこすって子供を消した。

列車の旅に二日かかった。初日の夜、ルーサーはポーターたちとカード遊びをしていくらか金を失い、ライラが翌朝までひどく腹を立てることになったが、それを除くと、ルーサーにとって人生でこれより愛しく思った時間は思い浮かべられないほどだった。野球の試合でいくつかそういうプレーがあった。あと十七歳のときに、いとこのスウィート・ジョージとメンフィスに行って、ビール通りで忘れられない時をすごした。だが、ライラとその列車に乗っていたとき、彼女の体に自分の子がいて、彼女はもはやひとつの命ではなく、いわばひとつ半の命だったとき、そして幾度となく夢見たように、彼らふたりが世界に出て、走り抜けるスピードに酔っていたそのとき、ルーサーは少年時代から胸にわだかまっていた不安の鼓動が弱まるのを感じた。その鼓動がどこから来るのか一度もわかったためしがない。ただいつも胸の内にあり、彼は人生でずっと懸命に働き、遊び、飲み、ファックし、眠って、それを消し去ろうとしていた。しかし、列車の席に坐って足を床に置き、床がボルトで鋼鉄の台車につながり、それが車輪につながって、車輪がしっかりとレールをとらえ、時間と距離をなんでもないことのように飛び越えるのを感じていると、人生、ライラ、そして自分たちの子に対する愛情がこみ上げてきた。スピードを愛する気持ちも。これは昔からそうだった。スピードのあるものは拘束されることがない、だから売られることもないのだ。

タルサのサンタフェ鉄道駅に朝の九時に到着した。ライラのおばのマルタと、彼女の夫のジェイムズが迎えにきていた。ジェイムズは人並みはずれて大きく、マルタは小さかった。ふたりともこれ以上ないほど色が黒く、皮膚が骨にぴんと張りついていて、どうやって息をしているのだろうとルーサーは思った。ジェイムズは、人によっては乗馬してようやく同じ高さになるほど上背があったが、最初に食べ物にかじりつく犬はまちがいなくマルタだった。

紹介が始まって四、五秒とたたないうちに彼女が言った。「ジェイムズ、ハニー、荷物を持ってやってくれる？　かわいそうなこの子が荷物の重さで気絶するのを見てるつもり？」

ライラが言った。「大丈夫よ、おばさん、わたし——」

「ジェイムズ？」マルタおばが指でジェイムズの腰をぴしりと叩き、彼はあわてて荷物に手を伸ばした。そこでマルタはにっこりとして——小さくて愛嬌がある——言った。「この子ったら、ほんとにきれいになって。神様に感謝しないとね」

ライラは荷物をジェイムズおじに譲って言った。「おばさん、この人はルーサー・ローレンス。手紙に書いた彼よ」

思えば当然のことだが、ルーサーは、自分の名前が紙に書かれ、四つの州境を越えてマルタの手に届き、どれほどの偶然であれ、その文字に彼女の小さな親指が触れているのを知って驚いた。

マルタおばは、姪《めい》のときよりはるかに温かみに欠ける笑みをルーサーに向けた。両手で彼の手を取り、顔を上げて彼の眼を見た。

「初めまして、ルーサー・ローレンス。わたしたちはグリーンウッドで教会にかよってるんだけど、あなたは？」

「かよいます、もちろん」

「あらそう」彼女は言い、湿った手で彼の手を握ってゆっくりと振った。「だったらうまくやっていけそうね」

「そうですね」

ルーサーは駅からマルタとジェイムズの家まで、街を通り抜けて長い距離を歩くものと覚悟していたが、ジェイムズは、バケツの水から出したばかりのリンゴのように赤く輝くオールズモビルのレオに、彼らを案内した。木製のスポークの車輪と黒い幌がついていて、ジェイムズは幌をうしろにたたんで掛け金でとめた。後部座席にスーツケースを積み、すでに分速一マイルでしゃべっているマルタとライラがその横に坐った。ルーサーはジェイムズとまえに乗った。車が駐車場を出た。コロンバスで黒人がこんな車を運転していたら、泥棒に射殺してくれと頼んでいるようなものだ。しかし、タルサの駅では、白人ですら彼らに気づいていないようだった。

このオールズには六十馬力のサイドバルブ式のV8エンジンが搭載されている、とジェイムズは説明し、ギアをサードに入れて会心の笑みを浮かべた。

「仕事は何ですか？」ルーサーは訊いた。

「修理工場をふたつ経営している」ジェイムズは答えた。「私の下に従業員が四人いる。きみにもぜひうちで働いてもらいたいところだが、いまのところ人手が足りている。だが、心配しなくていい。タルサで線路の両側にかならずあるものは、仕事だ。それも大量にある。ここは石油王国なんだよ。黒い原油が出てきたせいで、この場所全体がふいに現われた。まったく、ここにだって二十五年前にはなんにもなかったのにな。当時は交易所がたったひとつあるだけだった。信じられるかね？」

ルーサーは窓の外の街並みを見た。メンフィスで見たどの建物より大きな建物がある。シカゴやニューヨークの写真でしか見たことのない大きさだ。車が通りにあふれている。人も。こういう場所を作るのには一世紀かかると考えられていたかもしれないが、この国はたんにもう待ちきれないようだ、とルーサーは思った。我慢することに興味がないし、我慢すべき理由もない。

まえを向いていると、車はグリーンウッドに入った。家を建てている男たちにジェイムズが手を振り、男たちが手を振り返して、ジェイムズはクラクションを鳴らした。グリーンウッド・アヴェニューのこのあたりは〝黒人のウォール街〟と呼ばれているとマルタが説明した。ほら、見てごらん……。

ルーサーが見ると、黒人の銀行、黒人のティーンエイジャーでいっぱいのアイスクリーム屋、理髪店、ビリヤード場、古い大きな食料品店、さらに大きな百貨店、法律事務所、医院、新聞社があり、みな黒人客で占められていた。やがて映画館のまえを通った。白く巨大な玄関庇を大きな電球が取り囲んでいて、庇《ひさし》の上を見ると劇場名が掲げられていた――〈ザ・ドリームランド〉。まさにそこへ来たのだとルーサーは思った。このすべては夢にちがいないから。

ジェイムズとマルタ・ハロウェイの自宅があるデトロイト・アヴェニューを走るころには、ルーサーは胃が横すべりするような感覚を味わっていた。デトロイト・アヴェニュー沿いの家は赤煉瓦か、薄いチョコレート色の石でできていて、白人の家と変わらないほどの大きさがあった。それもかろうじて生活している白人ではなく、裕福な白人の家だ。明るい緑の芝生がきれいに刈りこまれ、いくつかの家には、建物のまわりを取り巻くポーチと、明るい色合いの日除けがついていた。

褐色のテューダー様式の家のドライブウェイに入って、ジェイムズが車を停めた。ルーサーはめまいを感じ、気分が悪くなりそうだったので、ちょうどよかった。ライラが言った。「まあ、ルーサー、死んじゃいそうじゃない？」

ああ、とルーサーは思った。それも考えられる。

翌朝、ルーサーは気がつくと、朝食をとるまえに結婚していた。その後何年ものあいだ、どんなふうに結婚したのだと訊かれると、彼は決まってこう答えた。

「知るもんか」

その朝は地下室で眼覚めた。前夜マルタは、自分の家で夫婦ではない男女が同じ階で寝ることはまかりならない——同じ部屋などもってのほか——とはっきり言い渡した。そこでライラは二階の優雅な部屋の優雅なベッドを使い、ルーサーは地下室で壊れたカウチの上にシーツを敷いて眠ったのだった。カウチは犬と葉巻のにおいがした（実際に犬を飼っていたことがあり、それははるか昔に死んでいた）。葉巻の犯人はジェイムズおじだった。毎晩、食事のあとで安葉巻を吸いに地下室におりていたのだ。マルタおばが自分の家で喫煙を認めないからだった。

マルタおばが自分の家で認めないことはたくさんあった——悪態をつくこと、飲酒、主の御名をみだりに唱えること、カード遊び、品のない人々、猫。ルーサーは自分がそのリストの表面をかすった気がした。

だから彼は地下室で寝て、首の筋をちがえ、死んで久しい犬と、新しすぎる葉巻のにおいを鼻孔に吸いためて眼覚めたのだった。そのとたん、階上《うえ》から声高な言い争いが聞こえた。女たちの声。ルーサーは母親とひとりの姉と育ち、そのふたりは一九一四年に流行《はや》った熱病で亡くなっていた。つい気を許して彼女たちのことを考えたときには、息が止まるほど胸が痛んだ。ふたりとも誇り高く、たくましく、明るい声で笑う女たちで、ルーサーをとても強く愛していたからだ。

しかし、このふたりの口論もそれに負けないくらい激しかった。ルーサーに言わせれば、ふたりの女が互いに爪をむき出している部屋にあえて入る理由は、この世に存在しない。

それでも話の内容をもっとよく聞こうと忍び足で階段を上がり、聞いたことばにハロウェイ家の犬と立場を替わりたくなった。

「ちょっと体調が悪いだけよ、おばさん」

「嘘を言うんじゃないの。わたしに嘘をつくなんて！　つ、わりは見ればわかる。どのくらいまえから？」

「妊娠なんてしてない」

「ライラ、あなたはわたしの妹の娘。わたしの名づけ子。でもいい、あと一度でもわたしに嘘をついたら、頭から足の先まで鞭打ちにするよ。わかった？」

ライラが泣きはじめるのが聞こえ、その姿を思い浮かべてルーサーは恥じ入った。

マルタが金切り声で「ジェイムズ！」と叫び、大男の足音が台所に近づいてくるのが聞こえた。このときのために散弾銃でも持ってきたのだろうか。

「あの若いのをここに連れてきて」

ルーサーはジェイムズが開けるより先にドアを開けた。部屋に入るまえに、マルタの眼は彼の全身を睨《ね》めつけていた。

「みずから現われたね、ミスター大物。わたしたちは教会にかよう人間だと言ったのを憶えてる、ミスター大物？」

ルーサーは何も言わないのがいちばんだと思った。

「クリスチャンてこと。わたしたちはこの家で罪を犯すことは許さない。でしょ、ジェイムズ？」

「アーメン」ジェイムズが言った。手に聖書を持っている。ルーサーにとって、想像していた散弾銃よりはるかに怖い代物だった。

「あなたはこの罪のないかわいそうな娘を妊娠させた。で、何を期待してるわけ？　あなたに訊いてるの、さあ、何？」

ルーサーは小柄な女に恐る恐る眼を落として、彼女のなかの怒りがいまにも自分に嚙みつきそうなのを見て取った。

「あの、おれたちはまだ——」

「〝おれたちはまだ〟なんて聞きたくもない」マルタは左足で台所の床を踏みつけた。「誰だろうとちゃんとした人が、グリーンウッドであなたに家を貸してやるなんて、たったの一秒でも思ったとしたら大まちがいよ。わたしの家にもあと一秒だっていさせない。お断わり。たったひとりの姪を妊娠させておいて、好きなところをほっつき歩けると思ってるの？　断言するけど、今日このときから、ここでそんなことはさせない」

ルーサーは、ライラが涙を流しながらこちらを見ているのに気がついた。

彼女は言った。「どうしましょう、ルーサー」

一方、ジェイムズはビジネスマンであり、整備士であると同時に、聖職者かつ治安判事でもあることが判明した。彼は聖書を掲げて言った。「きみのジレンマを解決する方法がひとつだけあると思うがね」

3

レッドソックスが本拠地で初めてカブスとワールドシリーズの試合をおこなった日、一分署の当直の巡査部長ジョージ・ストリヴァキスがダニーとスティーヴを事務室に呼んで、船酔いはしないほうかと尋ねた。

「なんですって？」

「船酔いは大丈夫かと訊いたんだ。港湾警察のふたりに加わって、われわれのために船に乗ってくれないか？」

ダニーとスティーヴは互いに顔を見合わせ、肩をすくめた。

「正直に話そう」ストリヴァキスは言った。「何人かの兵士がそこで病気になってる。メドウズ警部は副本部長から、副本部長はオマラその人から命令を受けて、できるだけ早く対処せよとのことだ」

「どういう病気です？」スティーヴが訊いた。

ストリヴァキスは肩をすくめた。

スティーヴは鼻を鳴らした。「どういう、どういう病気なんです、巡査部長？」

また肩をすくめた。そのしぐさが何よりダニーを不安にさせた。老練なジョージ・ストリヴァキスは、事前に知識を与えたという証拠をいっさい残したくないのだ。

ダニーは言った。「どうしてわれわれなんです？」

「すでに十人に断わられたからだ。きみたちは十一人目と十二人目だ」

「ほう」スティーヴが言った。

ストリヴァキスは身を乗り出した。「われわれが望むのは、大都市ボストンの警察を誇らかに代表するふたりの聡明な警官だ。きみたちはこの船に出向き、状況を調べ、その場で同胞にとって最善の決断をおこなう。見事任務を完遂した暁《あかつき》には、半日の休暇と、きみたちの愛する市警から永遠の感謝が捧げられる」

「もう少し配慮してもらえるとありがたいな」ダニーが言い、机の向こうの巡査部長を見やった。「愛する市警には変わらぬ敬意を捧げますが、もちろん」

最終的に取引が成立した――兵士たちの病気がなんであれ、それに感染した場合には有給病気休暇、続けて二回の土曜の休暇、続けて三回の制服のクリーニング代を署が支払うこと。

ストリヴァキスが「がめつい傭兵だ、ふたりとも」と言い、契約締結のしるしにふたりと握手した。

アメリカ艦《USS》マッキンリーはフランスから到着したばかりだった。サン・ミエイ、ポンタ・ムーソン、ヴェルダンといった場所で戦った兵士たちを乗せていた。マルセイユからボストンの航海のどこかで数人の兵士が病気になった。そのうち三人の症状が重篤で、船医はデヴンズ基地の担当の大佐に連絡し、軍病院にただちに移さなければ彼らは日没前に死ぬと告げた。そこで、よく晴れた九月の午後、ワールドシリーズ警備の楽な仕事をしていてもおかしくないときに、ダニーとスティーヴはコマーシャル埠頭で港湾警察の警官ふたりに合流した。カモメは霧を追って海に出ていき、水辺の黒い煉瓦《れんが》から蒸気が立ち昇っていた。

港湾警察のひとり、イーサン・グレイというイギリス人が、ダニーとスティーヴに外科手術用のマスクと白い綿の手袋を渡した。

「つけたほうがいいと言われたよ」グレイは鋭い陽射しのなかで微笑んだ。

「誰に？」ダニーはマスクを頭からかぶり、顔に引き下げて、首まで落とした。

イーサン・グレイは肩をすくめた。「どこにでもいる形式主義ですべてお見通しのやつらに」

「ああ、そいつらか」スティーヴが言った。「嫌なやつらだ」

ダニーは手袋をズボンのうしろのポケットに入れ、スティーヴも同じことをするのを見つめた。

港湾警察のもうひとりは、埠頭で会ってからひと言もしゃべっていなかった。小柄な男で、痩せて顔色が悪く、濡れた前髪がにきびだらけの額に垂れかかっている。袖口から火傷《やけど》の跡がのぞいていた。近づいてみて、ダニーはその男の左耳の下半分がないことに気がついた。

なるほど、サリュテーションか。

白い閃光と黄色い炎、崩れた床と漆喰《しっくい》の雨からの生き残り。ダニーはあの爆発事件の最中に彼を見た記憶がなかったが、それを言えば、爆発のあとで憶えていることはあまりない。

その警官は黒い鉄の支柱にもたれ、背の割に長い脚をまえに伸ばして、ダニーと眼が合うことを極力避けていた。これもサリュテーションの事件の生き残りに共通する特徴だ——互いに認め合うのは決まりが悪い。

大型ボートが埠頭に近づいてきた。イーサン・グレイがダニーに煙草を一本差し出した。ダニーはうなずいて感謝し、受け取った。グレイは煙草のパックをスティーヴのほうにも向けたが、スティーヴは首を振った。

「で、当直の巡査部長からどんな指示を受けた?」

「単純なものだ」ダニーは身を屈め、グレイから火をもらった。「追って連絡があるまで、兵士全員を船にとどめておくようにと」

グレイはうなずき、ふうっと煙を吐き出した。「われわれも同じだ」

「それでも彼らが戦時の連邦政府の権限といった御託《ごたく》を並べて上陸しようとしたら、ここは彼らの国かもしれないが、そのまえにあんたらの港であり、おれたちの街だとはっきり伝えるように、とも言われた」

グレイは舌に残った煙草の葉を取って、潮風に飛ばした。「きみはトミー・コグリン警部の息子だろう。ちがうか?」

ダニーはうなずいた。「どうしてわかった?」

「うむ、まず、きみの年齢でこれほど自信満々の巡査は見たことがない」グレイはダニーの胸を指さした。「それから、名札も役に立った」

ダニーは煙草の灰を落とした。ボートがエンジンを切った。前後が入れ替わるまで回転し、右舷の船尾が埠頭の壁にぶつかった。下士官が左舷側から出てきてグレイの相棒に舫《もや》い綱を投げた。彼がそれを結んでいるあいだに、ダニーとグレイは煙草を吸い終え、下士官に近づいていった。

「マスクをつけろよ」スティーヴ・コイルが言った。

下士官は数回うなずき、うしろのポケットからマスクを取り出した。そのあと二度、敬礼した。イーサン・グレイ、スティーヴ・コイル、ダニーが最初の敬礼に応えた。

「何人乗ってる?」グレイが訊いた。

下士官はまた敬礼しかかって、その手をおろした。「自分と医師と操舵手だけです」

ダニーは喉からマスクを引き上げ、口を覆った。煙草を吸わなければよかったと思った。においがマスクのなかにこもって鼻孔を満たし、唇や顎にも広がった。

主船室で医師と会っているうちに、ボートが埠頭を離れた。医師は老人で頭が半分禿《は》げ上がり、残った白髪がふさふさと生け垣のように立っていた。マスクをつけておらず、ダニーたちのマスクに手を振った。

「はずしてもいいぞ。ここにいる者は罹《かか》っていない」

「どうしてわかるんです?」ダニーが言った。

老人は肩をすくめた。「信念かな」

ボートは波を乗り越えて進んでいた。自分が船酔いするかどうかもわからないのに、制服にマスクという姿で突っ立っているのが馬鹿らしく思えた。じつに滑稽《こっけい》だ。ダニーとスティーヴはマスクをはずした。グレイもあとに続いた。しかし、グレイの相棒はマスクをつけたままで、こいつらは頭がおかしいのかという眼で三人の警官を見た。

「ピーター」グレイが言った。「大丈夫だ」

ピーターは床に眼を落として首を振り、マスクをはずさなかった。

ダニー、スティーヴ、グレイは小さな食卓を挟んで医師の向かいに坐った。

「そちらが受けた命令は？」医師が言った。

ダニーが説明した。

医師は眼鏡の跡がついた鼻の両脇をつまんだ。「そんなところだろうと思った。病人を軍の輸送機関で運びたいと言ったら、きみたちの上司は反対するかね？」

「どこへ運ぶんです？」ダニーが言った。

「デヴンズ基地だ」

ダニーはグレイを見た。

グレイは微笑んだ。「一度港を離れれば、こちらの管轄ではない」

スティーヴ・コイルが医師に言った。「うちの上司は、われわれが対処するのはどんな病気か知りたがるでしょうね」

「正確なところはわからない。ヨーロッパで流行《はや》っていたインフルエンザの変種かもしれんし、ほかのものかもしれない」

「流感だったとして」ダニーが言った。「ヨーロッパではどのくらい流行ってました？」

「大流行だ」医師は静かに言った。眼が澄んでいた。「この菌は、八カ月ほどまえにカンザス州フォート・ライリー基地に初めて現われたものの類似種かもしれない」

「訊いてよければ」グレイが言った。「その種はどのくらい危険なのかな、ドクター？」

「二週間以内に、かかった兵士の八十パーセントが死んだ」

スティーヴが口笛を吹いた。「だったらそうとう危険だ」

「そのあとは？」ダニーが訊いた。

「どういう意味だね？」

「兵士を殺して、そのあとはどうなったんです？」

医師は彼らに皮肉な笑みを向け、指を軽く鳴らした。「消えたのだ」

「だが戻ってきた」スティーヴ・コイルが言った。

「可能性はある」医師は言った。また鼻をつまんだ。「兵士たちはあの艦で次々と病気になっている。あんなふうに詰めこまれてるだろう。感染を防ぐ立場から見れば、考えうるなかで最悪の環境だ。移送できなければ、今晩じゅうに五人死ぬだろう」

「五人？」イーサン・グレイが言った。「三人と聞いたが」

医師は首を振って五本の指を立てた。

軍艦マッキンリーに乗りこみ、広い艦尾で医師と少佐の一団に会った。空が一面暗くなっていた。雲は彫刻の手足のようにたくましく、石の灰色で、ゆっくりと海の上を渡って市街へ、赤煉瓦とガラスのほうへと移動していた。

ギデオン少佐が言った。「どうして巡査などよこす?」ダニーとスティーヴを指さした。

「きみたちには公衆衛生に関する決定を下す権限がない」

ダニーとスティーヴは何も言わなかった。

ギデオンはくり返した。「どうして巡査など?」

「警部は誰もこの仕事を志願しなかったからです」ダニーが言った。

「面白がってるのか?」ギデオンは言った。「私の部下は病気なんだ。きみたちが戦おうともしなかった戦争で戦って、いま死にかかってるんだ」

「冗談を言おうとしたのではありません」ダニーはスティーヴ・コイル、イーサン・グレイ、そして火傷跡のあるピーターを手で示した。「これは志願による任務でした、少佐。われわれのほかには誰もここに来たがらなかったのです。ちなみに、われわれには権限があります。いまの状況で受け入れられること、受け入れられないことに関して、明確な指令を与えられています」

「受け入れられることとは?」医師のひとりが訊いた。

「港湾については」イーサン・グレイが言った。「兵士をボートでコモンウェルス埠頭にのみ運ぶことができる。そこから先はボストン市警の管轄だ」

一同はダニーとスティーヴを見た。

ダニーが言った。「知事、市長、そして州内のすべての警察署がもっとも重視するのは、社会全体にパニックを引き起こさないことです。したがって、夜の闇にまぎれて軍の輸送トラックをコモンウェルス埠頭で待機させてください。病人をそこでおろして直接デヴンズまで運んでもらいます。途中で停車しないこと。警察車一台がサイレンを使わずに先導します」ダニーは睨みつけるギデオン少佐と眼を合わせた。「よろしいですか？」

ギデオンはようやくうなずいた。

「国防軍には通知してあります」スティーヴ・コイルが言った。「彼らはデヴンズ基地に前哨地点を設けて憲兵隊と協力し、本件が沈静化するまでひとりも基地の外に出ないようにする」

イーサン・グレイが医師団に質問を向けた。「沈静化するのにどのくらいかかる？」

背が高く亜麻色の髪をした医師が答えた。「わからない。人を殺したいだけ殺したあと、ふいに消えてなくなるのだ。一週間で終わるかもしれないし、九カ月かかるかもしれない」

ダニーが言った。「一般市民に広がるのを防げるなら、われわれの上司はこのやり方でかまわない」

同じ医師がふっと笑った。「戦争は終わりかけている。ここ数週間は続々と兵士たちが帰還している。これは伝染病なのだ、諸君、それもかなり力のある。すでに感染者がきみたちの街に入っていると考えたことはないのかね？」警官たちを見すえた。「すでに遅すぎる、完全に手遅れだと考えたことは？」

ダニーはたくましい雲がゆっくりと内地に進んでいくのを見つめた。空の残りの部分は晴れていた。太陽が高く、鋭い陽射しで戻ってきた。長い冬のあいだに夢見るような最高の日和だった。


五人の重症患者がダニーたちとボートに乗った。まだ夕暮れにもほど遠いころだった。ダニー、スティーヴ、イーサン・グレイ、ピーターとふたりの医師が主船室に入り、病気の兵士たちは右舷デッキに横たえられて、別のふたりの医師が付き添った。ダニーは兵士たちが滑車とロープでボートにおろされるのを見た。頭はしなび、頬はこけ、髪は汗にまみれ、唇は嘔吐物《おうとぶつ》に覆われて、みなすでに死んでいるように見えた。五人のうち三人の体は蒼白く、唇はめくれ、眼は大きく見開かれて異様に輝いていた。はあはあと苦しそうに息をしていた。

四人の警官は船室にとどまっていた。仕事柄、彼らは危険の多くが説明によって片づくことを学んでいる。撃たれたり刺されたりしたくなければ、銃やナイフをもてあそぶ連中とはつき合わない。強盗に遭いたくなければ、正体なく酔っ払って酒場を出ない。金を失いたくなければ、賭けごとはしない。

だが、これはまったく種類がちがった。彼らの誰が同じ病気に罹《かか》ってもおかしくなかった。全員の身に起きてもおかしくないことだった。

分署に戻って、ダニーとスティーヴはストリヴァキス巡査部長に報告をおこない、別れた。スティーヴは兄の未亡人のところへ、ダニーは飲む場所を探しにいった。一年後、スティーヴはコイル未亡人とまだつき合っているかもしれないが、ダニーが飲む場所を見つけるのははるかにむずかしくなっているかもしれない。東海岸と西海岸が不景気と戦争、電話と野球、アナーキストと彼らの爆弾のことを心配しているあいだに、南部や中西部では、革新主義者と昔ながらの宗教がらみの勢力が台頭していた。禁酒法案が下院に提出されたときでさえ、それを真剣に受け止めている人間をダニーはひとりも知らなかった。この国の体制に見られるさまざまな変化を考えれば、取りすました独善的な禁欲主義者たちにチャンスがあるとはとても思えなかった。が、彼らにはチャンスだけでなく、足がかりすらあったことを、国じゅうの人間がある朝眼覚めて知ったのだった。それは、ほかの誰もがより大切と思われるものに気を取られていたあいだに築かれていた。いまやあらゆる成人が飲酒する権利は、たったひとつの州にかかっていた――ネブラスカだ。二カ月以内にこの州がヴォルステッド法を批准するか否かによって、酒をこれほど愛する国全体で禁酒が実施されるかどうかが決まる。

ネブラスカ。ダニーは州名を聞いても、トウモロコシ、穀物貯蔵用のサイロ、黄昏《たそがれ》の藍色《あいいろ》の空ぐらいしか思い浮かべられなかった。あとは小麦だ。あたり一面の小麦の穂。彼らは酒を飲むのだろうか。酒場はあるのだろうか。それともサイロだけ？

教会があるのはまちがいない。説教者が空に拳を突き上げ、見てのとおりビールの白い泡と、茶色の移民と、不信心な密通がはびこる北東部を痛罵していることだろう。ネブラスカだと。よりにもよって。

ダニーはショットグラスに二杯のアイリッシュウィスキーと、マグに入った冷たいビールを注文した。白いアンダーシャツの上に、ボタンをかけずに着ていたもう一枚のシャツを脱いだ。カウンターにもたれかかると、バーテンダーが飲み物を持ってきた。バーテンダーの名はアルフォンスで、街の東部のごろつきや強請屋《ゆすりや》とつき合いがあるという噂だが、ダニーは、具体的な証拠をつかんでいるお巡りには一度も会ったことがなかった。もちろん、問題の容疑者が気前のいいバーテンダーだった場合、誰がしつこく問い質《ただ》す？

「ボクシングをやめたって本当ですか？」

「どうだろうな」ダニーは言った。

「あなたの最後の試合で金を取られましたよ。ふたりとも第三ラウンドまでもつはずだった」

ダニーは両手を広げた。「相手が卒中を起こしやがった」

「あなたのせいですか？　見たところ彼も闘う気だったけど」

「そうか？」ダニーはショットグラスをひとつ空けた。「だったら問題ない」

「ボクシングがやれなくて寂しい？」

「まだそんなことはない」

「それはよくないな」アルフォンスはダニーの空いたグラスをカウンターから取り上げた。

「人は愛し方を忘れたことについては寂しく思わないものだ」

「なんとね」ダニーは言った。「その賢い助言にいくら払えばいい？」

アルフォンスはハイボールのグラスのなかに唾《つば》を吐いて、カウンターの向こうに片づけにいった。彼の言うことにも一理あるのかもしれない。いまダニーは何かを殴ることを愛していなかった。港の静けさとにおいを愛していた。酒も。あといくつか挙げろと言われれば、ほかにも愛しているものがある――働く女、アルフォンスがカウンターの奥に保存している豚足。そしてもちろん、夏の終わりの風、それから毎晩イタリア人たちが路地で奏でる悲しげな音楽。区画から区画へと移動しながら、フルートがバイオリンに、バイオリンがクラリネットかマンドリンに旋律を渡していく。充分酔ったときには、ダニーはこの世界のすべてを愛した。

肉厚の手が彼の背中をぱんと叩いた。振り返るとスティーヴが彼を見下ろし、片方の眉を上げていた。

「まだ同席の客を受け付けるか？」

「まだな」

「まだ一ラウンド目か？」

「一ラウンド目だ」ダニーはアルフォンスの黒い眼をとらえ、カウンターを指さした。「コイル未亡人はどこだ？」

スティーヴは肩をすぼめてコートを脱ぎ、席についた。「祈ってる。ロウソクに火をともして」

「なぜ？」

「理由はない。愛、かな？」

「彼女に話したな」ダニーは言った。

「話した」

アルフォンスがスティーヴにライウィスキーのグラスと、ビールの大きなジョッキを持ってきた。彼が去ると、ダニーは言った。「具体的に何を話した？　船での流感について」

「少しだけだ」

「少しだけ」ダニーは二番目のショットグラスを空けた。「州、連邦、管海官庁から固く口止めされてるんだぞ。それを未亡人にしゃべったのか」

「たいしたことじゃない」

「ならどんなことなんだ」

「わかった、たいしたことだよ」スティーヴも自分のグラスをあおった。「彼女は子供たちをひっつかまえて教会に走っていった。彼女が話すのはキリストその人だけだ」

「そして牧師にだ。それから司祭ふたり、尼僧数人。彼女の子供もいる」

スティーヴは言った。「どっちみち、長いこと隠してはおけないさ」

ダニーはビールのマグを持ち上げた。「まあ、おまえは刑事をめざしてるわけでもないし」

「乾杯」スティーヴがマグに自分のジョッキを当てた。ふたりが飲んでいると、アルフォンスが彼らのショットグラスをまた満たして離れていった。

ダニーは両手を見た。船に乗っていた医者は、流感は手に現われることがあると言っていた。たとえ喉や頭にほかの徴候がないときでさえ。指のつけ根のあたりの皮膚が黄色くなり、指先が太くなり、関節がうずきはじめると。

スティーヴが言った。「喉はどうだ？」

ダニーはカウンターから両手をおろした。「大丈夫だ。おまえは？」

「申し分ない。いつまでこれを続けるつもりだ？」

「何を？」ダニーは言った。「飲むことか？」

「路面電車の運転手より少ない給料で、体を張って働くことだ」

「路面電車の運転手は重要だ」ダニーはグラスを掲げた。「市の便益《べんえき》のために欠かせない」

「港湾労働者は？」

「彼らも」

「コグリン」スティーヴは言った。快活な口調だが、スティーヴがダニーをラストネームで呼ぶのは怒っているときだ。「コグリン、おれたちにはおまえが必要だ。おまえの声が。もっと言えば、おまえの魅力が」

「おれの魅力？」

「いいかげんにしろ。言いたいことはわかるだろう。心にもない謙遜はアヒルの屁ほども役に立たない。それは真実だ」

「役に立たないって、誰の？」

スティーヴはため息をついた。「彼らと闘うおれたちだ。彼らはできることならおれたちを殺したいと思ってるんだぞ」

「大げさなことを言うなよ」ダニーはあきれて眼を天井に向けた。「俳優一座を探したほうがいいんじゃないか」

「ダン、あいつらはなんの保証もなく、おれたちをあの船に送りこんだ」

ダニーは顔をしかめた。「続けて土曜二回を休める。それと――」

「死んでもおかしくない任務だぞ。おれたちはなんのためにあそこに行った？」

「職務か？」

「職務だと」スティーヴは顔をそむけた。

ダニーはふっと笑った。たちまち素面《しらふ》に戻った雰囲気を和らげるものは何かないだろうか。

「誰がおれたちを危険にさらす、スティーヴ？　聖母の名のもとに、誰だ？　おまえにこれほどの逮捕記録があるのに？　うちの親父やおじもいるのに？　誰がおれたちを危険にさらすんだ」

「連中はやるさ」

「なぜ？」

「できないなんて考えてみたこともないからだ」

ダニーはまた乾いた笑い声を発したが、ふいに自分だけ遅れをとっているような気がした。急流に落としたコインを焦って拾おうとしている男のように。

スティーヴが言った。「彼らは自分たちがおれたちを必要としているときには職務について話すが、おれたちが彼らを必要としているときには、予算について話す。気づいてたか?」スティーヴはグラスをダニーのグラスに静かに当てた。「今日したことのためにおれたちが死んだら、ダン、あとに残された家族はくそ十セントも受け取れないぞ」

ダニーは酒のなくなったカウンターに、うんざりしたような笑いをもらした。「だったらどうすればいい?」

「闘うんだ」スティーヴは言った。

ダニーは首を振った。「いま世界じゅうが戦ってる。フランス、あのベルギー、いったい何人死んだ? 誰も数すらわかってない。あそこで何か進展があったか?」

スティーヴも首を振った。

「だから?」ダニーはものを壊したい衝動に駆られた。何か大きなもの、粉々《こなごな》に砕けるものを。「それが世界のあり方だ、スティーヴ。このくだらない世界はそうなってるんだ」

スティーヴ・コイルはまた首を振った。「ひとつの世界のあり方だ」

「知るか」ダニーは、自分がより大きな背景、より大きな犯罪の一部だという、このところ抱いている感覚を振り払おうとした。「もう一杯おごるよ」

「やつらの世界だ」スティーヴが言った。

4

日曜の午後、ダニーは〝長老たち〟に会いに、サウス・ボストンの父親の家に行った。日曜のディナーは政治的な集まりで、食後の時間にダニーを招待することによって、長老たちは彼をいわば聖別している。ダニーは秘蹟の恵みに刑事のバッジが含まれていること——過去数ヵ月、父親とエディおじの双方からほのめかされている——を期待していた。二十七歳で刑事になれば、ボストン市警の史上最年少だ。

父親が前夜に電話をかけてきた。「ジョージ・ストリヴァキスは焼きがまわってきたという噂だな」

「気づかなかったけど」ダニーは言った。

「おまえを特殊任務に送りこんだ」父親は言った。「ちがうか？」

「特殊任務を提案してきて、おれが受け入れた、それだけです」

「疫病に冒された船に送りこんだ」

「疫病は言いすぎだと思う」

「ならどう言う？」

「性質《たち》の悪い肺炎かな。疫病はちょっとドラマティックすぎませんか？」

父親はため息をついた。「いったいおまえは何を考えてる」

「スティーヴがひとりでやるべきだったと？」

「必要ならば」

「すると彼の命はおれの命より価値が低いことになる」

「誰かがやらなきゃならなかったんだ、父さん」

「彼はコイルだ、コグリンではない。私は理屈抜きで自分の家族を守る」

「それはコグリン家の人間ではない」父親は言った。「おまえではない。おまえをここまで育てたのは、自殺と変わらぬ任務に志願させるためではない」

「市民を守り、市民に奉仕するため」

柔らかな、あるかなきかのため息。「明日の食事会に来なさい。四時きっかりに。なんとか来られるか？　それともおまえにはあまりにも健康的な時間か？」

ダニーは微笑んだ。「行けますよ」と答えたが、父親はすでに電話を切っていた。

かくして彼は翌日の午後、K通りを歩いていた。太陽が茶色と赤の煉瓦で穏やかに照り返し、開いた窓からキャベツやジャガイモや骨つきのハムを茹《ゆ》でるにおいが漂ってきた。ほかの子たちと通りで遊んでいた弟のジョーがダニーを見て、顔を輝かせ、歩道を走ってきた。

ジョーは日曜でいちばんの恰好をしていた——膝丈のズボンの裾《すそ》をボタンでとめた、チョコレート色のニッカーボッカーふうスーツ、白いシャツに青いネクタイ、スーツと合わせたゴルフ帽を斜《はす》にかぶっている。母親がそれらを買ったときに、ダニーもその場にいた。ジョーは終始そわそわしていた。母親とノラは、なんて男らしく見えるの、とってもハンサム、本物のオレゴンのカシミアのスーツよ、お父さんもあなたぐらいの子供のときに、こんなスーツを着られたらと夢見たはず、とまくしたてた。その間、ジョーはなんとか逃げ出したいと思っているような顔でダニーをずっと見ていた。

ダニーは走ってきたジョーをつかまえて持ち上げ、抱きしめた。弟のなめらかな頬を自分の頬に押しつけた。ジョーの腕が首にしがみついてきて、ダニーは弟にこれほど愛されていることをどうしてしょっちゅう忘れてしまえるのだろうと驚いた。

ジョーは十一歳で、歳の割に小さいが、近所のタフな子たちのなかでもとりわけタフであることで体格を補っている。ジョーはダニーの腰のまわりに脚をからめ、顔を離して微笑んだ。「ボクシングをやめたって聞いたけど」

「そういう噂だな」

ジョーは手を伸ばしてダニーの制服の襟に触れた。「どうして？」

「おまえを鍛えてやろうと思ってな」ダニーは言った。「まず手始めにダンスを教える」

「誰もダンスなんてしないよ」

「するとも。偉大なボクサーはみなダンスを習った」

弟を抱いたまま歩道を数歩進み、ぐるぐる振りまわした。ジョーは彼の肩を叩いて「やめて、やめて」と言った。

ダニーはまたまわった。「恥ずかしいか？」

「やめてよ」ジョーは笑い、またダニーの肩を叩いた。

「友だちが大勢いるまえで？」

ジョーはダニーの両耳をつかんで引っ張った。「だからやめて」

通りにいる子供たちは、怖がるべきかどうか決めかねてダニーを見ていた。ダニーは言った。「誰かほかにやってもらいたいやつはいるか？」

ジョーを離して持ち上げ、くすぐりながら歩道におろした。そこでノラが階段の上の玄関のドアを開け、ダニーは逃げ出したくなった。

「ジョーイ」ノラは言った。「お母さんが入りなさいって。きれいにしなきゃならないから」

「もうきれいだよ」

ノラは片方の眉を上げた。「訊いてるんじゃないの。来なさいってこと」

ジョーは困った顔で友だちに別れの手を振り、重い足どりで階段を上がっていった。まえを通る彼の髪をノラがくしゃっと触ったが、ジョーはその手を払って歩いていった。ノラはドアの枠にもたれ、ダニーに眼を向けた。ノラと年老いた黒人のエイヴリー・ウォレスが、コグリン家の家事を手伝っている。ただ、ノラの実際の仕事は、エイヴリーのものよりずっとあいまいだ。彼女は偶然か神の計らいにより、五年前のクリスマスイブにコグリン家に現われた。アイルランド北部の海岸から逃げてきて、歯をガチガチ鳴らして震え、肌は灰色だった。何から逃げてきたのかは誰にもわからないが、霜と汚泥にまみれているところを、ダニーの父親がオーバーコートにくるんで家に連れ帰ってから、彼女はコグリン家に欠かせない背景の一部になっていた。家族ではない。少なくともダニーにとってそこまではいっていないが、すっかり家に溶けこみ、なじんでいた。

「なんの用事？」彼女は訊いた。

「長老たちだ」彼は答えた。

「例の計画やら企みやらね、エイデン。それであなたは彼らのプランのどこに当てはまるの？」

ダニーは少し身を乗り出した。「いまだにおれを〝エイデン〟と呼ぶのは母さんだけだ」

ノラは身を反《そ》らした。「わたしを母親と呼ぶわけ？」

「呼ばない。ただきみはいい母親になると思うけど」

「あなたの口じゃバターも溶けないわ」

「きみは溶ける」

それに彼女の眼が反応した。ほんの一瞬。薄いバジル色の眼。「そのことばであなたは告解に行かないとね」

「誰にも、何も告解する必要はない。きみが行けよ」

「なぜわたしが行かなきゃならないの？」

ダニーは肩をすくめた。

ノラはドアにもたれ、午後の微風のにおいを嗅《か》いだ。いつものようにその眼は傷つき、考えを読むことができなかった。ダニーは両手がもげ落ちるまで彼女の体を抱きしめたかった。

「ジョーに何を言った」

ノラはドアから離れて腕を組んだ。「なんのこと？」

「おれのボクシングのことだ」

彼女は小さく悲しい笑みをもらした。「あなたは二度とボクシングをしないと言ったわ。簡単なことよ」

「簡単？」

「その顔に書いてある、ダニー。あなたはもうボクシングを愛してない」

ダニーはうなずきそうになるのをこらえた。ノラの言うことは正しく、彼女にそれほど簡単に見抜かれたことに耐えられなかった。ノラはいつもそうだった。これからもそうだとダニーは確信していた。なんと怖ろしいことだろう。ときに、これまでの人生でまき散らしてきた自分の一部のことを考える。ほかのダニーのことを――幼いダニー、かつて大統領になりたかったダニー、大学に行きたかったダニー、そしてすっかり手遅れになってから、ノラを愛していることに気づいたダニー。それぞれかけがえのない自分の一部があちこちに散らばっている。なのに彼女はダニーの核となる部分を手にしている。それも、財布の底にタルクの白い粉末や小銭といっしょに入れているかのように、何気《なにげ》なく。

「なかに入るのね」彼女は言った。

「ああ」

ノラはドアのうしろに下がった。「それなら早くして」


長老たちが食事をとるために書斎から出てきた。血色がよく、すぐにウィンクをする男たち。ダニーの母親とノラを旧世界ふうに恭《うやうや》しく遇し、ダニーは内心それを不快に思っていた。


まず席についたのは市議会議員のクロード・メスプリードと、六区の政治指導者パトリック・ドネガンだった。ブリッジを愉しむ老夫婦のように抜け目なくペアを組んでいる。

彼らの向かいに坐ったのは、サフォーク郡地区検事であり、ダニーの弟コナーの上司でもある、サイラス・プレンダギャスト。サイラスは立派で道徳的にまっすぐな外見を繕《つくろ》う才能の持ち主だが、そのじつ根っからのおべっか使いで、区の有力者に取り入ってロースクールの学費を払ってもらい、卒業後はおとなしくして、毎日いくらか酔っ払っていた。

テーブルの端でダニーの父親の隣にいるのが、市警副本部長のビル・マディガン。一部ではオマラ本部長にもっとも近い人物と言われている。

マディガンの横に坐っている男にダニーは会ったことがなかったが、チャールズ・スティードマンという名だとわかった。背が高くもの静かで、部屋を満たす五十代なかばの男たちのなかでただひとり、散髪代に三ドルを払っていた。白いスーツに白いネクタイを締め、足首に二色のゲートルをつけている。ダニーの母親に訊かれて、ニューイングランド・ホテル・レストラン協会副会長、サフォーク郡信託証券組合長といった多くの役職についていると説明した。

ダニーの母親は眼をぱちくりさせ、ためらいがちに笑みを浮かべた。ダニーには、母親がスティードマンの言ったことを何も理解していないのがわかったが、彼女はともかくうなずいた。

「それは世界産業労働組合《IWW》のような組合ですか？」ダニーは尋ねた。

「IWWの連中は犯罪者だ」父親が言った。「破壊活動家だ」

チャールズ・スティードマンは手を上げて制し、ダニーに微笑んだ。ガラスのように透き通った眼だった。「IWWとは少しちがうな、ダニー。私は銀行家だ」

「まあ、銀行家！」母親が言った。「すばらしいわ」

最後にテーブルにつき、ダニーの弟のコナーとジョーのあいだに坐ったのは、おじのエディ・マッケンナだった。血のつながったおじではないが、それでも家族であり、移住してきた国の通りを走りまわるティーンエイジャーのころから、ダニーの父親の親友だった。彼とダニーの父親は、ボストン市警で周囲を圧倒するふたり組だった。トマス・コグリンが簡潔さの象徴だとすれば――短い髪、痩せた体、無駄のない話しぶり――エディ・マッケンナは欲を形にしたような巨漢で、何かと大げさな話を好んだ。エディはすべての街頭行進を取り締まる市警の特捜隊を率いていた。対象には要人訪問、労働ストライキ、暴動、その他市民のあらゆる騒乱が含まれる。エディの監督のもと、特捜隊はさらにあいまいで強力な組織——犯罪を抑止する警察内の影の警察——になっていた。〝犯罪の源が動きだすまえに動いて対処する〟と言われている。常時活動しているエディの部下のカウボーイたち——市警から追放するとオマラ本部長が確約した類いの警官たち——は、これから強盗に向かうチンピラ集団に襲いかかり、チャールズタウン刑務所から逃げ出した囚人を脱獄後五歩で引っ捕らえ、たれこみ屋、無宿人、通りのスパイの強力なネットワークを持っていた。エディは彼らの名前と、過去にあったやりとりをすべて頭のなかに入れており、街の警官はひとり残らずその恩恵を受けていた。

エディはテーブル越しにダニーを見て、彼の胸にフォークの先を向けた。「昨日、おまえが港で神の仕事をしているあいだに起きたことを聞いたか？」

ダニーは慎重にかぶりを振った。昨夜スティーヴ・コイルと並んで飲んだ酒で酔っ払い、午前中はずっと寝ていたのだ。ノラが最後の料理を運んできた。テーブルに置かれたサヤインゲンのニンニク炒《いた》めが湯気を立てた。

「ストライキだ」エディ・マッケンナは言った。

ダニーは困惑した。「誰が？」

「ソックス対カブス」コナーが言った。「ジョーと見にいったんだ」

「あいつらみんな戦争に送りこんで、皇帝《カイザー》と戦わせればいい」エディは言った。「怠け者のボルシェヴィキどもめ」

コナーがくすっと笑った。「信じられるか、ダン？　ものすごい騒ぎだったよ」

ダニーは場面を想像しながら微笑もうとした。「冗談じゃないよな？」

「本当にあったんだ」ジョーが興奮しきって言った。「みんなオーナーに腹を立てて、プレーしようとしなかった。それで観客がものを投げて叫びはじめたの」

「だから」コナーが言った。「ハニー・フィッツ（のちのケネディ大統領の祖父、ジョン・F・フィッツジェラルドのこと）を連れてきて、観客をなだめなきゃならなかった。市長も観戦に来てたんだぜ。副知事も」

「カルヴィン・クーリッジ」ダニーの父親が首を振った。クーリッジの名前が出てくるたびにそうする。「マサチューセッツ州に、ヴァーモント州出身の共和党員とはな」ため息をついた。「神よ、われらを守りたまえ」

「とにかく、ふたりとも試合に来てた」コナーが続けた。「でも、ピーターズはいまの市長かもしれないが、誰も気にかけちゃいない。だから彼よりよほど人気のある元市長のふたり、カーリーとハニー・フィッツを観客席に立たせた。ハニーがメガフォンを取って、本物の暴動になるまえに観客をなだめた。それでもみんなものを投げたり、ベンチを壊したり、もう大騒ぎだ。そのうち選手が試合に出てきたけど、誰ひとり歓声を送らなかった」

エディ・マッケンナが太鼓腹を叩き、鼻から音を立てて息を吸った。「ああいうボルシー（ボルシェヴィキの短縮形）どもはメダルを剥奪されるといい。試合に出るだけで〝メダル〟がもらえることだけでも胸くそが悪いのに。まあいい、野球はどのみち死んでる。国のために戦う勇気もない腑抜《ふぬ》けどもだ。なかでもルースが最悪だ。打ちたがってるって話を聞いたか、ダン？

今朝の新聞で読んだよ。もう投げたくないらしい。給料を上げることに加えてマウンドからおろさなければ、プレーしないと言ってる。信じられるか？」

「まあ、そういう世界だ」ダニーの父親が言って、ボルドーワインをひと口飲んだ。

「ちなみに」ダニーはテーブルを見渡して言った。「何が不満《ビーフ》だったんです？」

「は？」

「不満ですよ。何もないのにストライキはしない」

ジョーが言った。「同意したことにオーナーが違反した？」ダニーは、ジョーが細かいことを思い出そうとして眼を天井に向けるのを見つめた。ジョーはスポーツマニアで、とりわけ野球に関することでは、いまテーブルについている誰より信頼できる情報源だ。「約束した給料を減らしたって。シリーズでほかのチームはみんなもらってる額らしいよ。だからストライキをした」それですべてが説明できたというように肩をすくめ、ターキーにナイフを入れた。

「私はエディに賛成だ」父親が言った。「野球は死んでいる。もう二度ともとに戻らない」

「戻るよ」ジョーが必死に言った。「ぜったいに戻る」

「この国では」父親は数ある笑みのコレクションのなかから、今回は皮肉たっぷりの笑みを浮かべて言った。「みんな仕事が欲しいと思うくせに、いざ仕事がむずかしくなると坐りこんでしまうのだ」

ダニーとコナーは家の裏のポーチでコーヒーを飲み、煙草を吸った。ジョーがついてきて、裏庭の木に登った。いっしょにいてはならないが、兄たちがそれを指摘しないことはわかっていたので、気をきかせたのだ。

コナーとダニーは似ているところがあまりにも少なく、兄弟だと人に言っても冗談と思われるほどだった。ダニーは背が高く、黒髪で、肩幅が広いが、コナーは髪の色が薄く、父親のように痩せて小柄だ。ただ、ダニーは父親から青い眼とひねくれたユーモアのセンスを受け継いでいて、コナーの茶色の眼と気性——強情さを包みこむ愛想のよさ——は完全に母親譲りだった。

「父さんから聞いたけど、昨日、軍艦に行ったんだって？」

ダニーはうなずいた。「行った」

「病気の兵士がいたとか」

ダニーはため息をついた。「この家はハドソンのタイヤみたいに空気がもれてるな」

「おれは地区検事の下で働いてるから」

ダニーはくすっと笑った。「秘密情報を仕入れたわけか、え、コン？」

コナーは眉をひそめた。「どのくらい悪かった？　兵士の容態だけど」

ダニーは煙草に眼を落とし、親指と人差し指で挟んでまわした。「かなり悪かった」

「なんの病気？」

「正直なところ、わからない。インフルエンザかもしれないし、肺炎か、あるいは誰も聞いたこともないようなものかもしれない」ダニーは肩をすくめた。「兵士でとどまってくれればいいがな」

コナーはポーチの手すりにもたれた。「彼らはもうすぐ終わると言ってる」

「戦争か?」ダニーはうなずいた。「そうだな」

しばらくコナーは居心地が悪そうだった。地区検察局の新星であるコナーは、アメリカの参戦を声高に唱えてもいた。一方、彼もなぜか徴兵は免れた。ふたりの兄弟は、家族内の〝なぜ〟の原因が通常誰であるかを知っていた。

ジョーが「ねえ、見て」と言い、ふたりが見上げると、ジョーはどう登ったのか、上から二番目の枝に達していた。

「落ちて頭が割れるぞ」コナーが言った。「母さんに撃ち落とされる」

「割れるもんか」ジョーが言った。「それに母さんは銃を持ってない」

「父さんのを使う」

ジョーはそのことを考えるかのように、枝で動かなくなった。

「ノラは元気か?」ダニーはできるだけ自然な声で訊いた。

コナーは夜に向かって煙草を振った。「自分で訊けよ。彼女は変わった鳥だ。母さんと父さんのまえでは文句なしにふるまうだろう? けど、兄貴のまえでボルシェヴィキにならなかったか?」

「ボルシェヴィキ?」ダニーは微笑んだ。「まさか」

「彼女の話を聞いてみろ、ダン。労働者の権利だの、女性の選挙権だの、工場で働かされるかわいそうな移民の子供だの。あんなのを父さんが聞いたら卒倒する。でも言っとくが、それも変わると思う」

「そうなのか?」ダニーはノラが変わるという考えに笑った。水を飲めと命令したら、喉の渇きで死ぬことを選ぶほど強情なノラが。「どうして変わる?」

コナーはダニーのほうを向いた。眼に笑みが浮かんでいた。「聞いてないのか?」

「おれは週に八十時間働いてる。ゴシップのひとつやふたつは聞き逃すさ」

「おれは彼女と結婚する」

ダニーの口のなかが干上がった。咳払いをした。「おまえから申し込んだのか?」

「まだだ。だが父さんには話した」

「父さんには話したが、彼女には言ってないのか」

コナーは肩をすくめ、またにやりと笑った。「どうしてショックを受けてる、兄貴? ノラは美人だ。おれたちはショーや映画に出かける。彼女は母さんから料理を習った。いっしょにいて愉しい。ノラはすばらしい妻になる」

「コン」ダニーは言いかけたが、弟は手を上げて止めた。

「ダン、ダン、知ってるよ、兄貴と彼女に……あったことは。おれにも眼はついてる。家族全員が知ってるさ」

それはダニーにとって初耳だった。上のほうでジョーがリスのように木のまわりを動いていた。空気が冷たくなり、近所に立ち並ぶ家々に宵闇が柔らかくおりていた。

「なあ、ダン。だからこそいま話してるんだ。兄貴がこのことを喜べるかどうか知りたいんだ」

ダニーは手すりにもたれた。「おれとノラのあいだに何が〝あった〟と思う？」

「わからない」

ダニーはうなずいて思った――彼女はコナーとぜったいに結婚しない。

「もし彼女に断わられたら？」

「どうして断わる？」馬鹿げているというようにコナーは両手を振り上げた。

「ボルシーの考えることはわからない」

コナーは笑った。「言っただろう、それもすぐに変わる。どうして彼女がイエスと言わない？　これだけ自由時間をいっしょにすごして、おれたちは――」

「映画を見たと言ったな。いっしょにショーを見る相手だと。だがそれは同じじゃない」

「何と？」

「愛と」

コナーは眼を細めた。「あれがいい愛だ」彼はダニーに首を振った。「なぜものごとをいつもややこしく考える、ダン？　男が女に会う、互いに理解し合う、共通の財産を持つ。彼らは結婚し、家族を育て、自分たちが理解していることを子孫に伝える。それが文明だ。それが愛だ」

ダニーは肩をすくめた。困惑とともにコナーの怒りが募っている。つねに危険な組み合わせだ、とりわけコナーが酒場にいるときには。ボクシングをする息子はダニーかもしれないが、家族で本物の喧嘩をするのはコナーだった。

コナーはダニーより十カ月若い。ふたりは〝アイルランドの双子（十二ヵ月以内に生まれた兄弟姉妹）〟だが、血縁以外に共通するものはあまりなかった。彼らは同じ日に高校を卒業した――ダニーはかろうじて、コナーは一年くり上がって優等で。ダニーはそのまま警察に加わったが、コナーは全額負担の奨学金を得て、サウス・エンドのボストン・カトリック・カレッジに進んだ。そこで二年間、他人《ひと》の二倍は勉強して首席で卒業し、サフォーク・ロースクールに入った。司法試験に合格したあとの就職先に疑問はまったくなかった。十代の終わりに地区検察局で使い走りをしたことがあり、局に彼の仕事が用意されていた。そこで働きはじめて四年、そろそろ大きな事件、重要な訴追をまかされるようになっていた。

「仕事はどうだ？」ダニーは言った。

コナーは新しい煙草に火をつけた。「そうとう悪いやつらがうろついてる」

「話してくれ」

「ガスティーズやありきたりのチンピラじゃないぞ。急進派、爆弾犯たちだ」

ダニーは首を傾け、金属片でできた傷を指さした。

コナーは笑った。「そうだったな。誰に話してるかを忘れてた。ただ、おれはやつらがどれほど……いかに邪悪かを理解してなかったんだと思う。いま立件してる男がひとりいる。

裁判で勝ったら国外追放にするつもりだが、そいつは上院を爆破すると脅迫していた」

「爆破は口先だけか？」ダニーは訊いた。

コナーは苛立って首を振った。「そんなわけがない。先週は絞首刑に立ち合った」

ダニーは言った。「絞首刑……？」

コナーはうなずいた。「仕事の一環としてときどき行くんだ。われわれが最後まで州民を代表してるってところをサイラスが見せたがってね」

「おまえの上等のスーツに似合いそうにない仕事だな。あの色はなんだ——黄色か？」

コナーはダニーの頭を叩いた。「あれはクリーム色と言うんだよ」

「ああ、クリーム色ね」

「愉しくはなかったよ」コナーは裏庭に眼をやった。「絞首刑のことだけど」薄笑いを見せた。「事務所じゃ、そのうち慣れるってみんな言うけど」

ふたりはしばらく何も言わなかった。ダニーは外の世界の暗い幕が、絞首刑と病、爆弾と貧困とともに、自分たちの狭い世界におりてくるのを感じた。

「じゃあ、ノラと結婚するんだな」彼はついに言った。

「そのつもりだ」コナーは眉を上げ下げした。

ダニーは手を弟の肩に置いた。「幸運を祈るよ、コン」

「ありがとう」コナーは微笑んだ。「ところで、新しい場所に引っ越したんだって？」

「新しい場所じゃない」ダニーは言った。「階を替わっただけだ。景色がよくなった」

「最近？」

「一カ月ほどまえだ」ダニーは言った。「明らかに伝わるのが遅いニュースがあるな」

「母さんのところへ来ないとそうなる」

ダニーは自分の胸の上に手を当て、きつい訛《なまり》をまねた。「ああ、おりゃろくでもねえ息子だ。大事なおかあを毎日訪ねんで」

コナーはくすくす笑った。「ノース・エンドにずっといるんだろう？」

「あそこが故郷だ」

「くそだめさ」

「兄さんもあそこで育ったじゃないか」突然ジョーがいちばん下の枝からぶら下がって言った。

「そうだ」コナーは言った。「父さんは、引っ越せるようになったらすぐにおれたちを移動させた」

「ひとつのスラムから別のスラムに移っただけだ」ダニーが言った。

「だが、アイルランド人のスラムだ」コナーは言った。「おれはイタ公のスラムといつでも取り替えるね」

ジョーが地面に飛びおりた。「ここはスラムじゃないよ」

ダニーが言った。「K通りはちがうな、たしかに」

「ほかのところもちがう」ジョーはポーチに上がった。「ぼくはスラムを知ってるんだから」自信満々でそう言うと、ドアを開けて家のなかに入っていった。

父親の書斎で一同は葉巻に火をつけ、ダニーにもどうだと訊いた。ダニーは断わったが、煙草を巻き、机についているマディガン副本部長の横に坐った。メスプリードとドネガンはデカンタのまえに立ち、おのおのダニーの父親の酒をたっぷりとついでいた。チャールズ・スティードマンは、ダニーの父親の机のうしろにある高窓の横に立って、葉巻に火をつけている。父親とエディ・マッケンナは、入口のドアのそばでサイラス・プレンダギャストと立ち話をしていた。地区検事はたびたびうなずき、トマス・コグリン警部とエディ・マッケンナ警部補が顎に手を当て、額を集めて話すことに、ほとんど口をはさまなかった。そして最後にもう一度うなずき、帽子掛けから帽子を取って一同に別れを告げた。

「立派な男だ」ダニーの父親が机をまわってきて言った。「公益というものがわかっている」父親は貯蔵箱から葉巻を取り出し、端を切って、眉を上げながら残りの面々に微笑んだ。彼のユーモアは、たとえ趣旨が理解できなくても伝染しやすいので、みな笑みを返した。

「トマス」副本部長が数階級下の男に敬意をこめた口調で言った。「彼には命令系統を説明したんだろうね」

ダニーの父親は葉巻に火をつけ、奥歯で嚙んで吸いはじめた。「馬車のうしろに乗った男は、馬の顔を見る必要はないと伝えました。言わんとすることはわかってもらえたと思います」

クロード・メスプリードがダニーの椅子のうしろにまわって彼の肩を叩いた。「相変わらず話をつけるのがうまいな、親父さんは」

父親の眼がさっとクロードのほうを向いた。チャールズ・スティードマンは彼のうしろの窓辺の椅子に坐り、エディ・マッケンナはダニーの左の席についた。政治家ふたり、銀行家ひとりに警官三人。興味深い。

ダニーの父親が言った。「なぜシカゴがこれから数多くの問題を抱えるかわかるかな？ヴォルステッド法が施行されたあと、なぜ犯罪率が天井を突き抜けるか」

男たちは答を待った。ダニーの父親は葉巻を吸い、すぐ横の机に置かれたブランデーグラスを見やったが、手には取らなかった。

「シカゴは新しい都市だからだ、諸君。火事で歴史が消し去られた。価値あるものがね。一方、ニューヨークは密集しすぎている。あちこちに広がりすぎ、もともとの住民でない者が増えすぎている。彼らは秩序を維持することができない。これからの社会では無理だ。だがボストンは――」そこでブランデーグラスを持ち上げて、ひと口飲んだ。グラスに光が反射した。「ボストンは小さく、新しいやり方に毒されていない。ボストンは公益を理解し、ものごとのやり方を心得ている」グラスを掲げた。「われわれの美しい街に、諸君。いや、彼女は大年増だったか」

彼らは乾杯のグラスを合わせた。ダニーは父親が笑みを向けているのに気づいた。口は笑っていないにしろ、眼に笑みをたたえている。トマス・コグリンは外に表わす態度をいくつも身につけていて、それが怯《おび》えて逃げる馬の速さで次々と切り替わるので、すべて自信をもって善をなすひとりの男の態度であることを忘れそうになる。トマス・コグリンは、善なるものの僕《しもべ》だった。善なるものの販売員であり、そのパレードの指揮者、善なるものの踵《かかと》に嚙みつく犬の捕獲者、その倒れた友人の棺をかつぐ者、その迷える支持者を盛りたてる者だった。

ダニーのこれまでの人生で解かれていない疑問は、善とは何かだった。誠実さ、人としての名誉を重んじることに係わっているのはわかる。職務と密接につながっていて、口に出す必要はないが、職務上のあらゆることとの暗黙の了解となっている。善は純粋に必要なものであり、外では名門の家族たちの慰めとなる一方で、内では断固として反プロテスタントだ。反有色人種でもある。これまでの、そして将来のあらゆる闘争において、アイルランド人は北ヨーロッパ人であり、まぎれもなく白い——昨晩の月のように白い——からだ。あらゆる人種に会議の席を用意するという考えはこれまで生じたことがない。部屋のドアが閉まるまえに、最後の席をアイルランド人のために確保しておくことになっている。そして、ダニーが理解するかぎり、善はとりわけ次のような考えと結びついている——公《おおやけ》に善をなす者は、私的なふるまいにある種の例外を認められている。

父親が言った。「ロクスベリー・レティッシュ労働者協会について聞いたことがあるかな？」

「〝レッツ〟ですか？」ダニーはふと、窓辺からチャールズ・スティードマンに見つめられていることに気づいた。「社会主義の労働者の団体で、ほとんどロシアとラトヴィアからの亡命者で成り立っている」

「人民労働党は？」エディ・マッケンナが訊いた。

ダニーはうなずいた。「マタパンにいる共産主義者ですね」

「社会正義連合は？」

「なんですか、これは、試験か何か？」

誰も答えなかった。ただ重々しく熱心な眼つきで彼を見返しただけだった。

ダニーはため息をついた。「社会正義連合は、たしか、東欧の文化知識人が大半を占める組織です。反戦を強力に唱えている」

「何にでも反対しているのだ」エディ・マッケンナが言った。「なかんずく反米だ。全ボルシェヴィキ――彼ら全員――の前線組織で、レーニンから直接資金援助を受けて、われわれの街に騒乱を起こそうとしている」

「騒乱は好ましくない」ダニーの父親が言った。

「ガレアーニストは？」マディガン副本部長が言った。「聞いたことがあるかね？」

またもやダニーは、部屋にいる男全員の視線を感じた。

「ガレアーニストは」努めて苛立ちを声に出さずに答えた。「ルイジ・ガレアーニの信奉者です。あらゆる政府、あらゆる財産、あらゆる種類の所有の解体に身を捧げるアナーキストたちです」

「彼らについてどう思う？」クロード・メスプリードが訊いた。

「活動中のガレアーニスト？　爆弾犯についてですか？」ダニーは言った。「やつらはテロリストだ」

「ガレアーニストだけではない」エディ・マッケンナが言った。「あらゆる急進派について」

ダニーは肩をすくめた。「共産主義者はあまり気になりません。ほとんどは無害です。宣伝ビラを印刷し、夜はしこたま酒を飲み、トロツキーやら母なるロシアやらを讃える歌をがなりたてて、近所に迷惑をかけるのが関の山で」

「このところ状況は変わってきとるかもしれんぞ」エディは言った。「噂を聞いている」

「どんな？」

「大規模な暴動があるという」

「いつ？　どういう暴動です？」

父親が首を振った。「その情報については、人によって知るべき時期が指定されていてね、おまえはまだ知らなくていい」

「そのうちわかるさ、ダン」エディ・マッケンナがにっこりと笑った。「そのうちな」

「テロリズムの目的は」父親が言った。「恐怖を引き起こすことだ。誰のことばか知ってるか？」

ダニーはうなずいた。「レーニンです」

「こいつは新聞を読んでいる」父親は軽くウィンクをした。

エディがダニーのほうへ身を乗り出した。「われわれは急進派の計画を阻止する作戦を立ててるんだ、ダン。そこでおまえがどういう思想に賛同しているか、正確に知る必要がある」

「なるほど」ダニーは言ったが、まだ彼らの意図するところはわからなかった。

トマス・コグリンは椅子の背にもたれ、明かりから身を遠ざけていた。指で挟んだ葉巻の火は消えていた。「ソーシャル・クラブで何が起きているか、みんなに話しなさい」

「どのソーシャル・クラブです？」

トマス・コグリンは眉を寄せた。

「ボストン・ソーシャル・クラブ？」ダニーはエディ・マッケンナを見た。「われわれの組合ですか？」

「あれは組合ではない」エディ・マッケンナは言った。「なりたがってるだけだ」

「組合を認めるわけにはいかない」ダニーの父親が言った。「われわれは警察官だ、エイデン、ふつうの労働者ではなく。したがうべき原則がある」

「どんな原則です？」ダニーは言った。「働く男たちを食い物にするとか？」また部屋のなかを見まわした。いかにも平和な日曜の午後に集まった男たちを。眼がスティードマンで止まった。「あなたはこれで何を得るんです？」

スティードマンは穏やかな笑みを向けた。「得るとは？」

ダニーはうなずいた。「あなたはここで何をしてるんです？」

スティードマンは顔に血をのぼらせ、葉巻を見て、ぎこちなく顎を動かした。

トマス・コグリンが言った。「エイデン、年長者にそういうしゃべり方をするものではない。おまえは――」

「私がここにいるのは」スティードマンが葉巻から眼を上げて言った。「この国の労働者が身のほどをわきまえていないからだ。若きミスター・コグリン、彼らは、家族を養う給料を支払ってくれる者たちの裁量で働かされていることを忘れている。十日間のストライキで何が起きるかわかるかね？　たった十日間で」

ダニーは肩をすくめた。

「中規模の会社ひとつが債務不履行に陥るのだ。債務不履行になると株価が急落する。投資家が金を失う。たいへんな額の金を。そして彼らは自分たちの業務を縮小せざるをえなくなる。銀行も介入するしかない。こうなると、唯一の解決法は差し押さえだ。銀行は金を失い、投資家も金を失い、彼らの会社も金を失い、もとの会社は倒産して、労働者はいずれにせよ職を失う。労働組合の考え方は一見、心温まるものだが、同時に合理的な人間にとってきわめて非良心的な結果をもたらしかねない。だから礼儀正しい集まりで議論されることはないのだ」スティードマンはブランデーをひと口飲んだ。「これで質問に答えたことになるかね？」

「いまの理屈が公的機関に当てはまりますかね」

「三重に当てはまる」スティードマンは言った。

ダニーは強張《こわば》った笑みを浮かべ、マッケンナのほうを向いた。「特捜隊は組合も取り締まるんですか、エディ？」

「われわれは破壊活動家を取り締まる。この国に対する脅威を」ダニーを威嚇するように大きな肩をまわした。「おまえには技術を磨いてもらわなければならない。近場から始めるのがいいかもしれん」

「われわれの組合で」

「そう呼びたいなら」

「それが大規模な暴動といったいどう関係するんです？」

「見まわりだ」マッケンナは言った。「そこで誰がことを進めているか、誰が知能集団のメンバーかといったことを突き止める。そこでやれるとわれわれが判断したら、もっと大きな魚を追ってもらう」

ダニーはうなずいた。「おれの最終目標はなんです？」

父親がそれに首を傾げ、眼をすっと細めた。

マディガン副本部長が言った。「わからんな、もしそれが――」

「おまえの最終目標？」父親が言った。「ＢＳＣでうまくやって、ボルシェヴィキでも成功すれば、ということか？」

「ええ」

たんだろう？」

「金の盾だ」父親は微笑んだ。「われわれにそう言わせたかったのか？　それをあてにして

ダニーは歯噛みしたい衝動に駆られた。「審議中か、そうでないか知りませんが」

「もしおまえが、あの自称警察組合の基盤についてわれわれの知るべきことを伝え、もしわれわれの選んだ急進派のグループに潜入して、なんであれ共同の暴力行為を阻止するための情報を持ち帰ってきたら？」トマス・コグリンはマディガン副本部長を見やり、またダニーに眼を戻した。「おまえを候補者のトップに持ってくる」

「候補者のトップを望んでるんじゃない。金の盾そのものをください。長いこと眼のまえにぶら下げてるんですから」

男たちは最初からダニーのこの反応を予想していなかったかのように、目配せを交わした。ややあって、彼の父親が言った。「こいつには自分の心がわかっている」

「そうだな」クロード・メスプリードが言った。

「きわめて明白に」パトリック・ドネガンが言った。

ドアの向こうから、台所で話す母親の声が聞こえた。ことばまではわからなかったが、何を言ったにせよノラが笑い、ダニーはそれを聞いてノラの喉を、喉のまわりの肉のつき具合を思い浮かべた。

父親が葉巻に火をつけた。「急進派を倒し、ボストン・ソーシャル・クラブの内情をわれわれに知らせた男に金の盾を与える」

ダニーは父親の視線をとらえた。ミュラドのパックから煙草を一本取り出し、その端を作業靴に軽く打ちつけてから火をつけた。「書面にしてほしい」

エディ・マッケンナが吹き出した。クロード・メスプリード、パトリック・ドネガン、マディガン副本部長は自分の靴やカーペットを見ていた。チャールズ・スティードマンがあくびをした。

ダニーの父親は片方の眉を上げた。感心したことを示す、ゆっくりとした動作だった。しかしダニーは、めまいがするほど豊富なトマス・コグリンの性格特性のなかに、感心が含まれていないことを知っていた。

「この課題でおまえは自分の人生を決めるつもりなのか？」父親はようやく身を乗り出して言った。その顔は、多くの人が喜びと取りちがえそうなもので輝いていた。「それとも決めるのはもっと先にするか？」

ダニーは何も言わなかった。

父親はまた部屋を見まわした。そしてついに肩をすくめ、息子の眼を見た。

「契約成立だ」

ダニーが書斎を出るころには、母親もジョーも寝室に入って家は暗かった。家が両肩にめりこみ、頭を引っかく気がしたので、ダニーは玄関前の階段に出て坐り、次にどうするかを決めようとした。K通り沿いの窓はどれも暗く、あたりは静まり返って、数区画先の入江に打ち寄せる穏やかな波の音が聞こえるほどだった。

「今回はどんな汚い仕事を頼まれたの？」ノラがドアを背に立っていた。

ダニーは振り返って彼女を見た。胸が痛んだが、見つづけた。「それほど汚くもない」

「あらそう。きれいでもないんでしょう」

「何が言いたい？」

「言いたいこと？」ノラはため息をついた。「あなたはもう長いこと幸せそうな顔をしてない」

「幸せってなんだ？」彼は言った。

彼女は冷たくなってきた夜気に自分を抱きしめた。「あなたの反対よ」

あのクリスマスイブから五年たっていた。ダニーの父親がノラ・オシェイを薪《まき》のように腕に抱えて、家のなかに運んできた。彼女の顔は寒さで赤らんでいたが、体は灰色で、ガチガチ鳴る歯は栄養失調でぐらついていた。トマス・コグリンは、彼女をノーザン・アヴェニューの埠頭で見つけたと言った。悪漢に取り囲まれていたところへ、トマスとエディおじが入署一年目の巡査のように警棒を振って割りこんだのだった。おいこれを見ろ、気の毒に、骨と皮だけの女が飢えて死にかけてるぞ！　今日はクリスマスイブだ、とエディが言い、かわいそうな娘がなんとか弱々しく「ありがとうございます。ありがとう」と発したことばを聞くと、その声はトマスの亡くなった愛しい母親――神よ、彼女に安らぎを――にそっくりで、これこそキリストその人が、みずからの生誕前夜に送られた御印《みしるし》ではなかろうかと思われたのだった。

当時六歳で、まだ父親の大言壮語を喜んで聞いていたジョーでさえ、この話は信じなかった。ただこれがキリスト教的なムードを大いに高めたのはたしかで、コナーはさっそく浴槽に湯を張り、ダニーの母親は、横長の眼が落ちくぼんだ灰色の娘に紅茶を一杯飲ませた。彼女は持ち上げたカップのうしろからコグリン家の面々をじっと見つめた。むき出しの汚れた両肩が、濡れた石のようにダニーの父親のコートの下からのぞいていた。

女の眼がダニーの眼と合った。彼の顔から離れるまえに、その眼に、ダニーが不安になるほど親しみを覚える小さな光が浮かんだ。その瞬間――以後数年にわたって何十回と頭に思い浮かべるその瞬間に、ダニーは、飢えた娘の眼を通して、彼自身の隠された心に見つめ返されていると確信した。

ばかな、ダニーは自分に言い聞かせた。そんなことあるわけない。

やがてダニーは、その眼がどれほどすばやく移り変わるかを知る。己の考えの鏡像のように思われた光が、瞬時に鈍く、よそよそしいものに変わったり、偽りの喜びを浮かべたりする。それでも、あの光があると知っているがゆえに、また現われることを待ちわびながら、いつかそれを意のままに引き出すことができるという、まるで見込みのない可能性に夢中になったのだった。

いま彼女はポーチで真剣に彼を見つめ、何も言わなかった。

「コナーはどこにいる?」ダニーは言った。

「バーに出かけたわ」彼女は言った。「会いたいならヘンリーの店にいるって」

彼女の髪はくすんだ茶色で、頭を抱きとめるように伸びて、耳のすぐ下で終わっている。背は高くも低くもなく、いつも筋肉の下で何かが動いているような感じがする。まるで組織が一層足りず、充分近づくと血が流れているのが見えるかのように。

「コナーとつき合ってるんだってな」

「やめて」

「そう聞いた」

「コナーは子供よ」

「二十六だ。きみより上だ」

彼女は肩をすくめた。「それでも子供」

「つき合ってるのか？」ダニーは煙草を通りに弾き飛ばし、彼女を見た。

「自分たちが何をしてるのかわからないわ、ダニー」疲れた声音だった。今日一日というより、彼に疲れたような。ダニーはすぐにすねて傷つく子供になったような気がした。「わたしにこう言わせたいの？　この家にはことさら恩義を感じてない、あなたのお父さんに報いきれないほどの恩は受けてない、だからあなたの弟と結婚することなんて考えられないと？」

「そう」ダニーは言った。「そういうことを聞きたい」

「そんなことは言えない」

「感謝の気持ちから結婚するのか？」

ノラはため息をつき、眼を閉じた。「どうするかはわからない」

ダニーの喉が、勝手につぶれるかのように緊張した。「コナーが知ったらどうする？　きみが夫を残してきたこと――」

「夫は死んだわ」声をうわずらせた。

「きみにとって、だろう。実際に死んだわけじゃない。ちがうか？」

彼女の眼が燃えさかった。「何が言いたいの、あなた？」

「そのことをコナーが知ったらどうなると思う？」

「あなたよりフェアに受け止めてくれることを祈るだけよ」また疲れた声になって言った。

ダニーはしばらく何も言わなかった。ふたりは近い距離で睨《にら》み合った。ダニーは、自分の眼も彼女のと同じくらい非情であることを願った。

「コナーにそれはない」ダニーは言って、静かな闇のなかへ階段をおりていった。

5

夫になって一週間後、ルーサーはライラと、アーチャー通りから少し離れたエルウッド・アヴェニューに家を見つけた。一寝室、トイレつきの小さな家だった。ルーサーはグリーンウッド・アヴェニューのゴールド・グース・ビリヤード場で知り合いと話をして、仕事を探すならタルサ・ホテルだと言われた。サンタフェ鉄道の反対側の白人居住区にある。あそこじゃ木に金がなって地面に落ちてるぞ、カントリー。ルーサーは当面〝カントリー〟と呼ばれてもかまわなかった、そのあだ名が定着してしまわないかぎり。ホテルを訪ね、会えと仲間に言われた男──オールド・バイロン・ジャクソンって名だ──と話をした。その男（年長者も彼を〝オールド〟・バイロンと呼んだ）はベルボーイの組合長だった。ルーサーに、まずエレベーターの操作手から始めてどんな様子か見てみよう、と言った。

そこでルーサーはエレベーターで働きはじめた。それすら金鉱だった。彼がクランクをまわしたり、籠《かご》の扉を開けたりすると、人々はほぼ例外なく二十五セントのチップをくれた。いやはや、タルサはオイル・マネーのなかを泳いでいる！　誰もが最大級の車に乗り、最大級の帽子をかぶり、最高級の服を着て、男はビリヤードのキューほどもある葉巻を吸い、女は香水やパウダーのにおいを振りまいていた。タルサではみな早足で歩いた。大きな皿からすばやく食べ、背の高いグラスからすばやく飲んだ。男は互いにしょっちゅう背中を叩き合い、相手の耳に口を近づけて何かささやいては大声で笑った。

仕事が終わると、ベルボーイ、エレベーター操作手、ドアマンはそろって鉄道の反対側に引き上げ、まだ血管にアドレナリンが大量に流れているうちにグリーンウッドに戻った。ファースト通りやアドミラル大通りのビリヤード場や酒場になだれこみ、飲み、踊り、喧嘩した。チョクトー族の酒やライウィスキーで酔っ払う者もいれば、アヘンで凧《たこ》より高く舞い上がる者もいた。そしてこのところ、ヘロインが幅をきかせていた。

そうした連中とつき合いはじめてわずか二週間のうちに、ルーサーはある男から、足が速いから副業でもう少し稼がないかという話を持ちかけられた。そう訊かれるが早いか、彼はもうディーコン・スキナー・ブロシャスのもとでナンバーズ賭博の胴元をしていた。〝助祭《ディーコン》〟の呼び名は、部下たちを注意深く監視し、はぐれる者がいると神の怒りの鉄槌を下すことから来ていた。ディーコン・ブロシャスはかつてルイジアナの賭博師だったが、大当たりをとった同じ夜にある男を殺し——このふたつの出来事はかならずしも無関係ではない——ポケットを金で膨らませ、すぐさま借り上げた数人の娘を連れてグリーンウッドに移ってきたと言われていた。連れてきた女たちのあいだに同胞意識のようなものが芽生えると、それぞれに分け前を与えて暇をやり、代わりに同胞意識など持ちそうにない、より若くて元気な娘たちを呼び入れた。やがてディーコンは、酒場の経営、ナンバーズ賭博、チョクトー族の酒とヘロインとアヘンのビジネスに手を広げた。グリーンウッドでファックするか、麻薬を打つか、酒を飲むか、賭けをする人間は、すぐに〝助祭〟本人か、彼の下で働く人間をよく知ることになった。

ディーコン・ブロシャスは体重が四百ポンドをはるかに超えていた。ファーストやアドミラルあたりで夜の空気を吸いたくなると、たいてい、車輪をくりつけた木の揺り椅子で移動した。ダンディとスモークというふたりのならず者を引き連れていたが、どちらも頬骨が高く肌の色の薄い黒人で、関節がこぶのように太く、死神のように痩せていた。このふたりが、夜のどんな時間でも、街じゅうディーコンの椅子を押してまわった。ディーコンは歌うのが好きだった。高く、甘く、力のあるすばらしい声の持ち主で、霊歌や鎖でつながれた仲間の歌をよく聞かせた。『九時の町の十二時の男』の彼なりのバージョンを披露することもあり、それはバイロン・ハーランがレコードに録音した白人バージョンよりはるかによかった。そうしてファースト通りを椅子で往《い》ったり来たりしては、類いまれな美声で歌い——お気に入りの天使たちが仲間内で奪い合わないように神が取り上げておいた声、と評する者もいた——ディーコン・ブロシャスは手を叩き、顔じゅうに玉の汗を浮かべ、鱒の大きさと輝きをそなえた笑みを浮かべるのだった。人々はしばらく彼が何者であるかを忘れているが、やがてディーコンに借りのある誰かが思い出す。その借りが汗と笑みと歌の奥に透けて見えはじめる。そこに見えるものは、その誰かがまだ作ってもいない子供にまで印を残すほどだった。

ジェシー・テルがルーサーに言った。最近ある男がディーコン・ブロシャスをこけにしたとき――ジェシー曰《いわ》く「そりゃもう敬意のかけらもないやり方で」――ディーコンはそのあほうの上にみずからの巨体をのせた。しばらくもぞもぞしているうちに叫び声も聞こえなくなり、下をのぞくと、愚かなその黒人はあの世に行き、何も見ていない眼を開け、口を大きく開き、何かつかもうとするかのように片手を伸ばして地面にくたばっていた。

「彼から仕事をもらうまえにそれを教えてくれよ」ルーサーは言った。

「おまえはナンバーズの胴元だろ、カントリー？　そういう仕事をくれるボスが善人だと思うか？」

ルーサーは言った。「おれをカントリーと呼ぶなと言っただろう」

ふたりは〈ゴールド・グース〉にいた。線路の向こうで白人のために一日じゅうにこにこしたあとでくつろいでいた。ルーサーは、酒がまわって、すべてがちょうどいい具合にゆったりと流れ、視力が鋭さを増し、不可能なことなどないと感じはじめていた。

まもなく彼には、ディーコンのもとで胴元をやるようになったいきさつについて考える時間がたっぷりできる。金とはなんの関係もなかったと悟るまでにしばらくかかった。実際、タルサ・ホテルでもらうチップだけで、軍需工場の給料の二倍近くあったのだ。不正な商売に手を染めたいと思っていたわけでもなかった。コロンバスでもその梯子《はしご》をのぼろうとした男を大勢見ていたが、たいていの連中は落ちるときに悲鳴を上げていた。ではなぜか？　原因はエルウッド・アヴェニューの家だと思った。あの家が迫ってきて、軒先が両肩にめりこむ気がしたのだ。そして、ライラ。彼女を心から愛しているのはたしかだ——どれほどライラを愛しているか、枕に顔の片側をのせてまばたきしている彼女の姿がどれほど自分の心に火をつけるかに気づいて驚くこともよくある——が、その愛について考え、それをいくらか味わうまえに、ライラは身ごもっていた。彼女はまだ二十歳で、ルーサーは二十三歳。わが子。残りの生涯続く責任。自分が老いていくあいだに成長するもの。こちらが疲れていようが、ほかのことに集中したいと思っていようが、愛し合いたかろうが関係ない。子供はそこにいる。人生の中心に押しやられて、泣きわめく。自分の父親をほとんど知ることがなかったルーサーは、好むと好まざるとにかかわらず、もちろん責任は果たすつもりでいた。だがそのときが来るまでは、人生を存分に、少し危険のスパイスも振って、生きたかった。揺り椅子に坐って、孫たちと遊びながら懐かしく思い出せるものにしたかった。孫たちは老人が呆けたように笑うのを見るだろう。そのとき彼は、タルサの夜をジェシーと駆け抜け、法に屈しなかったとちょうど言えるほどに無法地帯で活躍した、若い自分を思い浮かべている。

ジェシーはルーサーがグリーンウッドで見つけた最初で最高の友人だった。これがほどなく問題になるのだが。ジェシーのファーストネームはクラレンス、しかしミドルネームがジェサップだったので、誰もが彼をジェシーと呼んだ。でなければジェシー・テルと。彼には女を引き寄せるのと同じくらい男も引き寄せる魅力があった。タルサ・ホテルのベルボーイで、ときにエレベーターも操作し、生来の明るさでまわりの人々を明るくする才能を持っていて、それに触れると一日がすばらしいものになった。本人もいくつかあだ名をつけられていたから、ジェシーが会う者全員にあだ名をつけるのはフェアと言うほかなく（〈ゴールド・グース〉で、ルーサーを初めて〝カントリー〟と呼んだのも彼だった）、それが立てつづけに彼の口から飛び出すので、たいてい誰もが、それまでどんな人にどれだけ長くほかの名で呼ばれていようと、ジェシーのあだ名でいいかと思いはじめるのだった。ジェシーがタルサ・ホテルのロビーで真鍮《しんちゆう》のカートを押したり、客のバッグを運んだりしながら、大声で「調子はどうだ、スリム？」とか「ほんとだって。わかってんだろ、タイフーン」と呼びかけ、そのあと「へへ、なかなか」とつぶやくと、夕食前には人々が、ボビー・スリムだの、ジェラルド・タイフーンだのと呼びはじめ、本人たちもほとんどの場合、新しいあだ名に気をよくした。

　ルーサーとジェシー・テルは、あまり忙しくないときにはエレベーターで競争をした。ふたりでベルスタンドに配置されたときには、運ぶ荷物の数を競った。とびきりの笑顔で白人のために走りまわった。胸にはっきりと見える真鍮の名札をつけていたが、白人たちは彼らを等しく〝ジョージ〟と呼んだ。鉄道を渡ってグリーンウッドに戻り、アドミラル界隈《かいわい》の酒場やビリヤード場に落ち着くと、口も足も速いふたりの会話は大いに弾んだ。ルーサーはジェシーとのあいだに、失っていた親しみを覚えた——スティッキー・ジョー・ビーム、イーニアス・ジェイムズ、そしてともに野球をし、酒を飲み、〝ライラ以前〟の日々に女を追いかけた仲間たちといっしょに、コロンバスに置いてきた親しみを。夜になると突然活気づくグリーンウッドですごす、これが人生——人生——だった。弾けるビリヤードの球、三弦ギター、サクソフォン、酒、そして何時間ものあいだ、ジョージだの、サンだの、ボーイだの、白人たちの好きなことばで呼ばれたあとでくつろぐ男たち。ここではほかの連中——「イエス、スー」「どういたしましょう」「かしこまりました」を、毎日嫌というほどくり返した男たち——とくつろぐことが許されるだけでなく、期待されてもいる。

ジェシー・テルはすばやい男だったが——彼とルーサーは同じナンバーズ賭博の担当区域をじつにすばやく走りまわっていた——体も大きかった。ディーコン・ブロシャスほどではないにしろ、胴まわりは立派なもので、ヘロインが大好きだった。チキンも、ライウィスキーも、尻の大きな女も、おしゃべりも、チョクトーも、歌も大好きだが、何より愛していたのはヘロインだった。

「あのな」彼は言った。「おれみたいなニガーは、なんかペースを落としてくれるものが必要なのよ。でないと世界を乗っ取ると思われて、白人に撃たれちまう。そうだと言ってくれ、カントリー。言えよ。それは事実だし、おまえにもわかってるんだから」

問題は、ジェシーのこの習慣は、彼にまつわるほかのことと同様にスケールが大きく、金がかかることだった。タルサ・ホテルでは誰よりチップを稼いでいたが、チップはひとところに集められ、勤務の終わりに従業員に均等に分けられるので、あまり意味がない。ディーコン配下で経営するナンバーズ賭博はたしかに割のいい商売だ——胴元は客が一ドル失うごとに二セントを手にし、グリーンウッドの客は賭ければ賭けるほど金を失い、しかも賭ける額が半端ではない——が、それでもジェシーは、まっとうに働くだけでは出費をまかなえなくなった。

　そこで彼は売上げをくすねた。

　ディーコン・ブロシャスの街における賭博の経営法は、いたって単純だった——つけは認めない。ある番号に十セントを賭けたければ、集金に来た胴元に即金で十一セント払う。一ペニーは手数料だ。五十セントを賭けたければ、五十五セント。そんな具合だ。

　ディーコン・ブロシャスは、田舎の黒人が賭けに負けたあとで彼らから集金することをよしとしなかった。そんなことに意味を見出せなかった。本物の借金には本物の取り立て屋がいる。端金《はしたがね》のためにいちいち黒人の手足をつぶすわけにはいかない。だがその端金も、積もれば郵袋をいくつか満たすほどになる。今日はすぐそこに幸運があると誰もが思う特別な日でも来れば、納屋ですらいっぱいになるかもしれない。

　胴元で走りまわる男たちは現金を運ぶので、理屈で考えれば、ディーコン・ブロシャスは信頼できる黒人を選んでいる。しかしディーコンは人を信頼することでいまの彼になったのではない。だからルーサーは、つねに自分は見張られていると考えることにしていた。毎回の仕事ではないにせよ、三、四回に一度くらいは。監視している人間を見たことはないが、その前提で動いて損はない。

　ジェシーは言った。「おまえはディーコンを買いかぶってる。あらゆる場所で見張るなんてできっこないさ。もしかりに見張ってるとしても、そいつらだって人間だ。おれが家に入ったあと、父ちゃんだけが賭けたか、母ちゃんも祖父ちゃんもジムおじさんも賭けたかなんて、わかるはずないだろ。おれももちろん、四人分の金をみなポケットに入れたりはしない。ひとり分だけなら？　誰にわかる？　神か？　神様は見てるかもな。だがディーコンは神じゃない」

もちろん彼は神ではない。何かほかのものだ。

ジェシーは六番球を狙って大きくはずした。ルーサーにだらしなく肩をすくめてみせた。とろんとした眼で、また麻薬をやっているのがわかった。おそらく、少しまえにルーサーが手洗いに立ったときに路地に出たのだ。

ルーサーは十二番を沈めた。

ジェシーはキューを握りしめて立っていたが、うしろ手で椅子を探した。見つけて尻の下に確実に持ってくると、そこに坐り、唇を鳴らして大きな舌で湿らそうとした。

ルーサーは言わずにはいられなかった。「そのうち死ぬぞ、おまえ」

ジェシーは微笑み、人差し指を立てて振った。「いまは死ぬどころか気持ちよくなってる。だから黙って球を突いてろ」

これがジェシーの難点だった――彼のほうから話すことはいくらでもあるが、誰も彼に話すことができない。理を説かれると、ジェシーのどこか――まずまちがいなく芯《しん》の部分――がひどく苛立つ。常識はジェシーにとって侮辱だった。

「みんながひとつのことをしてるからって」かつてジェシーはルーサーに言った。「それが無条件にくそすばらしいアイディアとはかぎらないだろ？」

ジェシーは、幾度となく女と無料酒《ただ》を手に入れてきたいつもの笑みを浮かべた。「悪いさ、カントリー。まちがいなく悪い」

「悪いとも言えない」

まったく、女たちはジェシーが大好きだった。犬も彼を見ると寝転がって腹に小便をまき散らし、子供も彼がグリーンウッド・アヴェニューを歩いていると、ズボンの裾の折り返しから金板の操り人形が飛び出すとでも思っているかのように、ついてまわった。ジェシーには、何か壊れていないものがあるからだ。ことによると、それが壊れるのを見たくて、みなあとからついていくのかもしれなかった。

ルーサーは六番、次いで五番を沈めた。また眼を上げると、ジェシーは舟を漕ぎ、口の端から少し涎《よだれ》を垂らしていた。ビリヤードのキューを最良の女房と決めたかのように、両腕と両脚を巻きつけている。

この店はジェシーの面倒を見てくれる。混んできたら奥の部屋に移動させる。でなければ、いまいる場所に坐らせておく。そこでルーサーはキューをラックに戻し、壁から帽子を取って、グリーンウッドの夕闇のなかに出ていった。カード賭博をやろうかとも思った。数ゲームだけ。ポーのガソリンスタンドの二階の奥の部屋でやっているはずだ。その場所を思い浮かべるだけでうずうずした。だが、グリーンウッドに来てからの短い期間で、カードをやりすぎている。いくら負けているかをライラに悟られないために、ホテルで懸命にチップを稼ぎ、ディーコンのために駆けまわるしかなかった。

ライラ。今日は陽が沈むまえに家に帰ると約束したのに、そんな時刻はとうにすぎている。空は濃紺で、アーカンソー川は銀色と黒に変わった。音楽や愉しそうな大声の野次とともに夜がまわりに満ちてくるこのとき、どうしてもしたくないことだが、ルーサーは大きく息を吸って、夫になるために家に向かった。

ライラはジェシーがあまり好きではなかった。驚くにはあたらない。ルーサーのほかの友人もひとりとして好きではないし、ルーサーが街で夜をすごすことも、ディーコン・ブロシャスのもとで副業をすることも気に入っていない。だからエルウッド・アヴェニューの小さな家は日ごとに小さくなっていた。

一週間前、ルーサーが「だったら金をどうやって稼ぐ？」と訊いたとき、ライラは自分も働くと答えた。ルーサーは笑った。白人が妊娠中の黒人に鍋を洗わせたり、床を磨かせたりするわけがないと知っていたからだ。白人の女は、どうしてその赤ん坊ができたかを夫に考えてもらいたくないし、白人の男もそんなことは考えたくない。黒いコウノトリがいない理由を、子供に説明する羽目になったらたいへんだ。

この夜、食事のあとでライラは言った。「あなたは大人よ、ルーサー。夫なのよ。あなたには責任がある」

「おれは責任を果たしてるだろう？」ルーサーは言った。「ちがうか？」

「果たしてるわ。それは認める」

「でも、それでも、ベイビー、たまには夜、家にいたっていいじゃない。やると言ったことをいろいろできる」

「ならいいじゃないか」

「どんなことを？」

彼女はテーブルを片づけた。ルーサーは立ち上がり、帰宅したときにフックにかけた上着のところへ行って煙草を探った。

「いろんなこと」ライラは言った。「あなたは赤ちゃんのベッドを作ると言った。それから、たわんだ階段を直すって。それから――」

「それから、それから、それから」ルーサーは言った。「くそっ、おれは一日じゅう必死で働いてるんだぞ」

「わかってる」

「わかってる？」思ったよりずっときつい口調になった。

ライラは言った。「どうしていつもそうカリカリしてるの？」

ルーサーはこういう会話が嫌でたまらなかった。もうこんな会話しかできなくなってしまった気がする。煙草に火をつけた。「カリカリなんてしてないさ」実際にはしていたが。

「いつもカリカリしてる」彼女はすでに大きくなりはじめている下腹をさすった。

「して何が悪いんだよ、くそっ」ルーサーは言った。彼女のまえで悪態をつくつもりはなかったが、酒がまわっていた。ジェシーといるときには飲んでいることにもほとんど気づかない。ジェシーとヘロインに比べれば、わずかなウィスキーなどレモネードのように危険がなさそうに見える。「二カ月前には父親になる予定じゃなかった」

「それで？」

「それで、なんだ？」

「それで、どういう意味なの？」ライラは流しに皿を置いて、小さなリビングルームに戻ってきた。

「意味なんて知るか」ルーサーは言った。「一カ月前には――」

「何？」ライラは彼をじっと見つめて、待った。

「一カ月前には、タルサにもいなかったし、強制結婚もしてなかったし、くそ小さな町のくそ小さな通りのくそ小さな家にも住んでなかった。ライラ、ちがうか？」

「ここはくそ小さな町じゃない」彼女の背筋が伸び、声が大きくなった。「それに、強制結婚でもない」

「似たようなもんさ」

ライラは噛みつかんばかりに立ち上がった。眼を石炭のように赤く燃やし、拳を固めて。

「わたしはもういらないってこと？　子供もいらないの？」

「選択の自由が欲しかった。それだけさ」ルーサーは言った。

「あなたには選択の自由があって、毎晩通りですごしてる。一人前の男らしく家に帰ってきたことがない。たまに帰ってきたときには、酔っ払ってるか、ラリってるか、その両方」

「そうならずにはいられない」ルーサーは言った。

ライラは唇を震わせながら言った。「どうして?」

「それが唯一の方法だからだ、我慢できる――」そこで口を閉じたが、遅すぎた。

「何に我慢するの、ルーサー? わたしに?」

「出かける」

ライラは彼の腕をつかんだ。「わたしに我慢してるの、ルーサー? そうなの?」

「なんならおばさんのところへ行けよ」ルーサーは言った。「おれがどれほどキリスト教に反してるか話し合えばいい。これからどうやっておれに神を信じさせるか」

「わたしに我慢してるの?」三度目にそう訊いた彼女の声は小さく、魂を苛まれているようだった。

ルーサーは何かをぶち壊したくなるまえに家を出た。

彼らは日曜を、デトロイト・アヴェニューのマルタおばとジェイムズおじの邸宅ですごしていた。ルーサーはその近所を〝第二の〟グリーンウッドと考えるようになっていた。

そう考えたがる人間はほかに誰もいないが、ルーサーはグリーンウッドがふたつあることに気づいていた。ちょうど、駅の北にいるか、南にいるかによってタルサがふたつあるのと同じだ。白人のタルサは、なかに入れば何種類もあるのはたしかだろうが、「何階でしょうか、奥様」から先に踏みこむことがめったにないルーサーには、どういうところかわからない。

しかし、グリーンウッドでは、ふたつの境目はずっとはっきりしていた。まず〝悪い〟グリーンウッドがある。アーチャー通りとの交差点からかなり北のグリーンウッド・アヴェニューから入る路地や、ファースト通りとアドミラル大通りのまわりの数区画だ。そこでは金曜に発砲があり、日曜の朝の通りにアヘンのにおいが漂っている。

しかし、共同体の残る九十九パーセントは〝善い〟グリーンウッドだ。人々はそう信じたがっている。それはスタンドパイプ・ヒルであり、デトロイト・アヴェニュー、グリーンウッド・アヴェニュー沿いの商業中心地区だ。ファースト・バプテスト教会、〈ベル&リトル〉レストラン、十五セントのチケットでリトル・トランプ（チャールズ・チャップリン演じるキャラクター）や〝アメリカの恋人〟（女優のメアリー・ピックフォード）が銀幕を歩くところが見られる、ドリームランド劇場だ。《タルサ・スター》（黒人向けの新聞）に、ピカピカのバッジをつけて通りを歩く黒人保安官補。ルイス・T・ウェルドン医師、ライオネル・A・ギャラリティ弁護士、そしてウィリアムズ製菓、ウィリアムズ・ワンストップ・ガレージ、さらにドリームランド劇場そのものも所有する、ジョンとロウラのウィリアムズ夫妻。食料品店、商品店、さらにガーリー・ホテルを所有する、O・W・ガーリー。日曜の朝のミサと、日曜の午後のディナー――そこでは上等の陶器と真っ白なリンネルが使われ、誰もいつと指摘できない過去から聞こえてくる音のように、蓄音機から繊細なクラシック音楽が流れている。

第二のグリーンウッドでルーサーをもっとも苛立たせるのはそれだった――音楽。数小節聞くだけで白人のものだとわかる。ショパン、ベートーヴェン、ブラームス。磨かれた床と高窓の広間で彼らがピアノのまえに坐り、曲を奏でている——使用人たちは足音を忍ばせて廊下を歩く——ところが眼に浮かぶ。厩務員の少年に鞭をくれ、メイドを犯し、週末になると食べもしない小動物を狩りに出かける人間の手になる、そういう人間のための音楽。猟犬の吠える声と、獲物が驚いて逃げ出す音が大好きな連中。彼らは家に帰り、やることもなく退屈して、まさにこういう音楽を作ったり聞いたりし、自分たちと同じように希望もなく空疎な先祖の絵画を見上げて、子供たちに善悪を説く。

コーネリアスおじは眼が見えなくなるまえ、そういう連中のためにずっと働いていた。ルーサー自身もこれまでそういう人に大勢会い、彼らの進路に立ち入らず、好きにやらせておくことで満足していた。しかし、ここデトロイト・アヴェニューのジェイムズとマルタ・ハロウェイのダイニングルームに黒人が集まって、白人気取りで飲み食いし、金を使っていることには我慢がならなかった。

いますぐファーストとアドミラルの一帯に行きたかった。ベルボーイや、陽気な男たち、靴磨きの箱や道具箱を持ち歩いている男たちといっしょになりたかった。仕事と遊びに同じ意欲を燃やす男たちと。よく言われるように、世の中を愉しくしてくれる少しの酒と、少しのダイスと、少しのプッシー以外、何も望まない男たちと。

デトロイト・アヴェニューでは、そんな言いまわしなど誰も知らない。知っているわけがない。彼らの言いまわしは、だいたい「主は……を憎む」、「主は……しない」、「主は決して……」、「主は……を認めない」といったところに落ち着く。神はまるですぐに鞭を振るう短気な主人のようだ。

ルーサーとライラは大きなテーブルにつき、おじたちがある白人について、まるで近いうちにその人と友人たちが日曜のこの食卓に同席するかのように語るのを聞いていた。

「ミスター・ポール・ステュアートご本人が、このまえダイムラーに乗って私の工場に来たんだ」ジェイムズが話していた。「彼はこう言った。〝ジェイムズ、線路の反対側にいる人間で、この車を安心して預けられるのはきみしかいないよ〟と」

その少しあとで、ライオネル・ギャリティ弁護士が声を張り上げた。「われわれ黒人が戦争でしたことを人々が理解して、機は熟した、こういう馬鹿げたことはみなすぐに廃止すべきだと言うのは時間の問題だ。われわれは同じ人間だ。同じ血を流し、同じことを考える」

ルーサーは、ライラがそれに微笑み、うなずくのを見て、蓄音機からレコードをひったくって膝で割りたくなった。

なぜならルーサーが何より嫌なのは、この華麗さ、目新しい上品さ、ウィングカラー、説教、立派な家具、刈りたての芝生、高級車といったすべての裏に、不安が――恐怖が――ひそんでいることだったからだ。

こちらが協力すれば存在を認めてくれるか？　彼らは尋ねる。

ルーサーはこの夏出会ったベーブ・ルースと、ボストンとシカゴから来た男たちのことを考え、いや、あいつらは認めない、と答えたくなった。あいつらは何か欲しくなると、おれたちに思い知らせるためだけに、好きなものを取っていく。

そしてルーサーは、マルタ、ジェイムズ、ウェルドン医師、ライオネル・A・ギャリティ弁護士が口をあんぐりと開け、両手をまえに出して、こう答を請うところを想像した——われわれに何を思い知らせるというのだ？

身のほどさ。

6

ダニーがテッサ・アブルッツェに出会ったその週、人々は病に冒されはじめた。当初新聞は、患者はデヴンズ基地の兵士にかぎられると言っていたが、やがて一般人がふたり、クインシーの通りで同じ日に死亡し、街じゅうの住民が外出を控えるようになった。

ダニーは両腕に荷物を抱え、下宿屋の狭い階段を自分の階まで上がった。持っているのは茶色の紙にくるまれた洗いたての服で、プリンス通りの洗濯屋がリボンで縛ってくれていた。その未亡人は、台所のまんなかに置いたたらいで一日に十杯以上の服を洗っている。ダニーは荷物を持ったまま部屋のドアに鍵を挿《さ》そうとしたが、何度やってもうまくいかず、うしろに下がって荷物を床に置いた。そのとき、若い女が通路の反対の端の部屋から出てきて、あっと悲鳴を上げた。

女は「シニョーレ、シニョーレ」とためらいがちに呼びかけた。ダニーを煩わせていいものかと迷っているように。片手を壁に突いてもたれると、ピンク色の水が両脚を流れ落ちて、足首から滴《したた》った。

ダニーはどうして彼女を見たことがなかったのだろうと思った。次いで、流感にかかっているのだろうかと思った。そしてついに妊娠しているのだと気づいた。錠がはずれてドアが開くと、彼は荷物をなかに蹴り入れ――ノース・エンドで通路に残されたものは、長いあいだそこにとどまっていない――ドアを閉めて、通路を女のほうへ向かった。近づいてみると、ドレスの下のほうはびしょ濡れだった。

女は片手を壁に突いたままうつむき、髪が口に垂れかかっていた。歯を食いしばり、ダニーがいくつかの死体で見たより険しい表情になっていた。「ディオ・アイウタミ、ディオ・アイウタミ」と言った。

ダニーは言った。「夫は？　助産婦はいないのか？」

女の空いた手を取ると、肘に痛みが走るほど強く握り返してきた。彼女は眼をダニーに上向け、イタリア語で何か言ったが、速すぎてまったく聞き取れなかった。ダニーは彼女がひと言も英語をしゃべらないのに気がついた。

「ミセス・ディマッシ」ダニーの叫び声が階段の下へ響いた。「ミセス・ディマッシ！」

女はさらに強くダニーの手を握りしめ、歯のあいだから苦痛の声を上げた。

「あなたの夫はどこだ？《ドゥエ・エ・イル・ヴォストロ・マリート》」ダニーは言った。

女は何度か首を振ったが、ダニーには、結婚していないという意味なのか、夫はただ不在だという意味なのかわからなかった。

「あの……ラ……」ダニーは〝助産婦〟ということばを思い出そうとした。彼女の手の甲をなでて言った。「シーッ、落ち着いて」彼女の見開いた激しい眼をのぞきこんだ。「ほら…

…ほら……ラ・オステトリカだ！」ついに単語を思い出したことに興奮して、たちまち英語に戻ってしまった。「そうだな？　どこにいる……？　ドヴェ・エ・？　助産婦はどこだ《ドヴェ・エ・ラ・オステトリカ》？」

　女は拳を壁にぶつけた。ダニーの手のひらに指を食いこませ、すさまじい悲鳴を上げた。ダニーはまた「ミセス・ディマッシ！」と叫んだ。警官になった最初の日、自分は人々の問題を解決するために唯一与えられた答なのだ、と実感しはじめたとき以来のパニックに陥りそうになった。

　女はダニーのまえに顔を突きつけて言った。「何かしてよ《ファッチャ・クアルコーザ》、馬鹿な人ね《ウオモ・インセンサート》！　助けて《ミ・アイウティ》！」ダニーはこれもすべては理解できなかったが、〝馬鹿な人〟と〝助けて〟はわかったので、彼女を階段のほうへ引っ張っていった。

　女の手はダニーの手のなか、腕は彼の腹を抱きかかえ、体の残りは彼の背中にしがみついていた。ふたりは階段をおり、通りに出た。マサチューセッツ総合病院は歩いていくには遠すぎる。通りにはタクシーはおろか、トラックさえ見当たらない。いるのは人だけだ。市《いち》の立つ日に出てきて通りを満たしている。市の立つ日ならくそトラックの一台や二台はいるだろうと思ったが、いや、いない。通りはただ人と、果物と、野菜と、敷石の道沿いで藁《わら》に鼻を突っこんでいる落ち着きのない豚たちであふれかえっていた。

「ヘイマーケットの救護所だ」ダニーは言った。「そこがいちばん近い。わかるか？」

　女はすぐにうなずいたが、声音に反応しただけなのがわかった。ふたりは人混みをかき分けて進み、みな彼らに道を空けはじめた。ダニーは何度か「助産婦を《チエルコ・ウン・オステトリカ》！　誰か助産婦《チエ・クアルケーノ・》を知りませんか？《ケ・コノッシエ・ウン・オステトリカ》」と叫んだが、人々はただ同情しながら首を振るだけだった。

人混みを抜けたとき、女が背を反《そ》らして小さく鋭いうめき声を上げた。ヘイマーケットの救護所にあと二区画というところで、赤ん坊を通りに産み落としてしまうのかと思ったが、彼女はそうなるまえにダニーに倒れかかった。ダニーは女を両腕で抱え上げ、歩いてはよろけ、また歩いてはよろけた。女はひどく重くはなかったが、身悶えし、宙を掻《か》き、ダニーの胸を叩いていた。

数区画歩くあいだに、ダニーは苦悶する女が美人であることに気づいた。苦しんでいるにもかかわらずなのか、それゆえになのかはわからないが、とにかく美人だった。最後の区画では両腕でダニーの首にしがみつき、手首の内側をそこの筋肉に押しつけて、「神様《ディオ》、助け《アイウ》て《タミ》、神様《ディオ》、助けて《アイウタミ》」とささやいた。何度も何度も、彼の耳元で。

救護所に着くと、ダニーは眼についた最初のドアからなかに入り、薄暗い黄色の明かりに照らされた茶色の廊下に行き着いた。色の濃いオーク材の床に、長椅子がひとつだけ置かれている。その椅子に医師がひとり坐り、脚を組んで煙草を吸っていた。廊下を近づいてきたふたりを見て言った。「ここで何を？」

まだ女を両腕に抱えていたダニーが言った。「あんた、冗談言ってるのか？」

「入るドアをまちがえてる」医師は灰皿で煙草を消して立ち上がり、女をよく見た。「陣痛を起こしてどのくらいです？」

「十分ほどまえに破水した。それしかわからない」

医師は片手を女の腹の下に、もう一方の手を彼女の額に当てた。ダニーに、穏やかで超然とした顔を向けた。「すぐに陣痛を起こします」

「わかってる」

「あなたに抱かれたままで」医師は言い、ダニーは危うく彼女を落としそうになった。

「ここで待って」と医師は言い残し、廊下の途中にある両開きのドアの向こうに消えていった。なかで金属がぶつかる音がして、医師がドアから鉄製のストレッチャーを押して出てきた。車輪のひとつが錆びて軋《きし》んでいた。

ダニーは女をストレッチャーに乗せた。女は眼を閉じ、唇からせわしなく息を吐いていた。ダニーは自分のびしょ濡れの腕と腰を見下ろした。ほとんど水だろうと思っていたが、見ると血だった。両腕を医師に見せた。

医師はうなずいて言った。「彼女の名前は？」

ダニーは「知らない」と答えた。

医師はそれに顔をしかめ、ストレッチャーをダニーのまえから押して、また両開きのドアの向こうに行った。看護師を呼ぶ声が聞こえた。

廊下の突きあたりに手洗いがあった。ダニーは茶色の石鹼《せっけん》で手と腕を洗い、血が洗面台でピンクの渦になって流れていくのを見つめた。女の顔が心に引っかかっていた。鼻がなかほどの隆起で少し曲がっていて、上唇は下唇よりふっくらし、顎の下に小さなほくろがあった。

肌の色が髪に近いくらい濃いので、ほくろはほとんど見分けられない。胸の奥で彼女の声がし、両手に彼女の腿と臀部《でんぶ》を感じた。ストレッチャーのマットレスに顔をうずめたときの首の反り具合も眼に浮かんだ。

玄関ホールのいちばん奥に待合室があった。ダニーは受付の机のうしろからそこに入り、包帯を巻いた人や、鼻をすすっている人のあいだに坐った。ひとりの男が黒い山高帽を頭から取って、そのなかに吐いた。ハンカチで口を拭き、帽子のなかをのぞいて、待合室にいるほかの人たちを見まわした。恥ずかしがっていた。木製の長椅子の下に山高帽をそっと置き、もう一度ハンカチで口を拭いたあと、椅子の背にもたれて眼を閉じた。何人かは顔にマスクをつけている。彼らの咳の音は湿っていた。受付の看護師もマスクをつけていた。馬が牽《ひ》く荷車に足を轢《ひ》かれたトラックの運転手以外、誰も英語をしゃべらなかった。その運転手はダニーに、ここのすぐ正面で事故に遭った、さもなければアメリカ人にふさわしい本物の病院まで歩いていたと言った。ダニーの腰から股に広がる乾いた血を何度かちらちら見ていたが、どうしてそうなったのかとは訊かなかった。

女が十代の娘を連れて入ってきた。本人は太り肉《じし》で肌の色が濃いが、娘のほうは痩せて肌は黄色に近く、続けざまに咳をしている。水中で金具が軋むような音だった。看護師に最初にマスクを要求したのはトラック運転手だったが、ミセス・ディマッシが待合室にいるダニーを見つけたときには、彼も弱気で恥ずかしいと思いながらマスクをつけていた。娘はもう別の廊下の別の両開きのドアの向こうにいたが、金具が軋むような咳はまだ聞こえた。

「どうしてマスクをつけてるの、ダニー巡査?」ミセス・ディマッシは彼の横に坐った。

ダニーはマスクをはずした。「重い病気の人がいたもので」

彼女は言った。「今日は病気の人がたくさん。新鮮な空気を吸いなさい、屋上に上がりなさいとわたしが言うと、頭がおかしいのかと言われる。みんな家のなかにいる」

「あなたはもう聞いて……」

「テッサね、ええ」

「テッサ?」

ミセス・ディマッシはうなずいた。「テッサ・アブルッツェ。彼女をここに運んだんでしょう?」

ダニーはうなずいた。

ミセス・ディマッシはくすくす笑った。「近所の人、みんな言ってる。あなたは見た目ほど強くないって」

ダニーは微笑んだ。「そうかな?」

彼女は言った。「ええ。そう。テッサは重くないのにあなたの膝はがくがくしてたって」

「彼女の夫には伝えました?」

「はっ」ミセス・ディマッシは手で宙を叩いた。「彼女、夫いないよ。父親だけ。父親、いい人。でも娘は?」また宙を叩いた。

「あまり感心しないわけだ」ダニーは言った。

「唾《つば》を吐いてもいいけど」彼女は言った。「ここの床はきれいだ」

「だったらどうしてここに来たんです？」

「うちの住人」たんにそう答えた。

ダニーが小柄な老女の背中に手を当てると、彼女は椅子の上で揺れた。両足が床から浮いていた。


例の医師が待合室に入ってくるころには、ダニーはマスクを口に戻し、ミセス・ディマッシもマスクをつけていた。原因は二十代なかばの男だった。服から判断して、貨物置き場の労働者のようだった。その男は受付のまえで片膝をつき、大丈夫、大丈夫と言うように片手を上げた。咳はしていなかったが、唇と顎の下の皮膚は紫色だった。息をゼイゼイ言わせてそのままの姿勢でいたので、受付係が机をまわってきて手を貸した。男は受付係の手をつかんで、引き上げられるようにして立った。眼は赤く潤み、自分のまえの世界を何も見ていなかった。

そこでダニーはマスクをつけ、受付の机のうしろに行って、ミセス・ディマッシと、待合室にいるほかの数人分のマスクをもらってきた。彼らにマスクを配り、また坐って、吐いた息が毎回唇と鼻に押し戻されるのを感じた。

ミセス・ディマッシが言った。「新聞には、兵士だけがかかるって」

ダニーは言った。「兵士も同じ空気を吸って吐いています」

「あなたは？」

ダニーは彼女の手を軽く叩いた。「いまのところ大丈夫」

手を離そうとすると、今度は彼女が両手でダニーの手を包みこんだ。「あなたは何にも負けないと思う」

「なるほど」

「だからわたし、そばにいる」ミセス・ディマッシは脚が触れ合うまでダニーにすり寄った。

医師は待合室に入ってくると、自分もマスクをつけているのに、人々のマスク姿に驚いたようだった。

「男の子です」彼は言って、ふたりのまえにしゃがんだ。「健康な」

「テッサは？」ミセス・ディマッシが言った。

「それがあの人の名前ですか？」

ミセス・ディマッシはうなずいた。

「合併症を起こしています」医師は言った。「出血していて心配です。あなたが彼女のお母さん？」

ミセス・ディマッシは首を振った。

「大家だ」ダニーが言った。

「ああ」医師は言った。「彼女に家族は？」

「父親がいる」ダニーは言った。「いま居場所を探してるところだ」

「面会は近親者しかできません。ご理解いただきたいのですが」

ダニーは軽い口調をくずさなかった。「容態は悪いのか、ドクター？」

医師の眼は相変わらず疲れていた。「こちらもできるだけのことはしています」

ダニーはうなずいた。

「ただ、あなたが彼女をここに運んでこなければ」医師は言った。「いまの世界はまちがいなく、百十ポンド軽かった。そう考えてください」

「わかった」

医師はミセス・ディマッシに礼儀正しくうなずき、立ち上がった。

「ドクター……」ダニーは言った。

「ローゼン」医師は言った。

「ドクター・ローゼン」ダニーは言った。「これからどれだけ長くマスクをつけていなければならないと思う？」

医師は長いこと待合室を見まわしていた。「これが終わるまで」

「まだ終わりそうにない？」

「まだろくに始まってもいない」医師は言い、去っていった。

テッサの父親のフェデリコ・アブルッツェは、その夜、下宿屋の屋上にいたダニーを見つけた。救護所から帰ってきたあと、ミセス・ディマッシは住人全員にしつこく説教して、まだ陽が沈んで間もない屋上に各人のマットレスを上げさせた。そこで彼らは星空の下、ノース・エンドから四階分高い屋上に集まった。上空には、ポートランド精肉工場の濃い煙と、米国産業アルコール社の糖蜜タンクが発する粘つくようなにおいが漂っていた。

ミセス・ディマッシは、プリンス通りにいる親友のデニーズ・ルディ＝クジーニを呼んでいた。最近パレルモからパスポートなしでやってきた、姪のアラベルと、アラベルの夫の煉瓦職人のアダムも。クラウディオとソフィアのモスカ夫妻と三人の子供も加わった。いちばん上の子がまだ五歳なのに、ソフィアの腹はすでに四人目で大きくなっている。そのすぐあとから、ルーとパトリシアのインブリアーノ夫妻もマットレスを引いて非常階段をのぼってきて、さらに、新婚のジョーとコンチェッタ・リモーネ夫妻、最後にスティーヴ・コイルが現われた。

ダニー、クラウディオ、アダム、スティーヴ・コイルは背中を屋上の端の壁にもたせかけ、黒いコンクリートの上でクラップスをした。ダイスを振るたびに、クラウディオの自家製のワインが見る見る減っていった。通りや建物で咳をしたり、熱に浮かされて叫んだりする声がダニーの耳に入ってきた。と同時に、家に入りなさいと母親が子供を呼ぶ声や、建物のあいだに張られる洗濯紐《ひも》の服のこすれる音、男の突然の甲高《かんだか》い笑い声、どこかの路地で演奏される手まわしオルガンの音も聞こえた。暖かい夜の空気のなかで、オルガンの音はいくらか調子がはずれていた。

屋上にいる誰もまだ病気にかかっていなかった。誰も咳をせず、顔のほてりも吐き気も感じていなかった。感染をはっきり示す初期の徴候と言われる、頭痛や脚の痛みもない。もっとも、男たちはみな一日十二時間の労働で疲れきっているので、体がちがいを感じ取れるのか定かではないが。パン屋の見習いのジョー・リモーネは十五時間労働で、日に十二時間なんて生ぬるいとあざ笑った。コンチェッタ・リモーネは明らかに夫に追いつこうとしているらしく、パトリオット毛織物工場で朝の五時から夕方六時半まで働いていた。彼らが初めて屋上に上がってきた夜は、万聖節の一夜のようだった——ハノーヴァー通りが電球と花で飾られ、司祭たちが通りを練り歩くパレードの先頭に立ち、大気は香と赤いソースのにおいで満たされる。クラウディオは息子のベルナルド・トマスのために凧《たこ》を作ってきていた。少年はほかの子たちと屋上のまんなかに立ち、黄色の凧は濃紺の空に閃く魚のひれのように見えた。

ダニーはフェデリコが屋上に出てくるなり、彼だと思った。一度、両手に箱を抱えて階段を上がっていたときにすれちがったことがあった——タン色のリンネルの服を着た、礼儀正しい老人だ。髪と細い口ひげは白く、肌のすぐそばまで刈られている。地主の紳士のように、杖を歩行の補助としてでなく、象徴として持ち歩いている。フェドーラ帽を取ってミセス・ディマッシに話しかけたあと、ほかの男たちと壁にもたれて坐っているダニーのほうを見た。

ダニーが立ち上がると、フェデリコ・アブルッツェは近づいてきた。

「ミスター・コグリンだね?」軽く会釈して、完璧な英語で言った。

「ミスター・アブルッツェ」ダニーは手を差し出した。「娘さんの具合はどうです?」

フェデリコは両手でダニーの手を取り、短くうなずいた。「大丈夫だ。心配してくれてありがとう」

「お孫さんは？」

「強い子だ」フェデリコは言った。「少し話ができるかな？」

ダニーはダイスと小銭をまたいでフェデリコと屋上の東の端まで歩いていった。フェデリコはポケットから白いハンカチを取り出し、屋上のまわりの低い壁の上に置いて言った。

「どうぞ、坐って」

ダニーはハンカチの上に坐った。背中に海を、体のなかにワインを感じた。

「いい夜だ」フェデリコは言った。「これだけ咳が聞こえても」

「ええ」

「満天の星だ」

ダニーは明るい星空を見上げた。フェデリコ・アブルッツェに眼を戻し、族長のような雰囲気を感じ取った。たとえば、夏の夜に広場で人々に知恵を授ける、小さな田舎町の町長。

フェデリコは言った。「あなたはこの近所で有名だ」

ダニーは言った。「本当に？」

彼はうなずいた。「イタリア人に偏見を持たないアイルランド人の警官だとみんな言っている。ここで育ち、警察署で爆発があったあとでも、通りを巡回してもっとも性質《たち》の悪い連中を見たあとでも、みんなを兄弟のように扱ってくれると。そして今日は私の娘の命と孫の命を救ってくれた。心から感謝するよ」

ダニーは「どういたしまして」と言った。

フェデリコは煙草を一本くわえ、親指の爪でマッチをすって、火の向こうからダニーを見つめた。火に照らされるとふいに若返り、顔にしわひとつないように見えた。五十代後半だろうとダニーは推測した。離れて見たときより十歳は若い。

フェデリコは煙草を夜に向かって振った。「私は借りたものはかならず返す」

「借りなどありません」ダニーは言った。

「あるのだ」彼は言った。「あるとも」その声には穏やかな音楽のような響きがあった。「ただ、この国に移住するのに費用がかかったので、大きなお礼はできない。せめていつか夜にでも、娘と私の手料理を食べにきてもらえないかな?」手をダニーの肩に置いた。「娘が回復してからになるが、もちろん」

ダニーは相手の笑みを見て、テッサの夫のことを考えた。いないというが、亡くなったのか? そもそも最初からいるのか? ダニーが理解するイタリアの慣習からすれば、フェデリコのような物腰と育ちの男が、未婚で妊娠した娘を、家のなかはおろか、眼の届く範囲に置いておくとは思えなかった。しかもいまフェデリコは、ダニーとテッサと引き合わせようとしているようにも見える。

奇妙だ。

「誘っていただき光栄です」

「よかった」フェデリコは背筋を伸ばした。「光栄なのはこちらだよ。テッサがよくなったら、また連絡する」

「愉しみにしています」

フェデリコとダニーは、屋上を非常階段のほうへ戻っていった。

「この病気は」フェデリコはまわりの家々の屋根に手を振った。「終わるのかね?」

「そう願っています」

「私もだ。この国にはたくさんの希望がある。可能性も。ヨーロッパのように苦しみを学ばなければならないとしたら悲劇だ」フェデリコは非常階段のまえで振り返って、ダニーの両肩に手を置いた。「もう一度、お礼を言うよ。おやすみ」

「おやすみなさい」ダニーは言った。

フェデリコは杖を脇の下に抱えて、黒い鉄の階段をおりていった。なめらかで自信あふれる動きだった。近くに山がある場所で育ち、岩だらけの丘によく登ったかのように。その姿が見えなくなっても、ダニーはまだ階段の下をじっと見つめていた。ふたりのあいだに別の何かが生じたという奇妙な感覚の正体をつかもうとしていた。血に溶けこんだワインのなかに消えていった何か。もしかするとそれは、フェデリコが〝借り〟または〝苦しみ〟と言ったときの口ぶりだったかもしれない。まるでイタリア語にすると別の意味があるかのように。ダニーは糸の端を捕まえようとしたが、ワインの力が強すぎた。考えはすり抜けて風に運ばれ、彼はあとを追うのをあきらめて、クラップスに戻った。

その夜しばらくして、ベルナルド・トマスがどうしてももう一度やると言い張って、また凧を上げた。ところが、凧糸が少年の指から離れた。少年が泣きだすまえに、クラウディオが、あらゆる凧の目的は空に解き放たれることだとばかりに勝利の雄叫びを上げた。少年は凧を手放してしまったことがすぐに信じられず、顎を震わせながら行方を眼で追っていた。大人たちも屋上の端に集まり、拳を振り上げて叫んだ。ベルナルド・トマスは笑って手を叩きはじめ、それにほかの子供たちも加わって、彼らはみな祝いの気分に包まれ、黄色い凧を深く、暗い空に追い立てた。

その週の終わりには、葬儀屋は棺を見張るために人を雇った。風呂に入ってひげも剃《そ》っている警備会社の社員もいれば、用ずみのフットボール選手かボクサーのような風体の者もいた。ノース・エンドで雇われた何人かは黒手《ブラック・ハンド》組の下っ端だった。彼らの外見はさまざまだったが、みな散弾銃かライフルを手にしていた。大工たちもまた苦労していたが、たとえ健康でも、需要に応えられるかどうかわからなかった。デヴンズ基地では、流感が一日で六十三人の兵士の命を奪った。病はノース・エンド、サウス・ボストンの家屋や、スカリー・スクウェアの下宿屋に着実に入りこみ、クインシー、ウェイマスの造船所を襲った。それから州全体に広がり、列車に乗って、やがて新聞がハートフォードとニューヨーク市での大規模感染を報じた。

流感は好天の週末にフィラデルフィアに達した。折しも人々は通りにくり出して、軍を支援し、自由公債（大戦中に発行された公債）購入、〝アメリカの目覚め〟、そしてボーイスカウトに代表される道徳的清廉と不屈の精神を支持するパレードに参加していた。翌週には、前夜ポーチに出された遺体を運ぶ荷車が通りをまわり、ペンシルヴェニア州東部とニュージャージー州西部の全域に、遺体を安置するテントが張られていた。シカゴではまずサウス・サイドが、次に東部がやられ、それは列車に乗って大平原地帯を横断した。

さまざまな噂が生じた。もうすぐワクチンができるという噂。八月にボストン港の三マイル沖でドイツ軍の潜水艦が目撃されたという噂。それが海面に浮かび上がって吐いたオレンジ色の煙が、陸地のほうへ流れていくのを見たと主張する者もいた。説教師は、新世紀の淫《みだ》らな生活と移民のしきたりに対する罰として毒が降ってくることを預言した、黙示録やエゼキエル書の節を引用した。彼らは〝終末〟が訪れたと言った。

下層階級には、唯一の治療薬はニンニクであるという噂が広まった。または、角砂糖に染みこませたテレピン油。テレピン油が手に入らないときには、灯油で代用する。だからどの家も悪臭を放っていた。汗と吐《と》瀉物《しゃぶつ》のにおい、死者と死にゆく者のにおい、しかし最悪なのはニンニクとテレピン油だった。ダニーはそれで喉が詰まり、鼻孔がひりひりした。灯油のにおいで頭がぼうっとし、ニンニクで胸焼けがし、扁桃腺《へんとうせん》が腫《は》れて、ついに自分もやられたかと思う日もあった。しかし、やられなかった。ダニーは医師、看護師、検死官、救急車の運転手が病に倒れるのを見てきた。一分署でもふたりが倒れ、さらにほかの分署で六人が倒れた。けれども、自分でも説明のつかない情熱をこめて愛するようになったノース・エンドに、爆発でできたような穴が開いたときでさえ、ダニーには自分がこの流感にやられないことがわかっていた。

死はサリュテーション通りで彼をよけた。今回も横を通ってウィンクしていったが、落ち着く先は別の人間だった。そこでダニーは、数人の警官が行きたくないと断わった家にあえて踏みこみ、下宿屋やアパートに入って、病で黄色や灰色になった人々、マットレスのいちばん下まで黒く染みるほど汗をかいた人々を、できるだけ介抱した。

分署の休日はなくなった。病人の肺は強風を受けたトタン板のようにカタカタ鳴り、嘔吐物《おうとぶつ》は濃い緑色で、ノース・エンドの貧民街では、感染者の家のドアに×印がつけられ、屋根の上で寝る人々が増えていた。朝、一分署のほかの警官たちと、造船所の導管のように歩道に死体を積み上げ、午後の陽が傾きはじめるまで運搬車の到着を待つこともあった。ダニーは相変わらずマスクをつけていたが、たんにつけていないと違法だからだった。マスクなどなんの役にも立たない。マスクをぜったいにはずさない人間も大勢病気にかかり、燃えるように発熱して死んでいった。

ポートランド通りから殺人ではないかとの通報があり、ダニー、スティーヴ・コイル、ほかに五、六名の警官が出動した。スティーヴがドアを叩くあいだ、ダニーは通路にいる同僚の眼にアドレナリンが燃えているのを見た。ようやくドアを開けた男はマスクをしていたが、眼は赤く、息は乱れていた。胸のまんなかから突き出たナイフの柄を二十秒ほど見て、スティーヴとダニーはやっと眼のまえの事態を理解した。

男が言った。「なんで邪魔するんだ」

スティーヴはリボルバーに手を当てていたが、まだホルスターに入れたままだった。もう一方の手をまえに出して男を一歩うしろに下がらせた。「誰に刺されたんです？」

通路にいたほかの警官がダニーとスティーヴのうしろに移動してきた。

「おれだ」男は言った。

「自分で刺した？」

男はうなずいた。ダニーは後方のカウチに女が坐っているのに気づいた。彼女もマスクをつけていて、肌は感染者らしく青ざめ、喉が切られていた。

男はドアにもたれた。動いたせいでシャツにまた黒い染みが広がった。

「手を見せて」スティーヴが言った。

男は両手を上げた。その努力で肺が耳障りな音を立てた。

「誰かこれをおれの胸から抜いてくれないか？」

スティーヴが言った。「ドアから離れてください」

男は通り道をあけた拍子に尻もちをつき、自分の腿《もも》を見つめた。警官たちはなかに入った。誰も男に触れたくなかったので、スティーヴが銃を向けていた。

男は両手でナイフの柄をつかんで引いたが、抜けなかった。スティーヴは「両手を下におろして」と言った。

男はスティーヴにだらけた笑みを向けた。両手を下げ、ため息をついた。

ダニーは死んだ女を見た。「あんたが殺した？」

男はわずかに首を振った。「治してやったのさ。ほかにできることはなかった、この病気だぜ」

レオ・ウェストが部屋の奥から叫んだ。「ここに子供がいる」

「生きてるか？」スティーヴが叫び返した。

床の男はまた首を振った。「あいつらも治してやった」

「三人いる」レオ・ウェストが言った。「なんてこった」あとずさりして部屋から出てきた。顔色を失い、襟のボタンをはずしていた。「なんてこった」また言った。「くそっ」

ダニーが「救急車を呼んでくれ」と言った。

ラスティ・アボーンが苦々しく笑った。「いいとも、ダン。最近はどのくらいかかるんだっけ——五、六時間か？」

スティーヴが咳払いをした。「彼は救急車のいる国から旅立ったようだ」スティーヴは片足を男の肩に当て、遺体をゆっくりと床に横たえた。

二日後、ダニーはテッサの赤ん坊をタオルにくるんで、彼女の部屋の外に出した。フェデリコはどこにもいなかった。ミセス・ディマッシがテッサに付き添っていた。テッサはベッドに寝て額に濡れタオルをのせ、天井を見つめていた。肌は黄色くなっているが意識はある。ダニーが赤ん坊を抱え上げたとき、テッサはまずダニーを見、それから彼の腕のなかの包みを見た。赤ん坊の肌は石の色と手触りになっていた。彼女の眼がまた天井を向くと、ダニーは赤ん坊を運び出し、階段をおりて通りに出た。ちょうど前日、クラウディオの遺体をスティーヴ・コイルと運び出したときのように。

ダニーはほぼ毎晩、両親に電話をかけるよう心がけ、病の大流行のあいだに一度、どうにか時間を作って家に帰った。K通りの家の居間で家族とノラと坐り、紅茶を飲んだ。自分の寝室以外ではははずさないようにとエレン・コグリンが命じているマスクの下に、ティーカップをすべりこませた。紅茶をつぐのはノラだった。ふだんはエイヴリー・ウォレスの仕事だが、エイヴリーは三日間、姿を見せていなかった。ひどいのに罹《かか》りまして、最悪の状態です、と彼は電話でダニーの父親に言った。ダニーは自分やコナーが子供のころからエイヴリーを知っていたが、ふと彼の家に行ったことも、彼の妻に会ったこともないのに気がついた。それはエイヴリーが黒人だから？

そうだ。

エイヴリーが黒人だから。

ティーカップから顔を上げ、残りの家族を見まわすと、その光景――いつになく押し黙って、ぎこちない所作でマスクを持ち上げては紅茶を飲んでいる――が突然ばかばかしく思えた。コナーも同時にそう思ったようだった。少年時代、ゲイト・オヴ・ヘヴン教会でともに侍者を務め、いちばん笑ってはいけないときに兄か弟のどちらかが相手を見て、笑いだしてしまったのと同じだ。神父からどれだけ尻を叩かれようと、あれだけは我慢できなかった。

毎回そうなるので、ついにふたりを離そうという決断がなされ、ダニーとコナーは六年生以降、決して同じミサに出ることはなかった。

あのときの感覚がまたふたりをとらえた。ダニーがふいに大笑いしはじめ、すぐにコナーが続いた。そのあとはふたりとも取り憑《つ》かれたように笑い、カップを床に置いて腹を抱えた。

「どうした？」父親が言った。「何がそんなにおかしい？」

「べつに」コナーがどうにか言ったが、マスクで声が妙にこもり、それがダニーをさらに激しく笑わせた。

母親が機嫌をそこね、困惑した声で言った。「何？　どうしたの？」

「まいった、ダン」コナーが言った。「あいつを見ろよ」

ダニーにはジョーのことだとわかっていた。必死で見るまいとしたが、見てしまった。少年は靴がクッションの端にも届かないほど大きな椅子に坐っていた。眼を大きく見開き、馬鹿げたマスクをつけ、格子縞のニッカーボッカーの膝の上にティーカップを大事そうにのせて、答を期待するかのように兄たちを見ている。しかし、答などなかった。すべてが馬鹿げていて、滑稽《こっけい》で、ダニーは末の弟のアーガイル柄の靴下と、潤みかけている彼の眼を見て、ますます大声で笑った。

ジョーがこれに加わることに決め、ノラが続いた。ふたりとも最初は自信なげだったが、徐々に力を得てきた。ダニーの笑いはいつも人に移りやすく、それにコナーがこれほど手放しで、我慢できないというふうに笑うのを見るのは本当に久しぶりだったからだ。そのときコナーがくしゃみをして、全員の笑いが止まった。

コナーのマスクの内側に赤い飛沫《しぶき》が散り、外に血が流れ出した。

母親が「おお、神様、マリア様」と言い、十字を切った。

「何？」コナーが言った。「くしゃみだよ」

「コナー」ノラが言った。「ああ、神様、愛しいコナー」

「何？」

「コン」ダニーが言って椅子から立ち上がった。「マスクを取れ」

「だめ、だめ、だめ」母親がささやいた。

コナーはマスクをはずし、よく見たあと、小さくうなずいて息を吸った。

ダニーが言った。「おれとバスルームに行って見てみよう」

誰もすぐには動かなかった。ダニーはコナーをバスルームに連れていき、ドアの鍵を閉めた。残りの家族もようやくわれに返って廊下に出てきた。

「頭を上に向けろ」ダニーは言った。

コナーは上を向いた。「ダン」

「静かに。おれが見るから」

誰かが外からドアノブをまわした。父親が「開けなさい」と言った。

「ちょっと待ってくれる？」

「ダン」コナーが言った。その声は先ほどの笑いでまだ震えていた。

「上を向いてろって。笑いごとじゃない」

「おれの鼻を見てるのか？」

「いいから黙ってろ」

「鼻くそが見える？」

「ちょっとな」ダニーは顔の筋肉の下から笑みがのぼってくるのを感じた。もうこいつなど放っておけ――いつもは墓みたいにまじめくさってるくせに、いざ本物の墓に入りかかってるときに、まじめになれないとは。

誰かがまたドアを揺すり、叩いた。

「取ったんだ」コナーが言った。

「え？」

「母さんが紅茶を運んでくるまえに、ここで指を半分突っこんで、ダン。尖《とが》ったやつを鼻の穴から取った、わかるだろう？」

ダニーは弟の鼻を見るのをやめた。「なんだと？」

「取ったんだよ」コナーは言った。「指の爪を切っとくべきだった」

ダニーは彼を見つめた。コナーは笑った。ダニーは弟の頭の横をはたき、コナーは兄の後頭部を叩いた。バスルームのドアを開け、廊下で青ざめて怒っている家族のまえに出たときには、ふたりともまたいたずら好きの侍者のように笑っていた。

「こいつは大丈夫だ」

「大丈夫だよ。ただの鼻血だ。ほら、母さん、もう止まった」

「台所から新しいマスクを取ってきなさい」父親が言って、とんでもないというように手を振り、居間に戻っていった。

ダニーはジョーが驚きに近い眼で自分たちを見ているのに気づいた。

「鼻血だ」彼はことばを引き伸ばしてジョーにいった。

「笑いごとじゃないわ」母親が言った。傷ついたような声だった。

「わかってるよ、母さん」コナーが言った。「わかってる」

「おれもだ」ダニーは言い、母親と同じような視線を送ってくるノラを見て、彼女が弟を〝愛しい〟コナーと呼んだことを思い出した。

いつからだろう?

「いいえ、わかってません」彼らの母親が言った。「まったくわかってない。あなたたちふたりはいつもそうだった」そして自分の寝室に入り、ドアを閉めた。


ダニーが話を聞いたときには、スティーヴ・コイルが流感にかかって五時間がたっていた。その朝眼覚めると、スティーヴの両腿は石膏に変わり、足首は腫《は》れ上がり、ふくらはぎは引きつり、頭はズキズキ痛んでいた。スティーヴは推測で時間を無駄にはしなかった。コイルは未亡人と前夜をともにした寝室からそっと出ると、服をつかんでドアから出た。脚がそんな状態になっていても一度も立ち止まらなかった。前進しつづける体についていかない、と決めているような両脚を引きずって歩いた。数区画行くと——彼はあとでダニーに語った——腐った脚が別の誰かのもののように言うことを聞かなくなった。一歩ごとに脚が叫びまくった。路面電車の駅に行こうとして、そんなことをしたら車内にいる全員に移してしまうかもしれないと気づいた。そのあと、いずれにせよ路面電車が運行をやめていることを思い出した。だから歩いた。湯の出ないミッション・ヒルの上のコイル未亡人のアパートからはるばる十一区画、ピーター・ベント・ブリガム病院まで。着くころにはほとんど這うようだった。折れたマッチみたいに体を曲げ、胃から胸から喉に至るまで、とんでもない痛みがふくれ上がっていた。そして頭ときたら。受付にたどり着いたときには、両眼から鉄管を打ちこまれたようだった。

スティーヴは、ピーター・ベントの流感対策集中治療室のモスリンのカーテンの向こうから、ダニーにこれらすべてを話した。その日の午後にダニーが会いにいったとき、病室にほかの患者はいなかった。ただ通路にシーツをかけられた遺体がひとつあり、ほかのベッドは空《から》で、カーテンが開いていた。なぜかそのほうが気分をかき乱された。

ダニーはマスクと手袋を渡されていた。手袋は上着のポケットに入れ、マスクは顎の下にかけていた。が、それでもスティーヴとのあいだのモスリンのカーテンは開けなかった。病気にかかるのは怖くない。ここ数週間は、自分たちを創った神とぎりぎりのところで和解してきたけれど、病がスティーヴから生気を奪って彼を粉にするところを見届けるとなると、話は別だ。もしスティーヴがいいと言うなら代わってもらいたいくらいだ——死ぬことではなく、見届けることを。

スティーヴは話しながらうがいのような音を立てた。痰《たん》のからまったことばが押し出され、文の最後はたびたび溺《おぼ》れた。「未亡人が来ない。信じられるか？」

ダニーは何も言わなかった。コイル未亡人には一度しか会ったことがないが、そのときの印象は、気むずかしくて危うげな自尊心の持ち主ということだけだった。

「おまえが見えない」スティーヴは咳払いをした。

ダニーは言った。「おれには見える」

「カーテンを開けてくれよ」

ダニーはすぐには動かなかった。

「怖いのか？　わかるよ。忘れてくれ」

ダニーは何度か身を乗り出して前進した。ズボンの膝の部分を引き上げた。さらにまえに出て、カーテンを引き開けた。

相棒が起き上がった。枕は頭から出た汗で黒く染まっている。スティーヴの顔は腫れると同時にやつれていた。彼とダニーがこの月に見てきた、生きていたり死んでいたりする無数の感染者と同じだ。眼は両端にたまったミルク色の膜とともに逃げ出そうとするかのように、眼窩《がんか》から飛び出していた。しかしスティーヴは紫色ではなかった。黒くもない。肺から口まで叩き切られたような音も立てていないし、寝たまま排便もしていない。全体として、人が怖れるほどの病状ではなかった。少なくとも、いまのところ。

彼はダニーに片方の眉を上げてみせ、疲れきった笑みを浮かべた。

「この夏、おれが口説いた女たちを憶えてるか？」

ダニーはうなずいた。「何人かには、口説く以上のことをした」

スティーヴは咳きこんだ。拳のなかに、小さくひとつ。「歌を作ったんだ。頭のなかで。『夏の女たち』」

ダニーはふいに相手の体から熱が発しているのを感じた。すぐそばまで近づけば、顔に熱波が当たりそうだった。

「『夏の女たち』？」

「『夏の女たち』だ」スティーヴは眼を閉じた。「いつかおまえに歌ってやるよ」

ベッド脇の机に水のバケツが置かれていた。ダニーは手を伸ばし、布を取って絞った。それをスティーヴの額に当てた。スティーヴの眼がさっと彼を見上げた。熱に冒されながらも感謝している眼だった。ダニーは布を額から下におろして頰を拭いてやった。熱くなった布をそれよりは冷たい水に戻し、また絞った。相棒の耳から首の横、喉、顎を拭いた。

「ダン」

「なんだ？」

スティーヴは顔をしかめた。「馬がおれの胸に乗ってるみたいだ」

ダニーはスティーヴの顔をまっすぐ見つめた。布をバケツにまた落とした。「ひどく痛むか？」

「ああ、ひどく痛む」

「息はできる？」

「あまりできない」

「なら医者を呼んだほうがいいな」

スティーヴはその提案に眼を少し動かした。

ダニーは彼の手を軽く叩き、医者を呼んだ。

「ここにいてくれ」スティーヴは言った。唇が白かった。

ダニーは微笑んでうなずいた。ここに着いたときに転がしてきてもらった小さなストゥールの上で、体をまわした。そしてまた、医者を呼んだ。


コグリン家の使用人を十七年務めたエイヴリー・ウォレスは流感に倒れ、十年前に彼のためにとトマス・コグリンが購入していた、コップス・ヒル墓地の一区画に埋葬された。略式の葬儀には、トマス、ダニー、ノラだけが参列した。ほかには誰もいなかった。

トマスが言った。「彼の妻は二十年前に死んだ。子供たちはあちこちに散らばった。多くはシカゴ、ひとりはカナダへ。手紙もよこさず、彼には行方がわからなくなった。いい男だったよ。気心をかよわせるのはむずかしかったが、それでもいい男だった」

ダニーは父親の声に、抑えられた静かな悲しみを感じて驚いた。

エイヴリー・ウォレスの棺が墓穴におろされはじめると、父親は土をひと握りつかみ取った。それを棺の上に投げて言った。「汝《なんじ》の魂に神の慈悲があらんことを」

ノラはずっと頭を垂れていたが、その顎から涙が落ちた。ダニーは愕然とした。これまでの人生のほとんどでエイヴリーを知っていたはずなのに、彼の真の姿を見ていなかったのはなぜだろう。

ダニーも土をつかんで棺に投げた。

エイヴリーが黒人だから。それが理由だった。

スティーヴは、ピーター・ベント・ブリガム病院に入って十日後に退院した。街で流感にかかった何千という人々と同じく、彼も生き延びた。一方、流感は着実に国の残りの地域を冒し、スティーヴがダニーと病院の外に出て、タクシーに乗った週末には、カリフォルニア州とニューメキシコ州に達していた。

スティーヴは杖をついて歩いた。これからずっとそうなると医師たちが請け合った。インフルエンザはスティーヴの心臓を弱め、脳に障害を残した。頭痛はこれからも消えない。ときに単純な会話もむずかしくなり、激しい活動をすると、それがいかなる種類のものでも、おそらく死に至る。スティーヴは一週間前にはそのことでジョークを言ったが、この日は黙っていた。

タクシー乗り場まで短い距離だったにもかかわらず、長い時間がかかった。

「内勤も無理だ」列の先頭のタクシーに達すると、スティーヴが言った。

「わかってる」ダニーは言った。「残念だ」

「〝激しすぎる〟んだそうだ」

スティーヴはなんとかタクシーに乗りこんだ。ダニーは杖を手渡し、車の反対側にまわって乗った。

「どちらへ？」タクシーの運転手が訊いた。

スティーヴはダニーを見た。ダニーもスティーヴを見て、待った。

「耳が聞こえないんですか？　どちらへ？」

「その口を閉じてろ」スティーヴはセイレム通りの下宿屋の住所を告げた。車が路肩を離れると、スティーヴはダニーのほうを向いた。「荷造りを手伝ってくれるな？」

「引っ越す必要はない」

「家賃を支払えない。無職だ」

「コイル未亡人は？」ダニーは言った。

スティーヴは肩をすくめた。「あれに罹《かか》ってから会ってない」

「どこへ行くつもりだ」

また肩をすくめた。「心臓と脚が悪い人間を雇おうとする誰かのところだろうな」

ダニーはしばらく何も言わなかった。車はハンティントン・アヴェニューを揺れながら走っていた。

「何か方法があるはずだ──」

スティーヴは彼の腕に手を置いた。「コグリン、おれはおまえが大好きだ。だがいつも何か方法があるとはかぎらない。たいていの人間は転ぶだろう？　受け止めてくれるネットはない。まったくな。おれたちは立ち去るだけだ」

「どこへ？」

スティーヴは押し黙って窓の外を見た。唇を結んでいた。「ネットのない人間が行き着く場所。そこさ」

7

ルーサーが〈ゴールド・グース〉でひとり球を突いていると、ジェシーがやってきて、ディーコンが自分たちに会いたがっていると言った。〈グース〉には人気《ひとけ》がなかった。グリーンウッドじゅう、タルサじゅう人気がなかった。インフルエンザが砂嵐のように訪れて、大半の家族のひとりがそれにかかり、やがてその家族の半分が死んだ。いまマスクをつけずに外出することは違法で、グリーンウッドの罪深い一帯の店もたいがい閉まっているが、〈グース〉を経営する老カルヴィンは、何があろうと店は開けておくと言い張り、もし主がこのくたびれた爺のケツをお望みなら、なんの役に立つのかはわからんが、いつでも持っていくがいいと言っていた。そこでルーサーは店に来てビリヤードを練習し、これだけの静けさのなかで球が弾ける音はなんて気持ちがいいのだろうと思っていた。

タルサ・ホテルは人々が蒼白くなくなるまで閉鎖され、ナンバーズ賭博も誰ひとりしていなかったので、金の稼ぎようがなかった。ルーサーはライラの外出を禁じた。彼女や赤ん坊を危険にさらすわけにはいかないと。しかしそれは、ルーサー自身がライラと家にいることを意味した。実際にそうしてみると、これが意外に愉しかった。ふたりは家をいくらか修繕し、すべての部屋のペンキを塗り直し、マルタおばが結婚祝いにくれたカーテンをかけた。ほぼ毎日、午後に愛し合った。これまでなかったほどゆっくりと、やさしく。穏やかな笑みとくすくす笑いが、夏の貪欲ならなり声やうめき声に取って代わった。ルーサーはこの数週間、どれほど深くライラを愛していたかを思い出した。彼女を愛し、彼女に愛されることで自分は価値ある男になるのだと改めて思った。ふたりは自分たちの将来、生まれる子の将来の夢を築いた。そしてルーサーは初めて、グリーンウッドでの人生を思い描くことができ、大まかな十年計画を立てた。一人前の男に可能なかぎり一生懸命働き、金を貯めて、自営の仕事を始める。たとえば大工、あるいはこの国の中心で毎日のように生み出されているように思われる、ありとあらゆる種類の道具の修理屋を営み、みずから作業する。ルーサーには、何か機械的なものを作れば、早晩かならず故障することがわかっていた。たいていの人はその修理法を知らないが、ルーサーのような才能の持ち主は、夜までに新品同様にして家に戻すことができる。

そう、数週間は、そんな光景がたしかに見えた。しかし、家がまたまわりから迫ってきて、夢は消えた。デトロイト・アヴェニューのどこかの家で老いていく自分が頭に浮かんだ。マルタおばや彼女と同類の人々に囲まれて、教会にかよい、酒もビリヤードも愉しみも遠ざけているうちに、ある日眼覚めると、髪には白いものが混じり、スピードも失い、自分ではなくほかの男の人生を生きてきたことを思い知らされる。

そこで内心の苛立ちが眼に表われないように、〈グース〉に来ていたのだが、ジェシーが近づいてくると、苛立ちは頭のなかで温かい笑みに変わった。ふたりですごした日々がどれほど懐かしかったか——たった二週間前だが、二年前のように思えた——〝白い街〟からあふれ出すようにみんなで線路を渡ってきて、ダイスを振り、遊び興じた日々が。

「おまえの家に寄ったんだ」ジェシーがマスクをはずしながら言った。

「おい、どうしてマスクをはずす？」ルーサーは言った。

ジェシーはカルヴィンを見やり、またルーサーを見た。「おまえらふたりがマスクをつけてるんだから、おれは心配しなくていいだろ？」

ルーサーはジェシーを見つめた。このときばかりはジェシーが筋の通ったことを言い、自分がそれを最初に思いつかなかったのが悔しかった。

ジェシーは言った。「おまえはここにいるだろうとライラに言われたよ。おれは彼女に好かれてないみたいだ、カントリー」

「マスクをつけてたか？」

「え？」

「おれの妻のまえで。彼女と話したとき、おまえはマスクをつけてたか？」

「ああ、当たりまえだろ」

「だったらいい」

ジェシーはヒップフラスクから酒を飲んだ。「ディーコンがおれたちに来いとさ」

「おれたち？」

ジェシーはうなずいた。

「なんでまた？」

ジェシーは肩をすくめた。

「いつ？」

「半時間ほどまえに言われた」

「くそっ」ルーサーは言った。「どうしてもっと早く来なかった？」

「まずおまえの家に行ったからさ」

ルーサーはキューをラックに戻した。「まずいことになってるのか？」

「いやいや。そうじゃない。ただおれたちに会いたいだけさ」

「だからどうして？」

「言っただろ」とジェシー。「知らねえよ」

「ならどうしてまずいことじゃないとわかる？」ルーサーは店を出ながら言った。

ジェシーはマスクを頭のうしろにとめながら、ルーサーを振り返った。「コルセットをしっかり締めとけ、お嬢ちゃん。勇気のあるところを見せろ」

「勇気が必要なのはおまえのケツだ」

「話すのとうまくやるのとは大ちがいだぜ」ジェシーは言って、ルーサーに大きな尻を振ってみせた。ふたりはがらんとした通りを駆け出した。

「こっちへ来て坐ってくれ」ふたりが〈クラブ・オールマイティ〉に入っていくと、ディーコン・ブロシャスが言った。「ここだ。さあ、こっちへ」

ディーコンは大きな笑みを浮かべていた。白いシャツに白いスーツ、赤いネクタイに同じ赤のビロードの帽子。クラブの奥のステージ近くの丸テーブルにいて、薄明かりの向こうからふたりに手を振った。彼らが入ったあと、スモークが入口のドアに鍵をかけた。その音がルーサーの喉仏に響いた。営業中でないクラブのなかに入るのは初めてだった。タン色の革のブース席、赤い壁、サクラ材の長椅子は、真っ昼間に見ると罪深さは薄れるが、むしろ夜より迫りくる恐怖があった。

ディーコンは、ルーサーが左の椅子、ジェシーが右の椅子に坐るまで手を振りつづけていた。背の高いグラス二個に、戦争前の保税品のカナダ産ウィスキーをつぎ、それぞれふたりのほうにすべらせて言った。「おまえたち、いやまったく、最近調子はどうだ？」

ジェシーが言った。「うまくやってます」

ルーサーもなんとか答えた。「上々です。お気遣いありがとうございます」

ディーコンはマスクをしていなかったが、スモークとダンディはしていた。ディーコンの笑みは大きく、白々としていた。「そう聞いてこっちもうれしいよ、本当に」テーブル越しに手を伸ばしてきて、どうにかふたりの肩を叩いた。「ふたりとも儲けてるんだろう、え？へ、へ、へ。そう。好きなんだろう、金を儲けることが？」

ジェシーが言った。「がんばってます」

「がんばる、ほう。実際に儲けてると思うがな。ふたりとも、うちで最高の胴元だ」

「ありがとうございます。ただ最近は少し厳しくなってます、流感のせいで。大勢の人間が病気になって、ナンバーズをやるどころじゃない」

ディーコンは退けるように手を振った。「人々が病気になる。どうしようもない。そうだろう？　彼らは病気になり、愛する者たちが死んでいく。天なる父よ、われらに祝福を。病はこれでもかというほど苦しみを見せつけて、われわれを試す。誰もがマスクをつけて通りを歩き、葬儀屋の棺が足りなくなる。神よ。こういうときには賭けどころではない。賭けはひとまず棚上げにして、悲惨さが終わることを祈るしかない。だがそれが終わったら？　終わったら人はすぐまた賭けはじめる。かならずそうなる。しかし」──ふたりに指を向け──「そのときまではしかたがない。いっしょに〝アーメン〟を唱えてくれるか、兄弟たち？」

「アーメン」ジェシーが言い、マスクを上げて口にグラスを当て、一気にあおった。

「アーメン」ルーサーも言って、グラスから少しだけ飲んだ。

「おいおい」ディーコンが言った。「それは飲むものだぞ、可愛がるものじゃなくて」

ジェシーが笑い、脚を組んだ。くつろぎはじめている。

ルーサーは「わかりました」と言い、グラスのウィスキーを飲み干した。ディーコンはふたりのグラスにまた酒をついだ。ルーサーは、ダンディとスモークが彼らのうしろに立っているのに気づいた。一歩と離れていない。いつそこまで近づいてきたのかわからなかった。

ディーコンは自分のグラスから長くゆっくりと飲んで、「ああー」と言い、唇をなめた。両手を組み、テーブルに身を乗り出した。「ジェシー」

「はい？」

「クラレンス・ジェサップ・テル」ディーコン・ブロシャスは歌うように言った。

「本人です」

ディーコンの笑みが戻ってきた。かつてないほど明るい笑みだった。「ジェシー、ひとつ訊かせてくれ。これまでの人生でいちばん記憶に残っていることは何だ？」

「はい？」

ディーコンは眉を上げた。「ひとつもないか？」

「どういう意味でしょう」

「人生でいちばん記憶に残っていることだ」ディーコンはくり返した。

ルーサーの腿に汗がにじんだ。

「誰にでもある」ディーコンは言った。「幸せなことかもしれないし、悲しいことかもしれない。ある女とすごした一夜かもしれない。だろう？　そうだな？」笑うと頬の肉が鼻を包みこんだ。「ある男とすごした一夜かもしれない。男が好きなのか、ジェシー？　私の商売では、そういう趣味を蔑むことはないぞ。むしろ特別な嗜好《しこう》と呼びたい」

「いいえ」

「いいえ、なんだ？」

「いいえ、男は好きじゃありません」ジェシーは言った。「それはありません」

ディーコンは申しわけなかったというように、ふたりに手のひらを見せた。「すると女か、え？　だが若くないとな、だろう？　おまえも女も若かったころのあれが忘れられない。ひと晩じゅう突いても形の崩れない尻を持つ最高のチョコレート？」

「いいえ」

「いいえとは、若くて美人の尻が好きじゃないということか？」

「いいえ、それは人生でいちばん記憶に残ってることじゃありません」ジェシーは咳をひとつして、またウィスキーを飲んだ。

「だったらなんなんだ、ボーイ。早く言えよ」

ジェシーはテーブルから眼をそらした。落ち着こうとしているのだとルーサーは感じた。

「おれの人生でいちばん記憶に残ってること？」

ディーコンがバシンとテーブルを叩いた。「いちばんな」と声を轟かせ、ルーサーにウィンクをした。このチンピラが何をしてるにしろ、おまえも一枚嚙んでるんだろうと言わんばかりに。

ジェシーはマスクを上げ、また酒を長々と飲んだ。「おれの親父が死んだ夜です」

ディーコンの顔が同情で重く張りつめた。ナプキンを顔に当てて拭いた。閉じた唇のあいだから息を吸い、眼を見開いた。「それは本当に残念だ、ジェシー。親父さんはどういうことで亡くなった？」

人たちが――」

ジェシーはテーブルを見て、ディーコンに眼を戻した。「おれが育ったミズーリ州で、白人たちが――」

「続けて」

「白人たちがやってきて、親父が彼らの農場に忍びこんでラバを殺したと言ったんです。ラバを切り刻んで食料にしようとしてる親父を捕まえたけど、逃げられたと。ああいう連中です。翌日おれたちの家に現われて、親父を引きずり出し、こっぴどく殴った。おふくろやおれやふたりの妹がいるまえで」ジェシーはグラスに残っていた酒を飲み干し、湿った音を立てて大きく息を吸いこんだ。「ああ、くそっ」

「その場で親父さんを処刑した？」

「いいえ、親父をそこに残して去りました。親父は家で二日後に死にました、頭蓋骨《ずがいこつ》の骨折で。おれは十歳でした」

ジェシーはうなだれた。

ディーコン・ブロシャスはテーブルの上に手を伸ばし、ジェシーの手をそっと叩いた。

「なんという」ディーコンはささやいた。「なんということだ、まったく、なんという」酒の罎を取って、ジェシーのグラスを満たし、ルーサーに悲しい笑みを向けた。

「私の経験では」ディーコン・ブロシャスは言った。「いちばん記憶に残っていることが喜ばしいことという男はめったにいない。喜びは、喜ばしいということ以外にわれわれに何も教えてくれない。そんなのは教訓でもなんでもないだろう？　自分のペニスをいじる猿だってそんなことは知っている。ちがうのだ」彼は言った。「学ぶことの本質を教えようか、兄弟？　苦痛だよ。考えてみたまえ、たとえば、子供のころどれほど幸せだったかに気づくのは、子供時代が奪われてからだ。真の愛も、たいてい失ってしまうまで、そうだったとは気づかない。失ってから、自分にとってはあれがそうだったのだと言う。それが真実だ。だがとりあえずは？」巨大な肩をすくめ、ハンカチを何度か額に当てた。「われわれを形作るものが、われわれを蝕《むしば》むものだ。大きな犠牲を払うのはやむをえないが、しかし――」両手を広げ、最高の笑みを輝かせた。「そこから学ぶものの貴重さは計り知れない」

ダンディとスモークが動くところは見えなかった。しかしジェシーのうめき声がしてルーサーがそちらを見ると、彼らはジェシーの手首をテーブルに押しつけ、スモークが両手でジェシーの頭をしっかりと抱えこんでいた。

ルーサーは言った。「おい、ちょっと待ってくれ――」

ディーコンの平手打ちがルーサーの頬骨に命中し、歯から鼻、眼を、もろい鉄管のように砕いた。ディーコンの手は彼の頭から離れず、そのまま髪をつかんで宙にとどまった。ダンディがナイフを取り出し、ジェシーの顎の先から耳の根元までを切り裂いた。

ジェシーはナイフが抜かれたあとも長いこと叫んでいた。血が生涯これを待ち望んでいたかのように傷口から噴き出し、ジェシーがマスク越しに叫び、ダンディとスモークが彼の頭を支えているうちに、血がテーブルに流れ落ち、ディーコン・ブロシャスがルーサーの髪をぐいと引いて言った。「眼をつぶったら、カントリー、両方くり抜いて家に持って帰るぞ」

ルーサーは汗が染みてまばたきしたが、眼はつぶらなかった。ジェシーの傷口から血が流れ、体を伝ってテーブルじゅうにこぼれるのを見ていた。一瞬、ジェシーの眼を見て、友人が顎の傷を心配する段階をすぎて、これは地上での長い最後の一日の最初の瞬間かもしれないと悟ったことを知った。

「そのプッシーにタオルを渡してやれ」ディーコンは言い、ルーサーの頭を離した。

ダンディがジェシーのまえのテーブルにタオルを落とし、スモークとうしろに下がった。

ジェシーはタオルをつかんで顎に押しつけ、歯のあいだから息を吸い、静かに泣きながら椅子の上で体を揺らした。マスクの左側が赤く染まっていた。そうして誰も、何も言わずにしばらくたち、ディーコンは退屈したようだった。タオルがディーコンの帽子より赤くなると、スモークがジェシーに別のタオルを渡し、血まみれのものをうしろの床に放った。

「おまえの盗人の親父が殺されたこと？」ディーコンが言った。「もうそれはおまえの人生で二番目に記憶に残ることになったな」

ジェシーは眼を固く閉じ、タオルを顎にあまりにきつく押し当てているので、ルーサーが見ているうちに、手の指が白くなった。

「そのことに〝アーメン〟を唱えてくれるか、兄弟？」

ジェシーは眼を開け、ディーコンを見つめた。

ディーコンは質問をくり返した。

「アーメン」ジェシーはささやいた。

「アーメン」ディーコンも言い、両手を打ち鳴らした。「私が見たところ、おまえは二年にわたって週に十ドルくすねていた。合計していくらになる、スモーク？」

「千四十ドルです、ディーコン」

「千四十ドル」ディーコンは鋭い視線をルーサーに向けた。「そしておまえ、カントリー、おまえはこれに絡んでいたか、少なくとも知っていたのに、私に知らせなかった。つまりこれはおまえの借金でもある」

ルーサーはただうなずくこと以外、どうすればいいかわからなかった。

「何かを確認するようにうなずく必要はない。おまえの確認など、くそほどの役にも立たない。私が何か言ったら、それはそのとおりなのだ」ウィスキーをひと口飲んだ。「さて、ジェシー・テル、私の金を返してもらえるのか、それとも、もうその腕に全部打ってしまったのか？」

ジェシーは笛のような音を立てて言った。「手に入れます、かならず」

「何を？」

「あなたの千四十ドルを」

ディーコンはスモークとダンディに眼を見開いた。三人は同時に笑って、すぐに笑いやんだ。

「わかってないな、愚か者。おまえを生かしている唯一の理由は、私なりの慈善行為として、これをおまえへの貸しつけと見なすことにしたからだ。私はおまえに千四十ドルを貸した。私おまえは盗んだのではない。もし盗んだと考えていたら、ナイフはいまもその喉に刺さり、おまえは自分のちんぽこを口に入れてるところだ。だからそう言え」

「何を言うんでしょう?」

「貸しつけだったと」

「貸しつけでした」

「よし」ディーコンは言った。「では、その貸しつけについていろいろ教えてやろう。スモーク、われわれの一週間の利息はいくらだ?」

ルーサーは頭がくらくらした。胃のなかのものを押し戻すために唾を懸命に飲みこんだ。

「五パーセントです」スモークが言った。

「五パーセント」ディーコンはジェシーに言った。「週ごとの、複利だ」

痛みのためになかば閉じられていたジェシーの眼が、ぱっと開いた。

「千四十の一週間の利息はいくらだ?」ディーコンが言った。

スモークが言った。「五十二ドルになるはずです、ディーコン」

「五十二ドル」ディーコンはゆっくりと言った。「たいした額じゃない」

「ええ、ディーコン。そうですね」

ディーコンは顎をするりとなでた。「だがいかん、待て、月だといくらになる?」

「二百八です」ダンディが割りこんだ。

ディーコンは小さいながら本物の笑みを見せた。いまや愉しんでいる。「一年では?」

「二千四百九十六ドルです」スモークが言った。

「倍にすると?」

「ああ」ダンディが競争に勝ちたがっている口調で言った。「ええと、それは、そう——」

「四千九百九十二ドル」ルーサーが言った。声に出していることも意識せず、なぜことばが口を突いて出たのかもわからなかった。

ダンディがルーサーの頭のうしろを叩いた。「おれに言わせろ、この野郎」

ディーコンがルーサーを正面から見すえた。その眼のなかに、ルーサーは自分の墓を見た。土に差すシャベルの音が聞こえた。

「頭は悪くないな、カントリー。最初に見たときからわかった。おまえが愚かになるとしたら、私のテーブルを血だらけにしているこの抜け作のようなやつらとつるむときだけだとわかっていた。このニグロと仲よくさせておいたのは、私のあやまちだった。これはこの先ずっと後悔するよ」ため息をつき、椅子の上で巨体を伸ばした。「いまとなっては、すべてこぼれたミルクだ。さて、四千九百九十二をもとの貸しつけに加えると……?」ほかの人間が答えるのを手で制し、ルーサーを指さした。

「六千三十二」

ディーコンがテーブルを叩いた。「正解。以上。そして私を無慈悲な人間と考えるまえに、これでもそうとう親切なほうだと理解してもらいたい。なぜなら、ダンディとスモークが提案したように、計算の際にもし毎週の利息を元本に加えていたら、おまえたちの借金がどのくらいになっていたかわかるかね？」

誰もことばを発しなかった。

「わかるかね、と訊いたんだが？」

「わかります」ルーサーが言った。

「わかります」ジェシーも言った。

ディーコンはうなずいた。「ところで、どうやって私の六千三十二ドルを返すつもりだ？」

ジェシーが言った。「なんとかして――」

「何をする？」ディーコンは笑った。「銀行強盗か？」

ジェシーは何も言わなかった。

「白人街へ行って毎日毎晩、ふたりおきに会った男から金を巻き上げるとか？」

ジェシーは黙っていた。ルーサーも黙っていた。

「そんなことはできない」ディーコンは両手をテーブルに置いて穏やかに言った。「それは無理だ。夢見るのは勝手だが、世の中にはどうしても不可能なことがある。どうやったって、おまえらが私の――ああそうだ、忘れるところだった、もう新しい週だ――六千八十四ドルを返す方法はない」

ジェシーの眼が横に流れ、また無理やり中央に戻された。「あの、医者に行く必要があると思います」

「このごたごたから抜け出す方法を見つけないかぎり、葬儀屋が必要になる。その腐った口を閉じてろ」

ルーサーが言った。「おれたちにしてほしいことを言ってください。かならずやってみせます」

今度はスモークが彼の後頭部を叩いたが、ディーコンがまた手を上げた。

「わかった、カントリー。よろしい。要点に入ったな。それを尊重しよう。おまえのことも同様に尊重する」

ディーコンは白い上着の襟を直し、テーブルに身を乗り出した。「私に大金を借りている者たちがいる。何人かはこの国に、そのうち何人かはこの街のダウンタウンに。スモーク、リストを」

スモークがテーブルをまわってディーコンに紙を一枚渡した。ディーコンはそれを確かめ、ルーサーとジェシーに見えるようにテーブルに置いた。

「リストに五人の名前がある。みな少なくとも週に五百は借りている連中だ。ふたりで行って、今日じゅうに回収してこい。おまえらがそのめそめそしたケツと裏声で何を考えているかはわかる。〝ですがディーコン、おれたちは腕自慢じゃない。こういう厳しい仕事はスモークとダンディがやるんでしょう〟、そう考えてるんだろう、カントリー？」

ルーサーはうなずいた。

「そう、通常こういう仕事をするのは、スモークかダンディ、あるいはこいつは何があっても怯《ひる》まないというような強面《こわもて》のならず者だ。だがいまは通常じゃない。このリストに載っているのは、みな家族に流感にかかった人間がいる連中だ。スモークやダンディみたいに大事なニガーを、あの疫病で失うわけにはいかない」

ルーサーは言った。「しかし、おれたちふたりのように取るに足りないニガーなら……」

ディーコンは頭をのけぞらした。「こいつはなかなか言うな。見込んだとおりだ、カントリー、おまえには才能がある」笑ってまたウィスキーを飲んだ。「ああ、そう、そんなところだ。おまえらはこの五人のところへ行って金を回収してくる。もし全部回収できなかったら、自分たちで埋め合わせろ。回収してきて、また出かけ、また集めてくる。この流感がおさまるまでそれをやったら、借金を元本に戻してやる。さあ」なじみの大きな笑みを浮かべて言った。「これでどうだ？」

「あの」ジェシーが言った。「流感に罹《かか》った人は一、一日で死んでます」

「そのとおり」ディーコンは言った。「おまえもあれに罹れば、明日には死ぬかもしれない。だがおれの金を集めないなら？　まちがいなく今晩死ぬぞ」

ディーコンはふたりに、セカンド通りのはずれの射撃場の奥で患者を診《み》る医師の名前を告げた。ジェシーとルーサーは、ディーコンのクラブの裏の路地で吐いたあと、そこを訪ねた。医師は髪を錆色《さびいろ》に染めた、肌の色の薄い酔っ払いの黒人で、ジェシーの顎を縫合した。ジェシーは音を立てて息を吸い、静かに涙を流していた。

通りに戻ると、ジェシーは言った。「痛み止めがいる」

ルーサーは言った。「ヘロインのことを考えでもしたら、このおれがおまえを殺してやる」

「いいとも」ジェシーは言った。「だがこの痛みじゃ頭が働かない。どうしたらいいと思う？」

ふたりはセカンド通りの薬局の裏に入った。ルーサーはコカインをひと袋買った。元気を奮い起こすためにみずから二本分の粉を吸い、ジェシーには四本作ってやった。ジェシーはそれを次々と吸いこみ、ウィスキーを一杯飲んだ。

ルーサーは言った。「銃が必要だ」

「持ってるよ」ジェシーが言った。「くそっ」

ふたりはジェシーのアパートに戻った。ジェシーはルーサーに銃身の長い三八口径を渡し、自分の腰のうしろに四五口径のコルトを差して言った。「使い方は知ってるか？」

ルーサーは首を振った。「相手が家で殴りかかってきたら、鼻先に突きつけてやる」

「それで止まらなかったら？」

「今日死ぬつもりはない」ルーサーは言った。

「なら聞かせてくれ」

「何を？」

「相手が止まらなかったらどうするつもりだ？」

ルーサーは三八口径を上着のポケットに入れた。「撃ってやるさ」

「だったらくそくらえだ」ジェシーはまだ歯を食いしばってしゃべっていた。もはや苦痛というよりコカインのせいだろうが。「仕事に行くぞ」

おれたちも見た目は怖い。ルーサーは、アーサー・スモーリーの家のまえの階段を上がりながら、居間の窓に映った自分たちの姿を見て思った――興奮した黒人がふたり、鼻と口をマスクで覆い、ひとりの顎からは、先端の尖《とが》ったフェンスのように黒い縫い糸が何本も飛び出している。以前なら、彼らの姿はどんな敬虔《けいけん》なグリーンウッドの住人も震え上がらせ、金を引き出せただろうが、最近ではあまり意味がない――多くの人の外見が怖いからだ。小さな家の高窓には白いペンキで×印が書かれていた。しかしルーサーとジェシーは古びたポーチに立ち、呼び鈴を鳴らすしかなかった。

その地所を見るかぎり、アーサー・スモーリーはかつて農業を営もうとしたようだった。左手にペンキのはげた納屋があり、痩せた馬一頭と、骨張った牛二頭がうろついている畑がある。しかし、長らく耕されたり収穫されたりした形跡がなく、秋のなかばに雑草が生い茂っていた。

ジェシーがもう一度呼び鈴を鳴らすと、ドアが開き、網戸の向こうに男が現われた。体格はルーサーほどだが歳は倍近く、昔の汗で黄ばんだ下着のシャツに、サスペンダーでズボンを吊っていた。顔につけたマスクも汗で黄ばんでいて、眼は疲労か、嘆きか、流感のために赤くなっていた。

「なんだ、あんたら？」男は言った。ルーサーたちがどう答えようと関係ないといった、投げやりなことばだった。

「あなたはアーサー・スモーリー？」ルーサーは言った。「どう思うね？」

男は両手の親指をサスペンダーの下に入れた。

「推測しろと言われれば」ルーサーは言った。「そうだと思う」

「当たりだ」網戸に顔を近づけた。「なんの用だ？」

「ディーコンの使いで来た」ジェシーが言った。

「ほう、こんなときに？」

男のうしろで誰かがうめいた。ルーサーはドアの向こうから漂うかすかなにおいを嗅《か》いだ。つんとくる饐《す》えたにおい、まるで誰かが七月以来、卵と牛乳と肉を冷蔵庫から出しておいたようなな。

アーサー・スモーリーは、においがルーサーの眼に染みたのを見て取ると、網戸を広く開けた。「入るかい？　坐って話すか？」

「いや、けっこう」ジェシーが言った。「ディーコンの金を持ってきてもらえばそれでいい」

「金か、え？」男はポケットを何個所か叩いた。「ああ、いくらかあるよ。今朝、金の井戸から引き上げたばかりだ。まだちょっと濡れてるが――」

「冗談を言ってる場合じゃないんだ」ジェシーは言って、帽子のつばを額から少し上げた。アーサー・スモーリーが入口から顔を出し、ふたりはのけぞって離れた。「わしが最近働いてたように見えるかね？」

「いや、見えない」

「そうなんだ」アーサー・スモーリーは言った。「何をしてたかわかるか？」

男がそうささやいた口元から、ルーサーはさらに半歩あとずさりした。何か非常に不快なものを感じたからだ。

「おとといの夜、うちのいちばん若い娘を庭に埋めた」アーサー・スモーリーは首を伸ばしてささやいた。「ニレの木の下に。あの子はあの木が好きだったんでな……」肩をすくめた。「十三歳だった。もうひとりの娘もあれにやられて、いまベッドだ。女房？　あいつはもう二日眼を覚ましてない。沸騰しだしたやかんみたいに頭が熱い。あれは死ぬ」そう言って、うなずいた。「たぶん、今晩。でなきゃ明日だ。あんたら、本当になかに入りたくないか？」

ルーサーとジェシーは首を振った。

「汗とくそまみれのシーツがたまってる。洗濯を手伝ってもらいたいな」

「金だ、ミスター・スモーリー」ルーサーはポーチからおりて、この病気から離れたかった。下着を洗っていないアーサー・スモーリーが憎かった。

「わしは――」

「金だ」ジェシーが言った。四五口径を脚の横に垂らしていた。「たわごとはもういい、爺さん。さっさと金を出せ」

家のなかからまたうめき声が聞こえた。今度は低く、長く、苦しげな呼吸が混じっている。アーサー・スモーリーはふたりをじっと見つめた。あまりに長いことそうしているので、ルーサーは彼がある種の催眠状態に入ったのではないかと思いはじめた。

「あんたらには品位というものがないのか？」彼はそう言って、まずジェシーを、そしてルーサーを見た。

ルーサーが真実を告げた。「ない」

アーサー・スモーリーの眼が広がった。「女房と子供が——」

「ディーコンはあんたの家庭内の責任のことなど気にしちゃいない」ジェシーが言った。「だがあんたらは？　あんたらは何を気にする？」

ルーサーはジェシーのほうを見なかったが、ジェシーがこちらを向いていないのはわかった。ベルトから三八口径を抜き、アーサー・スモーリーの額に突きつけた。

「金を気にする」ルーサーは言った。

アーサー・スモーリーは銃口をのぞき、ルーサーの眼を見つめた。「まったくな、こんな化け物を産んだと知ったら、あんたのおふくろさんはどうして表を歩ける？」

「金だ」ジェシーが言った。

「渡さなきゃどうなる？」アーサーは言った。ルーサーはまさにそう訊かれることを怖れていた。「わしを撃つのか？　けっ、撃ちたいならどうぞってなもんだ。家族を撃つのか？　こっちから頼みたいぐらいだ。頼むよ。どうせあんたらは――」

「娘を掘り出させる」ジェシーが言った。

「なんだと？」

「聞こえただろう」

アーサー・スモーリーはドアの側柱にぐったりともたれた。「そんなこと言うわけがない」

「言ったとも、爺さん」とジェシー。「あんたの娘を墓から掘り出してもらう。やりたくないなら、縛り上げて、おれが掘り出すところを見させる。おれは土を穴に戻して、彼女をその横に置く。あんたは彼女を二度埋めることになる」

おれたちは地獄に堕ちる、ルーサーは思った。誰より真っ先に。

「どう思う、爺さん？」ジェシーは四五口径を腰のうしろに戻した。

アーサー・スモーリーの眼に涙がたまった。ルーサーは、落ちないでくれと祈った。頼むから落ちるな。頼む。

アーサーは言った。「金はない」ルーサーは男が闘いに負けたことを知った。

「だったら何がある？」ジェシーが言った。

ルーサーがアーサー・スモーリーのハドソン車を納屋のうしろから出し、家のまえを横切ると、ジェシーが自分のモデルTでついてきた。老人はポーチに立ってそれを見ていた。ルーサーは車のギアをセカンドに入れ、アクセルを踏んで、土の庭の端にある小さな柵のまえを通りすぎた。ニレの木の下の新しく掘り返された土は見なかったと自分に言い聞かせた。褐色の塚にまっすぐ挿《さ》されたシャベルも見なかった。真っ白に塗られた松の薄板で作った十字架も。

リストの五人を訪問し終わったときには、いくつかの宝石と千四百ドルの現金が集まり、かつてアーサー・スモーリーのものだった車のうしろに、マホガニーのホープチェスト（女性が結婚に備えて衣類や銀製品を入れておく箱）がくくりつけられていた。

ふたりは、夕闇のように青ざめた子供や、玄関ポーチに寝かされた、ライラとほとんど歳が変わらない女を見た。女の骨、歯、眼は天に向かって飛び出していた。納屋に背をもたせかけて死んでいる男も見た。頭頂から稲妻に打たれたかのように、これほど黒くなれるのかと思うほど黒く、皮膚はミミズ脹《ば》れででこぼこしていた。

審判の日だ、ルーサーにはわかった。おれたち全員にその日が近づいている。そして自分とジェシーは天上で主のまえに立ち、今日したことを説明しなければならない。説明などしようがない。たとえ人生が十回あったとしても。

「戻そう」ルーサーは三番目の家をまわったあとで言った。

「何？」

「戻して逃げよう」

「でもって残りの短いくそ人生を、肩越しにダンディやスモークを探しながらすごすのか？　それとも銃を持った、ほかに失うもののない別の醜い黒人を怖れながら？　どこに隠れるつもりだ、カントリー？　黒人ふたりで逃げ出して？」

ジェシーの言うことは正しいが、ルーサーには、これが自分の心と同じくらいジェシーの心も蝕《むしば》んでいることがわかっていた。

「それはあとで心配すればいい。おれたちは――」

ジェシーは笑った。それまで聞いたジェシーの笑い声のなかでいちばんおぞましかった。

「これをやるか、死ぬかだ、カントリー」両手を大きく広げ、派手に肩をすくめた。「おまえにもわかってるだろ。あのクジラを殺さないかぎり、自分とかみさんの死刑執行令状にサインしたようなもんだぞ」

ルーサーは車のなかに入った。


最後のひとり、オーウェン・タイスは彼らに現金を渡し、どうせ使うあてもないと言った。妻のベスが亡くなったら、自分も散弾銃ですぐに同じ旅に出る。午《ひる》ごろから喉が痛く、いまや焼けつくようになっている。もっとも、ベスがいないならそんなこともどうでもいい。きみらも元気でやれ、もちろん金を取り立てる理由はわかる。わかるとも。人は生きていかなきゃならない。それを恥じることはない。

家族全員がやられた、ちくしょう、信じられるか？　一週間前にはみんな元気で、テーブルで食事をしてた——息子と義理の娘、娘と義理の息子、三人の孫たち、そしてベス。坐って、食べて、しゃべってた。そのときだ、まるで神様が屋根から家のなかに大きな手を伸ばしてきて、家族全員を包みこみ、ぎゅっと押しつぶしたみたいだった。

まるでわしらがテーブルのハエか何かのように、と彼は言った。そんなふうだった。


真夜中に、がらんとしたグリーンウッド・アヴェニューを車で走った。ルーサーが数えると、×印のついた窓が二十四あった。車を〈クラブ・オールマイティ〉の裏の路地に停めた。路地沿いのどの建物からも明かりはもれておらず、頭上にいくつか避難梯子《ばしご》がぶら下がっていて、ルーサーは、この世界に何か残されたものはあるのだろうか、それともすべてが流感に鷲づかみにされ、黒く青くなってしまったのだろうかと思った。

ジェシーがモデルTの踏み板に足をのせ、煙草に火をつけて、クラブの裏口のドアのほうへふうっと煙を吐いた。ルーサーには聞こえない音楽を聞いているかのように、ときどき首を振っていたが、やがて彼のほうを向いて言った。「おれは逃げる」

「逃げる？」

「ああ」ジェシーは言った。「おれは逃げる。道は長く、神はともにいない。おまえのところにもいないけどな、ルーサー」

ふたりが知り合ってから、ジェシーはただの一度も、ルーサーをファーストネームで呼んだことがなかった。

「これをおろそう」ルーサーは言った。「な、ジェシー？」タグとエヴリナ・アーヴィン夫妻のホープチェストを、アーサー・スモーリーの車にくくりつけていた縄に手を伸ばした。

「さあ、やるぞ。こんなのは早く終わらせよう」

「おれのところにいない」ジェシーが言った。「おまえのところにも。この路地にも。神はこの世界を見捨てたんだと思う。もっと気になる別の世界を見つけたのさ」小さく笑って、長々と煙草を吸った。「あの青い子は何歳だったと思う？」

「二歳か」ルーサーは言った。

「おれもそう思う」ジェシーは言った。「だがおれたちはあの子の母親の宝石を取り上げた、だろ？　彼女の結婚指輪がこのポケットに入ってる」胸のポケットを叩き、微笑んで言った。

「へ、へ、へ」

「なあ、もうさっさと――」

「ひとつ教えようか」ジェシーは上着の裾をぴんと伸ばし、シャツの袖を引き出した。「教えてやる」そしてクラブの裏口のドアを指さした。「もしあのドアに鍵がかかってなかったら、いま言ったことは忘れていい。あのドアが開いたらな。神はこの路地にいる。本当にいる」

ドアのまえに歩いていき、ノブをまわすと、開いた。

ルーサーは言った。「わけがわからない、ジェシー。ただ誰かが鍵をかけ忘れただけじゃないか」

「まあいい」ジェシーは言った。「そう思ってろ。質問してもいいか？　おれは本当にあの爺さんに娘の墓を掘らせたと思うか？」

ルーサーは言った。「もちろん掘らせないさ。おれたちは熱くなってた。それだけだ。熱くなり、怖かった。頭がいかれてた」

ジェシーは言った。「その縄をはずせよ、兄弟。もう盗みは終わったんだから」

ルーサーは車から離れた。「ジェシー」

ジェシーは眼にも止まらぬ速さで手を伸ばし、ルーサーの頭を殴って叩き落とすこともできたが、そうする代わりに、彼の耳にほんのわずか触れた。「おまえはいいやつだな、カントリー」

ジェシーはクラブのなかに入った。ルーサーもあとに続いた。ふたりは小便のにおいのする汚れた通路を進み、黒いビロードのカーテンをくぐって、ステージの近くに出た。ディーコン・ブロシャスが、ステージ脇のテーブルについて坐っていた。ふたりがクラブを去ったときにいた、そのままの場所に。透明なグラスからミルク色の紅茶をひと口のみ、ミルク以外のものも入っているぞとルーサーにほのめかす笑みを送った。

「十二時か」ディーコンはまわりの暗がりに手を振った。「十二時ぴったりにご帰還だな。マスクをつけたほうがいいか？」

「いいえ」ジェシーが言った。「心配無用です」

ディーコンは体の横を探った。いずれにせよマスクをつける気でいるように。その動きは重く、ぎこちなく、やがて彼はもういいというように手を振って、ふたりににっこりと笑った。顔に雹《ひょう》の粒ほどの汗が浮かんでいた。

「いやはや」彼は言った。「見るからに疲れているようだ」

「心底疲れてます」ジェシーが言った。

「まあ、ここへ来て坐れ。このディーコンに旅の話を聞かせてくれ」

ダンディがディーコンの左の陰からトレイにティーポットをのせて出てきた。天井のファンの風でマスクがはためいた。ダンディはふたりを一瞥《いちべつ》して言った。「どうして裏口から入ってきた？」

ジェシーは言った。「おれたちの足がそこへ向かったからさ、ミスター・ダンディ」そして四五口径をベルトから抜き、マスクをつけたダンディを撃った。ダンディの顔が赤く弾けて消えた。

ルーサーは屈んで「待て！」と叫んだ。ディーコンは両手を上げて「おい――」と言いかけた。が、ジェシーはまた発砲し、ディーコンの左手の指が数本飛んでうしろの壁に当たった。ディーコンはルーサーが理解できないことばを叫んだあと、「待ってくれ、いいな？」と言った。ジェシーがまた撃ち、ディーコンがとっさになんの反応も見せないので、壁に弾が当たったかと思われたとき、ルーサーはディーコンの赤いネクタイが広がっているのに気づいた。血が白いシャツに花のように広がっていた。ディーコンみずからそれを見下ろし、彼の口から湿った息がひとつ飛び出した。

ジェシーはルーサーのほうを向き、彼らしいいつもの大きな笑みを浮かべた。「はっ、なかなか面白くないか?」

ルーサーは眼の隅で何かをとらえた。ほとんど見えなかったが、ステージで何か動いた。「ジェシー」と叫ぶことばが出るか出ないかのうちに、ドラムセットとベーススタンドのあいだから、スモークが腕を伸ばして現われた。ジェシーがなかば顔を向けたときに空気が白く弾け、黄色と赤に弾け、スモークがジェシーの頭に二発、喉に一発の銃弾を撃ちこんだ。ジェシーは撃たれるたびに跳ね上がった。

彼の体がルーサーの肩に倒れかかった。ルーサーは支えようとしたが、代わりに手でつかんだのはジェシーの銃だった。スモークは撃ちつづけた。ルーサーはその弾を止められるかのように腕を顔のまえに上げ、四五口径の引き金を引いた。銃が手のなかで跳ね、今日会った死人と黒い人と青い人がみな見え、自分の声が「やめろ、頼む、やめろ、頼む」と叫ぶのが聞こえ、両眼に飛びこむ銃弾が頭に浮かび、やがて悲鳴が聞こえて――甲高《かんだか》く、驚いた悲鳴――ルーサーは撃つのをやめ、腕を顔のまえからおろした。

眼をすがめて見ると、スモークがステージの上で丸くなっていた。両手で腹を抱きかかえ、口を大きく開いている。スモークはうがいのような音を立てた。左脚を引きつらせた。

ルーサーは四つの体のまんなかに立ち、怪我をしていないかと自分の体を調べた。肩にべったりと血がついていたが、シャツのボタンをはずしてそのあたりを触ってみると、血はジェシーのものだとわかった。眼の下を切っているが傷は浅く、飛んできて頬を削ったのは銃弾ではなかったのだと思った。しかし、体は自分のものでない気がした。誰かから借りたものので、本来はそのなかにいてはならず、誰であれ持ち主は、〈クラブ・オールマイティ〉の裏口から入ってきてはならなかった。

ジェシーを見下ろし、自分の一部が泣きたがっていると感じたが、別の部分は何も感じていなかった──生き残ったという安堵さえ。ジェシーの後頭部は獣にかじり取られたかのようで、喉の穴からまだ血がどくどくと流れている。ルーサーは血がまだ届いていない場所にひざまずき、首を傾けて友人の眼をのぞきこんだ。ちょっと驚いたような眼だった。今晩のチップは予想より多く集まったぞとオールド・バイロンに言われたときのように。

ルーサーは「おお、ジェシー」とつぶやいた。親指でジェシーの眼を閉じてやり、その頬に手を当ててた。冷たくなりかかっている。今日この友人がとった行動をどうかお赦《ゆる》しください、ルーサーは主に祈った。彼は必死だったのです、たしかにあやまちは犯しましたが、主よ、根は善良な男で、それまで自分以外の誰かに苦痛をもたらしたことは一度もありませんでした。

「おまえ……うまく……やれ」

ルーサーは声のしたほうを向いた。

「頭が……いい……おまえは」ディーコンが空気を吸いこんだ。「頭がいいんだから……」

ルーサーは銃を手にジェシーの横から立ち上がり、テーブルに近づくと、まわりこんでディーコンの右側に立った。ルーサーを見ようとすれば、巨漢は大きな頭を動かして振り返らなければならない。

「今日の午後……会った……医者を連れてこい」ディーコンがまた息を吸うと、胸が笛のように鳴った。「早く連れてこい」

「それで赦して忘れようというのか？」ルーサーは言った。

「神が……証人だ」

ルーサーは自分のマスクを取り、ディーコンの顔のまえで三度咳をした。「今日おれが疫病を拾ったかどうかわかるまで、おまえのまえで咳をしてやろうか？」

ディーコンはまだ動く手を伸ばして、ルーサーの腕をつかもうとしたが、ルーサーはうしろに離れた。

「おれに触るな、悪魔め」

「頼む……」

「何を？」

ディーコンの胸から喉がゼイゼイ、ヒューヒュー鳴った。彼は唇をなめた。

「頼む」また言った。

「いまさら何を頼む？」

「うまく……やれ」

「オーケイ」ルーサーは言って、ディーコンの顎の下のしわに銃を押しつけ、自分の眼を見つめている男に引き金を引いた。

「これでどうだ？」ルーサーは叫び、巨漢が左に傾いて椅子からずり落ちるのを見つめた。

「おれの友だちを殺しやがって」ルーサーはもう一発撃った。すでに相手が死んでいるのはわかっていたが。

「くそっ！」天井に叫び、両手で自分の頭を抱えた。持っていた銃が頭に食いこんだ。もう一度叫んだとき、ステージで血のなかに倒れていたスモークが動こうとしているのに気づいた。ルーサーは眼のまえの椅子を蹴り倒し、腕をまえに伸ばしてステージに近寄った。スモークは顔をルーサーに向けて横たわっていた。彼を見上げる眼には、ジェシーの眼ほども生気がなかった。

一時間にも感じられるあいだ――正確にどのくらいそこに立っていたのか、ルーサーには見当もつかなかった――ふたりは互いに見つめ合っていた。

やがてルーサーは、みずからも好きかどうかわからない新しい自分がこう言うのを聞いた。

「もしおまえが生き残ったら、何があろうとおれを殺しにくるよな。ぜったいに」

スモークは一度まぶたを閉じて――ごくゆっくりと――肯定した。

ルーサーは銃身の先にいる相手を見つめた。コロンバスで作ったすべての銃弾が見えた。コーネリアスおじの黒い道具袋が見え、眠りのように暖かく、柔らかく降っていた雨が見えた。あの日の午後、彼は父親が帰ってきますようにと祈りながら、家のポーチに坐っていた。しかし父親はすでに四年と五百マイル離れ、帰ってこなかった。ルーサーは銃を下げた。

スモークの瞳孔に驚きの光が閃いた。その眼がぐるりとまわり、おくびとともに吐き出した指ぬき一杯ほどの血が顎からシャツに垂れた。スモークはステージにまた倒れ、胃から血が流れた。

ルーサーはまた銃口を上げた。いまのほうが容易なはずだ。相手はこちらを見ていないし、おおかた川を渡り、あちらの世界の岸に上がろうとしている。確実を期するため、もう一度引き金を引くだけだ。ディーコンのときには何もためらわなかった。どうしていまためらう？

手のなかで銃が震え、ルーサーはまた銃口を下げた。

ディーコンとつき合いのある連中がいきさつをたどり、ルーサーがここにいたことを突き止めるのにそう長くはかからない。スモークが生きようが死のうが、ルーサーとライラのタルサでの生活は終わりだ。

それでも……。

ルーサーはまた銃を構え、震えを抑えるために前腕をつかんで、銃身の先のスモークを狙った。一分ほどそうして立ち、ようやく、一時間そこに立っていようが引き金は引かないという事実を受け止めた。

「おまえじゃない」彼は言った。

スモークからまだ流れ出している血を見た。最後にもう一度、ジェシーを見た。ため息をつき、ダンディの死体をまたいだ。

「腐れあほうども」ルーサーはドアに向かいながら言った。「おまえら、自業自得だ」

8

流感が去ったあと、ダニーは日中は巡回に戻り、夜は急進派になりすます勉強をした。後者の職務については、エディ・マッケンナが少なくとも週に一度は小包を届けてきた。なかを開けると、社会主義者や共産主義者の最新のビラ、『資本論』や『共産党宣言』などの冊子、ジャック・リード、エマ・ゴールドマン、ビッグ・ビル・ヘイウッド、ジム・ラーキン、ジョー・ヒル、パンチョ・ビリャらの演説原稿が入っていた。アジ宣伝の文書もいろいろ読んだが、修辞文句が多すぎて、ダニーが想像しうるふつうの人々にとっては、土木建築工学の手引書と変わらなかった。あるの種のことばが頻繁に使われ――圧政、帝国主義、資本主義的抑圧、兄弟愛、暴動――世界の労働者にわかりやすくものごとを伝えるには、条件反射的な語彙《ごい》が欠かせなくなっているのではないかと思った。一方、それらのことばは個性を失うにつれ、力も、徐々に意味も失っていた。そして意味が失われた場合、ダニーには、あのとんまな連中が――ボルシェヴィキとアナーキストの文献のなかに、彼はとんまでない人間をいまだに見つけられない――一体にまとまって、通りひとつ渡れるとは思えなかった。国家転覆は言うに及ばず。

演説を読んでいないときには、一般に〝労働者革命の最前線〟と呼ばれる出来事に触れた公文書を読んだ。ストライキをして自宅の家族のまえで焼き殺された炭鉱労働者、厳罰に処されたIWWの労働者、小さな町の裏通りで暗殺された労働活動家、解散させられた組合、違法とされた組合、投獄され、打ちすえられ、国外追放となった労働者。そういう目に遭うのはつねに、偉大なる〝アメリカ式〟の敵と見なされた人々だった。

ダニーはときに同情をそそられて、驚いた。もちろん全員に対してではない――かねてからアナーキストは屑だと思っていた。世界じゅうで冷酷な流血への欲望をかきたてるだけだ。文献を読んでも、その信念はほとんど揺るがなかった。共産主義者もどうしようもなく世間知らずだと思った。動物たる人間のもっとも根本的な特質――強欲――を考慮せずに、ユートピアを追求している。ボルシーたちはそれを病のように治療できると信じているが、ダニーには、欲望は人にとって心臓と同じ器官であり、それを取り除けば主体が死んでしまうことがわかっていた。社会主義者はもっとも賢い――欲望を認めている――が、彼らのメッセージはつねに共産主義者のそれと絡まっていて、少なくともこの国では、〝赤〟の騒音より大きな音で聞こえてこない。

けれどもダニーは、違法とされたり官憲に狙われたりした労働組合が、なぜこれほど辛酸をなめなければならないのか、どうしても理解できなかった。ただ人々のまえに立ち、ひとりの人間として扱ってほしいと訴えただけで、反逆的な演説と見なされて社会から放逐されることが、いかに多いか。

ある夜、ダニーはサウス・エンドでマッケンナとコーヒーを飲みながら、そう指摘した。マッケンナは人差し指を立てて振った。「そういう男たちに関心を持つ必要はないのだ、若弟子。その代わりに自分に問いなさい、〝彼らに資金提供しているのは誰だろう？　なんの目的で？〟と」

ダニーはあくびをした。このところ疲れがとれない。最後にぐっすり眠ったのはいつだったか思い出せなかった。「誰かと言えば――ボルシェヴィキ」

「そのとおり。母なるロシアその人だ」眼を大きく開けてダニーを見た。「冗談めいた話だと思ってるだろう、え？　レーニン本人が言ったのだ、ロシアの人民は、世界じゅうの人民が彼らの革命に加わるまで休むことがないと。たわごとじゃないぞ。これはこの国に対する明らかな脅迫だ」人差し指でテーブルを勢いよく叩いた。「わしの国に対する」

ダニーはまた出そうになったあくびを拳で抑えた。「おれの潜入計画はどうなってます？」

「もうすぐだ」マッケンナは言った。「連中が警官組合と呼んでるものには加わったか？」

「火曜に集会に行きます」

「なぜそう時間がかかった？」

「コグリン警部の息子にして、みずからも利己主義的、政治的動機にもとづく活動にくわしいダニー・コグリンが、突然、ボストン・ソーシャル・クラブに入りたいと言ったら、人はなんだか怪しいぞと思うでしょう」

「たしかに。わかった」

「おれの相棒だったスティーヴ・コイルですが――」

「流感にやられたそうだな。残念だ」

「彼は組合の熱心な支持者でした。だからここで時間をおけば、おれが幾晩か、彼の病気を思い悩む暗く長い夜をすごしたように見える。そしておれはついに道義心に駆られ、集会にどうしても出てみようと思った。彼らにおれはやさしい心の持ち主だと思わせるんです」

マッケンナは黒ずんだ葉巻の端に火をつけた。「おまえは昔からやさしい心を持ってるさ。たいていの人間よりそれをうまく隠してるだけだ」

ダニーは肩をすくめた。「だったら、おれ自身からも隠しはじめたのかもしれない」

「その危険はつねにある」マッケンナは、このジレンマを誰よりよく知っているというふうにうなずいた。「そしてある日、懸命に守ろうとしていたさまざまなものを、どこに残してきたか思い出せなくなる。あるいは、なぜそもそも守ろうとしていたのかも」


冷たい空気に焚《た》き火のにおいが漂う夜、ダニーはテッサと彼女の父親の食事に加わった。彼らの住まいはダニーの部屋より広かった。ダニーのほうには調理用の鉄板と冷蔵庫がついていたが、アブルッツェ家には小さな台所があり、〈レイヴン〉のコンロが備わっていた。テッサは長い黒髪をうしろにまとめ、火の熱さにぐったりして汗を光らせながら料理をした。フェデリコはダニーが持ってきたワインのコルクを抜き、窓辺に置いて息をさせるあいだ、ダニーと居間のダイニングテーブルについて、アニゼットをちびちびやった。

フェデリコが言った。「最近あまりここで見かけないね」

ダニーは言った。「働きづめで」

「流感が去ったいまでも？」

ダニーはうなずいた。これもまた警官たちが市警に抱く不満のひとつだった。ボストンの警官は二十日ごとに一日の休暇を認められている。その休暇日でも、緊急事態に備えて市外に出ることはできない。そこで独身者のほとんどは、所属する分署の近くの下宿屋に住んでいる。どうせ数時間で職場に戻らなければならないのに、定住先を決める意味がどこにある？　加えて、週に三日は分署に泊まらなければならない。ダニやらシラミやらがわいた、最上階の臭いベッドに。そして、直前までそこに寝ていた薄汚い哀れな男が、交替して次の巡回に出るのだ。

「働きすぎだと思うな」

「上司に言ってもらえますか？」

フェデリコは微笑んだ。冬の部屋をも暖かくしそうな、なんとも魅力的な笑みだった。これほどの印象を残す理由は、笑みの裏に胸が張り裂けそうな思いが感じられるからではないだろうか、とダニーはふと思った。このまえの夜、屋上でわからず、もどかしい思いをしたのも、これだったのかもしれない――フェデリコの笑みは、過去にまちがいなく存在する大きな苦痛を隠しておらず、むしろまるごと抱えている。抱えることによって克服している。

フェデリコが身を乗り出して、低いささやき声で、テッサの死んだ赤ん坊を運び出した〝あの不幸な仕事〟の礼をダニーに言ったときにも、まだその笑みの穏やかなバージョンが顔に漂っていた。フェデリコは、自分の仕事がなければ、テッサが流感から回復するなりダニーを食事に招待していたと断言した。

ダニーがテッサに眼をやると、テッサも彼を見つめていた。彼女はうつむき、耳のうしろから髪がひと筋落ちて、眼のまえにかかった。ほとんど知らない相手とのセックスは油断らないが、論外でもないと考えるアメリカ人ではない。ダニーは自分に言い聞かせた。彼女はイタリア人だ。旧世界だ。態度に注意しろ。

ダニーは彼女の父親に眼を戻した。「お仕事は何ですか、サー？」

「フェデリコだ」彼は言って、ダニーの手を軽く叩いた。「ともにアニゼットを飲み、パンを食べる仲だ。フェデリコと呼んでくれ」

ダニーは了解のしるしにグラスを傾けた。「フェデリコ、あなたのお仕事は？」

「ごくふつうの人々に天使の声を与える」フェデリコは何かの興行主のようにうしろに手を振った。壁のふたつの窓のあいだに、蓄音機のキャビネットが置かれていた。部屋に入ったとたん、場にそぐわないとダニーが思ったものだった。なめらかなマホガニー製で、ヨーロッパの王室を思わせる華麗な彫刻がほどこされている。上の蓋《ふた》が開けられ、紫のビロードの中敷きにのったターンテーブルが見えていた。その下の両開きの扉のついたキャビネットは手彫りのようで、九段の棚がつき、なかには数十枚のレコードが収まっていた。

鉄の手まわしハンドルには金細工がほどこされ、レコード盤がまわっているのにモーターの音はほとんど聞こえない。ダニーがそれまでの人生で聞いたことがないほど豊かな音色だった。かかっているのはマスカーニの『カヴァレリア・ルスティカーナ』の間奏曲で、もし目隠しをされてこの部屋に入ったら、居間にソプラノが立っていると思いこむほどだった。ダニーはもう一度キャビネットを見て、まちがいなくコンロの三、四倍の値段はすると思った。

「シルバートーンB12型だ」フェデリコが言った。もとから歌うような声が、突然さらにそうなった。「これを売っている。B11型も売っているが、12型のほうが見た目が美しい。ルイ十六世のほうが十五世よりはるかに外見が洗練されているだろう。どうだね？」

「もちろん」ダニーは答えたが、ルイ三世と言われようが、イワン八世と言われようが、そのまま信じるしかなかった。

「いま市場に出ている蓄音機でこれに敵《かな》うものはない」フェデリコは福音伝道者さながら眼を輝かせて言った。「ほかの蓄音機はすべてのレコードをかけられない。エディソン、パテ、ビクター、コロンビア、そしてシルバートーン？　お話にならない。文句なしにすぐれているのはこれだけだ。安いからといって八ドルで小型のものを買うだろう？」――鼻にしわを寄せた――「軽い！　便利！　場所を取らない！　あれこれ言っても、これほどの音が出るかね？　天使の声が聞こえるか？　まず無理だ。やがて安い針がすり減って、針飛びが起き、プチプチ雑音が聞こえはじめる。そうなると、八ドルで貧しいものを買ったこと以外、何が残る?」また蓄音機のキャビネットに向かって手を振った。初めて父親になった男のように誇らしげに。「品質には費用がかかることもあるのだ。合理的に考えればそうなるのだよ」

ダニーは小柄な男の熱烈な資本主義に吹き出しそうになったが、こらえた。

「パパ」テッサがコンロのまえから言った。「そんなに……」ことばを探して両手を振った。

「……エッチタート」

「興奮して《エクサイティッド》」ダニーが言った。

テッサは顔をしかめた。「エッグズ・イ・サイ……?」

「エクス」彼は言った。「エクス・サイ・ティッド」

「エック・サイティッド」

「いい感じだ」

彼女は木べらを持ち上げた。「英語《イングリッシュ》って!」と天井に叫んだ。

ダニーは、彼女の首は――きれいなハニー・ブラウン――どんな味がするのだろうと思った。女――それが彼の弱みだった。女たちに気づき、女たちに気づかれることがわかる年齢になってからずっと。テッサの首を、喉を見て、それが頭から離れなくなった。自分のものにしたいという浅ましいが甘美な欲求。たったひと晩でも相手の眼を、汗を、心臓の鼓動を自分のものにしたい。しかもこんなところで、父親の眼のまえでだ。まったく!

音楽に眼を半分閉じている父親のほうに向き直った。忘れている。甘く、新世界のやり方を忘れさせる音楽だ。

「私は音楽を愛している」フェデリコは言って眼を開いた。「子供のころには、春から夏にかけて旅芸人や吟遊詩人が村を訪れた。私は広場に坐り、母親に追い立てられるまで――ときには鞭でね――彼らの演奏を聞いたものだ。音。そう、音だ！　ことばなど貧しい代用品にすぎない。わかるかね？」

ダニーは首を振った。「どうでしょう」

フェデリコは椅子を引いてテーブルに近づけ、身を乗り出した。「人間の舌は、生まれながらにして二枚に分かれている。大昔からそうだった。鳥は嘘をつくことができない。ライオンは恐るべきハンターだが、本能に忠実に生きている。木も岩も本物だ――木であり、岩である。それ以上でも、以下でもない。だが、ことばを紡ぐことのできる唯一の生き物である人間は、その偉大な天与の才能を、真実を裏切り、自分を裏切り、自然と神を裏切るために用いる。木を指さして、あれは木ではないと言う。足元の死体を見下ろして、自分が殺したのではないと言う。おわかりか。ことばは脳を語る。そして脳は機械だ。音楽は――」また例の輝かしい笑みを浮かべて、人差し指を立てた。「音楽は魂を語る。ことばでは小さすぎるからだ」

「そんなふうに考えたことはありませんでした」

フェデリコは大切な所有物を指さした。「あれは木材《ウッド》でできている。木《ツリー》であって、木ではない。木材は、木材だ。だが、そこから出てくる音楽にどんな影響を与えている？　それは何だね？　そのような木材、そのような木を表わすことばがあるかね？」

ダニーは小さく肩をすくめた。この人は少々酔ってきたなと思った。

フェデリコはまた眼を閉じ、両手を耳の横にふわりと上げた。まるで音楽を指揮し、意志の力で部屋に満たそうとしているかのように。

ダニーはテッサがまた彼のほうを見ているのに気がついた。今度は彼が見つめても眼を落とさなかった。ダニーは精いっぱいの笑みを送った。いくらか戸惑い、いくらか照れた少年の笑みを。テッサの顎の下に赤みがさした。それでも彼女は眼をそらさなかった。

ダニーはまた彼女の父親を見た。まだ眼を閉じて指揮をしていた。レコードがすでに終わり、針がいちばん内側の溝でプップツと飛んでいても。


スティーヴ・コイルは、ダニーがボストン・ソーシャル・クラブの会合場所、フェイ・ホールに入ってくるのを見て会心の笑みを浮かべた。一方の脚を引きずりながら、折りたたみ椅子の列に沿って歩いてきて、ダニーの手を握った。「来てくれてありがとう」

ダニーはスティーヴに会うとは思っていなかった。二重の意味で罪の意識を覚えた。病に倒れて失職したかつての相棒が、もはや加わる必要のない闘いを支持するために来ているというのに、自分は二心を抱いてBSCに潜入しようとしている。

ダニーはなんとか笑みを返した。「ここで会うとは思ってなかったよ」

スティーヴはステージを設定している男たちのほうを振り返った。「おれが力になれると言うんだ。交渉力のある組合を持たないことの生きた結果がおれだとね。わかるだろう?」

ダニーの肩を叩いた。「調子はどうだ？」

「元気だ」ダニーは言った。この五年間、彼は相棒の生活のあらゆるこまごましたことを知っていた、しばしば一分おきに何をしているかまで。スティーヴの消息を二週間尋ねていなかったことが、急に奇妙に思えた。奇妙で、恥ずかしいことに。「おまえは？」

スティーヴは肩をすくめた。「苦情は言いたいが、誰が聞いてくれる？」大声で笑ってまたダニーの肩を叩いた。無精ひげが白かった。壊れたばかりの体のなかで、途方に暮れているように見えた。まるで上下逆さまにされて震えているように。

「元気そうだ」ダニーは言った。

「嘘つきめ」またぎこちなく笑い、ぎこちなく神妙な顔、朝露のように清純でまじめな顔をした。

ダニーは言った。「来てくれて本当にうれしいよ」

「これからおまえを組合の男にしないとな」

「あまり期待しないでくれ」

スティーヴは三度目に背中を叩き、ダニーを紹介してまわった。ダニーはそのうち半分ほどと顔見知りだった。長年のさまざまな出動ですれちがっていた。彼らはみなスティーヴが近くに来ると緊張した。まるで悩みがあったら、別の街の別の警官組合に持ちこんでほしいと願っているかのように。まるで不運は流感並みに伝染するとでもいうように。ダニーはスティーヴの手を握る彼らの顔を見て、死んでくれればよかったのにと内心思っているのを見て取った。死は勇者の幻想を作り出す。スティーヴの体は、その幻想を居心地の悪い空気に変えていた。

　BSCの長であるマーク・デントンという巡査がステージのほうへ歩いていった。背が高く――ダニーほどもある――痩せこけている。ピアノの鍵盤のように硬く蒼白い肌で、黒髪をぴっちりとうしろになでつけていた。

　ダニーとほかの男たちが椅子に坐るあいだに、マーク・デントンはステージに上がって演壇に両手をついた。会場にいる男たちに疲れた笑みを向けた。

「ピーターズ市長が、週末に予定されていたわれわれとの会合をキャンセルした」

　いっせいに不満の声が上がった。野次もいくつか飛んだ。

　デントンは片手を上げて一同を黙らせた。「路面電車の職員がストライキに入るという噂があって、市長はいまはそちらのほうが急を要すると考えている。われわれは列のうしろにつかなければならない」

「おれたちもストライキをすればいい」誰かが言った。

　デントンの黒い眼が光った。「ストライキは論外だ。それこそ彼らの望むものだ。新聞にどう書かれるかわかるだろう？　本気で彼らにああいう攻撃手段を与えたいと思うのか、ティミー？」

「いや、思わない、マ、ヽ、ヽーク。だがほかにどんな手がある？　こっちは飢え死にしかかってるのによ」

デントンは認めてしっかりとうなずいた。「わかってる。しかし〝ストライキ〟とつぶやくだけで異端者なんだ。それはきみたちにもわかってるし、私にもわかってる。いまわれわれにとっていちばんのチャンスは、忍耐強いふりをして、サミュエル・ゴンパーズとアメリカ労働総同盟《AFL》と話をすることだ」

「そんな話が本当に進んでるのか？」ダニーのうしろにいる誰かが訊いた。

デントンはうなずいた。「じつはそれを動議にかけようと思っていた。今晩、もっとあとでみんなに訊くつもりだったが、待つ必要もないか」肩をすくめた。「ＢＳＣがＡＦＬ加盟の話し合いを始めることに賛成する者は、賛成の声を」

ダニーはそのとき、ホールじゅうの男たちの血が沸き立ち、集団としての意志が動くのを、手で触れられそうなほどはっきりと感じた。彼自身の血も、ほかの男たちと同様、躍ったことは否定しようもなかった。アメリカでいちばん強力な労働組織への加入だ。信じられない。

「賛成！」群衆が叫んだ。

「反対の者は？」

誰も声を上げなかった。

「では可決する」デントンが言った。

本当にそんなことが可能なのか？　国内の警察でこれを実現したところはない。あえて交渉したところもほとんどない。それでも、彼らが最初となる可能性もある。歴史を作る——文字どおり——ことができるかもしれない。

おれはこれに加わっていない、ダニーは自分に言い聞かせた。

こんなのはジョークだからだ。ここにいるのは、充分話し合えば世界を自分たちの要求に合わせて変えられると信じている、世間知らずで、あまりにも芝居がかった男たちだ。世の中はこうはいかない、ダニーは彼らに指摘してもよかった。むしろこの逆だと。

デントンのあと、流感で倒れた警官たちがステージ上に並んだ。彼らは自分たちは運がよかったと言った。市の十八の分署の九人の警官たちとちがって、生き残ることができた。ステージに上がった二十人のうち、十二人が職場に戻っていた。八人は永遠に戻れない。ダニーはスティーヴが演壇に立つと眼を伏せた。ほんの二カ月前には四人組で歌っていたスティーヴが、ことばを発するのにも苦労していた。何度もつかえながら、自分を忘れないでくれ、流感を忘れないでくれと訴えた。市民を守り、市民に奉仕すると誓った者全員に対する、兄弟愛と友情を憶えておいてほしいと。

スティーヴと残り十九人の生存者は大きな拍手を浴びて、ステージからおりた。

警官たちはコーヒー沸かし器のそばで歓談したり、円状に立って酒のフラスクをまわしたりした。ダニーはすぐに参加者の性格の基本的な種類をだいたいつかんだ。まず〝おしゃべり〟がいた。たとえば七分署のローパーのように、声が大きく、次から次へと統計結果を持ち出し、意味論や些末な議論を激しく退ける。そして、ボルシェヴィキと社会主義者がいた。一三分署のクーガンや、本部で令状を担当しているショーらだ。ダニーがこのところ資料を読みあさっているあらゆる急進派や、急進派と見なされる連中となんら変わらず、何かといえば流行の最先端の文句を唱え、中身のないスローガンを掲げようとする。さらに〝感情派〟もいた。一一分署のハニティのように、そもそも酒を控えることができず、会話に〝友情〟や〝正義〟が出てくるとたちまち眼を潤ませる。つまりほとんどが、ダニーの昔の高校の英語教師だったトゥーイ神父の言う〝実行せずにしゃべるだけ〟の連中だった。

一方、口数は少ないが、あらゆることに注意を払い、すべてを見ている、強盗専門の刑事のドン・スラタリー、六分署の巡査のケヴィン・マクレー、三分署に二十五年勤めた老兵のエメット・ストラックといった男たちもいた。彼らはみなのあいだを動きまわってことばをかけ、注意や自制をうながしたり、希望を与えたりもするが、たいていただ相手の話を聞き、状況を把握しているだけだ。主人が出ていったばかりの場所を犬が見つめるように、集団が進んでいったあとを見つめていた。もし警察上層部がストライキを防ぎたいなら、心配しなければならないのは、彼らとほかにも何人かいる似たような男たちだ、ダニーはそう判断した。

コーヒー沸かし器のまえで、マーク・デントンがふいにダニーの横に立ち、手を差し出した。

「トミー・コグリンの息子だね？」

「ダニーです」ダニーはデントンの手を握った。

「サリュテーションの爆発があったときに、たしか現場にいたんだったたな？」

ダニーはうなずいた。

「だがあそこは港湾警察だろう」デントンはコーヒーに砂糖を入れて混ぜた。

「人生最大の偶然でした」ダニーは言った。「埠頭で泥棒を捕まえて、ちょうどサリュテーション署に引き渡していたときに……」

「きみに嘘は言わないよ、コグリン。きみは市警でかなりの有名人だ。トミー警部が支配できないのは自分の息子だけだと言われている。それで一躍人気が出たんじゃないかな。われわれはきみのような人間を活用できると思う」

「それはどうも。考えておきますよ」

デントンは室内をさっと見まわし、ダニーに身を寄せた。「すぐに考えてくれるな？」


父親がシルバートーンB12型を売りに出かけている穏やかな夜には、テッサは好んで下宿屋の玄関前の階段に坐り、見た目どおりきついにおいのする、短く黒い煙草を吸った。ときにはダニーもいっしょに坐った。テッサの何かが彼を落ち着かなくさせた。彼女のそばにいると、手足がどうにも厄介なものに思えるのだった。まるで自然に止めておく方法がないかのように。彼らは天気、食べ物、煙草のことを話したが、流感、彼女の子供、そしてダニーが彼女をヘイマーケットの救護所に連れていった日のことは話さなかった。

ほどなくふたりは階段を屋上に替えた。屋上には人が来ない。

ダニーはテッサが二十歳であることを知った。シチリア島のアルトフォンテ村で育ったことも。テッサが十六歳のとき、プリモ・アリエヴェリという地元の有力者が、仲間と坐っていたカフェのまえを自転車で通りすぎた彼女を見初めた。アリエヴェリはいろいろ問い合わせて、彼女の父親との会合を手配した。父親は村の音楽教師で、三カ国語を操ることで知られていたが、結婚したのはずいぶん遅く、頭がおかしく《パッツォ》なることもあると噂されていた。テッサの母親はテッサが十歳のときに亡くなり、以来父親は男手ひとつで彼女を育てていた。テッサを守る兄弟もいなければ、金もなかったので、取引が成立した。

テッサと父親は旅に出て、テッサの十七歳の誕生日の翌日に、マドニエ山地のふもと、ティレニア海に面するコッレザーノに到着した。フェデリコはテッサの嫁入り道具を守るために、番人数名を雇っていた。道具のほとんどは、テッサの母方の家族に代々受け継がれた宝石や硬貨だった。プリモ・アリエヴェリのゲストハウスに泊まった最初の夜、納屋で寝ていた番人たちの喉がかき切られ、嫁入り道具が盗まれた。アリエヴェリは悔しがって、盗賊を捕まえようと部下を村へ派遣した。その日の夕刻には、メインホールで客人に豪華な食事をふるまいながら、容疑者がまもなく捕まると請け合った。嫁入り道具は取り戻され、予定どおり週末に結婚式をとりおこなえると。

フェデリコが食事のテーブルで気を失ったとき、プリモの顔には夢見るような笑みが張りついていた。部下たちがフェデリコをゲストハウスに運んでいくと、プリモはテッサをテーブルの上で陵辱した。さらに暖炉のまえの石の床の上で、もう一度。ゲストハウスに戻されたテッサは、フェデリコを起こそうとしたが、父親は死んだように眠るばかりだった。彼女は腿のあいだに血を垂らしてベッドの横の床に横たわり、ついに眠りに落ちた。

　翌朝、ふたりは中庭の騒ぎで眼を覚ました。プリモが彼らの名前を呼んでいた。ゲストハウスの外に出ると、プリモが部下ふたりをしたがえて立っていた。部下たちは散弾銃を背中にかついでいた。テッサとフェデリコの馬と荷車が、石敷きの中庭に集められていた。プリモはふたりを睨みつけた。

「あなたの村の親切な友人が、あなたの娘は処女ではないと手紙で知らせてきた。彼女は売春婦《プッターナ》であり、私ほどの人物の花嫁にはふさわしくないと。私の眼のまえから消え去れ、小男め！」

　その瞬間と、続く数秒のあいだ、フェデリコはまだ眠い眼をこすっていた。当惑しているように見えた。

　しかしそこで、眠っていたあいだに娘の上等の白いドレスに血の染みがついているのに気づいた。フェデリコがどうやって鞭を手にしたのか、テッサにはわからなかった。自分の馬から取ったのか、中庭のフックにかけてあったのを奪ったのか、とにかく父親がその鞭を振ると、プリモ・アリエヴェリの部下のひとりの眼に当たり、馬たちが怯えた。もうひとりの部下が仲間のまえに屈むなり、テッサの疲れた白栗毛の雌馬が彼女から離れて、その男の胸を蹴り上げた。手綱が見る見るテッサの指からすべっていき、馬は中庭から走り去った。馬を追うべきところだが、テッサは父親の姿に眼を奪われていた。彼女のやさしく、思いやりがあって、いくぶん頭のおかしい《パッツォ》父親は、鞭でプリモ・アリエヴェリを地面に打ち倒し、肉片が中庭に飛び散るまで叩きつづけた。部下のひとり（と散弾銃）を使って、フェデリコは娘の嫁入り道具を取り戻した。そのチェストは主寝室に堂々と置かれていた。そのあと彼とテッサは、テッサの馬を連れ戻し、夕暮れまえに村を出た。

二日後、嫁入り道具の半分を賄賂《わいろ》に使って、彼らはチェファルから船に乗り、アメリカに来たのだった。

ダニーはこの話を途切れ途切れの英語で聞いた。テッサが英語を使えないからではなく、できるだけ正確に話そうとしたからだった。

ダニーはくすっと笑った。「つまり、おれがきみを運んだあの日、こっちはでたらめなイタリア語を話して気が変になりそうだったのに、きみは英語がわかったってことか？」

テッサは眉を上げ、かすかに微笑んだ。「あの日わたしにわかったのは、痛いってことだけ。あんなときに英語を思い出せって言うの？　この……妙なことばを。一語ですむときに四語も使うような。いつもそう。あの日に英語を思い出せって？」片手を振った。

「馬鹿な子《ボーイ》」

ダニーは言った。「子供だと？　きみよりいくつか歳上だぞ」

「ええ、ええ」彼女はまたきつい煙草に火をつけた。「でもあなたは子供。ここは男も女も子供だらけの国。誰もまだ成長してない。愉しいことが多すぎるんだと思う」

「どんな？」

「これよ」彼女は空に手を振った。「この馬鹿げた大きな国。あなたたちアメリカ人——歴史がない。いましかない。いま、いま、いま。いまこれが欲しい。いまあれが欲しい」

ダニーはふいに苛立った。「なのにきみらはみんな、大急ぎで祖国を去ってここに来たがってるようだ」

「ええ、そうよ。通りが金で舗装された国。誰もが大金持ちになれるこの国に。でもなれなかった人はどうなる？　労働者は？　でしょ？　働いて、働いて、働いて、もし病気で仕事を休んだら、会社に〝残念。家に帰りなさい。もう来なくてよろしい〟と言われる。職場で怪我をしたら？　同じことよ。あなたたちアメリカ人は自由について語るけど、わたしに見えるのは、自分たちは自由だと思ってる奴隷よ。そして、子供たちや家族を豚みたいにこき使う会社や――」

ダニーは手を振って否定した。「それでもきみはここにいる」

テッサは大きな黒い眼で彼を見つめた。その慎重な眼差しにダニーは慣れてきた。テッサは不注意なことは決してしない。その日の意見を固めるまえに研究が必要という態度で、毎日を迎えている。

「そうね」屋上のまわりの壁に煙草の灰を散らした。「ここはイタリアよりずっと……豊か《アッボン》な《ダンテ》国。それはもう大きな街がいくつもある。たったひとつの区画に、パレルモ全体より多くの車がある。でもあなたたちはとても若い国よ、ダニー巡査。あなたよりまえに来たお父さんやおじさんより頭がいいと信じてる子供みたい」

ダニーは肩をすくめた。テッサの視線を感じた。いつものように穏やかで注意深い視線を。

ダニーは彼女の膝に自分の膝をぶつけ、夜に眼をやった。

フェイ・ホールのうしろに坐り、また別の組合会合が始まるのを待っていたある夜、ダニーは、父親やエディ・マッケンナや長老たちが自分に期待しうる情報を、すべて手に入れていることに気づいた。BSCの長であるマーク・デントンは、彼らが怖れていたとおりだった——聡明、冷静で、胆《きも》がすわっていて、軽々しく動かない。彼の下のもっとも信頼できる男たち——エメット・ストラック、ケヴィン・マクレー、ドン・スラタリー、スティーヴン・カーンズ——も同類だ。誰が木偶《でく》の坊で怠け者かもわかっていた。誰がもっとも譲歩しやすく、影響を受けやすく、買収されやすいかも。

そのとき、またマーク・デントンが会合を始めるために、ステージ上を演壇に向かった。ダニーは、知るべきものはすべて、最初に参加した会合から知っていたことに気づいた——七回前の会合から。

あとはマッケンナか父親と会って、自分の印象を伝え、いくらかとった記録と、ボストン・ソーシャル・クラブの上層部の簡単なリストを渡すだけでいい。それで金の盾までの道のりの半分だ。いや、半分以上かもしれない。ちょっと手を伸ばせば届くところかもしれない。

だったらなぜここにいる？

それがここ一カ月の疑問だった。

マーク・デントンが「諸君」と言った。いつもより小さな、ささやきに近い声だった。

「諸君、静粛にしてもらえるかな」

その静かな声には部屋にいる全員に届く何かがあった。参加者は四、五列ずつまとまって口を閉じ、やがて沈黙が最後尾に達した。デントンはうなずいて感謝した。弱々しい笑みを浮かべ、何度かまばたきした。

「みんなの多くが知っているように」デントンは言った。「この仕事で私を鍛えてくれたのは、九分署のジョン・テンプルだ。私を一人前の警官にすることができたら、女性を雇わない理由はないとよく言っていた」

小さな笑いがさざ波のように部屋に広がった。デントンはしばらくうつむいていた。

「ジョン・テンプルが、流感の合併症で今日午後、亡くなった。五十一歳だった」

帽子をかぶっていた者はみな脱いだ。煙のこもったホールで、千人の男が頭を垂れた。デントンがまた口を開いた。「一五分署のマーヴィン・タールトンにも黙禱を捧げてもらえるだろうか。彼も昨晩、同じ原因で亡くなった」

「マーヴィンが死んだ？」誰かが叫んだ。「快方に向かってたのに」

デントンは首を振った。「昨晩十一時に心臓が停止した」演壇で身を乗り出した。「市警の現時点での発表では、ふたりの家族はともに死亡手当を受け取れない。なぜなら、市はすでに同様の要求について判断していて――」

不満の声と野次が上がり、椅子が倒れて、デントンの声がいっときかき消された。

「なぜなら――」彼は叫んだ。「なぜなら――」

何人かの男がまた着席した。ほかの者は口を閉じた。

「なぜなら」デントンは言った。「市の主張では、彼らは勤務中に死亡したのではないからだ」

「ならどこであのくそ流感にかかった？」ボブ・レミングが叫んだ。「犬から移ったのか？」

デントンは言った。「市はそうだと言うだろうな。犬からだと。彼らは犬だと。仕事と関係なく流感に罹《かか》る機会はいくらでもあったと市は信じている。だから彼らは勤務中に死亡したのではない。以上。われわれはそれを受け入れなければならない」

椅子が飛んできて、デントンは演壇から離れた。数秒のうちに最初の殴り合いが生じた。さらに別の場所でも。三番目の喧嘩はダニーの眼のまえで起きた。ダニーはうしろに下がった。叫び声がホールを満たし、建物が怒りと絶望で震えた。

「腹が立つか？」マーク・デントンが叫んだ。

ダニーは、ケヴィン・マクレーが群衆に分け入り、喧嘩しているふたりの髪をそれぞれつかんで持ち上げ、引き離すのを見ていた。

「腹が立つか？」デントンがまた叫んだ。「ならそうしてろ――互いに殴り合えばいい」

ホールが静かになりはじめた。半分の男たちがステージのほうを振り返った。

「それこそ彼らの望むことだ」デントンは言った。「仲間同士でぼろぼろになるまで殴り合え。さあやるがいい。市長も、知事も、市議会も、おまえらをあざ笑うだろう」

最後の喧嘩がやんだ。彼らも席についた。

「何かしたいと思うほど腹が立ってるか？」デントンが尋ねた。

誰も口を開かなかった。

「どうなんだ？」デントンが叫んだ。

「そうだ！」千人の男が叫び返した。

「われわれは組合だ。つまり、ひとつの目的のために一体となり、それを彼らのいる世界へ突きつけなければならない。われわれは人としての権利を要求する。誰かこれに加わりたくない者は？　いるならさっさと出ていけ。残りの者たちは、持てる力を私に見せてくれ」

彼らはいっせいに立ち上がった――千人の男たちが。顔に血をつけている者もいれば、眼に怒りの涙をためている者もいる。ダニーも立ち上がった。彼はもうユダではなかった。


ダニーは、父親がサウス・ボストンの一二分署を出たところをつかまえた。

「おれはやめる」

父親は分署のまえの階段で足を止めた。「何をやめるんだ？」

「組合をスパイする仕事を。急進派も、何もかも」

父親は階段をおりてきて、ダニーに近づいた。「この急進派の仕事で、四十前に警部になれるんだぞ」

「べつにかまわない」

「かまわないのか？」父親は寂しい笑みを浮かべた。「これを逃したら、金の盾を手に入れるチャンスはあと五年は訪れない。かりに訪れるとしてもだ」

その見通しにダニーはぞっとして、胸をふさがれたが、両手をポケットにいっそう深く突っこみ、首を振った。「おれは自分の仲間を密告したりしない」

「彼らは破壊活動家なのだ、エイデン。われわれの警察のなかにいる」

「彼らは警官だよ、父さん。それに、おれをああいう仕事に送りこむなんて、どういう父親だ？　ほかに誰か見つからなかったんですか」

父親の顔が曇った。「それが切符の代金だ」

「なんの切符の？」

「決して脱線しない列車の」手の甲で額をこすった。「おまえの孫も乗れる列車の」

ダニーは手を振って退けた。「おれはもといたところに戻る《ゴーイング・ホーム》」

「おまえの家《ホーム》はここだ、エイデン」

ダニーはギリシャふうの柱のついた白い石灰石の建物を見上げ、首を振った。「ここは父さんの家だ」

その夜、ダニーはテッサのドアのまえに立った。静かにノックして通路の左右を見たが、返事はなかった。そこで自分の部屋へ引き返した。上着の内側に盗んだ食べ物を隠している子供のような気分だった。ちょうど部屋のまえまで戻ったときに、彼女がドアの鍵を開ける音が聞こえた。

通路を振り返ると、テッサが歩いてきていた。ゆったりしたワンピースにコートをはおり、裸足で、警戒と好奇の表情を浮かべて。彼女が眼のまえに来て、ダニーは何か言うことを見つけようとした。

「おれはまだ話したい気分だけど」彼は言った。

テッサは大きな黒い眼でダニーに視線を返した。「旧世界の話をもっと聞きたいの？」

ダニーは、プリモ・アリエヴェリのメインホールの床に倒れた彼女を思い浮かべた。黒髪の上で暖炉の火影が揺れ、大理石の上で彼女の裸の体がどう見えたか。欲望を抱くには、あまりに恥ずべき姿。

「いや」彼は言った。「それは聞きたくない」

「じゃあ新しい話？」

ダニーはドアを開けた。反射的にそうしていたが、テッサの眼を見て、それがきわめて自然な動作だったことを知った。

「なかに入って話したいか？」彼は言った。

テッサはすり切れた白いワンピースにコート姿で立ち、彼を長いこと見ていた。ダニーには服の下の彼女の体が見えた。喉元のくぼみの下の茶色の肌に、うっすらとかいた汗が光っている。

「入りたいわ」彼女が言った。

9

　ライラが初めてルーサーに眼を止めたのは、ミネルヴァ・パークのはずれ、ビッグ・ウォルナット川の土手に沿った緑の野原にピクニックに行ったときだった。そもそもコロンバスのブキャナン一家が休暇でサギノー湾に出かけているあいだ、邸宅で働いている者たちだけが集まる予定だったのだが、誰かが別の人にその話をし、それがさらに別の人に伝わって、八月の暑い日の午《ひる》近く、ライラが現地に到着したときには、少なくとも六十人が水辺でとにかく愉快にすごそうとしていた。イースト・セントルイスで黒人の大虐殺があった翌月で、その八月はブキャナン家の使用人たちにとって、ゆっくりと、冬のようにわびしくすぎていた。新聞記事や、当然ながらブキャナン家の食卓で白人たちが話すことと矛盾する噂話が、あちこちからしみ出すように聞こえてきた。そうした話――白人の女が黒人の女をナイフで刺した、白人の男が近隣を焼き払い、首吊りのロープをかけ、黒人の男を撃ち殺した――を耳にして、ライラの知り合い全員の頭のなかに暗い雲が流れこんでも不思議はなかったが、事件から四週間がたち、みなこの日ばかりはその雲を吹き払って、愉しめることがあるうちに愉しもうと決意しているようだった。

数人の男がドラム缶を半分に切り、牧場の金網で蓋をしてバーベキューを始めた。人々がテーブルや椅子を運んできた。テーブルには、揚げたナマズ、クリーミーなポテトサラダ、こんがり焼いた鶏《にわとり》の足、大粒の紫のブドウ、緑の野菜の山がところ狭しと並べられた。子供は走りまわり、大人は踊り、何人かはしおれた草の上で野球をした。ふたりの男がギターを持ってきていて、ヘレナの街角に立っているかのようにそれをかき鳴らした。ギターの音が頭上の空の青のようにあざやかに響いた。

ライラは女友だちといっしょに坐っていた。みな家政婦で——ジニア、CC、ダーラ・ブルー——甘い紅茶を飲み、男たちや子供が遊ぶのを見ていた。どの男が独身かを見分けるのは造作もなかった。彼らは子供より子供らしくふるまう。陽気に飛び跳ね、体を弓なりに反らし、大声を上げる。ライラは、蹄《ひづめ》で土を掻き、首をもたげているレースまえの小馬を思い出した。

当たりやすい的を心得ているダーラ・ブルーが言った。「わたしはあれがいいわ」

彼女たちはいっせいに眼を向け、いっせいに金切り声を上げた。

「あの反っ歯のもじゃもじゃ頭？」

「可愛いじゃない」

「わんちゃんにしてはね」

「いいえ、彼は——」

「あのでっぷりしたお腹を見て」ジニアが言った。「膝まで垂れてる。それにお尻は百ポンドの温かいタフィみたい」

「男はちょっとぽっちゃりしてるほうがいいの」

「だったらあの人で決まりね。いつでもまん丸。秋の満月みたいに。固いところがどこもない。ほんとは固くならなきゃいけないところまで」

女たちはまたキャーキャー騒ぎ、腿を叩いて笑った。CCが言った。「あなたはどうなの、ミス・ライラ・ウォーターズ？　理想の男がいる？」

ライラは首を振ったが、仲間はそれをまったく信じていなかった。

答を引き出そうと友だちがどれほど騒ぎ、はやしたてようと、ライラは固く口を閉じ、眼も泳がせなかった。まさにそんな男を見つけていたからだ。とてもよさそうな人を。いまも視界の隅に、まるで風そのもののように草地を駆け抜ける姿が見える。グラブをひょいと動かして空中から楽々とボールをひったくるさまは、ボールが気の毒に思えるほどだ。すらりと痩せた人。あの動きを見ていると、血のなかに猫がいるかのよう。ほかの男の関節の代わりに、彼にはバネがついていて、そのバネが油を差されて光っているかのようだ。ボールを投げるときでさえ、彼の腕の動きには気がつかない。動作をする体の一部より、全体として動くあの人のあらゆる部分が見える。

音楽だ、ライラはそう考えることにした。あの人の体は音楽なのだ。

ほかの男たちが彼の名を呼ぶのが聞こえた――ルーサー。彼が打席につくために走ってきたとき、小さな男の子が横についてきて、草地から土に出たところで転んだ。顎から落ち、口を開けて泣こうとしたが、そこでルーサーが足を止めずにその子を抱え上げて言った。

「いいか、おい、土曜日に泣いちゃだめだぞ」

口を開けたままの子供に、ルーサーはにっこりと笑った。男の子はきゃっと叫んで、もう止まらないのではないかと思うほど笑った。

ルーサーはその子を空中で振りまわし、ライラのほうをまっすぐに見た。視線を合わせるすばやさでライラの息を完全に奪った。「あなたの子ですか？」

ライラは相手の眼をしっかりとらえ、まばたきしなかった。「子供はいないわ」

「まだね」CCが言って、大声で笑った。

それでルーサーの口から出かかったことばが止まった。彼は子供を地面におろし、ライラから視線を落として顎を右に傾け、空中に微笑んだ。そしてまた顔を上げ、落ち着き払った態度で彼女にまっすぐ眼を向けた。

「それはすばらしいニュースだ」彼は言った。「本当に。今日この日と同じくらいすばらしい」

帽子のつばに触れて彼女に挨拶し、バットを取りに歩いていった。

その日が終わるころには、ライラは祈っていた。集団から百ヤード川上のオークの木の下で、ルーサーの胸に寄り添って横たわり、ビッグ・ウォルナットの暗い水面に光が弾けるのを見ながら、一日でこの人をこれほど愛してもいいのでしょうかと主に問うた。眠っているあいだに眼が見えなくなったとしても、彼の声で、においで、彼の体に当たって分かれる空気で、ほかの大勢のなかから選び出すことができる。ルーサーの心臓は激しく鼓動しているが、心はやさしい。腕の内側をなでる彼の親指を感じながら、これからしようとしていることをお赦《ゆる》しくださいと主に乞うた。この荒々しく、やさしい男が自分のなかで燃えつづけてくれるなら、どんなことでもするつもりでいたからだ。

万物の由来である主は彼女を赦した。あるいは咎《とが》めた。彼女にはどちらかわからなかった。ルーサー・ローレンスを彼女に与えたのは主だ。知り合って最初の一年間は、主はひと月に二度ほど、ルーサーを彼女に与えた。残りの時間には、ライラはブキャナン家で働き、ルーサーは軍需工場で働いて、時間を計られているかのように懸命に人生を走りつづけていた。

彼の激しさときたら。けれど多くの男とちがって、ルーサーは好きで激しく生きていたのではなく、人を傷つけようとも思っていなかった。きちんと説明してやれば、彼も態度を改めていただろう。しかしそれは、石を水に、砂を空気に説明するようなものだった。ルーサーは工場で働き、働いていないときには野球をし、野球をしていないときには何かを修理し、修理していないときには友人たちとコロンバスの夜を駆け抜け、そうしていないときにはライラといっしょにいて、彼女に全神経を集中させた。対象が何であれ、ルーサーは集中するとほかのことはすべて忘れて、それだけに取り組んだ。ライラを魅了しようとなると、絶えず笑わせ、自分の気持ちのすべてを彼女に向けた。そんなとき彼女は、慈しみ深い主でさえこれほどの光は投げかけてくれないと感じるのだった。

やがてジェファーソン・リースが彼を殴り、一週間入院させて、ルーサーから何かを奪った。それが何かはっきりとはわからなかったが、なくなったのには気づいた。ライラは、泥まみれになって身を守ろうと丸くなっている自分の男の姿を想像するのが嫌でたまらなかった。そこでリースは彼を踏みつけ、蹴り、長いこと抑えてきた凶暴性をむき出しにしている。リースから離れたほうがいいとルーサーには警告したのだが、心のどこかで何かに抵抗したいと切に願っているルーサーは、聞き入れなかった。泥まみれになって倒れ、さんざん殴られ蹴られて、彼が発見したのは、ある卑劣なものに抵抗すれば、それはただ抵抗し返すだけではないということだった。とうていそんなことではすまない。それはこちらを叩きつぶす。粉微塵《こなみじん》にする。生きて逃れられる方法はただひとつ、運がいいことだけだ。この世界の卑劣なものが授ける教訓は、われわれは想像をはるかに超えて卑劣だということだけだ。

ライラがルーサーを愛したのは、彼にはそういう卑劣さがないからだった。ルーサーを愛したのは、激しさをもたらすのと同じものが彼をやさしくさせているからだった——ルーサーは世界を愛している。甘くてかじらずにはいられないリンゴを愛するように。世界のほうが愛し返してくれようと、くれまいと、関係なく。

しかしグリーンウッドで、ルーサーのその愛、その光が弱まりはじめていた。最初、ライラには理解できなかった。そう、たしかにもっといい結婚のしかたはある。アーチャー通りの家は狭い。街で疫病が流行《はや》った。これらすべてがわずか八週間のうちに起きた。でもわたしたちは天国にいる。ここは黒人の男女が胸を張って通りを歩ける、全世界でも数少ない場所のひとつだ。白人はわたしたちを自由にしておくだけでなく、尊重もしてくれる。グリーンウッドはこの国のほかの地域の模範だ、これから十年か二十年のうちにモバイルにも、コロンバスにも、シカゴやニューオーリンズやデトロイトにもグリーンウッドができると断言する同胞ギャリティの意見に、ライラも賛成だった。タルサでは、黒人と白人が互いに相手に干渉しない方法を見出している。それによる平和と繁栄はめざましく、国のほかの地域も姿勢を正して注目せざるをえない。

しかしルーサーは、ほかのものを見ていた。彼のやさしさと光を食いつぶす何かを。ライラは、わが子がこの世に生まれ出るのが遅すぎて、父親を救えなくなることを怖れた。もう少し明るい気分の日には、子供がすべてを解決してくれると信じていたからだ——ルーサーがわが子を胸に抱きさえすれば、それを最後に一人前の男になると決心してくれる、と。

お腹をさすり、子供に早く、もっと早く大きくなれと話しかけていると、車のドアがバタンと閉まる音がした。あの音は例の愚かなジェシー・テルの車だ。ルーサーはまたあの哀れな男を家に連れ帰ったにちがいない。たぶんふたりとも糸の切れた風船みたいに舞い上がっている。ライラが椅子から立ち上がり、マスクを顔に当てて頭のうしろで結んでいると、ルーサーが玄関から入ってきた。

まず彼女が気づいたのは血ではなかった。血はシャツ全体に染み、ルーサーの首にも散っていたが。彼女が最初に気づいたのは、ルーサーの顔が完全におかしいことだった。その顔の裏に彼は生きていなかった——野球場で初めて見たルーサー、寒いオハイオの夜、彼女の顔を見下ろし、彼女の髪を指でうしろに梳《す》きながら体を重ねたルーサー、彼女が叫んで声をからすまで愛撫したルーサー、疾走する列車の窓にわが子の顔を描いたルーサー。あの男は、この体のなかでもう生きていなかった。

そこでライラは血に気づき、彼に近づきながら言った。「ルーサー、ベイビー、お医者さんに行かないと。何があったの？　どうしたの？」

ルーサーは彼女を押しとどめた。置き場所を探している椅子か何かのように彼女の両肩をつかみ、部屋を見渡して言った。「荷造りをしてくれ」

「え？」

「血はおれのじゃない。おれは怪我してない。荷造りをしてくれ」

「ルーサー、ルーサー、わたしを見て、ルーサー」

彼はライラを見た。

「何があったの？」

「ジェシーが死んだ」彼は言った。「ジェシーが死んだ。ダンディもだ」

「ダンディって誰？」

「ディーコンの下で働いてたやつだ。ディーコンも死んだ。ディーコンの脳みそが壁じゅうに飛んだ」

ライラは彼からあとずさりした。両手をどこにやればいいかわからず、喉に当てた。彼女は言った。「あなた、何をしたの？」

ルーサーは言った。「荷造りをしてくれ、ライラ。逃げないと」

「わたしは逃げない」彼女は言った。

「何？」彼はライラに顔を近づけた。わずか数インチしか離れていないのに、ライラには、彼が千マイル離れた世界の反対側に行ってしまったように思えた。

「わたしはここから逃げない」彼女は言った。

「逃げるんだ、きみも」

「いいえ」

「ライラ、真剣に言ってるんだ。さっさと荷物を詰めろ」

彼女は首を振った。

ルーサーは両手の拳を握りしめた。半眼になり、部屋を横切って、カウチの上にかかった時計に拳を打ちこんだ。「ここを出るんだ」

ライラは割れたガラスがカウチの背もたれに落ちるのを見つめた。時計の秒針はまだ動いていた。修理しよう。自分でできる。

「ジェシーが死んだ」彼女は言った。「それを言いに家に帰ってきたわけ？　人が殺された、あなたも殺されかけた、だからわたしはしたがうの？　あなたはわたしの男、だからすぐに荷造りしてここを出る、あなたを愛してるから。それを期待してるの？」

「そうだ」彼は言って、また両手でライラの肩をつかんだ。「そうだ」

「わたしは行かない」彼女は言った。「あなたは愚かよ。あの人やディーコンとつき合ってるといずれどういうことになるか言ったでしょう。自分の罪の報いにまみれ、ほかの人の血にまみれて帰ってきて、わたしに何をしろと言うの？」

「おれといっしょに逃げてほしい」

「あなたは今晩人を殺したの、ルーサー？」

彼の眼はうつろで、声はささやきだった。「おれはディーコンを殺した。頭を撃って吹き飛ばした」

「なぜ？」ライラの声もささやきになっていた。

「やつがジェシーの死んだ理由だからだ」

「ジェシーは誰を殺したの？」

「ジェシーはダンディを殺した。スモークがジェシーを殺し、おれはスモークを撃った。彼もたぶん死ぬ」

ライラは身の内に怒りが湧き上がるのを感じた。恐怖と哀れみと愛を、怒りが圧倒した。

「つまり、ジェシー・テルがある男を殺し、別の男が彼を撃った。あなたがその男を撃ち、ディーコンを殺した。そう言ってるの？」

「そうだ。さあ――」

「そういうことを言ってるの？」彼女は叫び、両の拳で彼の肩を、胸を叩いた。彼の横面を思いきり平手で打ち、手首をつかまれなかったらいつまでもそうしていた。

「ライラ、聞いてくれ――」

「出ていけ。わたしの家から出ていけ！　あなたは人の命を奪った。主の眼から見て穢《けが》れている。主はあなたをかならず罰するわ」

ルーサーは彼女からあとずさって離れた。

 彼女はいたところから動かなかった。自分たちの子が子宮の内側を蹴るのを感じた。あまり強くなかった。軽く、ためらうような蹴り方だった。

「この服を着替えて、荷物を詰めなきゃならない」

「なら詰めなさいよ」ライラは言って、彼に背を向けた。


ルーサーがジェシーの車のうしろに荷物をくりつけているあいだ、ライラは家のなかでその音を聞きながら、あれほど明るく燃え盛っていた自分たちの愛が、こんなふうに終わるしかないなんて信じられないと思っていた。そしてようやく自分たちが犯した最大の罪を理解し、主に赦しを乞うた——この地上に天国を探そうとしたのだ。その種の探求は、七つの大罪のなかでも最悪の罪、傲慢《ごうまん》に満ちている。強欲や、憤怒より悪い。

ルーサーが戻ってきたとき、彼女は部屋のいつもの場所に坐っていた。

「これきりなのか？」彼は静かに言った。

「そうみたい」

「おれたちはこんなふうに終わるのか？」

「たぶんそう」

「おれは……」手を伸ばした。

「何？」

「きみを愛してる」

彼女はうなずいた。

「愛してると言ったんだ」

またうなずいた。「わかってるわ。でもあなたはほかのものをもっと愛してる」

ルーサーは首を振り、手を宙に浮かせたまま、彼女が取ってくれるのを待っていた。

「ほんとにそう。あなたは子供よ、ルーサー。遊びまくったつけがまわってきて、そんな血を流すことになった。それがあなたよ、ルーサー。ジェシーのせいでも、ディーコンのせいでもない。あなたよ。みんなあなた。あなた。そのあなたの赤ちゃんがわたしのお腹にいる」

彼は手をおろした。部屋の入口に長いこと立っていた。何か言おうとするかのように、何度か口を開いたが、ことばは出てこなかった。

「愛してる」彼は言った。声がしわがれていた。

「わたしも愛してる」彼女は言った。けれどこのとき、心のなかで愛は感じていなかった。

「でも誰かが探しにくるまえに、あなたはここから出ていかなきゃならない」

彼は出ていった。そのあまりの速さに、ライラには動くところが見えなかったほどだった。いたかと思うと、次の瞬間には靴が硬い木の板を踏む音がして、エンジンがかかり、車は短いあいだアイドリングの状態だった。

彼がクラッチを踏んでギアをローに入れると、大きな音がして、ライラは立ち上がったが、ドアには向かわなかった。

ライラがついにポーチに出たとき、彼はいなくなっていた。テールライトを探して通りの先に眼を向けると、はるか遠く、タイヤが夜に巻き上げた土埃のなかに、ライトがかろうじて見えた。


ルーサーは、アーサー・スモーリーの家のポーチに、〝クラブ・オールマイティの路地〟と書いたメモを添えて車のキーを置いてきた。アーヴィンの家にも、ホープチェストのありかを知らせる同じメモを残した。宝石や現金やほかのほとんどのものも、病人たちの家のポーチに返した。オーウェン・タイスの家に行くと、網戸越しに、老人がテーブルのまえに坐って死んでいるのが見えた。引き金を引いたあと、散弾銃が手のなかで跳ねたようだ。銃は腿に挟まれてまっすぐに立ち、彼の両手はまだそれを握りしめていた。

ルーサーは白みかけた夜のなかを運転してエルウッドの家に帰り、思いきってなかに入った。リビングルームに立ち、自分が外に出たときに坐っていたカウチで眠っている妻を見つめた。寝室に入り、マットレスをめくった。オーウェン・タイスの金の大半をそこに押しこんで、またリビングに戻り、しばらく立ったまま妻を見ていた。彼女は静かな寝息を立てていたが、一度うーんと言って、膝を腹に引き寄せた。

彼女が言ったことはすべて正しい。

でも、そう、彼女は冷たかった。ここ数カ月、彼の心を傷つけようとしていたが、それを言えば、自分も彼女の心を傷つけていた。ようやくそれがわかった。あれほど怖れ、苛立ちを感じていたこの家を、いまはまるごと両腕で抱え、ジェシーの車に積んでいっしょに連れていきたかった。これから自分がどこへ行くのであれ。

「本当に、心から愛してる、ライラ・ウォーターズ・ローレンス」彼は言い、自分の人差し指の先にキスをして、彼女の額にそっと触れた。

彼女は動かなかった。そこでルーサーは屈んで彼女のお腹にキスをし、家を出て、ジェシーの車に戻り、タルサに昇ってきた朝日と、眼覚めはじめた鳥たちの声に包まれて、北へ走った。

10

その二週間、父親が家にいないときに、テッサはダニーの部屋を訪ねた。ふたりはほとんど眠らなかったが、ダニーは、自分たちがしているのは〝愛し合う〟ことではないと思っていた。それよりはるかに激しい。彼女が命令することもよくあった――もっとゆっくり、もっと速く、もっと強く、そこに入れて、そこじゃない、仰向けになって、立って、横になって。互いに骨にまで爪を立て、吸いつき、つかみかかっていると、ダニーはうら寂しい気もしたが、それでもかならずまた欲しくなった。巡回中、制服が粗い生地でなければよかったと思うこともあった。皮膚の最後の層までこすられたところを服がさらにこするからだ。そういう夜の寝室は、巣穴を思わせた。そこに入って、相手に攻めかかる。ふたりの耳に近所の音はたしかに届いていたが――ときおり聞こえる車のクラクション、路地でボールを蹴る子供の叫び声、裏手の小屋にいる馬のいななきや興奮の声、そしてときには、彼とテッサが行かなくなった屋上の愉しみを見出して、鉄の非常階段を上がっていく住人の足音――それらはさながらよその世界の音だった。

寝室での奔放さと裏腹に、セックスが終わるとテッサは控えめになった。ひと言も発さずにこっそりと自分の部屋に帰り、ダニーのベッドで眠ることは決してなかった。ダニーはそれでもよかった。むしろそちらのほうがよかった——熱いのに冷たい。この名状しがたい解き放たれたような怒りは、ノラに対する感情と関係があるのだろうかと思った。おれを愛し、おれから去ってそれでも生きつづけている彼女を罰したいという欲求と。

テッサを愛してしまう危険はなかった。彼女が彼を愛してしまうことも。ヘビのような交合のすべてをつうじてダニーが何よりも感じるのは、侮蔑だった。彼女が彼に、彼が彼女に向けるだけでなく、ふたりがこの不毛な行為をどうしてもやめられないことに向ける侮蔑。一度上に乗っているときに、彼女はダニーの胸を両手で鷲づかみにして、罪を宣告するように「若すぎる」とささやいた。

フェデリコは、街にいるときにはダニーを誘ってアニゼットを飲み、シルバートーンでオペラを聞いた。その間、テッサは書き物机につき、ニューイングランドからニューヨークにかけての旅行でフェデリコが買ってきた英語の入門書を読んでいた。最初ダニーは、フェデリコが飲み仲間と娘の親密な関係に気づくことを心配したが、テッサは他人のように机について、ペチコートの下に脚をたくしこみ、縮緬《ちりめん》のブラウスのボタンを喉元までかけていた。ダニーと眼を合わせることがあっても、そこには言語学的な興味以外の何物も浮かんでいなかった。

「〝アヴァリス〟（強欲）を定義して」と言われたこともあった。

そんな夜には、ダニーは自分が裏切り者になり、裏切られたようにも感じて部屋に戻った。

窓辺に坐り、エディ・マッケンナから渡された書類を夜が更けるまで読んだ。

ダニーはＢＳＣの会合に何度も参加したが、警官たちの状況や見通しはほとんど変わらなかった。市長は相変わらず面談を拒み、サミュエル・ゴンパーズとＡＦＬは、彼らを加盟させることに二の足を踏んでいるようだった。

「信じつづけることだ」ある晩、マーク・デントンがひとりの巡査にそう言うのを聞いた。

「ローマは一日にしてならず」

「でも最後にはなった」巡査は言った。

別の夜、二日続けて働きづめに働いたあとで帰宅すると、ミセス・ディマッシがテッサとフェデリコの部屋のカーペットを階段から引きずりおろしていた。ダニーは手伝おうとしたが、老女は肩をすくめて断わった。カーペットを玄関広間に落とし、大きなため息をついてダニーを見た。

「彼女、いなくなったよ」ミセス・ディマッシは言った。老女は彼とテッサの関係を知っていたのだ。ここに住むかぎり、彼女にはそういう眼で見られるのだとダニーは悟った。「ふたり、何も言わずに出ていった。家賃も払わず。探しても、見つからないね、たぶん。彼女の村の女たちは、黒い心を持っていることで有名だ。わかる？　魔女という人もいる。テッサは黒い心を持ってる。赤ん坊が死んで、もっと黒くなった。あなた」彼女はダニーを押しのけるようにして、自分の部屋へ向かいはじめた。「あなたがたぶんもっと黒くした」

ミセス・ディマッシは部屋のドアを開け、ダニーのほうを振り返った。「彼ら、あなたを待ってるよ」

「誰です?」

「あなたの部屋にいる男たち」彼女は言って、自分の部屋に入った。

ダニーは革のホルスターのボタンをはずして階段を上がった。体の半分はまだテッサのことを考えていた。まだ出ていったばかりなら、見つけ出せるかもしれない。説明ぐらいしてくれてもよさそうなものだ。何か理由があるはずだ。

階段をのぼりきると、自分の部屋から父親の声が聞こえ、ダニーはホルスターのボタンをとめた。しかし、声のほうには近づかずに、テッサとフェデリコの部屋へ行った。ドアは開いていた。それをさらに押し開けた。カーペットはもうないが、居間のほかの部分は変わっていなかった。ただ、なかを歩いて、写真がすべて取り去られていることに気づいた。寝室に入ると、クロゼットは空《から》で、ベッドの上掛けやシーツはなくなっていた。テッサがパウダーや香水を置いていた化粧簞笥《けしようだんす》の上には何もなかった。部屋の隅の帽子掛けは、裸のフックの枝を伸ばしているだけだ。居間に戻り、冷たい汗が耳のうしろから首、背中へと伝い落ちるのを感じた。シルバートーンは残されていた。

蓋が開いていて、ダニーが近づくと突然においが鼻を突いた。誰かがターンテーブルに酸を注いでいた。ビロードの中敷きは腐食している。キャビネットを開けると、フェデリコの愛するレコードがすべて粉々《こなごな》に砕けていた。まず頭に浮かんだのは、彼らは殺されたということだった。あの老人がこの蓄音機を残していくはずはないし、相手が誰であろうと、これほど無惨に破壊することを許すわけがない。

そこでメモに気づいた。キャビネットの右の扉に貼られていた。手書きの文字はフェデリコのものだった——ダニーを初めて食事に誘ったときのメモの字と同じだ。ダニーはふいに吐き気をもよおした。

警官よ、
この木材はまだ木だろうか？
フェデリコ

「エイデン」部屋の入口からダニーの父親が言った。「会えてよかった」

ダニーは父親のほうを見た。「いったいこれは？」

父親がなかに入ってきた。「ほかの入居者の話では、ずいぶん気のいい老人だったそうじゃないか。おまえの意見も同じだろうね？」

ダニーは肩をすくめた。全身が痺《しび》れたようだった。

「じつは気がよくもないし、老人でもなかった。おまえに残したそのメモはどういう意味だ？」

「内輪のジョークです」ダニーは言った。

父親は眉をひそめた。「これはまったく内輪の話などではない」

「何が起きたか話してもらえませんか」

父親は微笑んだ。「おまえの部屋で説明しよう」

ダニーが父親についていくと、部屋でふたりの男が待っていた。ふたりとも蝶ネクタイを締め、黒のピンストライプの入った厚手の錆色のスーツを着ていた。髪をまんなかで分け、整髪料でぺったりとなでつけている。平たい茶色の靴が磨かれている。司法省だ。身分証のバッジを額にピンでとめていたとしても、これほどはっきりとはわからなかっただろう。

ふたりのうち背の高いほうがダニーを見た。低いほうは、ダニーのコーヒーテーブルの端に腰かけていた。

「コグリン巡査かな？」背高が言った。

「あんたは？」

「こちらが最初に訊いた」背高が言った。

「関係ない」ダニーは言った。「おれはここの住人だ」

ダニーの父親は腕を組み、窓にもたれてショーを愉しんでいた。

背高は振り返って相棒を見、ダニーに眼を戻した。「私はフィンチ。レイム・フィンチ。レイムだ、レイモンドではなく、ただのレイム。フィンチ捜査官と呼んでくれ」手足の力が抜け、骨太で、スポーツマンのような外見だった。

ダニーは煙草に火をつけ、ドアの側柱にもたれた。「バッジはあるのか？」

「すでにお父さんに見せた」

ダニーは肩をすくめた。「おれは見てない」

フィンチがズボンのうしろのポケットに手を入れているあいだ、ダニーはコーヒーテーブルに坐った小男が自分のほうを見つめているのに気づいた。司教かショーガールを連想させるかすかな軽蔑の表情を浮かべて。その男はダニーより数歳若く、せいぜい二十三歳といったところで、フィンチ捜査官とゆうに十歳は離れているが、飛び出た眼の下のくぼみは大きく垂れ下がり、黒々と鬱血《うっけつ》していて、倍の年齢の男に見えた。足を組み、膝についた何かをつまんで取った。

フィンチがバッジを取り出した。連邦の身分証に、合衆国政府の捺印があった――捜査局《BOI》（FBIの前身）。

ダニーはちらっとそれを見た。「捜査局なのか？」

「嘲笑を浮かべずに言えないのかな？」

ダニーはもうひとりに親指を振った。「で、こちらは？」

フィンチが口を開きかけたが、もうひとりの男はハンカチで口を拭き、ダニーに手を差し出した。「ジョン・フーヴァーだ、ミスター・コグリン」男は言った。握手をしたダニーの手は汗で濡れた。「司法省の急進派対策部で働いている。急進派に好感を抱いていないだろうね、ミスター・コグリン？」

「ここにドイツ人はいない。司法省はそれを担当するんじゃないのか？」またフィンチを見た。「そして捜査局は破産詐欺が担当だ。ちがいます？」

コーヒーテーブルに坐ったたるんだ塊が、鼻の先に噛みついてやろうかとばかりにダニーを見た。「戦争が始まって、われわれの権限は少々広がったのだよ、コグリン巡査」

ダニーはうなずいた。「ほう、それは幸運を」玄関からなかに入った。「とっとと出ていってもらえないかな」

「われわれは徴兵忌避者も扱う」フィンチ捜査官が言った。「扇動者、治安紊乱者《びんらんしや》、合衆国に戦争をしかける者たちも」

「それも生活のためでしょう」

「面白い。ことにアナーキスト」フィンチは言った。「あの連中がわれわれのリストのトップだ。知ってるだろう、爆弾犯だよ、コグリン巡査。きみがファックしていたような」

ダニーは肩を怒らせて攻撃の構えをとった。「おれが誰とファックしてるだと？」

今度はフィンチ捜査官がドアの柱にもたれた。「きみはテッサ・アブルッツェとファックしていた。少なくとも彼女自身はそう名乗っていた。そうだね？」

「ミス・アブルッツェは知ってる。だから？」

フィンチは薄笑いを浮かべた。「何も知らないわけだ」

「彼女の父親は蓄音機の販売員だった」ダニーは言った。「ふたりはイタリアで厄介なことになったが――」

「彼女の父親は――」フィンチは言った。「彼女の夫だ」両眉を上げた。「よく聞きたまえ。彼は蓄音機などどうでもいいと思っている。フェデリコ・アブルッツェは本名ですらない。

彼はアナーキスト、よりくわしく言えば、ガレアーニストだ。このことばが何を意味するかわかるかね？　それとも解説しようか？」

　ダニーは言った。「知ってる」

「彼の本名はフェデリコ・フィカーラ。きみが彼の妻とファックしていたあいだに、彼は爆弾を作っていたのだ」

「どこで？」ダニーは言った。

「まさにこの建物で」レイム・フィンチは通路の先に親指を振った。

　ジョン・フーヴァーが両手を重ね、ベルトのバックルの上にのせた。「もう一度訊く。きみは急進派に好感を抱くような男なのか？」

「息子はその質問に答えたと思うが」トマス・コグリンが言った。

　ジョン・フーヴァーは首を振った。「私は聞いてませんね」

　ダニーは彼を見下ろした。その肌はオーブンから取り出すのが早すぎたパンの色合いで、瞳孔はきわめて小さく黒かった。まるでまったくほかの種類の動物にそなわっているもののように。

「なぜ尋ねるかというと、われわれは馬小屋の扉を閉めようとしているからだ。たしかにもう馬が逃げてしまったあとではあるが、小屋が焼け落ちてしまうまえにね。戦争がわれわれに教えてくれたもの？　それは、敵はドイツだけにいるのではないということだ。敵は船でやってきて、こちらのいいかげんな移民政策を利用し、商売を始める。炭鉱労働者や工場労働者に知恵をつけて、労働者や虐げられた者たちの友人であるふりをする。だが本性は？　人々をだまし、おびき寄せる外来の病原菌、われわれの民主主義を断固破壊しようと企てる者だ。そういう敵は殲滅《せんめつ》しなければならない」フーヴァーは首のうしろをハンカチで拭いた。襟の上が汗で黒ずんでいた。「だから三度目になるが訊く。きみは急進派に同調しているのか？　すなわち、わがアンクル・サムの敵なのか？」

ダニーは言った。「彼はまじめに言ってるのか？」

フィンチが答えた。「もちろん」

ダニーは言った。「ジョン、だったな？」

小太りの男は小さくうなずいた。

「戦争で戦ったことは？」

フーヴァーは大きな頭を振った。「その栄誉には与《あずか》っていない」

「栄誉ね」ダニーは言った。「おれも与っていないが、それは自国の前線に不可欠な人員と見なされたからだ。あんたの言いわけは？」

フーヴァーは顔を赤らめ、ハンカチをポケットに戻した。「自国に奉仕する方法はいくらでもあるのだ、ミスター・コグリン」

「そう、ある」ダニーは言った。「おれはおれなりに奉仕して、首のうしろに傷を作った。だからあと一度でもおれの愛国心を疑うようなことを言ったら、ジョン？　親父にどいてもらって、おまえをあのくそ窓から放り出してやる」

ダニーの父親は心臓のまえで手をひらひらさせて、窓辺から離れた。

しかしフーヴァーは、試練を受けたことのない、石炭のように硬く青い良心でダニーを見つめ返した。棒切れで戦争ごっこをする、大人の膝までの背しかない子の不屈の道徳心で。歳はとっているが、成長はしていない。

フィンチが咳払いをした。「諸君、喫緊《きっきん》の問題は爆弾だ。話をそこに戻さないか?」

「どうしておれとテッサとの関係を知ってるんです?」ダニーは言った。「おれを監視してた?」

フィンチは首を振った。「彼女だよ。彼女と夫のフェデリコは、十カ月前にオレゴン州で最後に目撃されていた。彼らはテッサの荷物を調べようとした鉄道会社のポーターをぶちのめした。そのあと、かなりスピードの出ていた列車から飛びおりた。つまり、荷物は残していかざるをえなかった。ポートランド市警がそれを回収して、雷管、ダイナマイト、拳銃二挺を見つけた。本物のアナーキストの道具箱だ。ポーターは、かわいそうに彼らを疑ったばかりに外傷で死亡した」

「まだおれの質問の答になっていない」ダニーは言った。

「一カ月ほどまえ、われわれは彼らを発見した。なんといってもこの街はガレアーニの本拠地だからね。彼女が妊娠しているという噂も聞いていた。だが、ちょうどそのころ流感が全盛となり、捜査はなかなか進まなかった。昨夜、アナーキストの世界でわれわれが、まあ、あてにしている情報源が、テッサの住所を吐いた。ただ彼女は事前に察知したようで、われわれがここに来るまでに姿をくらましていた。きみか？　きみは簡単だった。ここの住人全員に、テッサが最近怪しい行動をとっていなかったかと質問したところ、男も女も例外なくこう答えた。〝五階の警官とファックしてたことのほかに？　何もありませんね〟」

「テッサが爆弾犯？」ダニーは首を振った。「信じられない」

「そうかね？」フィンチは言った。「一時間前、彼女の部屋の床の割れ目に、ジョンが金属の削りくずを見つけた。酸で生じたとしか考えられない焼け焦げの跡もあった。自分の眼で見たいかね？　彼らは爆弾を作っているのだ、コグリン巡査。いや、訂正する——爆弾をすでに作ったのだ。おそらくガレアーニ本人が書いた手引書にしたがって」

ダニーは窓辺に近づき、窓を開けた。冷たい空気を吸いこみ、港の灯りに眼を向けた。ルイジ・ガレアーニはアメリカにおけるアナーキストの父であり、公然と連邦政府の転覆に執念を燃やしている。過去五年のおもだったテロ行為では、彼がかならず画策者として名指しされている。

「きみのガールフレンドについては」フィンチが言った。「本名もたまたまテッサだ。しかし、きみが知っていることのなかで、真実はたぶんそれだけだ」フィンチは窓辺のダニーと父親のそばまで来て、たたんだハンカチを取り出し、開いてみせた。「これがわかるかね？」

ダニーがハンカチをのぞくと、白い粉があった。

「雷酸水銀だ。食塩のように見えるだろう？　だが、岩の上に置いて金槌で叩くと、岩も金槌も爆発する。おそらくきみの腕も。きみのガールフレンドは、ナポリでテッサ・ヴァルパロとして生まれた。貧民街で育ち、コレラで両親を亡くし、十二歳にして娼館で働きはじめた。十三歳のときに客をひとり殺した。カミソリと類いまれな想像力でね。そのすぐあとにフェデリコと連れ添い、ふたりでこの国に渡ってきた」

「そして」フーヴァーが言った。「間もなくここのすぐ北のリンでルイジ・ガレアーニと知り合った。彼を手伝ってニューヨークやシカゴへの攻撃計画を立て、ケープ・コッドからシアトルまでの寄る辺ない気の毒な労働者全員に同情する篤志家《とくしか》を演じている。あの恥ずべき宣伝チラシ《クロナカ・ソヴェルシヴァ》（ガレアーニが創刊したイタリア移民向けの新聞）の記事も書いている。きみもよく知ってるだろう？」

ダニーは言った。「ノース・エンドで働いていれば嫌でも眼に入る。魚をそれで包んでるんだぞ」

「それでも違法な出版物だ」フーヴァーは言った。

「郵便で配布することは違法だな」レイム・フィンチが言った。「そうなった理由は私自身だとも言える。私は彼らの事務所を強制捜査した。ガレアーニも二度逮捕したことがある。この年が終わるまでにやつを国外追放する、請け合うよ」

「どうしてまだ追放してないんです？」

「これまでのところ、法が破壊活動家に有利に働いている」フーヴァーが言った。「これまでのところな」

ダニーは吹き出した。「ユージン・デブスはたかが演説をしただけで留置場に放りこまれたじゃないか」

「暴力の行使を訴えたからだ」フーヴァーは言った。声が大きく、緊張していた。「この国に対して」

ダニーは小太りのクジャクにあきれたように、眼を天井に向けた。「こっちが訊きたかったのは、演説をしたぐらいで元大統領候補を留置場にぶちこめるなら、国内にいるもっとも危険なアナーキストをどうして国外退去にできないのかってことだ」

フィンチがため息をついた。「アメリカ人の子供にアメリカ人の妻。前回はそれが同情を集めた。だが追放するよ、本当に。次回はかならず追放する」

「全員追放だ」フーヴァーが言った。「下賤な連中はひとり残らず」

ダニーは父親のほうを向いた。「何か言ってくださいよ」

「何をだ？」父親は穏やかに言った。

「ここで何をしてるのか」

「言っただろう。このおふたりは、ほかならぬ私の息子が破壊活動家とつき合っていることを知らせてくれた。爆弾犯とだ、エイデン」

「ダニーです」

父親はポケットからブラックジャックのパックを取り出して、部屋にいる男たちに差し出した。ジョン・フーヴァーは一枚取ったが、ダニーとフィンチは断わった。父親とフーヴァーは包みをはいで、ガムを口に入れた。

父親はため息をついた。「このことが新聞ダネになったら、ダニー、つまり、私の息子が暴力的な急進派の人間とつき合い、その鼻先で夫が爆弾を作っていたことが明るみに出たら、わが愛する市警にどんな影響が及ぶと思う？」

ダニーはフィンチのほうを向いた。「彼らを見つけて国外追放する。そういう計画なんですね？」

「そのとおり。だが、私が捕まえて追放するまで」フィンチは言った。「彼らはいくつか騒ぎを起こそうと計画している。五月に何か計画があることはわかっている。お父さんからすでに多少聞いていると思うが。彼らがどこを、あるいは誰を攻撃するつもりかはわからない。こちらにもいくらか考えはあるが、急進派の行動は予測できないのだ。判事や政治家といった通常の標的も狙うだろうが、産業界の人物となると警備がむずかしい。どの産業を選ぶのか。石炭、鉄、鉛、砂糖、鋼、ゴム、繊維？　どの工場を襲うのだろう。それとも醸造所？油井櫓《ゆせいやぐら》？　わからない。しかし、確実にわかっているのは、この街で何か大きなものを攻撃するということだ」

「いつ？」

「明日かもしれない。三カ月先かも」フィンチは肩をすくめた。「あるいは、五月まで待つつもりかもしれない。わからないのだ」

「ただ、保証してもいいが」フーヴァーが言った。「彼らの暴力行為は大規模なものになる」

フィンチが上着に手を入れ、紙切れを取り出してダニーに渡した。「彼女のクロゼットでこれを見つけた。最初の草稿だと思う」

ダニーは紙を広げた。新聞から文字を切り抜いて貼りつけたメモだった。

やるがいい！
国外追放してみろ！　おまえらを爆破してやる！

ダニーは紙をフィンチに戻した。

「報道発表だ」フィンチは言った。「まちがいない。発送する直前だった。その新聞が通りにばらまかれたら、続いて爆発が起きるのは確実だ」

ダニーは言った。「こんなことを長々とおれに説明するのはなぜです？」

「彼らを止めることに興味はないかと思ってね」

「息子は誇り高い男だ」トマス・コグリンが言った。「この手のことが表に出て、自分の評判が傷つくことには耐えられない」

ダニーは父親を無視した。「正気の人間なら誰だって止めたいと思うでしょう」

「きみはただの人間ではない」フーヴァーが言った。「ガレアーニに吹き飛ばされかけたのだから」

ダニーは言った。「え？」

「サリュテーション署の爆破を誰が命じたと思うんだね？」フィンチが言った。「行き当たりばったりの攻撃だったと？　あれは一ヵ月前の反戦運動で仲間が三人逮捕されたことに対する報復だ。昨年、シカゴで十人の警官が吹き飛ばされたとき、誰がうしろにいたと思う？ガレアーニだよ。彼と手先の者たちだ。彼らはロックフェラーを殺そうとした。数名の判事の暗殺を企てた。パレードを爆破した。聖パトリック大聖堂にまで爆弾をしかけたのだ、ガレアーニとガレアーニストたちは。世紀の変わり目には、彼らとまったく同じ思想を抱く者たちが、マッキンリー大統領を、フランス大統領、スペイン首相、オーストリア皇后、イタリア王を殺害した。たった六年のうちに。ときに自分たちを吹き飛ばすこともあるが、笑いごとではない。彼らは殺人者だ。そして彼らはきみがいるすぐそばで、きみが仲間のひとりをファックしているあいだに、爆弾を作っていたのだ。いや、ちがうな、訂正しよう――彼女がきみをファックしているあいだに。コグリン巡査、どこまで立ち入った話をすれば眼覚めるんだね？」

ダニーはベッドのテッサを思い浮かべた。ふたりで発したうめき声、押し入ったときに見開かれる彼女の眼、肌を引き裂く彼女の爪、笑みへと広がる彼女の口、外で人々が鉄の非常階段をのぼりおりする音を。

「きみは彼らを間近で見ている」フィンチが言った。「もう一度会えば、色褪せた写真しか見ていない人間より一、二秒、余裕を持って対処できる」

「ここでは見つけられない」ダニーは言った。「ノース・エンドでは無理だ。おれはアメリカ人だから」

「ここはアメリカだ」フーヴァーが言った。

ダニーは床板を指さして首を振った。「ここはイタリアだ」

「だがわれわれがきみを彼らに近づければ？」

「どうやって」

フィンチはダニーに写真を手渡した。何度も焼き増しされたように画質は悪かった。その男は三十がらみで、貴族を思わせる幅の狭い鼻を持ち、眼を細めていた。きれいにひげを剃《そ》っている。髪の色は薄く、肌は蒼白いようだが、ダニーの想像も多分に含まれている。

「いかにもボルシェヴィキというようには見えないけど」

「だがそうなのだ」フィンチは言った。

ダニーは写真を彼に戻した。「誰です？」

「名前はネイサン・ビショップ。じつに利用価値がある。イギリスの医者で急進主義者。事故で手を吹き飛ばしたり、暴動で負傷して逃げたりしたテロリストは、緊急治療室にのこのこと入っていくわけにはいかない。彼らはこのわれらが友人のところへ行く。ネイサン・ビショップはマサチューセッツの急進活動に欠かせない、お抱えの医者なのだ。急進派の連中は、個々の組織の外に交友を広げないが、ネイサンは彼らの結合組織だ。プレイヤーを全員知っている」

「しかも飲んべえだ」フーヴァーが言った。「かなりの」

「だったら部下をひとり送りこんで、仲よくさせればいい」

フィンチは首を振った。「うまくいかない」

「なぜ？」

「正直に言おうか？　予算がないのだ」フィンチはばつが悪そうだった。「だからお父さんに相談した。すると、きみはすでに急進派を追う準備作業に入っているそうじゃないか。われわれは彼らの活動全体を把握したい。車両ナンバーからメンバー数まで。その過程でビショップに眼を光らせておいてくれ。遅かれ早かれ、彼と係わることになる。ビショップに近づけば、残りの屑どもにも近づける。ロクスベリー・レティッシュ労働者協会について聞いたことは？」

ダニーはうなずいた。「このへんでは、ただ〝レッツ〟と呼ばれてる」

フィンチは知らなかったというように顔を上げた。「どんなくだらない感情的な理由があるのか知らないが、ビショップはこのグループをいちばん気に入ってるようだ。協会のトップと親しい。ユダヤ人で名前はルイス・フレニア。記録上、母なるロシアとのつながりがあるとされている。フレニアが今回のすべての裏で糸を引いているという噂もある」

「今回のすべてとは？」ダニーは言った。「知るべき時期が来たらと言われて、何もまだ知らされていない」

フィンチはトマス・コグリンのほうを見た。ダニーの父親は両方の手のひらを上に向けて、肩をすくめた。

「彼らは春に何か大きなことを企んでいるようだ」

「具体的には？」

「全国メーデーでの暴動を」

ダニーは笑った。残りの三人は笑わなかった。

「真剣な話なのか」

父親がうなずいた。「爆破とそれに続く武装暴動。国じゅうの大都市で、急進派の組織がいっせいに蜂起する」

「なんのために？　ワシントンを制圧できるわけでもないでしょう」フィンチが言った。

「同じことをニコライ二世はペトログラードについて言った」

ダニーはコートとその下に着ていた青い上着を脱いで、Tシャツ姿になり、ガンベルトをはずしてクロゼットのドアにかけた。ライウィスキーをグラスに注いだが、残りの三人には勧めなかった。「つまり、このビショップという男がレッツとつながっていると？」

フィンチはうなずいた。「ときにね。レッツは表向きはガレアーニストとつながっていないが、彼らはみな急進派だ。つまり、ビショップは両方とつながっている」

「一方にボルシェヴィキ」ダニーは言った。「もう一方にアナーキスト」

「そしてネイサン・ビショップが両者をつないでいる」

「おれはレッツに潜入し、彼らがメーデーに向けて爆弾を作っているかどうかを調べる。または――なんだ？――ガレアーニとつながっているかどうか？」

「本人でなくとも、信奉者たちと」フーヴァーが言った。

「そういう事実がないとわかったら？」ダニーは言った。

「郵便の宛先の名簿を手に入れてくれ」フィンチが言った。

ダニーはもう一杯、酒をついだ。「え？」

「郵便の宛先の名簿だ。それがあらゆる破壊活動家のグループを打ち壊す鍵だ。去年、《クロナカ》の事務所を強制捜査したときには、ちょうど彼らが最新号を印刷したところで、郵送先の相手の名前をひとつ残らず把握することができた。その名簿にもとづいて司法省は六十人を国外に追放した」

「なるほど。司法省はウィルソンを下衆《げす》呼ばわりしただけの男を国外追放にしたこともあると聞きましたけどね」

「追放しようとした」フーヴァーが言った。「だが残念ながら判事は、刑務所に送るほうが適当と判断した」

ダニーの父親でさえ、信じかねるといった様子だった。「人を下衆呼ばわりしただけで？」

「合衆国大統領を下衆呼ばわりしたのだ」フィンチが言った。

「それで、もしテッサかフェデリコを見かけたら？」ダニーはふと彼女のにおいを嗅《か》いだ気がした。

「正面から撃つ」フィンチが言った。「そしてそのあと〝止まれ〟と言う」

「飛躍しすぎている気がする」

父親が言った。「いや、おまえにはできる」

「ボルシェヴィキはただおしゃべりな連中で、ガレアーニストはテロリストです。ふたつはかならずしも同じではない」

「どちらか一方だからといって、かならずしももう一方でなくなるわけではない」フーヴァーが言った。

「だとしても、彼らは――」

「おい」フィンチの口調は鋭く、眼は澄みきっていた。「ボルシェヴィキだの、共産主義者だの、まるで微妙な意味のちがいがあって、われわれ間抜けな連中にはわからないとでも言いたげだが、ちがいなどない――彼らはくそテロリストだ。ひとり残らず。この国は決戦のときを迎えようとしている。それがメーデーだ、われわれはそう考えている。ちょっと移動すれば、爆弾かライフルを持った革命家にぶつかるような事態になるだろうと。もしそうなったら、この国はばらばらだ。想像してみたまえ、罪もないアメリカ人が通りのそこらじゅうに吹き飛ばされるんだぞ。何千という子供、母親、労働者が。なぜそんなことになる？　あの下衆どもがわれわれの生活を忌《い》み嫌っているからだ。われわれの生活が彼らの生活より豊かだから、われわれが彼らより豊かだからだ。より裕福で、自由で、ほとんどが砂漠か、飲めない海水で占められているこの世界で最高の不動産の多くを手に入れているからだ。だがわれわれはそこを占拠しているのではない、共有している。その共有に対して、彼らはわれわれに感謝しているか？　彼らを喜んでこの大陸に迎え入れたことに対して？　いや、感謝などしていない。それどころか、われわれを殺そうとしている。ロマノフ王朝か何かのように、この政府を倒そうとしている。われわれはくそロマノフ王朝じゃない。世界で唯一成功している民主主義国家だ。もうそのことを謝るのはやめたのだ」

ダニーは一瞬待って、拍手した。

フーヴァーがまた嚙みつきそうな表情になったが、フィンチはお辞儀をした。

ダニーの脳裡にまたサリュテーション通りが浮かんだ。霧雨に変わった壁、足元から消えてなくなった床。ダニーはあれを誰にも話したことがなかった、ノラにさえ。あの無力さをどんなことばで表わせばいい？　表わしようがない。無理だ。一階からまっすぐ地下に落ちながら、もう二度とものを食べることも、通りを歩くことも、首の下に枕を感じることもないという確信にがんじがらめにされた。

おれはあなたのものだ、彼は思った。神に。運命に。みずからの無力さに。

「やるよ」ダニーは言った。

「愛国心から、それとも誇りから？」フィンチが片方の眉を上げ、自分のグラスを空《から》にした。

「ふたつのうち、どちらかだ」ダニーは言った。

フィンチとフーヴァーが去ったあと、ダニーと父親は小さなテーブルについて坐り、順にライウィスキーの壜を傾けては飲んだ。

「ボストン市警はいつから連邦の連中に横槍を入れさせるようになったんです?」

「戦争がこの国を変えてからだ」父親は遠い笑みを浮かべて、また罎からひと口飲んだ。「負ける側についていたら、変わらなかったかもしれない。だがそうではなかった。ヴォルステッド法が」――壜を持ち上げて、ため息をついた――「さらに国を変えた。小さくした、そう思う。未来は連邦のものだ、地方ではなく」

「父さんの未来？」

「私の？」父親はくすっと笑った。「私は古い人間で、さらに古い時代を担《にな》ってきた。私の未来ではない」

「コンの？」

父親はうなずいた。「そしておまえの未来だ。もしおまえがペニスを本来収めておくべき場所に収められたらな」壜にコルクを差し、ダニーのほうへ押し出した。「〝アカ〟にふさわしいひげをたくわえるのにどのくらいかかる？」

ダニーはすでに頬を覆いつつある濃いひげを指さした。「どうだろう」

父親はテーブルから立ち上がった。「制服をしまうまえに、よくブラシをかけておきなさい。しばらく使わないだろう」

「刑事になったということかな？」

「どう思う？」

「言ってくれよ、父さん」

父親は部屋の向こうからダニーを見つめた。無表情だった。やがてうなずいた。「これをやりとげたら金の盾をやる」

「わかった」

「このまえの夜、ＢＳＣの会合に出たそうだな。自分の仲間を売りたくないと私に言ったあとで」

ダニーはうなずいた。

「組合員になったのか？」

ダニーは首を振った。「あそこのコーヒーが気に入ってるだけで」

父親はドアノブに手をかけたまま、また長々と彼を見た。「おまえのあのベッドのシーツをはいで、よく洗ったほうがいい」ダニーにしっかりとうなずいて出ていった。

ダニーはテーブルの横に立ち、ライウィスキーのコルクを抜いた。飲むうちに父親の足音が階段から消えていった。整えていないベッドを見て、また酒をあおった。

11

ジェシーの車はミズーリ州のなかほどまでしかもたなかった。ウェインズヴィルを越えてすぐにタイヤがひとつパンクした。裏道だけを通り、できるだけ夜間に走っていたが、タイヤがパンクしたのは夜明け近くだった。もちろんジェシーはスペアタイヤをのせておらず、ルーサーはそのまま運転するしかなかった。ギアをローに入れて道の端を、鋤《すき》を引く牛を超えない速度で這うように進んだ。陽の光がちょうど谷間に入ったころ、ガソリンスタンドが見つかり、ルーサーは車を停めた。

修理工場から白人の男がふたり出てきた。ひとりはぼろ布で手を拭きながら、もうひとりは壜入りのサッサフラス飲料を飲みながら。いい車だな、どうやって手に入れた、とルーサーに尋ねたのは、壜を持っているほうだった。

ルーサーはふたりが車のフードの両側につくのを見ていた。布を持っているほうが額を拭き、地面に嚙み煙草を吐いた。

「貯金して」ルーサーは答えた。

「貯金？」壜を持っているほうが言った。痩せぎすで、防寒にシープスキンのコートを着ている。もじゃもじゃの赤毛だが、頭頂には拳ほどの大きさの禿《はげ》があった。「どんな仕事してるんだ？」快活な声だった。

「戦争のための軍需工場」ルーサーは言った。

「ほほう」男は車のまわりを歩いてじろじろ眺め、ときに屈んで、裏から叩き出して塗装し直したへこみはないかとボディを調べた。「おまえは戦争に行ったんだよな、バーナード？」

バーナードはまた唾を吐いて口を拭き、寸詰まりの指でフードの端をなでて留め金を探した。

「行ったさ」とバーナード。「ハイチに」そこで初めてルーサーを見た。「どこだか小さな町におろされて、先住民が妙な顔をしたら殺せと言われた」

「妙な顔をするやつは大勢いたのか？」赤毛の男が訊いた。

バーナードはフードを開けた。「いなかったよ、おれたちが撃ちはじめるまでは」

「名前は？」赤毛がルーサーに訊いた。

「ここでタイヤのパンクを直したいと思っただけだ」

「ずいぶん長い名前だな」赤毛は言った。「そう思わんか、バーナード？」

バーナードがフードの下から顔をもたげた。「舌を噛みそうだ」

「おれはカリーだ」赤毛が言って手を差し出した。「ジェシーだ」

ルーサーはそれを握った。

「初めまして、ジェシー」カリーは車のうしろにまわってズボンのすねのところをちょっと引っ張り、タイヤの横に屈んだ。「ああ、これな、たしかに、ジェシー。自分でも見たいか？」

ルーサーも車のうしろに歩いてカリーの指の先をたどると、タイヤのリムのすぐそばに、五セント硬貨ほどの幅のギザギザの裂け目があった。

「尖《とが》った石だろうな」カリーが言った。

「直せるかい？」

「ああ、直せる。これでどのくらい運転した？」

「数マイル」ルーサーは言った。「ただ、すごくゆっくりとだ」

カリーは近くでタイヤをよく見てうなずいた。「リムは傷んでないようだ。どこから来た、ジェシー？」

運転しているあいだじゅう、ルーサーは何か話を作っておかなければならないと自分に言い聞かせていたが、作ろうとするなり、床の血のなかに横たわっているジェシーや、腕をつかもうとしてきたディーコン、家に招き入れようとしたアーサー・スモーリー、リビングルームで心を閉ざして彼を見ていたライラに、考えが漂ってしまった。

ルーサーは言った。「オハイオ州コロンバスから」タルサとは言えなかった。

「だが西から来たぞ」カリーは言った。

耳がちぎれそうなほど冷たい風が吹くので、ルーサーは車内に手を伸ばし、まえの座席からコートを取った。「ウェインズヴィルの友だちを訪ねた」彼は言った。「いまはその帰りだ」

「この寒いなか、コロンバスからウェインズヴィルまで車で出かけたのか」カリーは言った。

バーナードが大きな音を立ててフードを閉めた。

「そういうこともあるさ」バーナードは言い、車の横を近づいてきた。「上等のコートだな」

ルーサーはコートに眼を落とした。ジェシーのものだった。取りはずせる襟のついたチェビオット羊毛のコート。しゃれた恰好をするのが好きだったジェシーが、持っている服のなかでこれをいちばん自慢していた。

「ありがとう」ルーサーは言った。

「大きすぎるか」バーナードが言った。

「え？」

「おまえにはちょっと大きすぎる、それだけだ」カリーが親切そうな笑みを浮かべて言い、背筋をぴんと伸ばした。「どう思う、バーン？　おれたち、このタイヤを直せるか？」

「問題ないだろう」

「エンジンはどうだ？」

バーナードは言った。「よく手入れしてる。フードの下はぴかぴかだ。ご立派」

カリーはうなずいた。「なら、ジェシー、喜んで修理しよう。すぐ出発できるぜ」また車のまわりを歩いた。「だがこの郡には妙な法律があってな。黒人の車を修理するまえに、免許証と登録証を照合しろって言われてる。免許証はあるかい？」

　筋の通ったことを言って、機嫌よく微笑んでいる。

「どこかへやってしまった」

　カリーはバーナードを見やり、車の通らない道を見て、ルーサーに眼を戻した。「それは残念」

「ただのパンクだ」

「わかってるさ、ジェシー、もちろん。さっさと修理して五分後にここから出してやるかどうかは、まあ、おれ次第だ。もちろんそうしてやってもいい。正直な話、おれに言わせりゃ、この郡には法律が足らんだろうってところがほかにいくらでもある。だが連中には連中のやり方があって、ちがうだろうとおれが言いたてる筋合いじゃない。こうしないか。今日は閑《ひま》だ。バーナードにこいつの修理をまかせて、おれがおまえを車で郡庁舎に連れていく。そこで申込書に記入して、エセルがすぐに新しい免許証を発行してくれるかどうか見るってのはどうだ？」

　バーナードが布でフードをすうっとなでた。「この車は事故にあったことは？」

「ありませんよ、スー」ルーサーは言った。

「初めて〝スー〟だとよ」バーナードが言った。「聞いたか？」

　カリーが言った。「もちろん気づいた」ルーサーに両手を広げた。「大丈夫だ、ジェシー。

おれたちが慣れてるミズーリ州の黒人は、もう少し敬意を示すもんでな。まあ、これもおれにとってはどうでもいい。そうなってる、それだけのことだ」

「ええ、スー」

「二度も！」バーナードが言った。

「荷物を取れよ」カリーが言った。「さあ、行こうぜ」

ルーサーは後部座席からスーツケースを取り、一分後にはカリーのピックアップ・トラックに乗って西に向かっていた。

十分ほどの沈黙のあとで、カリーが言った。「おれは戦争で戦ったんだ。おまえは？」

ルーサーは首を振った。

「ありゃ最悪だ、ジェシー。いま考えると、なんのために戦ってたんだか。一四年にセルビア人がオーストリア人を撃ったことに始まるんだろう？　次に気づいたときには、それはもう一瞬のうちに、ドイツがベルギーを脅かしてて、フランスが、ベルギーを脅かすなよと言ってた。で、今度はロシアが――いつ入ってきたか思い出せるか？――フランスを脅かすなよと言って、誰も気づかねえうちに全員で撃ち合いだ。そう言えば、軍需工場で働いてたと言ったたな？　どうだ、彼らはなんのために戦ってるか説明してくれたか？」

ルーサーは言った。「いや。ただ軍需品のことだけ考えてたと思う」

「けっ」カリーは大声で笑いながら言った。「たぶんおれたちみんな、そういうことだったんだな。それだけだった。驚きじゃないか？」また笑い、ルーサーの腿を拳で軽く突いた。

ルーサーも同意して微笑んだ。もし全世界がそこまで愚かなら、本当に驚きだからだ。

「ええ、スー」彼は言った。

「いろいろ読んだよ」カリーが言った。「ヴェルサイユでの取り決めじゃ、降伏するドイツから石炭生産量の十五パーセントと、鉄鋼の五十パーセント近くを取り上げるそうじゃないか。五十パーセントだぜ。そんなことされて、どこの国が復興できる？　考えたことないか、ジェシー？」

「いま考えはじめた」ルーサーが言うと、カリーはくすくす笑った。

「さらに領土の十五パーセントだかを手放さなきゃならん。これすべて、友だちを助けたいと思ったせいだ。それだけ。そもそも、おれたちのなかに友だちを選べるやつがいるか？」

ルーサーはジェシーを思い出し、カリーは誰のことを考えているのだろうと思った。窓の外を見つめるカリーの眼に浮かんでいるのが憧れなのか、憂いなのかわからなかった。

「いない」ルーサーは言った。

「そのとおり。友だちは選ぶんじゃない、互いに見つけ合うんだ。で、おれに言わせりゃ、友だちを助けないやつには自分を一人前と呼ぶ資格などない。わかるよ、たしかに友だちの悪い行為を助けたら報いは受けなきゃならない。だが地面にねじこまれる必要はないだろう？　おれはないと思うね。だが明らかに、世界は別の考えを持ってるようだ」

カリーは座席の背にもたれ、腕をゆったりとハンドルに伸ばしていた。ルーサーは、何かことばを期待されているのだろうかと思った。

「おれが戦争に行ったときには」カリーが言った。「野原に飛行機が飛んできて、手榴弾を落としはじめた。たまらんぜ。あの光景は忘れたい。手榴弾が塹壕《ざんごう》に落ちてみんな飛び出したら、ドイツ人があっちの塹壕から撃ってきた。まったく、ジェシー、あの日はひとつの地獄と別の地獄の区別がつかなかったよ。おまえならどうする？」

「はい《スー》？」

カリーの指は軽くハンドルに触れていた。彼はジェシーに眼を向けた。「手榴弾が降ってくる塹壕にとどまるか、敵が撃ってくる野原に飛び出すか」

「想像もできません、スー」

「だろうな。ぞっとするぞ、仲間が死んでいくときの叫び声には。ほんとにぞっとする」カリーは身を震わせ、同時にあくびをした。「そう、人生はときにつらいことと、もっとつらいことのどちらかしか選ばせてくれないときがある。そういうときには、考えて時間を浪費するわけにもいかない。ただまえに進まなきゃならない」

カリーはまたあくびをして黙りこんだ。そのまま十マイルほど走った。まわりに広がる平原は、硬質な白い空の下で凍りついていた。寒さのために、あらゆるものがスチールたわしでこすられた金属のようだった。灰色の霜が道の両側に渦を巻きながら連なり、車のグリルのまえにも立っていた。踏切に達すると、カリーは線路の真上でトラックを停めた。エンジンが低い音で鳴っていた。カリーは座席で体をひねってルーサーを見た。ルーサーはカリーが煙草を吸うところを見ていないが、彼からは煙草のにおいがした。カリーの両方の眼尻からピンク色の静脈が走っていた。

「このあたりじゃ、車泥棒なんて大それたことをしなくても黒人を絞首刑にするんだ、ジェシー」

「盗んだんじゃない」ルーサーは言い、すぐにスーツケースのなかの銃のことを考えた。

「車を運転してただけで絞首刑だ。ここはミズーリだぞ」カリーの声は穏やかで親切だった。

また体を動かして片方の腕を座席の背にかけた。「いまやなんでもかんでも法律だ、ジェシー。おれはそれが気に入らないかもしれない。逆に、気に入るかもしれない。だがたとえ気に入らないとしても、おれはそんなことは口にしない。ただ生きるために、そいつとうまくやっていくだけだ。わかるか？」

ルーサーは何も言わなかった。

「あの塔が見えるか？」

ルーサーはカリーが顎を振ったほうを見た。線路の二百ヤードほど先に給水塔があった。

「ああ」

「また〝スー〟を言わなくなったな」カリーは両眉をわずかに上げて言った。「そのほうがいい。さて、あと三分ほどで貨物列車がここを通る。数分間、あそこで停まり、給水してセントルイスに向かう。それに乗れ」

ルーサーは、ディーコン・ブロシャスの顎に銃口を押しつけたときと同じ冷たさを感じた。

こいつを道連れにできるなら、このトラックのなかで死んでもいいとさえ思った。

「あれはおれの車だ」ルーサーは言った。「おれのものだ」

カリーは笑った。「ミズーリではそうじゃない。コロンバスだかどこだか、おまえがそこから来たというつまらん場所ではそうかもしれんが、ミズーリではちがう。おれがガソリンスタンドを出たとたんにバーナードが何をしはじめたかわかるか？」

ルーサーはスーツケースを膝にのせ、親指で留め金に触れた。

「あちこちに電話をかけて、おれたちが会った黒人について話しはじめてる。とても代金を払えないような車に乗ってる、大きすぎる上等のコートを着てるってな。あのバーナードは若いころ何人か黒人を殺した。もっと殺したいと思ってる。いまこのときにも仲間を集めてる。おまえが仲よくできる連中じゃないぞ、ジェシー。一方、おれはバーナードじゃない。おまえと闘うつもりはないし、人をリンチにかけるなんてのは見たことがないし、これからも見たいもんじゃない。心が穢《けが》れるからな、たぶん」

「あれはおれの車だ」ルーサーは言った。「おれのものだ」

カリーはルーサーがしゃべっていないかのように続けた。「だからおれの親切をうまく利用するか、くそまぬけのようにじっと待ってるかだ。だがおまえに――」

「あれはおれの――」

「――できないのはな、ジェシー」急にカリーの声がトラックのなかで大きくなった。「おまえにできないのは、あと一秒でもおれのトラックのなかに残ってることだ」

ルーサーはカリーの眼を見た。無表情で、まばたきをしていなかった。

「だからさっさと出ろ、ボーイ」

ルーサーは微笑んだ。「人の車を盗む親切な人ってことか、ミスター・カリー、ス、ス－？」

カリーも微笑んだ。「今日来る列車はこれだけだ、ジェシー。うしろから三両目に乗れ。わかったな？」

カリーは助手席側に手を伸ばしてドアを開けた。

「あんたに家族はいるのか？」ルーサーは訊いた。「子供は？」

カリーは頭をのけぞらせて笑った。「はっ、そのくらいにしとけ」手を振った。「さあ、トラックから出ろ」

ルーサーはまだしばらく坐っていた。カリーは顔をまえに向け、フロントガラス越しに外を見た。頭上のどこかでカラスが鳴いた。ルーサーはドアのハンドルに手をかけた。

外に出て、砂利道に足をおろした。線路の反対側の黒い木立に眼が止まった。冬で葉が落ち、蒼白い朝の光が幹のあいだから射している。カリーは手を伸ばしてドアを閉めた。ルーサーが振り返ると、トラックは砂利を噛んで勢いよく向きを変えた。カリーが窓から手を出して振り、来たほうへ引き返していった。

列車はセントルイスの先まで行った。ミシシッピ川を渡り、イリノイ州に入った。ルーサーがしばらくぶりに手にした幸運だった。そもそもイースト・セントルイスをめざしていたからだ。彼の父親の兄が住んでいて、ルーサーはそこで車を売り、しばらく身を隠していようと思っていた。

ルーサーの父、タイモン・ローレンスは、ルーサーが二歳のときに家族を捨て、イースト・セントルイスへと旅立った。だからルーサーは生身の父親を憶えていない。タイモン・ローレンスは、ヴェルマ・スタンディッシュという女と駆け落ちし、イースト・セントルイスに落ち着いて、最終的に時計を販売、修理する店を開いた。ローレンス兄弟は三人いた――長男のコーネリアス、次男のホリス、そして三男のタイモン。コーネリアスおじはよくルーサーに、ティムがいなくても成長するうえで困ることはほとんどないと言っていた。末の弟は穀つぶしで、女と酒を知ってからというもの、両方に目がなかった。ルーサーの母親みたいなすばらしい女を捨てて、ゴミのようなあばずれとくっついた、と（コーネリアスおじは、ルーサーの記憶にあるかぎりずっとルーサーの母親に恋い焦がれていた。それがあまりに純真で忍耐強いものだから、長年のうちに当たりまえと受け止められ、まったく目立たなくなってしまった。それが自分の宿命なのだ、とコーネリアスは失明してさほどたたないころルーサーに語った。細切れの思いやりだけ求められ、心そのものを求められない宿命だ。ところが、ろくに信条など持たない末の弟は、降ってくる雨のように、いともたやすく愛を手に入れていた）。

ルーサーは錫《すず》メッキの額に入れられた父親の写真一枚と育った。ルーサーが親指で何度も触れるので、父親の姿はぼやけて輪郭《りんかく》があいまいになった。成人するころには、自分の顔立ちが彼と似ているのかどうかもわからなかった。父親が自分に考えを向けてくれることなどないと知りながら育つことで、どれほど深く傷ついたか、誰にも——母親にも、姉にも、ライラにすら——話したことがなかった。父親はみずからこの世にもたらした命をひと目見て、こいつがいないほうが幸せになれると胸につぶやいたのだ。ルーサーは、いつか父親に会う日が来ることを長く想像していた。将来を約束された誇り高い若者として父親のまえに立ち、その顔が後悔で満たされるのを見るのだと。だがそんなことにはならなかった。

彼の父親は十六カ月前に、ほかの百人近い黒人たちと死んだ。イースト・セントルイスが彼らのまわりで燃えたのだ。ルーサーはその話をホリスから聞いた。黄色い紙に書かれた、ホリスおじのブロック体の文字は痛々しく震えていた。

おまえの親父、白人に撃たれて死んだ。残念だが伝える。

ルーサーは貨物置き場から出て、空が暗くなるころ、徒歩でダウンタウンに入った。ホリスおじがくれた手紙を持っていた。裏に住所が書き殴られている封筒をコートから取り出し、見ながら歩いた。黒人地区に踏み入るにつれ、眼にするものが信じられなくなった。通りに人影がない。その大きな理由はインフルエンザだとわかっていたが、そもそもまわりの建物がすべて黒く焦げるか、崩れるか、灰燼《かいじん》の下で永遠に失われている通りを歩く意味はあまりない。ルーサーは老人の口を連想した。歯がほとんど抜けてしまい、数本は半分に折れ、別の数本は横に傾いて使い物にならない。その地域全体がただの灰だった。あちこちに大量に積もっていて、それを夕方の風が通りの片側から反対側へ吹き飛ばし、またもとのほうへ戻している。竜巻でも消し去ってしまえないほどの灰。この界隈《かいわい》が焼かれて一年以上たつのに、灰の山は依然として高かった。吹きさらしの通りにいると、ルーサーは地上で生きている最後の人間になった気がした。ドイツ皇帝が海の向こうから爆撃機や爆弾やライフルもろとも軍隊を送りこんできても、これほどの損害は加えられなかっただろうと思うほどだった。

仕事に関する争いだったことがルーサーにはわかっていた。自分たちが貧しいのは黒人労働者が仕事を盗み、食卓から食べ物を奪っているからだと、白人の労働者階級が確信した。そこで白人の男、白人の女、子供までもがここに来て、黒人を撃ち、リンチにかけ、火あぶりにした。カホキア川に放りこみ、岸に戻ろうとした黒人が死ぬまで石を投げたりもした。それはおもに子供にまかされた仕事だった。白人女は黒人女を路面電車から引きずり出し、石をぶつけ、台所のナイフで刺した。出動してきた州兵は、彼らがそうするのを突っ立って見ていた。

一九一七年七月二日のことだった。

「おまえの親父はな」ホリスおじが言った。経営する酒場に現われたルーサーを、奥の事務室に連れていき、酒をついでやったあとのことだ。「あのちっとも儲からなかった小さな店を守ろうとしてた。連中はそこに火をつけ、出てこいと叫んだ。四方の壁がまわりで燃え落ちると、あいつはヴェルマと出てきた。誰かがその膝を撃ち、あいつはしばらく通りに倒れてた。連中はヴェルマを女たちに引き渡し、女たちは彼女をこね棒で打ちすえた。頭、顔、腰を。ヴェルマは這って路地に入ったあと、死んだ。ポーチの下にもぐって死ぬ犬みたいに。誰かがおまえの親父に近づいて――聞いた話だが――あいつは膝をついて起き上がろうとしたが、それすらできず、何度も倒れて、助けてくれと言っていた。しまいに白人がふたりそこに立って、弾がなくなるまであいつを撃った」

「父さんはどこに埋葬された？」ルーサーは言った。

ホリスおじは首を振った。「埋葬するものがなかった。連中は撃ち終わると、ふたりであいつの頭と足を持って、燃えている店のなかに放り投げたんだ」

ルーサーはテーブルから立ち上がり、小さな流しのまえに立って吐いた。吐き気はしばらく治まらなかった。煤《すす》と黄色の炎と灰を戻している気がした。黒い頭にこね棒を叩きつける白人の女たちや、喜びと怒りで金切り声を上げる白い顔の群れが頭のなかで渦巻いた。車つきの揺り椅子で歌うディーコン、通りで起き上がろうとする自分の父親、マルタおば、ライオネル・T・ギャリティ弁護士閣下がそろって手を叩き、輝くような笑みを浮かべていた。誰かが「主を讃えよ！　主を讃えよ！」と歌い、眼の届くかぎりの世界のすべてが燃えていて、やがて青い空が半分黒ずみ、白い太陽が煙の向こうに消えた。

吐き終わると、ルーサーは口をゆすいだ。ホリスが小さなタオルを渡し、ルーサーはそれで唇を拭き、額の汗をぬぐった。

「おまえ、熱《ホット》いぞ」

「いや、もう大丈夫」

ホリスおじはまたゆっくりと首を振り、酒をもう一杯ついでやった。「いや、危《ホット》ないと言ったんだ。おまえを探してる連中がいる。あちこち連絡していて、それがこんな中西部まで届いてる。タルサの店で黒人を何人か殺したって？　ディーコン・ブロシャスを？　気でもちがったのか」

「どうして知ってるんです」

「馬鹿、電話線から煙が出るほどの騒ぎだよ」

「警察も？」

ホリスおじは首を振った。「警察は誰だか別のあほうがやったと思ってる。クラレンスなんとか」

「テル」ルーサーは言った。「クラレンス・テル」

「それだ」ホリスおじは低い鼻でうるさく息をしながら、テーブルの向こうからルーサーを見つめた。「どうもひとり生き残ったようだぞ。スモークと呼ばれてるやつか？」

ルーサーはうなずいた。

「病院に入ってる。回復するかどうかはわからんが、人に話した。おまえを名指しした。ここからニューヨークまでにいる殺し屋がおまえの首を狙ってる」

「懸賞金は？」

「そのスモークってやつは、おまえの死体の写真に五百ドル払うと言ってる」

「スモークが死んだら？」

ホリスおじは肩をすくめた。「誰であれ、ディーコンの仕事を引き継いだやつが、おまえをかならず殺そうとするだろうな」

ルーサーは言った。「行くところがないんです」

「東に行け。ここにはいられない。ただ、ハーレムには近づくな、ぜったいに。ボストンにおまえをかくまってくれる男がひとりいるがな」

「ボストン？」

ルーサーはそのことを考えようとして、すぐに考えても時間の無駄だと悟った。この件に関して選択の余地などない。国内で〝安全〟と呼べる場所がボストンだけなら、ボストンに行くしかない。

「おじさんは？」彼は訊いた。「ここに残るんですか」

「わしか？」ホリスおじは言った。「わしは誰も撃っちゃいない」

「ええ、でもここに何が残ってます？　このあたりは焼き尽くされて跡形もない。黒人たちはみな出ていくか、出ていきたがってるって話だけど」

「で、どこへ行く？　われらが同胞の問題はな、ルーサー、希望にかじりついて、残りの人生でそれから歯を抜こうとしないことだ。ここよりましな場所があると思うか？　たんに別の檻《おり》に入るだけだ。そのいくつかはほかよりきれいかもしれないが、それでも檻は檻だ」ため息をついた。「くそったれ。わしはもう引っ越すには歳をとりすぎてる。ここが、まさにこの場所が、わしにとっての家なのさ」

ふたりは坐ったまま黙りこみ、おのおの酒を飲み干した。

ホリスおじが椅子をうしろに下げ、両腕を頭の上に伸ばした。「階上《うえ》に部屋がある。ひと晩泊めてやるよ。これからいくつか電話をする。明日の朝には……」肩をすくめた。

「ボストン」ルーサーは言った。

ホリスおじはうなずいた。「ボストンだ。わしにできるのはそこまでだ」

有蓋貨車のなかで、寒さをこらえるために、干し草のついたジェシーの上等のコートにくるまって、ルーサーは罪を贖《あがな》うと主に誓った。もうカード賭博はしない。ウィスキーも飲まないし、コカインもやらない。賭博師やギャングとは金輪際《こんりんざい》つき合わない。ヘロインをやりたいと考えただけの人間とも。もう夜の興奮に身をまかせたりしない。頭を低くして、人の眼を逃れ、ほとぼりが冷めるまでじっと待つ。そしてもし、タルサに帰ってもいいという知らせが届いたら、別人として帰る。慎ましい改悛者として。

ルーサーは自分を信心深いと考えたことはなかった。ただそれは神に対する感じ方というより、宗教に対する感じ方の問題だった。祖母と母親は、バプテスト派の信仰をルーサーに叩きこもうとした。ルーサーはふたりを喜ばせるために、できるだけのことをした。自分は信仰を持っていると、彼女たちに信じてもらおうとした。しかし宗教には、やるふりをしている宿題と同じくらい心を惹《ひ》かれなかった。タルサでは、気持ちがイエスからいっそう遠ざかった。なにせマルタおばやジェイムズおじや彼らの友人たちが四六時中、主に祈っていて、もしイエスがあれだけの声を聞いていたら、ときには静けさが恋しくなるのではないか、睡眠不足を解消したくなるのではないかと思うほどだったのだ。

昔は白人の教会のまえもよく通った。白人たちが讃美歌を歌い、アーメンと唱えるのを聞き、そのあと彼らがポーチでレモネードを飲み、信仰を分かち合っているのを見た。しかしルーサーには、もし自分が飢えるか怪我をしてその階段にたどり着いたら、人間的なやさしさをこいねがうことへの唯一の返答は、顔のまえに突きつけられる散弾銃の〝アーメン〟であることがわかっていた。

だから、ルーサーと主とのつき合いは長いあいだ、あなたはあなたの道を、私は私の道を、だった。そんな彼が有蓋貨車のなかで何かにとらえられた――それは己の人生を理に適《かな》ったものにしたい欲求、この世を去ったときに、地表にフンコロガシほどの足跡しかついていないなどということがないように、己の人生に意味を与えたい欲求だった。

鉄道で中西部を横切り、オハイオ州に戻って、さらに北東部に入った。ルーサーと同じく貨車にもぐりこんでいる連中は、話でよく聞くように敵意むき出しでも危険でもなかった。鉄道警察も見まわりにこず、放っておいてくれた。それでもルーサーは、ライラといっしょにタルサまで乗った列車を思い出さずにはいられなかった。体のなかにほかのものがいられなくなるほど、悲しみがふくれ上がった。何を言ってしまうかわからないので、貨車の隅にひとりでじっとしていて、ほかの人間からあからさまに話しかけられないかぎり黙っていた。

何かから逃げているのは彼だけではなかった。おのおの出廷日から、警察から、借金から、妻から逃げていた。それらに向かっている者もいた。ただ変化を求めている者も。みな仕事が必要だった。だが最近の新聞によると、また不況が始まるという。好景気は終わった。軍需産業は軒並み閉鎖に追いこまれ、七百万人が失職して通りに放り出される。さらに四百万人が海外から戻ってくる。一千百万人が、すでに飽和した労働市場に入ってくる。

その一千百万人のひとり、穿孔盤《せんこうばん》で左手をパンケーキのように平たい肉につぶしてしまった、BBという名の白人の巨漢が、移動の最後の朝に貨車の扉を開けて、ルーサーを眼覚めさせた。顔に風を受けてルーサーが眼を開けると、BBが開いた扉の横に立っていた。田舎の風景が飛ぶようにうしろへ流れていた。夜明けで、月がそれ自体の幻影のように空にかかっていた。

「いい眺めじゃねえか、え?」BBがばかでかい頭を月のほうへ振って言った。

ルーサーはうなずき、拳であくびを押さえた。脚から眠気を振り払い、BBと並んで貨車の入口に立った。空は澄み、硬質な青だった。空気は冷たいが、じつにすがすがしい香りがして、皿にのせて食べられたらいいのにと思った。通過する野原は霜に閉ざされ、木々はほとんど丸裸だった。まるで寝入っている世界をルーサーとBBが捕まえたかのようだった。この夜明けを見ている者がほかに誰も、どこにもいないかのように。硬く青い空——ルーサーがそれまでに見た何よりも青い——を背景に、あらゆるものがあまりにも美しく見え、ルーサーはライラに見せたかったと思った。両腕で彼女のお腹を包み、顎を彼女の肩にのせて、これほど青いものを見たことがあるかと尋ねたかった。きみのこれまでの人生で、ライラ?

見たことがあるか？

ルーサーは貨車の入口から離れた。

もうあきらめよう、彼は思った。もうすべて忘れよう。

空で消えかけている月に気づき、じっと見つめた。月が完全に消え、風が刺すようにコートのなかに吹きこんできても、ルーサーはまだ見つづけていた。

ベーブ・ルースと労働者革命

12

〝ザ・ベーブ〟は午前中、サウス・エンドの身体障害者のための工業学校で、キャンディや野球ボールを配ってすごした。足首から首までギプスをはめられたひとりの子が、石膏《せっこう》にサインをしてほしいと言ったので、両腕と両脚にサインしてやり、大きく息を吸って、その子の右の腰から左の肩まで一気に名前を書きこんだ。それにはほかの子供だけでなく、看護師や無料病棟にいる何人かのシスターまで笑った。ギプスをつけた子はルースに、ウィルバー・コネリーですと名乗った。デダムのシェファートン毛織物工場で働いていたときに、何かの薬品が床にこぼれ、気化したものが剪断機《せんだんき》の火花で引火して全身に燃え移ったという。ベーブはウィルバーに、よくなるさと請け合った。きみもいつか大きくなって、ワールドシリーズでホームランを打つ。そのときシェファートンの昔のボスたちは、嫉妬して青筋を立てるんじゃないか？　ウィルバー・コネリーは眠くなり、うっすらと笑みを浮かべるので精いっぱいだったが、ほかの子たちはどっと笑い、ベーブにサインをしてもらいたいものをさらに持ってきた――《スタンダード》のスポーツ欄から破り取ってきた写真、小さな松葉杖、黄ばんだナイトシャツ。

そこを出たときに、ベーブのエージェントのジョニー・アイゴーが、ほんの数区画先のセント・ヴィンセント孤児院にも立ち寄らないかと言った。害にはならない、ジョニーは言った。新聞には好意的に書かれるだろうし、ことによると、いまのハリー・フレイジーとの交渉で多少有利になるかもしれない。しかし、ベーブはうんざりしていた――交渉にも、さかんに眼のまえでシャッターを切るカメラにも、孤児たちにも。子供や孤児は大好きだったが、今朝の訪問で、よろよろと歩き、骨折し、火傷《やけど》した大勢の子供たちと話すうちに、すっかり気力がなえていた。指を失った子供にその指がまた生えてくることはない。顔に火傷をした子供がある日鏡を見て、火傷の跡が消えているのを発見することも。車椅子に坐った子供がある朝眼覚めて、歩けるようになっていることも。それでも、どこかの時点で彼らは世に送りこまれ、みずから道を切り開かなければならない。この朝、ベーブはそのことに圧倒され、完全に気力を奪われていた。

そこでジョニーには、ヘレンに贈り物を買わなければならない、あの可愛い妻がまた腹を立てているからと告げて、別れた。真実も含まれていた――ヘレンは実際に腹を立てている。だが買い物に行くのではなかった。少なくとも店では何も買わない。その代わり、キャッスル・スクウェア・ホテルへと歩いていった。凍てつく十一月の風にときおりぱらぱらと冷たい雨が混じっていたが、ルースはアーミン毛皮の長いコートを着て暖かかった。雨が眼に入らないようにうつむき、人気《ひとけ》のない通りの静けさと、注目のなさを愉しんだ。ホテルに着き、ロビーを抜けると、外の通りと同じくらいがらんとしたバーがあった。ドアを入ってすぐの席につき、コートを脱いで隣のストゥールにかけた。バーテンダーはカウンターのいちばん奥に立ち、席についたふたりの客と話をしている。ルースは葉巻に火をつけ、クルミ材の梁《はり》をぐるりと見まわして、革のにおいを嗅《か》ぎ、禁酒法がまちがいなく全国に施行されることになったいま、この国はどうやって品位を保つのだろうと思った。愉しみを求めない者、あれこれ禁じる者たちが争いに勝ちつつあるが、本人たちは進歩派と称していても、男に酒を認めないとか、温かい木と革でできた場所を閉鎖するといったことに進歩があるとはとても思えなかった。まったく、ゴミみたいな給料で週に八十時間働くのだから、最低でも泡立つビール一杯にライウィスキーのワンショットぐらい認められていいはずだ。ルース自身は週に八十時間働いていないにしろ、原則としてそれが正しい。

がっしりした体格で、帽子をかけられそうなほど両端が反り上がった太い口ひげのバーテンダーが、カウンターの奥から歩いてきた。「なんにします？」

まだ労働者への熱い同情を覚えながら、ルースはビール二杯とウィスキーを頼んだ——ダブルにしてくれ。バーテンダーは彼のまえにビールのマグをふたつ立て、グラスにウィスキーをたっぷり注いだ。

ルースはビールに口をつけた。「ドミニクという男を探してるんだが」

「私のことだと思います」

な」ルースは言った。「大型トラックを持ってるそうだな。重いものを引っ張れるような」

「ええ、持ってます」

奥にいる客のひとりが、コインの縁でカウンターを叩いた。

「ちょっとお待ちを」バーテンダーが言った。「やたらと喉の渇くお客さんなもので」

またカウンターの奥に戻り、ふたりの男の言うことを聞いて、大きな頭でうなずいた。そしてビールの注ぎ口のまえに行き、並んでいる壜のまえに移動した。その間、ルースはふたりの男の視線を感じたので、彼らを見つめ返した。

左側の男は大柄で背が高く、黒髪に黒い眼で非常に魅力的（それがベーブの頭に浮かんだ最初のことば）だったので、映画のなかか、戦地から帰還した英雄を讃える新聞記事で見たことがあるかもしれないと思った。長いカウンターの端から見ても、ごくありふれたしぐさ──グラスを口に持っていく、火をつけていない煙草を天板にとんとん当てる──にさえ、偉業をなしとげた男を連想させるレベルの優雅さがあった。

その横にいる男はずっと背が低く目立たなかった。乳白色の肌で、むっつりとしている。ネズミのようなくすんだ茶色の前髪が絶えず額に垂れかかってかき上げるのだが、そのせわしない所作がルースには女々《めめ》しく見えた。小さな眼と小さな手。永遠に不満を抱いているような雰囲気だった。

魅力的なほうがグラスを持ち上げた。「あなたの活躍をいつも愉しませてもらってます、ミスター・ルース」

ルースもグラスを掲げ、感謝のしるしにうなずいた。ネズミのほうは乾杯に加わらなかった。

大柄な男が友人の背中をばしんと叩いて言った。「飲んでしまえ、ジーン、さあ飲め」その声は劇場のうしろの席まで届く名舞台俳優のバリトンだった。

ドミニクが男たちのまえに新しい飲み物を置くと、彼らはまたふたりだけで話しはじめた。

ドミニクはルースのところに戻ってきて、ウィスキーを注ぎ足し、うしろのレジスターにもたれた。「で、何か引っ張りたいものがあるんですね？」

ベーブはウィスキーをひと口飲んだ。「ある」

「それはなんですか、ミスター・ルース？」

ベーブはまた飲んだ。「ピアノだ」

ドミニクは腕を組んだ。「ピアノ。それはまた――」

「湖の底から引き上げるんだ」

ドミニクはしばらく何も言わなかった。唇を結び、ルースのうしろをじっと見つめて、聞き慣れない音の響きに耳を澄ましているようだった。

「ピアノが湖に落ちたわけですか」彼は言った。

ルースはうなずいた。「湖というより池に近いが」

「池」

「そうだ」

「どっちなんです、ミスター・ルース？」

「池だ」ベーブはようやく言った。

ドミニクが過去にもそんな経験があるといったうなずき方をしたので、ベーブは胸に希望が湧き上がるのを感じた。「どうしてピアノが池に沈むなんてことが起きたんでしょうね」

ベーブはショットグラスを指でもてあそんだ。「つまり、パーティがあったんだ。子供のため――孤児のための。去年の冬、家内とおれで開いた。ちょうど家の改修をしてるときだったんで、そう遠くない湖のほとりのコテージを借りた」

「池のほとり、ですね」

「そう、池のほとりだ」

ドミニクは自分にもウィスキーを少しだけつぎ、一気に飲んだ。

「ともかく」ベーブは言った。「みんないつものように愉しんでた。おれたちはガキんちょども全員にスケートを買ってやり、連中はよろよろしながら池をまわってた――池は凍ってたんだ」

「なるほど、わかりました」

「で、おれはあのピアノを弾くのがとても好きで、それはヘレンも同じだった」

「ヘレンというのはあなたの奥さんですね？」

「そうだ」

「了解」ドミニクは言った。「続けてください」

「そこでおれと数人の仲間たちは正面の部屋からピアノを運び出して坂をすべらせ、氷の上にのせた」

「その時期だったらいい考えですね、まちがいなく」

「だから実際そうしたわけだ」

ベーブは椅子の背にもたれ、葉巻に火をつけ直した。しっかり火がつくまでぷかぷかやって、ウィスキーをひと口飲んだ。ドミニクが彼のまえにもう一杯ビールを置くと、ベーブはうなずいて感謝した。しばらくふたりとも無言だった。カウンターの奥のふたりが、見捨てられた労働者と、資本家の寡頭支配について話しているのが聞こえた。ベーブにとっては、エジプト語で話されているのと変わらなかった。

「わからないことがあります」ドミニクが言った。

ベーブはストゥールで縮み上がりそうになるのをこらえた。「言ってくれ」

「あなたはピアノを氷の上に出した。それで氷が割れて、スケート靴をはいた子供もろとも水のなかに落ちたわけですか？」

「ちがう」

「ちがう」ドミニクが低い声で言った。「もしそうなっていたら新聞に出たはずですよね。すると質問はこうです——それはどうやって氷を通り抜けたのか」

「氷が溶けた」ベーブはすぐに答えた。

「いつ？」

ベーブは息を吸った。「三月、だと思う」

「でもパーティは……？」

「一月だった」

「つまり、ピアノは二カ月氷の上にあったあとで沈んだわけだ」

「ずっとそう説明しようと思ってたんだ」ベーブは言った。

「ですよね」ドミニクは口ひげをなでて整えた。「ピアノの持ち主は――」

「激怒した」ベーブは言った。「もうカンカンだ。だが弁償したぞ」

ドミニクは太い指をカウンターに何度か打ちつけた。「もし弁償したのなら……」

ベーブはバーから逃げ出したくなった。そこはまだ頭のなかで整理がついていない部分だった。借りたコテージと、改修のすんだダットン・ロードの家の双方に新しいピアノを入れたが、ヘレンはその新しいピアノを見るたびに、ベーブが自分は糞まみれの豚だろうかと思いたくなるような視線をよこす。新しいピアノが家のなかに居坐ってからというもの、ベーブもヘレンも一度もそれを弾いたことがなかった。

「思ったんだ」ベーブは言った。「もしあのピアノを湖から引き上げることができれば――」

「池、ですね」

「池だ。もしそこからあのピアノを引き上げて、ほら、修理できたら、家内へのすばらしい記念日の贈り物になるんじゃないかと思ってね」

ドミニクはうなずいた。「なんの記念日ですか」

「五年目の結婚記念日だ」

「五年目にはふつう木製のものを贈るんじゃありません？」

ベーブはしばらく黙ってそのことを考えた。

「まあ、ピアノは木でできてる」

「たしかに」

ベーブは言った。「まだ時間もある。記念日は半年以上先だ」

ドミニクはベーブと自分にもう一杯酒をつぎ、グラスを掲げた。「あなたの底なしの楽天主義に、ミスター・ルース。この国がここまで発展したのは、それあらばこそだ」

ふたりは飲んだ。

「水が木にどんな影響を与えるか見たことがありますか？　白い鍵盤や、ワイヤーや、その他ピアノの小さく精巧な部品がどうなるか考えたことは？」

ベーブはうなずいた。「簡単でないのはわかってる」

「簡単ですって？　そもそも不可能かもしれない」ドミニクはカウンターに身を乗り出した。「浚渫《しゅんせつ》作業をしているいとこがいます。人生のほとんどを海で働いてすごしてきました。少なくともピアノが沈んでいる場所が特定できて、そこの湖の深さがわかれば――」

「池だ」

「池でした。とにかく、もしそれがわかれば、いくらか実現に近づけるかもしれません、ミスター・ルース」

ルースは考えてうなずいた。「費用はどのくらいかかる？」

「いとこと話すまではなんとも言えませんが、新しいピアノを買うよりいくらかよけいにかかるかもしれない。あるいは少ないかも」肩をすくめて、ルースに両方の手のひらを見せた。「ただ、最終的な値段がいくらになるかは約束できません」

「もちろんだ」

ドミニクは紙切れに電話番号を書き、ルースに手渡した。「このバーの番号です。週に七日、正午から夜十時まで働いています。木曜に電話をください。いくらかくわしい情報を仕入れておきます」

「ありがとう」ルースはその紙をポケットに入れた。ドミニクはカウンターの奥に戻っていった。

また酒を飲み、葉巻を吸っていると、数人の男が入ってきて、奥にいたふたりに加わった。また酒が何杯か注文され、背の高い魅力的な男に乾杯がなされた。どうやら彼は、まもなくトレモント・テンプル・バプテスト教会で何かの演説をするようだった。かなりの大物らしいが、ルースにはまだ何者か思い当たらなかった。まあいい――ここは暖かいし、繭《まゆ》のなかにいるような安心感がある。明かりが暗く、内装の木が黒光りして、座席が革張りのバーが大好きだった。朝の子供たちは数週間前の出来事のように過去へ遠ざかり、外が寒いとしても、身をもって感じられないので想像するしかない。

秋のなかばから冬にかけてはつらかった。打つボールもなく、無駄話をするチームメイトもいないあいだ、何をすればいいかわからず、何を期待されているのかも推し量れなかった。毎朝、決定を迫られた――どうやってヘレンを喜ばせるか、何を食べるか、どこへ行くか、どう時間をつぶすか、何を着るか。春になればスーツケースに旅行用の服を詰め、たいていロッカーのまえに立つだけで着るべき服がわかる。そこにはチームの洗濯室から届いた洗いたてのユニフォームがかかっている。一日の予定も決まっている――試合か、練習か、あるいはレッドソックスの旅行代理店の〈バンピー・ジョーダン〉がタクシーを待たせていて、それに乗れば次のどこかの街へ向かう列車まで運んでくれる。食事もすべて手配されているので、考える必要はない。どこに寝るかもまったく気にしたことがなかった――ホテルの宿帳にはすでに彼の名前が書かれ、ベルボーイが荷物を運ぶために立っている。夜になれば仲間がバーで待っていて、春はなんの不満もなく夏へと流れていく。まばゆい黄色とくっきりした緑がそこらじゅうにあふれ、涙が出そうになるほどいいにおいがする夏へ。

ほかの連中や彼らの幸せのことはわからないが、ルースは自分の幸せのありかを知っていた――毎日がきちんと自分のために予定されていることにある。かつてセント・メアリー工業学校のマティアス修道士やほかの仲間全員がそうしてくれたように。そうでなければ、ルースはありきたりの家庭生活に直面して落ち着かず、少々怖くもなるのだった。

だがここではちがう、ルースがそう思っていると、バーにいる男たちが彼を取り巻き、一対の大きな手が彼の肩を叩いた。振り返ると、カウンターの奥に坐っていた大柄な男が微笑んでいた。

「一杯おごらせてもらえますか、ミスター・ルース？」

男は彼の横に坐った。ルースはまた男の英雄のような器量を感じた。部屋などには収まりきれないスケールの大きさを。

「もちろん」ルースは言った。「あんたはレッドソックスのファンなんだね？」

男は首を振り、ドミニクに指を三本立てた。彼の小柄な友人もカウンターの席についた。ストゥールを引き出し、体格が実物の二倍はある男のようにどさりと腰をおろした。

「そうでもない。スポーツは好きだが、どこかのチームに忠誠を誓う恩恵には浴したことがない」

ルースは言った。「だったら試合に行って誰をはやす？」

「はやす？」

「誰を応援する？」

男は輝かしい笑みを浮かべた。「個々のプレーですよ、ミスター・ルース。純粋なひとつのプレー、俊敏な運動性と協調性のひとつの現われに声援を送る。チームは概念としてはすばらしい、それは認める。人類の友愛、単一の目標に向けた団結を感じさせる。しかしベールを取り払えば、企業の利益のためにそれが奪われ、ある理想が売りこまれていることがわかる。その理想こそ、この国が体現しているあらゆるもののアンチテーゼだ」

ルースは話の途中でついていけなくなったが、ウィスキーのグラスを上げ、わかっていると思われることを祈りながらうなずいて、一気に飲んだ。

ネズミに似た男がカウンターに身を乗り出し、友人越しにルースを見て、ルースのうなずきをまねた。自分の酒をあおって言った。「彼はあんたが何を言ってるか、これっぽっちもわかってないと思うな、ジャック」

ジャックは自分のグラスをカウンターに置いた。「ジーンに代わって謝る、ミスター・ルース。彼はヴィレッジでたしなみを忘れてしまった」

「どこの村《ヴィレッジ》だ?」ルースは言った。

ジーンが鼻で笑った。

ジャックはルースに穏やかな笑みを向けた。「グリニッチ・ヴィレッジだ、ミスター・ルース」

「ニューヨークにある」ジーンが言った。

「どこにあるかは知ってる」ルースは言った。ジャックは大男だが、ベーブの力をもってすればたやすく押しのけて、隣の友人の頭からネズミの毛を引きはがしてやれる。

「おっと」ジーンが言った。「皇帝ジョーンズがお怒りだ（この発言者であるユージン・オニール作の演劇で、脱獄囚の黒人が西インド諸島の島で皇帝となる。ルースは肌の色が濃かったため、黒人にまつわる陰口を叩かれることがあった）」

「いまなんと言った?」

「諸君」ジャックが言った。「われわれはみな兄弟であることを思い出そうじゃないか。われわれの闘いはひとつだ、ミスター・ルース、ベーブ。私は世界じゅうを旅している。どこかの国を挙げてもらえば、その国のステッカーがかならず私のスーツケースに貼ってあると思うよ」

「何かのセールスマンなのか？」ベーブはゆで卵の酢漬けを入れ物からひとつ取り、口に放りこんだ。

ジャックの眼が輝いた。「そうとも言える」

ジーンが言った。「正直なところ、きみは誰に向かって話してるか、なんにもわかっちゃいないんだろう？」

「わかってるさ」ベーブは交互に手を拭いた。「彼はジャック、おまえはジルだ（一九一七年公開の映画『ジャックとジル』より）」

「ジーンだ」ネズミが言った。「じつは劇作家のユージン・オニールだ。で、きみが話してるのはジャック・リード（ジョン・〝ジャック〟・サイラス・リード。ジャーナリスト、詩人、共産主義活動家。ロシア革命に関する著作『世界をゆるがした十日間』で有名）だよ」

ベーブはネズミを睨みつづけた。「やっぱり〝ジル〟にしとこう」

ジャックは笑い、ふたりの背中を叩いた。「さっき話していたように、ベーブ、私はあらゆる場所に行ったことがある。ギリシャ、フィンランド、イタリア、フランスで運動競技を見た。一度ロシアで見たポロの試合では、選手の多くが自分たちの馬に踏みつぶされていた。競技のなかにいる男たちを見ることほど純粋で、感動を呼ぶものはない、本当に。だが、純粋なものがほとんどそうなるように、これも大金と大きなビジネスに毒され、非道な目的に供されている」

ベーブは微笑んだ。言っていることの意味はわからなくても、リードの話し方が好きだった。

別の男――痩せて貪欲そうな鋭い横顔の持ち主――が彼らに加わって言った。「これがかの有名な強打者か？」

「そうだ」ジャックが言った。「ベーブ・ルースその人だ」

「ジム・ラーキン（アイルランドの労働組合のリーダー、社会主義活動家）だ」男はベーブの手を握りながら言った。「申しわけないが、あなたの試合は見ていない」

「謝ることはないさ、ジム」ベーブは固く握手した。

「ここにいる同胞が言いたいのは」ジムが言った。「未来の大衆にとってのアヘンは、宗教ではなく、エンターテインメントだということだ、ミスター・ルース」

「そうなのか？」ルースは、いまスタフィ・マッキニスは家にいるだろうかと思った。電話をすれば出てきて、街のどこかで会い、いっしょにステーキでも食いながら野球と女の話ができるだろうか？

「なぜ国じゅうで野球リーグがどんどん生まれているかおわかりかな？　あらゆる工場や造船所で。なぜありとあらゆる会社に従業員のチームができているか？」

ルースは言った。「もちろん。愉しいからさ」

「そのとおり」ジャックは言った。「それは認める。しかしもう少し細かい点に注目すれば、会社が野球チームを作りたがるのは、社内の団結をうながすためだ」

「べつに悪いことじゃない」ベーブがそう言うと、ジーンがまた鼻で笑った。

ラーキンがまた身を寄せてきて、ベーブはそのジン臭い息から身を遠ざけたくなった。

「かつそれは移民労働者の〝アメリカ化〟——もっといいことばがないからこれを使うが——をうながす」

「だがいちばん重要なのは」ジャックが言った。「週に七十五時間働いて、さらに十五から二十時間、野球をしたら、疲れきって何をしたくなくなる?」

ベーブは肩をすくめた。

「ストライキだよ、ミスター・ルース」ラーキンが言った。「みなあまりに疲れて、ストライキをしようなどと思わないし、労働者としての権利すら考えなくなる」

そのことについて考えていると思われるように、ベーブは顎をなでた。実際には、この連中が早くいなくなることだけを願っていた。

「労働者に!」ジャックが叫んでグラスを上げた。

ほかの男たち——気づくとまわりに十人ほど集まっていた——もグラスを掲げて唱和した。

「労働者に!」

ルースも含めて全員が力強く酒のグラスをあおった。

「革命に!」ラーキンが叫んだ。

ドミニクが「ちょっと、お客さんたち」と言ったが、その声は男たちが椅子から立ち上がる騒々しい音にかき消された。

わりをついでまわった。

「新しいプロレタリアートに！」

「革命に！」

さらに叫び声と歓声が上がり、ドミニクは制するのをあきらめて、あわただしく酒のお代わりをついでまわった。

意気盛んな乾杯が、ロシア、ドイツ、ギリシャに捧げられた。デブスに、ヘイウッドに、ジョー・ヒルに、民衆に、世界じゅうの偉大なる労働組合に！

彼らが自分たちを誇らかな狂騒に駆りたてているあいだに、ベーブはコートに手を伸ばしたが、ラーキンがその椅子のまえに立ちはだかって、またグラスを突き上げ、乾杯のことばを叫んだ。ベーブは彼らの顔を見た。汗と決意で光っている。さらにおそらく決意をも越える、なんとも表現しがたい何かで。ラーキンが右に寄り、隙間ができてコートの端がのぞいたので、ベーブがまた手を伸ばそうとすると、ジャックが叫んだ。「資本主義打倒！ 寡占支配打倒！」毛皮のコートに手が触れたが、ラーキンが心ここにあらずでベーブの腕にぶつかり、ベーブはため息をついて、またコートを取りはじめた。

そこに通りから六人の男が入ってきた。みなスーツ姿で、ふだんの日なら尊敬すべき人間に見えただろう。しかしこの日、彼らはアルコールと怒りを発散していた。ベーブは男たちの眼を見るなり、これはすぐにたいへんなことになる、逃げ出すしかないと思った。

コナー・コグリンはこの日、破壊活動家に寛大に接したい気分ではなかった。じつはあらゆるものに対してそう思っていたが、とりわけ破壊活動家に対して。法廷で彼らに敗北したのだ。九カ月の捜査、二百を超える供述書、六週間の公判はすべて、ヴィットロ・スカローネを国外に追放するためのものだった。自他ともに認めるガレアーニストのその男は、声の届くところにいる人間には誰にでも、州議会の会期中に議事堂を爆破してやると言っていたのだ。

しかし判事は、それで人ひとりを国外追放するには不充分だと判断した。裁判長席から、地区検事のサイラス・プレンダギャスト、地区検事補のコナー・コグリンとピーター・ウォルド、さらにうしろの列に坐った六名の検事補と四名の刑事をしかと見下ろして言った。「州が連邦法にもとづいて国外追放の手続きをとれるかどうかは、たしかにいくらか議論の余地があるところかもしれませんが、それは当法廷における論点ではありません」そこで眼鏡をはずして、冷ややかな眼でコナーの上司を見つめた。「プレンダギャスト地区検事がいくらそうしようと努力してもです。ここでの論点は、被告がなんらかの反逆行為をしたかどうかです。当法廷に示された証拠は、被告がアルコールの影響下で根拠のない脅迫をおこなった事実以上のことを立証していません」首をまわし、スカローネのほうを見た。「ただし、それ自体、諜報活動取締法における重罪であり、よって被告にはチャールズタウン刑務所で二年の服役を言い渡し、六カ月の減刑とします」

たったの一年六カ月。反逆罪で。裁判所前の階段でサイラス・プレンダギャストは部下の若い検事補たちに、生気を吸い取るような失望の表情を向けた。コナーには、全員がまた軽罪に戻されて、この手の大きな事件には未来永劫係わらせてもらえないのがわかった。みなうちしおれて街をさまよい歩き、酒場から酒場へとはしごしているうちに、キャッスル・スクウェア・ホテルのこのバーに行き着いたのだった。この……くそだめに。

　彼らが入ると、すべての話がぴたりとやんだ。神経質な、媚《こ》びるような笑みが向けられた。コナーとピーター・ウォルドがカウンターに近づき、酒の壜とグラス五つを注文した。バーテンダーが壜とグラスをカウンターに並べても、まだ誰もしゃべらなかった。コナーはわくわくした——闘いのまえに空中にふくらんでいく大きな沈黙。ほかと明らかに異なる沈黙、心臓の鼓動が聞こえる沈黙だ。同僚の検事補たちもカウンターに並び、それぞれグラスを満たした。椅子が軋んだ。ピーターがグラスを掲げ、店内の顔を見まわして言った。「パーマー司法長官に」

「パーマーに！」コナーが叫び、検事補たちは一気に酒をあおってまたついだ。

「不穏分子の国外追放に！」コナーが言って、仲間たちが唱和した。

「ウラド・レーニンの死に！」ハリー・ブロックが叫んだ。

　彼らが唱和すると、残りの男たちが不満の声を上げ、野次を飛ばしはじめた。

　背が高く、黒髪で、映画スターのような顔立ちの男が突然、コナーの横で立ち上がった。

「やあ」彼は言った。

「失せろ」コナーが言い、酒をあおると検事補たちが笑った。

「ここは穏やかにいこうじゃないか」男が言った。「話し合わないか、え？　われわれの見解に共通するものがいかに多いかわかれば、きみも驚くかもしれない」

コナーはカウンターを見つめていた。「ほう」

「われわれはみな同じことを望んでいる」その美男子は言って、コナーの肩に手を置いた。

コナーはその手が離れるのを待った。

酒をもう一杯ついで男の顔を見た。判事のことを考えた。眼に嘲笑を浮かべて法廷から出ていった反逆者のヴィットロ・スカローネのことも。この苛立ちと不公平感をノラに説明しようかとも思った。どうなるだろう。同情してくれるか、それとも距離を置いたあいまいな態度をとるか。予測がついたためしがない。ノラはときに愛してくれているように見えるが、そうでないときには、弟のジョーを見るような眼でおれを見る。頭を軽く叩き、おやすみの乾いたキスを頬にして、それで終わりというふうに。いまも彼女の眼が見える――読み取れない。手が届かない。真実を映していない。おれをきちんと見ていない。見ようとしていない。それを言えば、誰も。つねに何かが留保されている。もちろん、あの眼をあるものに向けるときを除いて。

ダニー。

突然、そのことが閃いた。しかし同時に、ずっと昔から心のどこかで気づいていて、いまさら事実を認めるのが信じられない気もした。胃が黒ずんで縮み、両眼の裏側がカミソリで削られたように痛んだ。

コナーは笑みを浮かべて背の高い美男子と向き合い、その艶やかな黒髪にグラスの酒を空け、顔に頭突きをくらわせた。

　茶色の髪と茶色のそばかすのアイルランド人がジャックの頭に酒をかけ、顔に頭をぶつけるなり、ベーブは椅子からコートをつかんで逃げ出そうとした。が、酒場での喧嘩の第一のルールが、まずいちばん大きな男を殴ることであるのは、彼自身が誰よりもよく知っていた。そこでいちばん大きな男はたまたまベーブだったので、ストゥールで後頭部を殴られ、二本の太い腕で肩をつかまれ、二本の脚で腰を挟まれても驚かなかった。ベーブはコートを落とし、背中にしがみついた男を振り払おうとまわった。またストゥールで腹を殴られた。殴った男は彼を見て妙な顔つきになり、「わっ、ベーブ・ルースそっくりだ」と言った。

　それで背中の男の力がゆるんだので、ベーブはカウンターに突進して、直前で体を逆に引き戻した。男はカウンター越しに飛んで、レジスターのうしろの酒の棚にぶつかり、壜がいっせいに落ちて砕け散った。

　ベーブはいちばん近くにいた男を殴り、遅まきながらそれがネズミ面の嫌な男、ジーンだったとわかって満足した。ジーンは踵《かかと》でぐるりとまわって後退し、椅子から落ちるように両手を振って、床に尻もちをついた。店内にはおそらく十人ほどボルシェヴィキがいて、そのうち数人はかなりの大男だったが、もう一方のグループは怒りを味方につけていて、ボルシーたちを寄せつけなかった。そばかすの男は、ラーキンを顔のまんなかへのパンチ一発で倒し、その体を乗り越えて、次の男の首にジャブを放った。それを見てベーブはふいに、父親がくれたたったひとつのアドバイスを思い出した——酒場で喧嘩になったら、アイルランド人とさしで闘っちゃいけない。

別のボルシーがカウンターの上を走って、ベーブに飛びかかってきた。鬼ごっこのときのように体をかわすと、その男はテーブルの上に落ち、一瞬ぶるっと震えて体の重みで床に崩れた。

「おまえ！」誰かが叫んでベーブが振り返ると、彼をストゥールで殴った酔っ払いが立っていた。口が血で汚れている。「おまえ、ベーブ・ファッキン・ルースじゃないか」

「いつもそう言われるよ」ベーブはそいつの顔にパンチを打ちこみ、コートを床から引っつかんで、店から逃げ出した。

労働者階級

13

一九一八年の晩秋、ダニー・コグリンは巡回をやめ、濃いひげを生やして、ダニエル・サンテとして生まれ変わった。本物のダニエル・サンテは一九一六年、ペンシルヴェニア州西部のトムソン鉛鉱の労働者ストライキに参加した男で、ダニーとほぼ同じ背丈、同じ黒髪だった。大戦に召集されたとき、家族はいなかったが、彼はベルギーに到着してほどなく流感に倒れ、一発も弾を撃つことなく野戦病院で死亡した。

一九一六年のストライキに参加した労働者のうち五人が終身刑となった。トムソン鉛鉄社長のE・ジェイムズ・マクリーシュの自宅爆破事件に——いかに偶然であれ——関与したと見なされたのだ。その朝、マクリーシュが風呂に入っていたときに、使用人が郵便物を運んできて、戸口でつまずき、無地の茶色の紙に包まれた段ボール箱を取り落とした。使用人の左手は、その後ダイニングルームで見つかった。体の残りは玄関にとどまっていた。さらに五十人のストライキ参加者が、より軽い罪で収監されたり、数年にわたってどこにも移動できなくなるほど、警察やピンカートン探偵社の職員に手ひどく殴られたりした。残りの労働者は、中西部の鉄鋼ベルト地帯でストライキをおこなった者が総じてたどる運命をたどった――職を失い、トムソン鉛鉄のブラックリストを見ていない会社を探して、オハイオ州へと流れていった。

世界労働者の革命に加わるダニーの信用を築くには好都合の話だった。著名な労働組織が――動きの速いウォブリーズ（世界産業労働者組合［IWW］の組合員）さえ――いっさい係わっていなかったからだ。トムソン鉛鉱の組織は鉱山労働者自身によって、本人たちも驚くほどの速さで結成されていた。ウォブリーズが現われるころには、爆弾はすでに炸裂し、警官らによる打擲《ちょうちゃく》も始まっていた。もはや入院中の当事者の見舞いぐらいしかすることがなく、その間、会社は大量面接で人を補充していた。

よって、ダニエル・サンテというダニーの擬装は、潜入するさまざまな急進派グループにくわしく調べられても充分通用するはずであり、実際に通用した。ダニーの眼から見るかぎり、疑念を抱く者は誰ひとりいなかった。問題は、彼らが話を信じたとしても、それだけでダニーには注目しないことだった。

会合に参加しても、誰も気づいてくれない。そのあと酒場に行っても、ひとり取り残される。会話を切り出しても、話すことすべてに礼儀正しく同意され、礼儀正しく逃げられる。ダニーはロクスベリーのある建物に部屋を借り、日中は急進派の定期刊行物を読んですごした――《革命時代》、《クロナカ・ソヴェルシヴァ》、《プロレタリアート》、《労働者》。マルクスとエンゲルス、リードとラーキンの著作を再読し、ビッグ・ビル・ヘイウッド、エマ・ゴールドマン、トロツキー、レーニン、そしてガレアーニその人の演説原稿を読んで、しまいに一言一句諳《そら》んじるほどになった。月曜と水曜にはロクスベリー・レティッシュ労働者協会の集会があり、そのあとは〈サウベリー・サルーン〉で酒を飲みながらの談話。彼らと夜をすごすと、翌朝は体を縮こまらせて母親に助けを求めたいほどの二日酔いだった。飲酒も含めて、〝レッツ〟に中途半端はない。セルゲイ、ボリス、ヨーゼフの一群に、ときおりペーターやピョートルが混じるレッツの面々は、ウォッカと修辞と木製ジョッキ入りの生温いビールで夜どおし猛り狂う。傷だらけのテーブルにジョッキを叩きつけ、マルクスを引用し、エンゲルスを引用し、レーニンやエマ・ゴールドマンを引用し、労働者の権利について大声で叫びながら、女バーテンダーをゴミのように扱った。

彼らはデブスについて嘆き、ビッグ・ビル・ヘイウッドについて大げさに悲しみ、ショットグラスをテーブルにごんと当てて、タルサで侮辱され虐げられたウォブリーズのために復讐を誓った。事件が起きたのは二年前で、誰も実際に報復しそうには見えなかったが。防寒帽を目深にかぶり、しきりに煙草を吸いながら、ウィルソン、パーマー、ロックフェラー、モルガン、オリヴァー・ウェンデル・ホームズをこきおろし、ジャック・リード、ジム・ラーキン、ニコライ二世の帝政崩壊を誇らしげに語った。

話、話、話、話、話、話、話、話。

ダニーは、二日酔いは酒から来るのだろうか、それともくだらない長話からだろうかと思った。まったく、ボルシーどもはこっちの眼の焦点が定まらなくなるまでしゃべりつづける。ロシア語の強くて激しい子音と、ラトヴィア語の鼻にかかった母音のなかでこちらが夢を見はじめるまで。週に二日も彼らとつき合っているのに、ルイス・フレニアを見かけたのはたったの一度。演説をして、厳重に警備されながら消えていったときだけだ。

ダニーはネイサン・ビショップを探して州内を奔走した。就職説明会、扇動者の集まる酒場、マルキストの資金集めのパーティを訪ねた。組合の会合、急進派の集まり、考えが現実離れしすぎて、大人を侮辱しているように思える理想主義者の集会にも出かけた。演説者の名前を記録し、目立たない場所に引っこんでいたが、自己紹介するときには〝ダニエル・サンテ〟と名乗った。握手する相手も同じように――ただの〝アンディ〟ではなく〝アンディ・サーストン〟と、〝フィル〟ではなく〝同志ガーン〟と――名乗るように。たまたま機会があれば、参加者名簿の一、二ページを盗み取ることもあった。会場の外に車が停まっていれば、ナンバープレートの番号を控えた。

ダウンタウンでの会合場所は、ボウリング場や、ビリヤード場、午後のボクシング・クラブ、酒場やカフェだった。サウス・ショアでは、テントやダンスホール、夏まで使われない催し物広場に集まった。ノース・ショア、メリマック・ヴァレーでは、車両基地や製革工場が好まれた。工場からの流出物で川が沸き立ち、銅色の泡が岸辺にたまっているあたりだ。バークシャーでは、果樹園だった。

ある会合に行くと、別の会合の話を耳にする。グロスターの漁師がニューベッドフォードの仲間たちの団結について、ロクスベリーの共産主義者がリンにいる同志の結束について語った。爆弾や、政府転覆の具体案について、誰かが論じるのを聞いたことはなかった。みな一般的であいまいなことばを使う。声高に、自慢げに、一途な子供のように後先を考えず。同じことが会社の生産妨害《サボタージュ》にも言えた。彼らはたしかにメーデーのことを話すが、話題はほかの街、ほかのグループに関連したことだけだった。ニューヨークの同志が街を根本から揺るがすだの、ピッツバーグの同志が革命の最初のマッチをするだの。

アナーキストの集会はたいていノース・ショアで開かれ、出席者は少なかった。メガフォンを持った演説者が淡々としゃべった。ガレアーニやトマシノ・ディペッペ、投獄され、ミラノ南部の刑務所からその思索内容がひそかに持ち出されたレオネ・スクリバーノらの最新の小冊子を、訛《なまり》の強い英語で朗読することもよくあった。誰も叫ばないし、感情や熱意をこめて話すこともあまりなかった。そのために、みな落ち着かないようだった。ダニーはすぐに、自分は仲間として認識されていないと気づいた――背が高すぎ、きちんと食事をとりすぎ、歯がそろいすぎている。

グロスターの墓地の裏手で開かれたある集会のあと、三人の男が仲間から離れてダニーを尾行してきた。近づきすぎないようにゆっくりと、しかし距離をあけられないくらいの速さで。ダニーに気づかれてもかまわないと思っているようだった。やがてひとりがイタリア語で叫んだ。おまえは割礼をしているかと尋ねたのだった。

ダニーは墓地の端をまわり、石灰工場のうしろにある骨のように白い丘を渡っていった。

三十ヤードほどうしろに近づいていた男たちは、歯のあいだから激しく息をしはじめた。「オー、ハニー」男のひとりがそう言っているように聞こえた。「オー、ハニー」

石灰の丘はダニーに、忘れていた夢を思い出させた。月明かりに照らされた広大な砂漠を、あてどなく歩いている夢だ。どうしてそこにいるのかも、どうやって家に帰るのかもわからない。ひと足ごとに重くのしかかってくるのは、帰るところがもうないという恐怖。家族も、知人もみな死んで久しいという思いがふくれ上がってくる。彼ひとりが生き残って、見捨てられた土地をさまよっている。冬の静けさのなかで、ダニーは石灰の砂を掻きながら、丘のいちばんの近道を登っていった。

「オー、ハニー」

丘の頂上に達した。反対側は真っ暗な空。その下にいくつかフェンスがあり、出入口のゲートが開いていた。

敷石がはがれかけた通りに出ると、長期療養所があった。ドアの上の看板に〈ケープ・アン・サナトリウム〉とある。ダニーはドアを開け、なかに入った。受付にいる看護師のまえを早足で通りすぎた。看護師が声をかけた。歩きつづける彼にまた呼びかけた。

階段のまえに来て、廊下を振り返ると、三人の男が建物の外ではたと立ち止まっていた。ひとりが看板を指さしている。この上の階で待っている病気――結核、天然痘、ポリオ、コレラ――で、彼らが家族の誰かを失ったことはまちがいない。そのぎこちない所作から、あえてなかには入ってこないことが見て取れた。ダニーは裏口を見つけて、外に出た。

月のない夜だった。空気は刺すように冷たく、歯茎《はぐき》にしみた。ダニーは走りだし、白い石灰の丘と墓地を全速力で引き返した。堤防のまえに停めてあった車にたどり着いた。車内に入り、ポケットに手を入れて指でボタンをいじった。親指でボタンのなめらかな表面をなでると、海を望む部屋でクマのぬいぐるみを振りまわしていたノラの姿が一瞬頭に浮かんだ。床に枕の中身が飛び散り、彼女の眼には蒼白い炎が燃えていた。眼を閉じると、ノラのにおいがした。フロントガラスに塩がこびりついた車で街に戻った。自分自身の恐怖が頭皮に張りつき、乾きかけていた。

朝、エディ・マッケンナと待ち合わせるため、ハリソン・アヴェニューのはずれのカフェで苦いブラックコーヒーを飲んだ。店の床は格子模様のタイル、天井には埃をかぶったファンがついていて、回転するたびに引っかかるような音を立てていた。ナイフ研ぎの男が窓の外の敷石の通りに荷車をつけ、紐《ひも》で下がったいくつもの見本の刃が揺れて太陽を反射した。何条もの光が飛んできて、ダニーの瞳孔とカフェの壁を切りつけた。ダニーはブース席で顔をそむけ、時計の蓋を開けて、手の震えを止めた。エディは遅刻していた。驚くほどのことでもない。もう一度店内を見渡して、こちらに注意を払いすぎているか、こちらを無視しすぎている者はいないかと確かめた。いつもながら、小さな商店主や、黒人の運搬人や、スタトラー・ビルディングの秘書たちが集まっていることで安心すると、二日酔いでも尾行には気づくことができるとほぼ確信して、またコーヒーを飲みはじめた。

エディが大きすぎる体軀で店の入口をふさいだ。頑固なまでに楽観的な雰囲気――ダニーがこれまでずっとおじのなかに見てきた、幸福感に近い目的意識――を体じゅうから発散していた。おじがいまより百ポンド軽く、よくダニーの父親と会うために、ノース・エンドに住んでいたコグリン家を訪ねていたころからそうだ。ダニーとコナーにはいつも甘草キャンディを持ってきてくれた。まだ巡査だったそのころから、エディ・マッケンナの輝きは他を圧していた。受け持ち区域はチャールズタウンの海岸通りで、そこの酒場は街でいちばん流血沙汰が多く、ネズミがあまりに多いために、チフスとポリオの発生率がほかのどの地域と比べても三倍は高かった。市警内の言い伝えでは、エディ・マッケンナは警官になって間もなく、おまえに囮《おとり》捜査はできない、とにかく目立ちすぎるからと言われたそうだ。当時の巡査部長は彼にこう言った。「おれが知ってるなかで、現われる五分前から部屋に来ることがわかるのは、おまえだけだ」

エディはコートをかけ、ブース席のダニーの向かいに坐った。ウェイトレスと眼を合わせて、「コーヒー」と言った。

「なんてこった、まったく」彼はダニーに言った。「おまえのにおいはまるで酔っ払いのヤギを食ったアルメニア人だぞ」

ダニーは肩をすくめ、またコーヒーを飲んだ。

「そのあと食ったものを吐いて自分にかけたような」エディが言った。「皇帝《カエサル》からお褒《ほ》めのことばをいただいた」

エディは葉巻の吸いさしに火をつけた。そのにおいが直接ダニーの胃に達した。ウェイトレスがコーヒーカップを持ってきてテーブルに置き、ダニーのカップにコーヒーをつぎ足した。エディは去っていく彼女の尻を眺めていた。

彼はフラスクを取り出し、ダニーに渡した。「入れるといい」

ダニーはコーヒーにウィスキーを数滴たらして、フラスクを戻した。

エディはメモ用紙をテーブルの上に放り、葉巻のように短くて太い鉛筆をその横に置いた。

「ちょうど別の男たちと会ってきたところだ。おまえのほうが彼らよりいい成果を上げていることを見せてくれ」

エディの特捜隊の〝別の男たち〟は、ある程度まで知性を基準に選ばれているが、いちばん重要なのは別の民族として通用するかどうかだった。ボストン市警にはユダヤ人もイタリア人もいないが、ハロルド・クリスチャンとラリー・ベンジーは、ギリシャ人かイタリア人にまちがわれるほど浅黒い。小柄で黒い眼のポール・ワスコンは、ニューヨークのロワー・イースト・サイドで育った。イディッシュ語がかなりでき、ジャック・リードとジム・ラーキンの社会主義左翼グループに潜入して、ウェスト・エンドの地下で活動している。

そもそも本人たちが望んだ任務ではなかった。特別手当も、超勤手当も、報奨金もなしに、長時間働かなければならないからだ。市警の公式見解は、テログループはニューヨークの問題、シカゴの問題、サンフランシスコの問題というものだ。よって、もしエディの特捜隊が成功を収めても得点にはならないし、まちがいなく報酬も得られない。

それでもエディ・マッケンナは、買収、脅し、強請《ゆすり》といういつもの組み合わせで、彼らをおのおのの所属部署から引き抜いていた。ダニーはテッサの件があったために、裏口から仲間に加えられた。クリスチャンとベンジーが何を約束されているのかはわからない。ワスコンは八月に不正行為を指摘され、エディの終身刑囚になったのだった。

ダニーはエディにメモを渡した。「ウッズ・ホールの漁業協同組合の会合で集めた車のナンバー、ウェスト・ロクスベリー屋根職人組合の会合参加者名簿、ノース・ショア社会主義クラブの名簿も。それから、今週参加した会合すべての議事録、そのうちふたつはロクスベリー・レッツのもの」

エディはメモを受け取り、自分のカバンに入れた。「わかった。よろしい。ほかには？」

「ありません」

「どういうことだ？」

「何もないってことです」ダニーは言った。

エディは鉛筆を落として、ため息をついた。「なんたることだ」

「なぜ？」ダニーは言った。コーヒーにたらしたウィスキーのせいで、ほんのわずか気分がよくなった。「急進派の外国人は、驚くにはあたらないけど、アメリカ人を信用しない。そして被害妄想を抱いてるから、まずおれは囮かもしれないと疑ってかかる、どれほどサンテの擬装が磐石だろうと。もしかりに彼らが擬装を完全に信じたとしても、ダニー・サンテはまだ経営に参画できるほどの人材ではない。少なくともレッツからすれば。彼らはまだおれを外部者だと思ってますよ」

「ルイス・フレニアには会ったのか？」

ダニーはうなずいた。「演説するところを見ました。けれど直接話はしていない。彼は一般人から距離を置いてます。組織幹部と用心棒に取り囲まれて」

「かつてのガールフレンドに会ったか？」

ダニーは顔をしかめた。「もし会ってたら、いまごろ彼女は留置場だ」

エディはフラスクを傾けた。「捜してるんだろうな？」

「州内のあらゆる場所を捜しましたよ。何度かコネティカットまで足を延ばしたこともある」

「地元は？」

「ノース・エンドじゅうで、司法省の連中がフェデリコとテッサを捜しまわってます。だからこのあたりはそうとう緊張が高まってる。閉鎖されたも同然です。誰もおれとは話さない。アメリカーノとは」

エディはため息をつき、両手の甲で顔をこすった。「まあ、簡単じゃないのはわかってたがな」

「ええ」

「このまま続けてくれ」

まったく、ダニーは思った。これが――こんなものが――捜査か？　網も使わずに魚を獲ることが？

「何かつかみますよ」

「二日酔いのほかに？」

ダニーは弱々しい笑みを浮かべた。

エディはまた顔をこすり、あくびをした。「くそテロリストどもだ、頼んだぞ」またあくびをした。「そうだ、ネイサン・ビショップには会ってないな？　例の医者だ」

「まだです」

エディは片眼をつぶった。「チェルシーのトラ箱に三十日入ってたからだ。二日前に釈放された。看守のひとりに、やつはよく知られてるのかと訊いたら、〈キャピトル・タヴァーン〉が好きな男だろうと言ってた。郵便物をそこに送ってるようだ」

「キャピトル・タヴァーン」ダニーは言った。「あのウェスト・エンドの地下の安酒場？」

「そうだ」エディはうなずいた。「そこに行って二日酔いになるといい。同時に国のために奉仕できるかもしれんぞ」

〈キャピトル・タヴァーン〉ですごした三日目の夜、ネイサン・ビショップが話しかけてきた。最初の夜にビショップが店に入ってきて席につくなり、本人だとわかった。ビショップは壁の上の小さなロウソクだけに照らされたテーブルでひとり坐っていた。最初の夜は小冊子を、続く二日は積み上げた新聞を読んでいた。グラスの横にウィスキーの罎を置いて飲むのだが、最初の二夜は大事そうにちびちびやっていて、壜から何度もつぐことはなく、入ってきたときと同じしっかりした足どりで出ていった。ダニーは、フィンチとファーヴァーの人物描写は正しかったのだろうかと疑いはじめた。

しかし三日目、ビショップは早いうちに新聞を脇にどけると、酒のグラスを長々と傾け、立てつづけに煙草を吸った。最初は自分の煙草の煙だけを見つめていた。眼の焦点をぼんやりと遠くに合わせていたが、徐々に店内を見まわしはじめ、顔に誰かがあわてて張りつけたような笑みが浮かんだ。

初めて彼の歌声を聞いたときには、ビショップ本人とどうしても結びつかなかった。ビショップは小柄で細く、繊細な骨格に繊細な顔立ちの男だ。しかしその声は力強く朗々として、走りくる列車のように轟いた。

「ほら始まった」バーテンダーがため息をついたが、まんざら不満そうでもなかった。

ジョー・ヒルの歌だった。ネイサン・ビショップがその夜の一曲目に選んだのは『説教師と奴隷』で、深いバリトンがプロテスト・ソングにはっきりとしたケルトの趣を添えていた。それが〈キャピトル・タヴァーン〉の高い暖炉や暗い明かり、港のタグボートの低い汽笛によく似合った。

「夜ごと長い髪の説教師」彼は歌った。「出てきて善悪を説かんとする。食べ物はどこと尋ねると、やさしい声でこう答える。〝やがて汝らは天上の栄光の地で食べる。働き、祈り、安らかに暮らす。この世を去れば天上に食べ物〟。それは嘘、それは嘘……」

ビショップは眼をなかば閉じて、にっこりと微笑んだ。店内にいた数人の常連客が軽く拍手した。あとを続けたのはダニーだった。ストゥールから立ち上がり、グラスを掲げて高らかに歌った。「転がり跳ねる伝道師、出てきて吠え、跳び、叫ぶ。〝汝の金をイエスに〟彼らは言う。〝主はこの日、あらゆる病を癒したまう〟」

ダニーは横にいた男の肩に腕をまわした。腰の悪い煙突掃除屋だったが、彼もグラスを上げた。ネイサン・ビショップがテーブルのうしろから出てきて、ウィスキーの壜とグラスを忘れず取り上げ、カウンターの彼らに合流した。さらにふたりの商船員が、やたらと大きな調子はずれの声で加わったが、気にする者もなく、彼らはそろってグラスを持った肘を左右に振った。

家族のためにがんばれば
人生でよきもの得ようとすれば
汝は罪人、悪人と彼らは言う
死ねばかならず地獄行き

最後の一行は、叫び声と引き裂いたような笑いで締めくくられ、バーテンダーがカウンターのうしろでベルを鳴らして店のおごりを約束した。

「この歌で夕食がただになるぞ！」商船員のひとりが叫んだ。

「歌をやめてくれれば店から酒を出す！」バーテンダーが笑いに負けない声で言った。「それだけが条件だ」

みな酔っ払っていたのでその提案に歓声を上げ、おごりの一杯を取りにいって、互いに握手を交わした——ダニエル・サンテがエイブ・ロウリーと、エイブ・ロウリーがテランス・ボン、ガス・スウィートと、テランス・ボンとガス・スウィートがネイサン・ビショップと、ネイサン・ビショップがダニエル・サンテと。

「すばらしい声だ、ネイサン」

「ありがとう。きみの声もすばらしい、ダニエル」

「酒場でいつも歌ってるのか？」

「池の向こうから来たんだが、そこじゃよくあることだ。私が歌いだすまで店のなかが暗い雰囲気じゃなかったかね？」

「まちがいない」

「けっこう、では乾杯」

「乾杯」

ふたりはグラスを合わせ、酒をあおった。

さらに七杯の酒と四曲の歌のあと、彼らはバーテンダーが暖炉で一日じゅう煮ているシチューを食べた。とんでもない代物だった——肉は茶色で得体が知れず、ジャガイモは灰色でねばついた。あえて推測しろと言われれば、ダニーの歯に残ったざらざらする感じは、おが屑だった。ただ、腹にはたまった。そのあとふたりは落ち着いて酒を飲み、ダニーは、ダニエル・サンテのペンシルヴェニア州西部トムソン鉛鉱の噓を語った。

「そういうものじゃないか？」ネイサンは膝に置いた小袋から煙草を出して、巻きながら言った。「こちらは何も要求していないのに、答はつねに〝ノー〟だ。で、そもそも彼らに奪われたもの――言わせてもらえば、そっちのほうがずっと大きいわけだが――を、こちらがどうしても取り返さざるをえなくなると、泥棒呼ばわりされる。まったく馬鹿げてる」ダニーに巻いたばかりの煙草を勧めた。

ダニーは手を上げて断わった。「ありがとう。パックで買うんだ」シャツのポケットからミュラドのパックを取り出してテーブルに置いた。

ネイサンが自分の煙草に火をつけた。「その傷はどうした？」

「これ？」ダニーは自分の首を指さした。「メタンガスの爆発で」

「坑内で？」

ダニーはうなずいた。

「私の父も炭鉱労働者だった」ネイサンは言った。「ここじゃないが」

「池の向こう？」

「そうだな」微笑んだ。「イングランド北部、マンチェスターのはずれだ。そこで私は育った」

「厳しい土地だと聞いている」

「ああ。罪深いほど荒涼としてもいる。灰色ばかりのパレットにときおり茶色が混じる。父はそこで死んだ。鉱山で。想像できるか？」

「鉱山で死ぬこと？」ダニーは言った。「もちろん」

「強い男だった、父は。それがあのみじめな事故全体のなかで、いちばん不運なことだった。わかるか？」

ダニーはかぶりを振った。

「たとえば私だ。体に恵まれているとはとうてい言えない。動きはばらばらで、スポーツはまったくできず、近視で、O脚、喘息《ぜんそく》だ」

ダニーは吹き出した。「何も残さないつもりか？」

ネイサンも笑い、片手を上げた。「いくつか取り柄はある。だがそれだけだ。私は肉体的に弱い。もし坑道が崩れて、数百ポンドの土、ついでにたぶん半トンの木枠もいっしょに落ちてきて、酸素もほとんどなくなったら、たんに圧死する。立派なイギリス人として、静かに、文句なく死んでしまう」

「だが、親父さんは」ダニーが言った。

「這った」ネイサンは言った。「靴は壁が崩れ落ちたところに残っていた。父の遺体が発見されたのは、そこから三百フィート離れたところだった。這ったのだ。折れた背骨で、何千とは言わないまでも何百ポンドもの土と石のなかを。炭鉱会社が救出活動に入ったのは二日後だった。掘りはじめて主坑道の壁が崩れることを怖れたのだ。もし父がそれを知っていたら、もっと早く這うのをやめただろうか、それともさらに五十フィート先に進んだだろうかと思うよ」

ふたりはしばらく黙って坐っていた。暖炉の火が弾けたり湯気を立てたりしながら、まだいくらか湿っている薪《まき》を燃え進んでいた。ネイサン・ビショップはまた罎から酒をつぎ、ダニーのグラスにもついだ。たっぷりと気前よく。

「まちがってる」彼は言った。

「え？」

「財産を持っている人間が、持たない人間に要求することがだ。しかも連中は、貧乏人が屑みたいなものをもらって感謝すると思ってる。貧乏人がそれにつき合わないと、おこがましくも腹を立てる――道義に反すると言って。全員火あぶりにすべきだ」

ダニーは体のなかの酒がねばつくのを感じた。「誰のことだ？」

「金持ち連中だよ」ダニーにだらけた笑みを向けた。「全員焼き殺せ」

ダニーはフェイ・ホールで開かれたBSCの会合にまた出ていた。この夜の議題は、市警が相変わらずインフルエンザに関連した疾病を職務上のものと認めていないことだった。この場面でどうかと思うほど酔ったスティーヴ・コイルが演壇に立ち、十二年間勤めた警察から、ある種の障害補償を得る闘いの進捗状況について話した。

インフルエンザに関する議論が出尽くすと、次に彼らは、破損したかいちじるしくすり切れた制服を新調する費用を、一部、市警に負担させる仮提案について話し合った。

「これほど害のない攻撃はない」マーク・デントンが言った。「もし彼らがこれを拒否したら、あとで、いっさい譲歩するつもりがないことの証拠として使える」

「誰にその証拠を示す？」エイドリアン・メルキンズが訊いた。

「報道機関にだ」デントンは言った。「早晩、この闘いは新聞紙上に移る。そうなったときに、彼らを味方につけたい」

会合のあと、みながコーヒー沸かし器のまわりに集まったり、酒のフラスクをまわしたりしているあいだに、ダニーはふと気づくと自分の父親のこと、そしてネイサン・ビショップの父親のことを考えていた。

「立派なひげだな」マーク・デントンが言った。「そのなかで猫を飼ってるのか？」

「囮捜査です」ダニーは言った。崩壊した坑道をビショップの父親が這い進んでいるところを思い浮かべた。それを息子がいまだに酒で忘れようとしているところも。「どんな手伝いができます？」

「ん？」

「おれが手伝うとしたら」ダニーは言った。

デントンは一歩下がって、値踏みするようにダニーを見た。「きみが最初にここに現われたときから、この男は密偵だろうか、ちがうだろうかと考えていた」

「誰がおれを送りこむんです？」

デントンは笑った。「これはいい。エディ・マッケンナの名づけ子、トミー・コグリンの息子。誰がきみを送りこむ？　お笑い種《ぐさ》だ」

「もしおれが密偵なら、どうして協力を求めたんです？」

「その提案にどれだけすばやく飛びつくかを見るためだ。きみはすぐに飛びつかなかった。認めよう、そこで私は迷った。だがいまきみは、逆に私に協力を申し出ている」

「そうです」

「今度は私が考えておくと言う番のようだ」デントンは言った。

エディ・マッケンナは、ときに仕事の打ち合わせを自宅の屋上でおこなった。サウス・ボストン、テレグラフ・ヒルに建つアン女王時代ふうの家だった。屋上からの眺め――トマス公園、ドーチェスター・ハイツ、ダウンタウンの街並み、フォート・ポイント運河、ボストン港――は彼個人によく似て、広大だった。屋上は薄い金属板のように黒く平坦で、エディはそこに小さなテーブルと椅子二脚を置いていた。鉄製の物置もあり、そこに自分の道具や、妻のメアリー・パットが家の小さな裏庭で使う道具を入れていた。すばらしい眺めがあり、屋上があり、良妻の愛があるのだから、前庭がないことでよき主を恨んではならないというのが口癖だ。

それは、エディ・マッケンナが言うほとんどのことと同様、多分に真実であり、たわごとでもあった。トマス・コグリンがかつてダニーに言ったことがある。そう、エディの家の地下室は石炭も充分ためておけないほど狭い、そう、大きな庭があれば、トマトやバジルや、ことによるとバラの数株ぐらい育てられるかもしれない。だがエディの道具は決してそういうものの世話に使うのではないぞ。いずれにせよ、その点は重要ではない。なぜなら、エディ・マッケンナが物置に入れているのは、道具だけではないからだ。

「ほかに何が？」ダニーはそのとき訊いた。

トマスは人差し指を振った。「私はまだそこまで酔っていない」

この夜、ダニーはアイリッシュ・ウィスキーのグラスを手に、名づけ親と物置の横に立っていた。エディが毎月タンパ市警の友人からもらう上等の葉巻も、一本持っていた。空気は濃い霧の夜のように湿って焦げたようなにおいがしたが、空は晴れていた。ダニーはエディに、ネイサン・ビショップとの遭遇、金持ちをどうすべきかというビショップの発言について報告した。エディは聞いたことにほとんどなんの反応も見せなかった。

しかし、ダニーがまた別のリストを渡すと――南イタリア人民友愛連合の会合出席者の名前が半分、残り半分には車両ナンバー――とたんに活気づいた。リストを受け取り、すばやく眼を通した。そして物置の扉を開け、どこに行くにも持ち歩いている、いくらか裂けた革のカバンを取り出して、ダニーのリストをそのなかに入れた。カバンをまた物置にしまい、扉を閉めた。

「南京錠はかけないんですか？」ダニーが言った。

エディは首を起こした。「道具にか？」

るか？」

エディは微笑んだ。「正気の人間がこの家によからぬ意図を持って近づくことなどありう
「カバンもある」

ダニーもそれに笑みを返したが、おざなりだった。葉巻を吸い、街に眼を向け、港のにおいを吸いこんだ。「おれたちは何をしてるんでしょうね、エディ」

「いい夜じゃないか」

「いや、この捜査のことです」

「われわれは急進派を狩っている。この偉大な土地を守り、ここに奉仕している」

「リストを集めることによって？」

「ちょっと意欲が減退してるな、ダン」

「なんのことです？」

「おまえらしくない。ちゃんと睡眠をとってるか？」

「誰もメーデーのことなんて話してない。あなたが期待していたようには」

「彼らが外をぶらぶら歩きまわって、どこかの屋上から不埒《ふらち》な目的を叫ぶとでも思うのか？まだこの任務について一カ月かそこらだろう」

「彼らはただのおしゃべりです。ほとんどが。ただしゃべってるだけですよ」

「アナーキストは？」

「ちがいます」ダニーは言った。「彼らは腐ったテロリストだ。でもほかの連中は？　あな

たはおれに配管工組合や、大工や、そのへんにいるちゃちな社会主義者のグループを調べさせる。でもなんのために？　名前集め？　おれにはわからない」

「こちらが真剣に対処しようと決めるまえに、彼らが本当にわれわれを吹き飛ばすまで待てと言うのか？」

「彼らとは？　配管工？」

「まじめに話しなさい」

「ボルシェヴィキ？」ダニーは言った。「社会主義者？　自分たちの胸を空気でふくらます《ブロー・アップ》ことのほかに、彼らが何かを吹き飛ばせ《ブロー・アップ》ますかね」

「彼らはテロリストだ」

「反体制派というだけです」

「おまえはしばらく休暇をとったほうがいいかもしれん」

「自分たちがいったい何をしてるのか、そこがもう少しはっきりすればすむことかもしれない」

　エディはダニーの肩に腕をまわし、屋上の端に連れていった。ふたりは街を見た――緑の公園、灰色の通り、煉瓦《れんが》の建物、黒い屋上、ダウンタウンを流れる暗い水に反射する街の光。

「われわれはこれを守っているのだ、ダン。眼のまえのこれを。われわれがしているのはそれだ」エディは葉巻を吸った。「暖かい家を守る、それ以外の何物でもない」

ネイサン・ビショップと〈キャピトル・タヴァーン〉ですごすまた別の夜。ネイサンは三杯目の酒がまわりはじめるまで口数が少なかった。

「誰かに殴られたことがあるか？」

「え？」

ビショップは両手の拳を構えた。「わかるだろう」

「もちろん。ボクシングをしてたことがある」ダニーは言い、「ペンシルヴェニアで」とつけ加えた。

「誰かに力ずくで脇へ押しやられたことはないか？」

「押しやられる？」ダニーは首を振った。「記憶にないな。どうして？」

「それがどれほど珍しいことかわかってるか？　ほかの男たちを怖れずにこの世界を歩きまわれることが」

ダニーは一度もそんなふうに考えたことがなかった。これまでの人生を、世の中が自分に合わせてくれると期待して生きてきたことに気づき、ふいに当惑を覚えた。そしてたいてい、世の中はそうしてくれた。

「すばらしいだろうな」ネイサンが言った。「それだけだ」

「あんたは何をしてる？」ダニーは訊いた。

「何をしてるとは？」

「おれは仕事を探してる。だがあんたは？　その手は労働者の手には見えない。その服も」

ネイサンは上着のえりに触れた。「高い服じゃない」

「古着でもない。靴に合ってる」

ネイサン・ビショップはゆがんだ笑みを浮かべた。「興味深い指摘だ。きみは警官か？」

「そうだ」ダニーは言い、煙草に火をつけた。

「私は医者だ」

「警官と医者。おれが撃った人間を残らず治療してくれ」

「私はまじめに話してる」

「おれもだ」

「いや、ちがう」

「オーケイ、おれは警官じゃない。だがあんたは医者なのか？」

「医者だった」ビショップは煙草を灰皿でもみ消した。酒をゆっくりと飲んだ。

「医者をやめられるものかな？」

「人はなんだってやめられる」ビショップはまた酒を飲み、長々とため息をついた。「私はかつて外科医だった。だが、救ってやった人間は、ほとんど救うに値しない連中だった」

「金持ち？」

ダニーはすでに見慣れた憤怒の表情がビショップの顔をよぎるのを見た。怒りが支配する場所へ、本人が疲れきってしまうまでなだめられることのない場所へ向かっている証拠だ。

「恩知らずどもめ」ビショップは言った。舌でことばに軽蔑をなすりつけるように。「彼らにこう言ったとする。〝人が毎日死んでいる。ノース・エンドで、ウェスト・エンドで、サウス・ボストンで、チェルシーで。彼らを殺しているものはたったひとつ、貧困だ。それだけ。単純なことだ〟」また煙草を巻き、テーブルに身を乗り出して、両手を膝に置いたままグラスからズズーッと音を立てて酒を飲んだ。「そこで彼らがどう言うかわかるかね。〝だからって私に何ができる？〟だ。まるでそれが答であるかのように。おまえに何ができるか？ 助けてやりゃいいじゃないか。それがおまえにできることだ、ブルジョワのくそ団子め。何ができるかだと？ 何ができないと言うんだ。さっさと腕まくりして、そのでかい腐ったケツと、おまえの女房のもっとでかい腐ったケツをクッションから持ち上げ、おまえの同胞——同じ人間である兄弟姉妹——が文字どおり餓死している場所へ行け。そこで彼らを助けるためにできることをしやがれ。それがくそまみれのおまえにできることだ」

ネイサン・ビショップは残りの酒を一気に飲んだ。グラスを傷だらけの木製のテーブルに叩きつけ、赤く鋭い眼で店内を見渡した。

ネイサンの怒号のあとによく訪れる重苦しい空気のなかで、ダニーは何も言わなかった。最寄りのテーブルの男たちが居心地悪そうに体を動かしているのを感じた。ひとりが突然、ベーブ・ルースについて話しだした。最近のトレードの噂について。ネイサンは鼻から激しく息を吸いながら、酒壜に手を伸ばし、唇のあいだに煙草を入れた。壜を持つ手が震えていた。自分のグラスをまた満たした。椅子の背にもたれ、親指の爪でマッチをすって、煙草に火をつけた。

「それがおまえにできることだ」彼はささやいた。

〈サウベリー・サルーン〉で、ダニーは集まったロクスベリー・レティッシュ労働者協会の面々の奥のテーブルを見ようとしていた。この夜、そこには焦《こ》げ茶色のスーツに細い黒のネクタイ姿のルイス・フレニアが坐り、小さなグラスについだ琥珀《はくいろ》色の液体をちびちび飲んでいた。小さな丸眼鏡の奥に燃え立つ眼がなければ、どこかの大学教授がまちがった店に入っているると思うところだ。眼鏡のほかには、まわりの人間が示す敬意がある。彼の飲み物を丁《てい》寧《ねい》に眼のまえのテーブルに置いたり、不安を抱く子供のように顎を突き出して質問したり、ある論点について説明したときに自分のほうを見てくれているか確かめたりしている。フレニアはイタリア生まれだが、ロシア語もかなり流《りゅうちょう》暢に話すと言われていた。育ちはイタリアではないのではないかと尋ねられるほどで、最初にそう指摘したのはかのトロツキーだとも噂されていた。フレニアは黒いモールスキンの手帳をテーブルの自分の正面に開いていて、ときどき鉛筆で何か書きこみ、ページをめくっていた。ほとんど眼を上げず、上げるのは話し手の主張を認めて軽くまばたきするときだけ。一瞥《いちべつ》を超える視線をダニーと交わしたことはかつてなかった。

しかし、ほかのレッツのメンバーはようやく、子供や頭の弱い人間に向けるようなからかい半分の礼儀正しさでダニーに接することをやめていた。まだダニーを信頼しているとは言いがたいが、ともあれ彼がいることに慣れてきていた。

とはいえ、彼らの訛《なまり》はそうとう激しく、ダニーと話していてもすぐに面倒くさくなり、別のメンバーが母国語で話しかけてくるとすぐにそちらに移った。その夜は問題と解決策が山のようにあり、彼らはそれを会合からそのまま酒場に持ちこんでいた。

問題――アメリカ合衆国が新生ロシアのボルシェヴィキ暫定政権に影の戦争をしかけている。ウィルソン大統領が第三三九部隊の派遣を決めた。部隊はイギリス軍と合流し、ロシア白海沿岸のアルハンゲリスク港を占拠した。米英両軍は長い冬のあいだにレーニンとトロツキーの補給を断ち、彼らを餓死させようとしたが、逆に冬の極寒に出鼻をくじかれ、白ロシアの協力者――部族軍や地元のギャングといった腐敗集団――の言いなりになっているという噂だ。この恥ずべき窮状もまた、偉大なる人民の活動の意志を打ち砕こうとする西洋資本主義の悪しき一例にすぎない。

解決策――アメリカとイギリスが部隊を引き上げるまで、あらゆる地域の労働者は団結し、社会不安をあおる活動に従事すべきだ。

問題――モントリオールの抑圧された消防士と警官が政府によっていちじるしく誹謗され、権利を剝奪されている。

解決策――カナダ政府が警官と消防士に屈服し、適正な賃金を支払うまで、全労働者は団結して社会不安をあおるべきだ。

問題――ハンガリー、バイエルン地方、ギリシャ、そしてフランスにおいても革命が宙に浮いている。スパルタクス団がベルリンに進出している。ニューヨークでは港湾労働者組合が出勤を拒否し、禁酒法が全国に施行されるならと、国じゅうの組合が〝ビールなくば仕事もなし〟を掲げて、坐りこみをおこなっている。

解決策――これらすべての同志たちを支持し、全労働者は団結して社会不安をあおるべきだ。

……すべきだ。

……できる。

……かもしれない。

ダニーの耳には、現実の革命の計画が入ってこなかった。暴動の具体的な構想が。ただ飲みつづけるだけ。話しつづけて、酔って叫び、椅子を壊すだけ。その夜、椅子を壊して叫んでいるのは男だけではなかった。女も同じことをしていた。もっとも、男女を見分けるのがむずかしいこともままある。アメリカ資本主義合衆国の性差別階層に労働者革命は存在しえないが、店内にいるほとんどの女は厳《いか》めしい顔、工業製品の灰色、粗末な服に粗野な訛で、彼女たちが同志と呼ぶ男たちと同じくらい性を感じさせなかった。例外なくユーモアを解さず（レッツ共通の悩み）、さらに悪いことに、ユーモアを情緒の病、ロマン主義の副産物と見なして、政治的立場から反対していた。ロマンという概念もまた、大衆に真実を見させないために支配階級が用いるアヘンであるという。

「好きなだけ嗤《わら》うといい」その夜、ヘッタ・ロシヴィッチが言った。「馬鹿のように、ハイエナのように見えるまで嗤いなさい。そんなあなたを実業家たちが嗤う。それこそ彼らがあなたに望むことだから。インポテンツ。嗤っているけれどインポテンツという状態」

ピョートル・グラヴィアチという名の筋骨たくましいエストニア人がダニーの肩をぽんと叩いた。「パンプーレット、イエス？　明日、イエス？」

ダニーは彼を見上げた。「何を言ってるのかわからない」

グラヴィアチは顎ひげを見境なく伸ばしていて、アライグマを呑みこもうとしたところを止められているように見えた。頭をのけぞらせて大声で笑い、そのひげが揺れた。彼は残りのメンバーの情緒不足を補うかのように笑う、数少ないレッツのひとりだ。しかし、ダニーがとくに期待しているのはその笑いではなく、ピョートル・グラヴィアチがレッツ創設時からのメンバーだということだった。一九一二年に集結し、ニコライ二世に対して最初のゲリラ活動を開始したメンバーだ。この創始者たちは、八十倍の人数の帝政ロシア軍を攻撃しては隠れる作戦を進め、半分凍ったジャガイモを食べながらロシアの冬を戸外で乗りきり、ロマノフ王朝の支持者がひとりでもいると睨んだ村は全滅させた。

ピョートル・グラヴィアチが言った。「明日、外に出て、パンプーレットを配る。労働者に、イエス？　わかるか？」

ダニーにはわからなかった。首を振った。「パンプーレットなんだって？」

ピョートル・グラヴィアチは苛立って手を打ち合わせた。「パンプーレットだ、馬鹿者。パンプーレット」

「それは――」

「ビラだよ」ダニーのうしろにいた男が言った。「ビラのことだと思うぞ」

ダニーはブース席で振り返った。ネイサン・ビショップが片肘をダニーの席の背もたれについて立っていた。

「そう、そう」ピョートル・グラヴィアチが言った。「ビラを配る。ニュースを広める」

「〝オーケイ〟と言ってやりな」ネイサン・ビショップが言った。「彼はそのことばが好きだ」

「オーケイ」ダニーは言って、グラヴィアチに親指を立ててみせた。

「ホーケイ、ホーケイ！　ミースター！　ここで会う」グラヴィアチも言って大きな親指を立てた。「八時に」

ダニーはため息をついた。「わかった」

「愉しもう」グラヴィアチは言い、ダニーの背中を叩いた。「たぶんきれいな女に会う」また大声で笑い、よろめきながら去っていった。

ビショップがブース席に入り、ダニーにビールのマグを渡した。「この活動できれいな女に会う唯一の方法は、敵の娘を誘拐することだ」

ダニーは言った。「ここで何してる？」

「どういう意味だ？」

「あんたはレッツのメンバーなのか？」

「きみは？」

「なろうとしてる」

ネイサンは肩をすくめた。「私はひとつの組織に属しているわけじゃない。あちこちで手伝ってるだけだ。ルーとは長いつき合いだ」

「ルー？」

「フレニア同志だよ」ネイサンは言い、顎で向こうの相手を示した。「いつか彼と話してみたいか？」

「冗談だろう？　光栄なことだが」

ビショップは小さく内輪の笑みをもらした。「きみは何か価値のある才能を持っているか？」

「ものを書ける」

「ほう？」

「そう願ってる」

「書いたものを見せてくれ。私に何ができるか見てみよう」店内を見渡した。「まったく、考えると嫌になるな」

「何が？　おれがフレニア同志と話すことか？」

「ちがう。さっきのグラヴィアチに考えさせられた。この活動には本当にいい女がいない。ただのひとりも……いや、ひとりいるか」

「ひとりいる？」

ビショップはうなずいた。「どうして忘れられる？　もちろんひとりいるさ」口笛を吹いた。「最高にゴージャスだ、彼女は」

「ここにいるのか？」

ビショップは笑った。「いればわかるよ」

「その女の名前は？」

ビショップが急に頭を動かしたので、ダニーは擬装がばれたと思った。ビショップはまっすぐにダニーの眼を見つめ、顔つきを探っているようだった。

ダニーはビールをひと口飲んだ。

ビショップは人混みに眼を戻した。「彼女は名前をたくさん持っている」

14

ルーサーはボストンで貨物列車をおり、鶏《にわとり》が引っかいたようなホリスおじの地図にしたがって、難なくドーヴァー通りを見つけ出した。そこからコロンバス・アヴェニューに入り、そこを歩いて、サウス・エンドの中心部を抜けた。セント・ボトルフ通りを見つけると、赤煉瓦のタウンハウスが立ち並ぶ、湿った落ち葉に覆われた歩道を進み、一二一番の家で立ち止まり、階段をのぼって呼び鈴を鳴らした。

一二一番の住人は、アイザイア・ジドロ、ホリスおじの二番目の妻ブレンダの父親だった。ホリスは四度結婚していた。一番目と三番目の妻には逃げられ、ブレンダはチフスで亡くなり、四番目の妻とは、五年ほどまえに互いに相手をどこかに置き忘れたような関係になっていた。ホリスはルーサーに、ブレンダがいなくて寂しい、彼女が恋しくてたまらない日が幾日もあるが、それと同じくらい彼女の父親が恋しいと言っていた。アイザイア・ジドロは、ドクター・デュボイスの黒人運動に参加するために一九〇五年に東部に移住していたが、ホリスとは変わらず連絡をとっていた。

小柄で痩せた男がドアを開けた。黒いウールの三つぞろいのスーツ、白い水玉模様入りの濃紺のネクタイ。やはり白いものが混じった髪を頭皮近くまで刈り、丸眼鏡をかけている。レンズの奥の眼は澄んで穏やかだった。

男は手を差し出した。「ルーサー・ローレンスだね？」

ルーサーは相手の手を握った。「あなたがアイザイア？」

アイザイアは言った。「よければミスター・ジドロと呼んでくれ」

「ミスター・ジドロですね、わかりました」

小柄なのに、アイザイアは背が高く見えた。ルーサーがそれまでに見た誰より背筋をぴんと伸ばして立ち、ベルトのバックルのまえで手を組み、眼はあまりに澄んでいて何も読み取れなかった。夏の夕方、最後に残った陽だまりに寝そべっている子羊の眼のようでもあるし、その子羊が眠くなるのを待っているライオンの眼のようでもある。

「ホリスおじさんは元気かな？」彼はルーサーを玄関から廊下に案内しながら言った。

「元気です」

「リューマチの具合は？」

「午後になると膝がひどく痛むようですが、ほかは健康そのものです」

アイザイアは広い階段をのぼりながら振り返った。「もう結婚はしないつもりだろうな？」

「だと思います」

ルーサーはそれまで褐色砂岩《ブラウンストーン》の家に入ったことがなかった。広々としていることに驚いた。

通りからどれほど奥まで部屋があるのか、天井がどのくらい高いのか、想像もつかない。豪華なシャンデリア、黒いゴムの木の梁《はり》、フランス製のソファや長椅子など、デトロイト・アヴェニューのどの家にも負けないほどすばらしい家具調度が整っていた。最上階に主寝室、二階にはさらに三つの寝室。アイザイアはそのうちひとつにルーサーを案内し、彼が荷物を床に置くまでドアを開けていた。寝心地のよさそうな真鍮《しんちゅう》のベッド、磁器の手洗い鉢ののったクルミ材の箪笥《たんす》を一瞬見せたあと、またルーサーを部屋の外へ導いた。アイザイアと妻のイヴェットは、この三階の建物全体を所有していた。屋上には露台がついていて、近所全体を見渡すことができた。アイザイアの説明を聞いて、ルーサーはここサウス・エンドに新しいグリーンウッドが生まれているのだと思った。黒人が苦心して自分たちのために作った場所だ。黒人向けの食べ物を出すレストランや、黒人向けの音楽を演奏するクラブもある。アイザイアは、この界隈《かいわい》は使用人を住まわせる需要から生まれたと言った。ビーコン・ヒルやバック・ベイにいる昔ながらの金持ちの世話をするのに、使用人が必要だったからだ。建物がどれも立派なのは——すべて赤煉瓦のタウンハウスか、出窓のついたチョコレート色のブラウンストーン——そんな使用人たちが、雇用主の生活様式に合わせて生きようと懸命に努力した結果だと。

階段をおりて居間に入ると、紅茶のポットが用意されていた。

「おじさんはきみのことをずいぶん褒《ほ》めていたよ、ミスター・ローレンス」

「そうですか？」

アイザイアはうなずいた。「きみの血のなかには野ウサギがいるが、いつか落ち着いて心の平安を見出し、きちんとした人間になってくれることを願っていると」

ルーサーはどう答えればいいのかわからなかった。

アイザイアはポットを取り、二個のカップを満たして、ルーサーにひとつ差し出した。自分のカップにミルクを一滴垂らし、ゆっくりと混ぜた。「おじさんから私のことをいろいろ聞いたかな？」

「おじの奥さんのお父さんで、デュボイスとナイアガラにいたということだけです」

「ドクター・デュボイスだ」

「ご存じなんですか？」ルーサーは訊いた。「ドクター・デュボイスを」

アイザイアはうなずいた。「よく知ってるよ。NAACP（全米黒人地位向上協会）がここボストンに事務所を開くことになったときに、彼から運営を頼まれた」

「たいへん名誉なことですね」

アイザイアはそれに小さくうなずいた。カップに角砂糖を入れて混ぜた。「タルサの話を聞かせてくれ」

ルーサーは自分の紅茶にミルクを入れ、少し飲んだ。「なんですか？」

「きみは罪を犯した。だろう？」カップを口に持っていった。「ホリスは気を遣って、具体的にどんな犯罪か話してくれなかった」

「では、あなたに敬意を表して、ミスター・ジドロ、おれも……同じように気を遣いたいと思います」

アイザイアは体を動かし、片方のズボンの裾を靴下の上にかかるまで下げた。「グリーンウッドの評判の悪いナイトクラブで撃ち合いがあったという話を聞いた。そのことについては何も知らないだろうね？」

ルーサーは相手の鋭い視線を受け止めた。彼は何も言わなかった。

アイザイアはまた紅茶をひと口飲んだ。「自分に選択の余地があると思ったのか？」

ルーサーは絨毯に眼を落とした。

「質問をくり返そうか？」

ルーサーは絨毯を見つめつづけた。青、赤、黄色があり、すべての色が混ざって渦巻いている。高価な絨毯なのだろう。この渦巻き。

「自分に選択の余地があると思ったのか？」アイザイアの声は紅茶のカップのように穏やかだった。

ルーサーはアイザイアに眼を上げたが、まだ何も言わなかった。

「しかもきみは同じ仲間を殺した」

「悪が入りこんでくると、仲間かどうかなどかまっていられなくなるのです」カップをコーヒーテーブルに置く手が震えた。「悪はあらゆるものを引っかきまわして、まちがった方向へ進ませてしまう」

「それがきみの悪の定義なのか？」

ルーサーは部屋のなかを見まわした。デトロイト・アヴェニューの立派な家に勝るとも劣らない。「あなたも見ればわかります」

アイザイアは紅茶を飲んだ。「殺人者は悪だと言う者もいる。同意するかね？」

「そういう人がいることには同意します」

「きみは殺人を犯した」

ルーサーは何も言わなかった。

「ゆえに……」アイザイアは片手を上げた。

「あなたに心から敬意は表しますが、おれは自分が何かを犯したとは一度も言っていません」

ふたりはいっとき黙って坐っていた。ルーサーのうしろで時計が時を刻んでいた。数区画離れた場所で、車のクラクションが鳴った。アイザイアは紅茶を飲み干し、カップをトレイに戻した。

「あとで家内を紹介する。イヴェットを。ちょうどわれわれは、NAACPの事務所として使う建物を買ったところだ。きみはそこで奉仕する」

「なんと言われました？」

「そこで奉仕するのだ。ホリスから聞いた話では、手先が器用だそうだな。あの建物で仕事を始めるまえに、いろいろ修理しなければならないところがある。そこで精いっぱい努力することだ、ルーサー」

精いっぱい努力するだと。くそっ。紅茶のカップを持ち上げることのほかに、この老人が精いっぱい努力しなくなってどのくらいたつ？　タルサに捨ててきた連中と何も変わらない気がした──金持ちの黒人が、金さえあれば人に命令できると言わんばかりにふるまっている。おまけにこの愚かなじじいは、おれの心が見抜けるようなもの言いだ。悪が隣に坐って酒をおごってくれればわかるといった口ぶり。もうすぐ聖書を取り出すにちがいない。しかしそこでルーサーは、列車のなかで立てた、新しいルーサー、よりよいルーサーを生み出すという誓いを思い出し、アイザイア・ジドロに対する評価はまだ定めるなと自分に言い聞かせた。この男はW・E・B・デュボイスとともに働いていて、デュボイスは、この国で称賛に値するとルーサーが考えるふたりのうちのひとりだった。もうひとりは、もちろん、ヘビー級ボクサーのジャック・ジョンソンだ。ジャックは馬鹿にされて黙ってはいない。相手が黒人だろうと、白人だろうと。

「使用人を探している白人家族を知っている。そこの仕事ができるかな？」

「できると思います」

「彼らは白人のなかでは最高の部類だ」両手を広げた。「ただし、ひとつ警告しておく。そこの家長は警部だ。別名を使おうとしても、たぶん正体を突き止められる」

「その必要はありません」ルーサーは言った。「タルサのことを話さなければ大丈夫です。名前はルーサー・ローレンス、最近までコロンバスにいたことにすれば」疲労以外の何かを感じられればいいのにと思った。アイザイアとのあいだの空気に染みが浮かびはじめていた。

「ありがとうございます」

アイザイアはうなずいた。「二階へ行きなさい。夕食になったら起こすよ」


ルーサーは洪水のなかで野球をする夢を見た。外野手は波に押し流された。飛んでくるボールを打とうとするたびに、腰を越えて肋骨《ろっこつ》の上まで来た泥水をバットの先が跳ね返し、仲間たちが笑った。ベーブ・ルースとカリーが農薬散布用の飛行機に乗って頭上を飛びすぎ、手榴弾を落としていくのだが、どれも爆発しなかった。

眼覚めると、年配の女が箪笥《たんす》の上の手洗い鉢に湯を注いでいた。女は振り返ってルーサーを見、ルーサーはいっとき自分の母親だと思った。同じくらいの身長で、同じように肌の色が薄く、頬骨の上に濃い色のそばかすが散っている。ただ、こちらの女は白髪まじりで、彼の母親より痩せていた。とはいえ、体のなかに同じ温かみ、同じやさしさがあるのは見て取れた。まるで魂が善良すぎて、隠しておけないかのように。

「あなたがルーサーね」

ルーサーは体を起こした。「そうです」

「よかった。別の人が忍びこんであなたの場所に寝ていたら、怖ろしいことだから」まっすぐなカミソリ、ひげ剃《そ》りクリーム、ブラシ、小鉢、手洗い鉢をベッドの横に置いた。「主人は夕食の席できちんとひげを剃っていることを求める人なの。もうすぐ食事よ。残りの部分をきれいにするのはそのあとにしましょう。いい？」

ルーサーは両足をベッドからおろし、あくびをこらえた。「わかりました」

彼女は上品な手を差しのべた。とても小さくて、人形の手のようだった。「イヴェット・ジドロよ、ルーサー。わが家へようこそ」


警部からの返事をアイザイアが待っているあいだに、ルーサーはイヴェット・ジドロのあとについて、ショーマット・アヴェニューのNAACPの事務所になるという建物に出かけた。フランス第二帝政ふうの外観、壮大なバロック様式のブラウンストーンに、マンサード屋根がついていた。こういう様式を本以外で見たのは初めてだ。少し近づき、歩道を歩きながら見上げた。どの線もまっすぐで、出窓もなければ、ほかに飛び出したところもない。建物自体の重みで構造が少しずれているが、時代を考えればむしろ立派なほうだ。一八三〇年代あたりに建てられたものだろうか。四隅の傾き具合を確かめて、基礎は頑丈で、外郭はまだしっかりしていると思った。歩道からおり、車道の端に沿って歩きながら屋根を見上げた。

「ミセス・ジドロ？」

「何、ルーサー？」

「屋根の一部が欠けているようです」

ルーサーは夫人のほうを見た。彼女はハンドバッグを体の正面に抱え、わざと作っているとしか思えない無邪気な表情をルーサーに向けた。

「そんな話を聞いた気がするわ」

ルーサーは隙間を発見したところから屋根の棟を見ていき、いちばん望ましくないと思っていた場所に穴を見つけた——大棟の中央に。ミセス・ジドロはまだ無邪気に眼を見開いていた。ルーサーはその肘にそっと手を当て、建物のなかへと導いた。

一階の天井はほとんどなかった。残っている部分にも雨がもれている。右手の階段は真っ黒だ。壁の石膏《せっこう》が五、六カ所崩れ、木摺《きずり》や留め具がむき出しになっている。ほかにも黒焦げの部分が五、六カ所。床はすっかり火と水に侵され、下地まで使い物にならない。窓にはすべて板が張られていた。

ルーサーは口笛を吹いた。「ここは競売で買ったのですか？」

「そんなところ」夫人は言った。「どう思う？」

「代金を返してもらう方法はありますか？」

夫人はルーサーの肘をはたいた。そうするのは初めてだったが、ルーサーにはこれが最後でないのがわかった。ルーサーは急に彼女を抱きしめたくなった。母親や姉にそうしたように。母や姉ともよく喧嘩して、最後に脇腹か腰を叩かれたものだった。

「当ててみましょうか」ルーサーは言った。「ここでジョージ・ワシントンが寝たことはないが、彼の従僕が寝た？」

夫人はわざと歯をむき、小さな両手の拳を腰に当てた。「あなた、ここを修理できる？」

ルーサーは笑った。雨もりのする建物に声がこだました。「無理です」

夫人はルーサーを見上げた。彼女の顔は石のように無表情だが、眼は笑っていた。「いまさらそう言ってどうなるの、ルーサー？」

「誰にも修理はできません。市が取り壊さなかったのが不思議なくらいです」

「取り壊そうとしたのよ」

ルーサーは夫人を見て、長いため息をついた。「ここを住めるようにするのに、どのくらい費用がかかるかわかります？」

「お金のことは心配しないで。修理できる？」

「正直言って、わかりません」ルーサーはまた口笛を吹いて、まわりを眺めた。何年とは言わないまでも、何カ月もかかる。「やるとしても、あまり助けは得られないんですよね？」

「ときどき無料で手伝ってくれる人を募るつもり。何か必要なものがあったら、リストにまとめて。すべて手に入れると約束はできないし、必要な時期までに届くとはかぎらないけれど、努力してみる」

ルーサーはうなずき、夫人のやさしそうな顔を見下ろした。「おわかりですよね。ここを直すのは並たいていのことじゃありません」

夫人はまた彼の肘をはたいた。「だったら精いっぱいがんばって」

ルーサーはため息をついた。「わかりました」

トマス・コグリン警部は書斎のドアを開け、ルーサーに大きく温かい笑みを向けた。「ミスター・ローレンスだね？」

「そうです《イエス・サー》、コグリン警部」

「ノラ、下がっていい」

「かしこまりました」ルーサーが会ったばかりのアイルランド娘が言った。「お会いできてよかったわ、ミスター・ローレンス」

「こちらもです、ミス・オシェイ」

彼女は一礼して去った。

「さあ、入りたまえ」コグリン警部はドアを広く開けた。ルーサーが書斎に入ると、高級な煙草と、暖炉で焚《た》かれたばかりの火と、去りゆく秋のにおいがした。コグリン警部は彼に革張りの椅子を勧め、大きなマホガニーの机の向こうにまわって、窓際の椅子に坐った。

「アイザイア・ジドロから聞いたんだが、オハイオ出身だそうだな」

「はい、スー」

「〝サー〟と言ったぞ」

「はい《スー》？」

「ついさっき。顔を合わせたときに」薄青の眼が光った。「きみは〝サー〟と言った。〝スー〟ではなく。これからどうする？」

「どちらがお好きですか、警部？」

コグリン警部はその質問に、火をつけていない葉巻を振った。「どちらでも、きみが言いやすいほうでいい、ミスター・ローレンス」

「わかりました《イエス・サー》」

警部はまた微笑んだが、温かいというより自己満足の笑みだった。「コロンバスだったかな？」

「そうです」

「そこで何をしていたんだね？」

「アンダーソン軍需工場で働いていました」

「そのまえは？」

「大工です。石積み工事、配管、なんでもやりました」

コグリン警部は椅子の背にもたれ、両足を机にのせた。葉巻に火をつけ、先端が真っ赤になるまで、火と煙越しにルーサーを見つめていた。「だが家庭のなかで働いたことはない」

「はい、ありません」

コグリン警部は顔を上に向けて天井に煙の輪を吐いた。

ルーサーは言った。「ですが、なんでもすぐに憶えるほうです。それに、修理できないものはありません。燕尾服を着て白い手袋をはめれば、利口そうに見えると思います」

コグリン警部は笑った。「ウィットがある。なかなかいいぞ。じつにいい」頭のうしろをなでた。「こちらが提供するのはフルタイムの仕事ではない。住む場所も与えられない」

「わかっています」

「だいたい週に四十時間ほど働いてもらう。ほとんどは車の運転だ。ミセス・コグリンをミサや、洗濯屋や、日々のこまごました買い物に連れていってもらう。それから食事の準備だな。料理は?」

「できます」

「あまり心配しなくていい。ノラがほとんどやるから」また葉巻を振った。「きみがいま会った女性だ。彼女はわれわれと住んでいる。雑用もするが、日中はたいていいない。工場で働いている。このあとすぐにミセス・コグリンを紹介しよう」そう言って、また眼を輝かせた。「私はいちおうここの家長かもしれないが、神はそれを家内に言い忘れている。意味がわかるかね? 何であろうと彼女の言うことにはただちにしたがってくれ」

「わかりました」

「この地域の東側にいるように」

「はい?」

コグリン警部は机から足をおろした。「東側だよ、ミスター・ローレンス。西側は黒人にかなり冷たく当たることで有名だ」

「わかりました」

「もちろん、私の家で働いているという話が広まれば、悪い連中、さらに言えば西側の住人全般に向けた警告になるだろうが、用心するに越したことはない」

「アドバイスをありがとうございます」

警部は煙越しにまたルーサーを見つめた。今回の視線は煙と一体になっていた。煙ととももに動き、ルーサーのまわりを漂い、彼の眼を、心を、魂をのぞきこんだ。警官のこの能力について、ルーサーも何度か耳にしたことはあった──だてに〝警官の眼〟という言い方があるわけではない──が、コグリン警部の鋭い視線は、ルーサーがそれまで体験したことがないほど深くまで入りこんできた。もう一度体験したいとは思わなかった。

「読み書きは誰に習った、ルーサー？」警部の声は穏やかだった。

「マートリーという先生でした。コロンバス郊外のハミルトン校で」

「ほかに何を教わった？」

「はい？」

「ほかに何を教わった、ルーサー？」コグリン警部はまたゆっくりと葉巻を吸った。

「質問の意味がわかりませんが」

「ほかに何を？」警部は三度くり返した。

「どういう意味ですか？」

「子供のころは貧しかったんだろう？」警部がほんのわずか身を乗り出しただけで、ルーサーは椅子をうしろに下げたい衝動を抑えなければならなかった。

彼はうなずいた。「はい」

「農地を耕したのか？」

「いえ、私自身はあまり。ただ母と父は小作農でした」

コグリン警部はうなずいた。唇は悲しげに引き結ばれていた。「私自身も何もない家に生まれた。草葺《くさぶ》き屋根のふた部屋だけの小屋に、ハエと野ネズミといっしょに住んでいた。子供がいるべき場所ではない。まして利口な子がいてはならない。そういう環境で利口な子が何を学ぶかわかるかね、ミスター・ローレンス？」

「わかりません」

「わかっているはずだ」コグリン警部は微笑んだ。ルーサーが会ってから三度目だが、この笑みは先刻の視線と同じくヘビのように空気に入りこんで、渦を巻いた。「私を甘く見るんじゃない」

「どんなことをお答えすればいいのか、よくわからないだけです」

コグリン警部はそれに首を傾げ、やがてうなずいた。「好ましからざる環境に生まれた利口な子はな、ルーサー、人を魅了することを学ぶのだ」机の上に手を出した。指を伸ばしたその手を煙の向こうでまわした。「その魅力の裏に隠れることを学ぶ。心のなかで本当に考えていることを誰にも読み取られないように。または、感じていることを」

机のうしろのデカンタに近寄り、スコッチ用のクリスタルのグラス二個に琥《こ》珀色《はくいろ》の酒をついだ。グラスを手に机をまわってきて、ルーサーに一個を差し出した。ルーサーは生まれて初めて白人にグラスを渡された。

「きみを雇うことにする、ルーサー。興味をそそられたから」警部は机の端に腰かけ、自分のグラスをルーサーのグラスに当てた。うしろに手を伸ばし、封筒を取って、ルーサーに渡した。「エイヴリー・ウォレスが、後任にと言って残したものだ。封を開けていないのがわかるだろう」

ルーサーは封筒の裏に押された栗色の蠟《ろう》の封印を見た。表に返すと、宛先は〝後任へ、エイヴリー・ウォレスより〟となっていた。

ルーサーはスコッチを飲んだ。それまで味わったなかで最高のスコッチだった。「ありがとうございます」

コグリン警部はうなずいた。「エイヴリーのプライバシーを尊重した。きみのプライバシーも尊重する。しかし、だからといって、私がきみを知らないとは思わないでくれ。私には、鏡を見るようにきみのことがわかる」

「わかりました」

「何がわかった？」

「あなたに知られていることが」

「私に何を知られている？」

「自分は外に見せているより賢いということを」

警部は言った。「ほかには？」

ルーサーは相手を見つめた。「自分はあなたほど賢くはないということを」

四度目の笑み。首を右に傾け、しっかりと浮かべた笑みだった。またグラスが合わされた。

「わが家へようこそ、ルーサー・ローレンス」

ルーサーはジドロ家に戻る路面電車のなかでエイヴリー・ウォレスの書き置きを読んだ。

後任へ
　あんたがこれを読んでるなら、わしはもう死んでいる。あんたがこれを読んでるなら、あんたもやはりわしと同じ黒人だ。K、L、M通りの白人は使用人に黒人しか雇わないから。コグリン家は白人にしては悪くない。警部はまちがっても軽く見てはならない人だが、こちらが怒らさなければ、公平に扱ってくれる。息子たちもだいたいいい。ミスター・コナーはときどき厳しいことを言う。ジョーはまだ子供で、油断すると耳をかみちぎられる。ダニーは変わり者だ。自分ひとりで何か考えている。ただ、警部と同じで、公平に、ひとりの人間として扱ってくれる。ノラも変わった考え方をするが、人をだますようなことはしない。彼女は信頼できる。ミセス・コグリンには気をつけろ。頼まれたことをすぐにやり、質問してはいけない。警部の友だちのマッケンナ警部補には決して近づくな。主が滅ぼしてくれてればよかったんだが。幸運を祈る。

敬具
エイヴリー・ウォレス

　ルーサーが紙から眼を上げると、路面電車はブロードウェイ・ブリッジを渡っていた。その下を、フォート・ポイント運河がのろのろと銀色に流れていた。

これがおれの新しい人生。これがおれの新しい街。

毎朝六時五十分きっかりに、ミセス・エレン・コグリンはK通り二二一番の家を出て、意を決したように階段をおりてきた。ルーサーは家族の車である六気筒のオーバーンの横に立って待っている。ミセス・コグリンはうなずいて挨拶し、伸ばされたルーサーの手を取って、車の助手席に入る。彼女が落ち着くと、ルーサーはコグリン警部に指示されたとおり、できるだけ静かにドアを閉め、ゲイト・オヴ・ヘヴン教会の七時のミサに間に合うように、数区画を運転する。ミサのあいだはずっと車の外に立っていて、ミセス・エイミー・ワーゲンフェルドの家で働いているクレイトン・トームズとよくしゃべる。ミセス・ワーゲンフェルドは、サウス・ボストンでもっとも地位の高いM通りの、インディペンデンス・スクウェア公園を見晴らすタウンハウスに住んでいる。

ミセス・コグリンとミセス・ワーゲンフェルドは友人同士ではないが――ルーサーとクレイトンが知るかぎり、白人の老婦人に友人はいない――ふたりの使用人は結局、親交を結んだ。どちらも中西部出身で――クレイトンはインディアナ州フレンチ・リックの近くで育った――ともに二十世紀に片足でも踏み入れていたら使用人をほとんど必要としない雇用主に仕えていた。毎朝、夫人を家に連れ帰ったあとのルーサーの仕事は、ストーブで燃やす薪《まき》を作ること、クレイトンのほうは、石炭を地下に運びこむことだった。

「いまこの時代」クレイトンは言った。「国じゅうの――少なくとも金のある――人は電気を使おうとしてるだろう。だが、ミセス・ワーゲンフェルドは嫌だと言うんだ」

「ミセス・コグリンもだ」ルーサーは言った。「あの家には区画をまるごと燃やせるほど灯油があって、壁の煤《すす》を掃除するのに半日かかる。なのに警部に言わせると、ミセス・コグリンは電気について話そうともしないそうだ。裏庭じゃなくて室内トイレにしようと彼女を説得するのに、五年かかったらしい」

「白人女」クレイトンは言い、ため息まじりにくり返した。「白人女」

ミセス・コグリンを乗せてK通りに戻り、玄関のドアを開けると、夫人は低い声で「ありがとう、ルーサー」と言う。朝食を給仕したあと、その日の終わりまでに彼女の姿を見ることはほとんどなかった。ひと月ものあいだ、彼女の「ありがとう」と彼の「どういたしまして」だけしかやりとりがないこともあった。ミセス・コグリンはルーサーに、どこに住んでいるのか、家族はいるのか、どこから来たのかといった質問をいっさいしなかった。ルーサーもそれまでに得た知識から、雇い主にみずから話を切り出すことが使用人の分を越えていることぐらいは、わきまえていた。

「なかなか知り合いになれない人なの」ある日、ヘイマーケット・スクウェアに一週間分の食糧をいっしょに買いにいったときに、ノラが言った。「わたしもあの家にもう四年いるけど、初めて家に入った夜より彼女の何がわかってるかというと、あまり自信がない」

「おれの仕事のあら探しをしないなら、石みたいに黙っててもらってかまわないけど」

ノラはいつも市場に持ってくる袋にジャガイモを十個ほど入れた。「ほかの人とは仲よくやってるの？」

ルーサーはうなずいた。「いい家族だと思います」

ノラもうなずいた。同意してうなずいたのか、品定めしていたリンゴについて考えを決めただけなのか、ルーサーにはわからなかったが。「ジョーはあなたを気に入ってるみたいね」

「あの子は野球が大好きですから」

ノラは微笑んだ。「大好きどころじゃすまないかもしれない」

ルーサーが昔、野球をやっていたことを知ってからというもの、ジョーの放課後は、コグリン家の小さな裏庭でするキャッチボールと、投球練習と、守備練習で占められるようになった。夕刻とともにルーサーの仕事は終わるので、平日の最後の三時間はほとんどジョーとの遊びに費やされるようになった。コグリン警部もただちにそれを承認した。「それであの子が家内を煩わさなくなるのなら、頼まれればチームひとつの面倒を見ることでも許可するよ、ミスター・ローレンス」

ジョーは生まれもっての運動選手ではなかったが、やる気があり、この歳の子にしては言うことをよく聞いた。ルーサーはゴロを捕るときの膝の落とし方や、ボールの投げ方、バットの振り方を教えた。凡フライが飛んできたら両足を広げてしっかり立ち、決して頭より下で捕らないこと。ピッチングも教えようとしたが、少年は肩が弱く、教わる忍耐力もなかった。ひたすら打ちたがり、派手に飛ばすことばかり考えていた。ルーサーはまたひとつ、べーブ・ルースを責める材料を見つけた——野球をただ強打するだけの競技に、サーカスさながらの見世物に変えてしまったのだ。いまやボストンじゅうの白人の子供が、野球はウウーやアアーといった歓声、打ちどころを考えない安っぽいホームランがすべてだと思っている。

ミセス・コグリンに同伴する朝と、ジョーの相手をする夕方を除いて、ルーサーはほとんどの時間をノラ・オシェイとすごした。

「いまのところどう？」

「あまりすることがありませんね」

「だったらわたしの仕事をしたい？」

「本当に？　したいな。ミセス・コグリンを教会に送っていき、連れて帰る。彼女に朝食を出す。車にワックスをかける。警部とミスター・コナーの靴を磨き、スーツにブラシをかける。たまに警部が正装するときにはメダルも磨く。日曜には、書斎で警部とご友人たちに飲み物を出す。残りの時間には、はたきをかける必要もないところにかけ、もう片づいているところを片づけ、充分きれいな床を掃除する。薪をいくらか作って、石炭をいくらか運んで、小さな火炉に火を入れる。それだけするのにどのくらいかかります？　二時間？　残りの時間は、あなたかミスター・ジョーが帰ってくるまで忙しいふりをしてるだけだ。そもそもなぜおれを雇ったのかもわからない」

ノラは彼の腕に軽く手を当てた。「最高の家族にはかならずひとりいるものなの」

「黒人が？」

ノラはうなずいた。その眼が光った。「このあたりではね。コグリン家があなたを雇っていないなら、理由を説明しなければならない」

「どんな理由を？　なぜまだ電気を引いていないとか？」

「なぜ外見を繕《つくろ》わないのか」彼らはイースト・ブロードウェイをシティ・ポイントへ向かっていた。「ここのアイルランド人を見てると、故郷のイギリス人を思い出すわ、ほんと。窓にレースのカーテンをかけて、でもズボンの裾《すそ》はブーツに入れてる、仕事でそうすることを学んだかのように」

「このあたりならいいけれど」ルーサーは言った。「ほかの場所では……」

「何？」

ルーサーは肩をすくめた。

「言って。なんなの？」ノラは彼の腕を引っ張った。

ルーサーは彼女の手を見下ろした。「あなたがいましてること。ほかの場所ではぜったいにしないでください。お願いします」

「あ、これ」

「ふたりとも殺されてしまう。言っときますが、ほかの場所にはレースのカーテンなんてありませんよ」

彼は毎晩、ライラに手紙を書いた。手紙は数日おきに、開封されないまま戻ってきた。

ライラの沈黙、見知らぬ街にいること、これまでなかったほど寄る辺なく名もない存在になっていることで、胸が張り裂けそうになっていると、イヴェットがある朝、テーブルに郵便物を持ってきて、また返送されてきた手紙二通を彼の肘の横にそっと置いた。

「奥さん?」と言って椅子に坐った。

ルーサーはうなずいた。

「彼女に何かひどいことをしたみたいね」

ルーサーは言った。「しました。はい」

「ほかの女じゃないわね?」

「ちがいます」

「それなら赦《ゆる》すわ」イヴェットはルーサーの手を軽く叩いた。ルーサーはその温かみが血に伝わるのを感じた。

「ありがとうございます」

「心配しないで。彼女はまだあなたのことを愛してる」

ルーサーは首を振った。ライラを失って精根尽きる思いだった。「それはちがいます」

イヴェットは彼にゆっくりと首を振った。唇にうっすらと笑みが浮かんだ。「男はいろんなことが得意だけれど、ルーサー、女心についてはみんな何ひとつ知らない」

「問題はまさにそこなんです」ルーサーは言った。「彼女はもうおれに心の内を知ってほしいと思っていない《ドント・ワント》」

「〃ダズント〃」

「え?」

「心の内を知ってほしいと思っていない《ダズント・ワント》」

「そうでした」マントがあったら隠れたい気分だった。もぐりこみたい。覆ってくれ、頼むから。

「差し出口かもしれないけど、わたしはあなたとはちがう考え」ミセス・ジドロは手紙を一通手に取り、ルーサーに封筒の裏を見せた。「折り返しの縁のこれは何?」

ルーサーは見た——何もない。

ミセス・ジドロは封筒の折り返しに指を這わせた。「両端が黒ずんでるのがわかる? その下の紙が柔らかくなってるでしょう」

ルーサーも気づいた。「ええ」

「湯気でそうなったのよ。湯気」

ルーサーは手を伸ばして封筒を取り、よく見た。

「彼女は封を開けてるの、ルーサー。そして読まなかったふりをして返送している。これを愛と呼ぶかどうかはわからない」彼女はルーサーの腕をぎゅっとつかんだ。「でも、無関心とは呼ばないわ」

15

東海岸を数日にわたって吹き抜けた雨まじりの突風とともに、秋が冬に変わり、ダニーの名簿はふくらんでいった。名簿を見るかぎり——誰が見ても——メーデーに武装蜂起があるかどうかは謎だった。名前のほとんどは、団結しようとしている不遇な労働者か、世界が変化を歓迎すると信じこんでいる、見当ちがいの空想家だった。

ダニーはしかし、ロクスベリー・レッツとBSCのあいだを往き来するうちに、あまりにも奇妙なものの中毒になったかもしれないと思った——会合だ。レッツのメンバーや、彼らの話し合い、彼らの飲酒は、ダニーが見るかぎり、さらなる話し合いと飲酒にしかつながらない。それでも、会合も、そのあとの酒場での集まりもない日には、何かやり残している気がした。隠れ家の暗がりにひとり坐り、飲みながら、ボタンを親指と人差し指でこすりつづけた。あとから考えれば、割れなかったのが不思議なくらいだ。そんなわけで、気がつくと、ロクスベリーのフェイ・ホールで開かれるBSCの会合にまた出ているのだった。その次の会合にも。

BSCの会合はレッツのそれとあまり変わらなかった。派手な表現、怒り、無力感。ダニーは皮肉ななりゆきに呆れずにはいられなかった——スト破りとして奉仕してきた男たちがいつしか、工場の外で手荒に扱ったり殴ったりした男たちと同じ窮地に陥りつつある。

ある夜、また酒場に行き、また労働者の権利について話したが、今回はBSCの仲間といっしょだった——いつも脇に押しやられ、鬱屈《うっくつ》した怒りを募らせている同僚の警官たち、徒歩で受け持ち地域をまわる巡査たちや、警棒を使うことを期待されている者たち。いまだに交渉はなく、まともな時間のまともな話し合いもなく、まともな賃金もない。まだ昇給はなし。国境を越えたわずか三百五十マイル北のモントリオールでは、市が警官と消防士との交渉を中断し、ストライキは避けられない状況だという。

おれたちもなぜやらない？　酒場の男たちは言った。飢え死にしそうなんだから。好き放題やられて、ぼろぼろになって、仕事に手錠でつながれて、家族も養えず、かみさんや子供の顔もろくに見られなくなっちまったんだから。

「うちの末っ子がな」フランシー・ディーガンが言った。「兄貴たちのお下がりを着てた。で、兄貴たちがなぜその服を着てなかったかというと、まだ二年生だと思ってたのに、もう五年生になってたんだ。わかって愕然としたよ。腰のあたりまでしか背がないと思ってたら、いつの間にか乳首のあたりまで来てた」

ダニーがまたおしゃべり連中のあいだに坐っていると、シーン・ゲイルがふいに声を張り上げた。「埠頭で働くやつらがおれたちお巡りの三倍の給料をもらってるんだ。金曜の夜に酔って暴れるあいつらをしょっ引くのは、こっちだってのによ。おれたちにいくら払うのが正しいか、いいかげん、誰か考えてほしいぜ」

われもわれもと主張は続いた。やがて男が別の男を小突き、その男がまた別の男を小突き、一同の眼が向いた先に、ボストン市警察本部長スティーヴン・オマラが立っていた。カウンターのまえでビールのパイントグラスが出てくるのを待っていた。ビールが注がれ、カウンターのまわりが静まり返ると、本部長はバーテンダーがあふれたビールの泡を切るのをさらに待った。代金を払い、警官たちに背中を向けたまま、釣り銭が出るのを待った。バーテンダーはレジスターを打って、スティーヴン・オマラに釣り銭を渡した。オマラはそのうち一枚をカウンターに置き、残りをポケットに入れて、一同のほうを振り返った。

ディーガンとゲイルが頭を垂れて、刑の宣告を待った。

オマラはビールがこぼれないようにグラスを高々と掲げて、男たちのあいだを慎重に歩き、暖炉のそばのマーティ・リアリーとデニー・トゥールのあいだに腰をおろした。集まった男たちを、やさしい眼つきでゆっくりと見渡し、ビールをひと口飲んだ。白い泡が蚕《かいこ》のように口ひげにたまった。

「外は寒いな」またビールを飲んだ。彼のうしろで薪がはぜた。「だがここには暖かい火がある」一度うなずいただけだが、警官たち全員を包みこむような動作だった。「諸君に聞かせる答があるわけではない。きみたちは正しい給料をもらっていない。それは事実だ」

あえて口を開く者はいなかった。つい先ほどまでもっとも騒がしく、口汚く、怒りをむき出しにし、公然と虐げられていた者たちが、眼をそらした。

オマラは全員に堅い笑みを向け、隣のデニー・トゥールの膝に自分の膝を軽く当てることまでした。「ここはいい場所だな、え？」また何か、あるいは誰かを探して一同を見まわした。「そこのひげを生やしているのは、コグリン警部の息子かな？」

ダニーはオマラの穏やかな眼に見すえられ、胸のあたりに緊張を覚えた。「そうです」

「その顔からすると、囮捜査だな」

「そうです」

「クマの集団で？」

店じゅうの男が笑った。

「当たらずとも遠からずです」

オマラの視線がゆるみ、本部長のプライドが跡形もなく消えた。ダニーはふたりだけで部屋のなかにいるような気がした。「きみのお父さんとは昔からの知り合いだ。お母さんはどうしてる？」

「おかげさまで元気です」ダニーは男たちの視線を感じはじめた。

「世の女性であれほど上品な人はいない。私からよろしくと伝えてくれ」

「わかりました」

「ひとつ訊いてもいいかな。きみはこの経済的な行き詰まりをどう思う？」

男たちがいっせいにダニーを見つめた。オマラはダニーから一瞬も視線をそらさずに、ビールをまた飲んだ。

「わかります」口を開くなり、ダニーの喉は干上がった。ダニーは部屋が暗くなればいいのにと思った。真っ暗になって、みんなの視線を感じられなくなればいいのに。くそっ。自分のグラスからビールを飲んで、また最初から始めた。「わかります、物価の高騰が市の財政に影響を与えていて、資金繰りが厳しくなっていることは」

　オマラはうなずいた。

「われわれが一般市民ではなく、職務を果たすことを誓った公僕であることも、わかります。世の中に公僕ほど地位の高い職業がないことも」

「ないな」オマラは同意した。

　ダニーはうなずいた。

　オマラは彼を見つめた。男たちも彼を見つめた。

「ですが……」ダニーは同じ口調で続けた。「約束がひとつありました。われわれの賃金は参戦中は凍結されるが、その忍耐の見返りとして、戦争が終わればすぐに年に二百ドル増額されるという約束が」ダニーは思いきって店のなかを見まわした。すべての眼が自分に注がれていた。両脚の裏側が震えているのを見破られないことを祈った。

「同情する」オマラが言った。「心から同情するよ、コグリン巡査。だが物価の高騰は本物で、市は火の車だ。単純な話ではない。単純ならいいのだが」

　ダニーはうなずき、また坐ろうとしたが　坐れないことに気づいた。脚が動かない。オマラに眼を戻して、欠かせない体の器官のように彼に備わっている品位を感じた。マーク・デントンを見た。デントンはうなずいた。

「本部長」ダニーは言った。「あなたが同情してくださっていることは確信しています。これっぽっちも疑っていません。市が火の車であることも。本当です」ダニーは息を吸った。「けれども、約束は約束です。結局、問題はそこだけなのかもしれません。あなたは単純ではないとおっしゃる。ですが、単純なのです。ですが単純です。ご発言に敬意を払いながらも、そう思います。簡単ではありません。かなりむずかしい。多くの優秀で勇敢な警官たちが生活できなくなっているのです。それに、やはり約束は約束です」

誰も口を開かなかった。身じろぎもしなかった。手榴弾が店の中央に投げこまれて、爆発しそこなったかのようだった。

オマラが立ち上がった。男たちはあわてて通り道を空けた。オマラは暖炉のまえを横切り、ダニーのまえまで行って、手を差しのべた。ダニーはビールのグラスを炉棚に置き、震える手で歳上の男の手を取った。

オマラは固く握手した。腕を上下に振らなかった。

「約束は約束だ」オマラは言った。

「そうです」ダニーはどうにか答えた。

オマラはうなずき、ダニーの手を離して、警官たちのほうを向いた。ダニーには時が止まったように思えた。神々によって歴史の壁画に描きこまれたように——ダニー・コグリンと偉大な男、薪《まき》がパチパチ鳴る暖炉のまえに肩を並べて立つ。

オマラはビールのグラスを上げた。「諸君はこのすばらしい街の誇りだ。私もきみたちの仲間のひとりであることを誇りに思う。そして、約束はまちがいなく約束だ」

ダニーは背中に炎を感じた。オマラの手が背骨に触れていた。

「私を信じてくれるか？」オマラは叫んだ。「私はきみたちの信頼を得ているか？」

いっせいに叫び声が上がった。「イエス、サー！」

「私は諸君の期待を裏切らない。決して」

ダニーは仲間の顔にそれが湧き上がるのを見た——愛。愛そのものが。

「もう少し我慢してくれ。それだけをお願いしたい。ひと筋縄でいかないことはわかっている。だが、この老人にほんの少し時間をもらえないだろうか」

「イエス、サー！」

オマラは鼻から大きく息を吸い、グラスをさらに高く上げた。「ボストン市警の警官たちに——この国にきみたちほどの人材はいない」

オマラはビールをひと息で飲み干した。男たちも勝ち鬨《どき》とともにあとに続いた。マーティ・リアリーが全員分のお代わりを要求した。ダニーは彼らがまた子供に戻っているのに気づいた——兄弟愛に無条件に身を捧げる少年たちに。

オマラがダニーに顔を近づけて言った。「きみはお父さんとちがうな」

ダニーはどういうことかわからず、オマラを見つめ返した。

「きみの心は彼より純粋だ」

ダニーは何も言えなかった。

オマラはダニーの肘の上をぎゅっとつかんだ。「それを売っちゃいかんぞ。売ったが最後、同じ条件で買い戻せなくなる」

「わかりました」

オマラはもう一度長々とダニーを見つめた。マーク・デントンがふたりに新しいビールのグラスを渡し、オマラの手はダニーの腕から離れた。


二杯目のビールを飲み終えると、オマラは警官たちに別れを告げ、ダニーとマーク・デントンが店の外へ見送りに出た。黒い空から雨が降りしきっていた。

運転手のリード・ハーパー巡査部長が車から出てきて、本部長に傘を差しかけた。ダニーとデントンを認めてうなずき、オマラのために車のうしろのドアを開けた。本部長はドアに腕をかけ、ダニーたちのほうを振り返った。

「明日の朝いちばんで、ピーターズ市長と話す。こちらの緊急性を伝え、市庁舎でボストン・ソーシャル・クラブとの話し合いを設けることにする。きみたちふたりは彼らの代表として出席することに反対かね？」

ダニーはデントンを見やった。オマラには自分たちの心臓の音が聞こえるだろうか。

「いいえ」

「いいえ」

「よろしい」オマラは手を差し出した。「きみたちふたりに感謝する、心から」

ふたりはそれぞれオマラと握手した。

「ボストンの警官組合の未来を背負ってるな」ふたりに穏やかな笑みを向けた。「任務完遂を祈っている。さあ、雨に濡れないところへ戻りなさい」

オマラは車に乗りこんだ。「家へやってくれ、リード。でないと、女を追いかけまわすようになったと女房に思われる」

リード・ハーパーが車を出すと、オマラは車内からふたりに軽く手を振った。

雨がふたりの髪をぐっしょり濡らし、首のうしろから服のなかに入りこんだ。

「なんてこった」マーク・デントンが言った。「なんてこった、コグリン」

「わかってます」

「わかってる？　きみがしたことが本当にわかってるのか？　きみはわれわれを救ったんだ」

「おれは――」

デントンはダニーを力強く抱きしめ、歩道から持ち上げた。「われわれを救いやがったんだ！」

デントンは歩道でダニーを振りまわし、通りに向かって歓声を上げた。ダニーはなんとか抱擁から逃れようとしたが、いまや彼も笑っていた。ふたりは通りで気がふれたように笑い、雨がダニーの眼に入り、ダニーは人生でこれほど気分がいいことがあっただろうかと思った。

った。

夜、ガヴァナーズ・スクウェアのバックミンスター・ホテルで、エディ・マッケンナと会った。

「どんな情報を手に入れた？」

「ビショップに近づいてますが、彼はなかなか用心深い」

エディはブース席で両手を広げた。「彼らに囮だと思われてる、そういうことか？」

「まえにも言いましたが、一度はかならず疑ったはずです」

「何かアイディアは？」

ダニーはうなずいた。「ひとつ。ただし危険です」

「どう危険なんだ」

ダニーはモールスキンの手帳を取り出した。フレニアが使っていたのと同じものだ。文房具屋を四軒まわって見つけた。それをマッケンナに渡した。

「二週間かけて作りました」

エディはページをめくりながら、何度か眉を上げた。

「数ページにコーヒーの染みをつけ、あるページには煙草の焦げ穴までつけた」

エディは静かに口笛を吹いた。「そのようだな」

「政治に関するダニエル・サンテの覚書。どう思います？」

エディは親指でめくりながら言った。「モントリオール、スパルタクス団。いいな。おお、シアトルとオール・ハンソン市長か。これもいい。アルハンゲリスクも入れてある？」

「もちろん」

「ヴェルサイユ会議は？」

「あの世界支配の陰謀？」ダニーは眼をぐるりとまわした。「見逃すと思います？」

「気をつけろよ」エディは眼を上げずに言った。「囮捜査官は自信過剰で怪我をする」

「何週間も成果がないのに、エディ、どうして自信過剰になれるんです。手帳を作ってビショップに見せたら、フレニアに見せよう、だが約束はできないと言われた。それだけです」

エディは手帳を戻した。「よくできてる。本当におまえが内容を信じてると思いこんでしまいそうだ」

ダニーはその発言を無視して、手帳を上着のポケットにしまった。

エディは懐中時計の蓋を開けた。「しばらく組合の会合から離れてろ」

「無理です」

エディは時計の蓋を閉めて、チョッキのポケットに戻した。「ああ、そうだったな。おまえはこのところ、BSCの代表だったな」

「くだらない」

「このままおまえがオマラと会った夜から、もっぱらそういう噂だぞ。信じてもらっていい」穏やかに微笑んだ。「市警に勤めて三十年になるが、われらが親愛なる本部長はわしの名前すら知らんと思うな」

ダニーは言った。「たまたまいいタイミングで、いい場所にいただけですよ」

「悪い場所だ」マッケンナは眉をひそめた。「行動に注意しろ。ほかの連中がおまえに注目しはじめたんだから。エディおじのアドバイスを聞くことだ――うしろに下がってろ。あちこちに嵐が迫ってる。あらゆるところにだ。通りに、工場の中庭に、そしていまやわれわれの組織にも。権力？　そんなものははかない、ダン。かつてないほど、そうなってる。こういうときには頭を下げてろ」

「もう上げてしまった」

エディはテーブルを勢いよく叩いた。

ダニーはのけぞった。エディ・マッケンナがもともと頼りない落ち着きを失うのを見たのは初めてだった。

「おまえの顔が新聞に出たらどうなる？　本部長だの市長だのと話し合ってるところが。このわしの捜査がどうなるか考えてみたことがあるのか？　ボルシェヴィキ見習いのダニエル・サンテが、ＢＳＣの顔のエイデン・コグリンになってしまったら使い物にならんだろうが。さっさとフレニアの郵便の宛先を手に入れろ！」

ダニーは生まれてからずっと知っている男の顔をまじまじと見た。エディの新しい側面だった。というより、最初からそこにあるのではと訝《いぶか》っていたが、これまで己の眼で確かめてなかった側面だった。

「どうして郵便の宛先なんです、エディ？　メーデーの武装蜂起の証拠を探してるんだと思ってた」

「どちらもだ」エディは言った。「だがおまえが言うように、連中の口が固いんだとしたら、そしておまえの捜査能力が少々期待はずれだったとするなら、とにかくその顔が新聞の一面に載りまくるまえに郵便の宛先だけでも手に入れろ。やってくれるな、おまえのおじのために、え？」ブース席から出てコートをはおり、テーブルにいくつか硬貨を投げた。「それで足りるだろう」

「来たばかりなのに」ダニーは言った。

エディはダニーがいつも見慣れた仮面の表情を作った——茶目っ気のある、柔和な表情を。

「街は眠らない。ブライトンで仕事がある」

「ブライトン？」

エディはうなずいた。「家畜保管場だ。気が乗らない」

ダニーはエディを追ってドアに向かった。「牛の職務質問？」

「そっちのほうがまだいい」エディはドアを開けて冷たい夜気のなかに出た。「黒人だ。いかれた黒人どもが仕事のあとで集まって、権利について話し合ってる。信じられるか？　最後にはいったいどうなる？　今度は中国人どもがわれわれの洗濯物を人質に取りはじめるぞ」

エディの運転手が黒いハドソンを路肩につけた。エディは言った。「乗せようか？」

「歩きます」

「歩いて酔いを醒《さ》ます。いい考えだ」エディは言った。「ときに、おまえはフィンという名前に心当たりはないか？」明けっ広げの陽気な顔だった。

ダニーは表情を変えなかった。

エディは眉をひそめた。「ブライトンで？」「ブライトンには黒人狩りに行くと言ったんだ。〝フィン〟が黒人の名前に聞こえるか？」

「アイルランド人みたいだ」

「そうだよ。知ってるか？」

「いいえ。でもなぜ？」

「ふと思っただけだ」エディは言った。「本当に知らないな？」

「言ったとおりです、エディ」ダニーは吹きつける風に襟を立てた。「誰も知らない」

エディはうなずき、車のドアに手を伸ばした。

「何をしてるんです？」

「は？」

「あなたが探している、そのフィンという男」ダニーは言った。「何をしてるんです？」

エディはダニーの顔を長いこと見つめた。「おやすみ、ダン」

「おやすみなさい、エディ」

エディの車はビーコン通りを走っていった。ダニーはホテルに戻って、ロビーの電話ボックスからノラに電話をかけようかと考えた。マッケンナがきみの身辺を探っているかもしれないと教えてやろうか。しかしそこで、コナーといっしょにいる彼女が頭に浮かんだ——コナーの手を握り、コナーにキスをし、ことによると誰も見る者のいない家で、コナーの膝の上に乗っているかもしれない。世界にはフィンが大勢いると思うことにした。そのうち半分はアイルランドかボストンにいる。エディはその誰のことを言っていてもおかしくない。誰でもありうる。

16

ショーマット・アヴェニューの建物でまずルーサーがしなければならなかったのは、雨もりを止めることだった。つまり、屋根からだ。スレート葺《ぶ》きの美しい屋根だが、不運と怠慢のせいで崩れてしまっている。ルーサーは大棟から作業を始めた。晴れた冷たい朝で、大気には工場の煙のにおいが漂い、空は澄んで刃物のように青かった。消防士の斧が溝に送りこんだスレート板のかけらを集め、床から回収したものに加えた。湿ったり焼け焦げたりした野地板をはがし、代わりにまっさらのオークの板を打ちつけて、まだ使えるスレート板で覆った。それがなくなると、ミセス・ジドロがどうにかクリーヴランドの会社から取り寄せたスレートを使った。土曜の夜明けから作業を始めて、翌日の日曜夕方には終えていた。大棟の上に坐り、汗をかいた体を冷気にさらし、額を拭きながら澄んだ空を見上げた。首をめぐらして、まわりに広がる街の景色を眺めた。まだ眼には見えないが、大気に迫りくる黄昏《たそがれ》のにおいがする。ことにおいに関するかぎり、黄昏ほどすばらしいものはめったにない。

ルーサーの平日の日課では、コグリン一家がディナーにつくまえにテーブルの支度を調え、ノラの料理を手伝って辞去していた。しかし日曜はディナーが一日がかりの行事で、ルーサーはときにスタンドパイプ・ヒルのマルタおばとジェイムズおじの家のディナーを思い出した。教会に行って間もないことと、日曜のために着飾っていることで、黒人にかぎらず白人も、声高に何かを宣告したくなるものなのだと気づいた。

警部の書斎で給仕をしていると、ルーサーは自分が宣告を受けていると感じることがあった。警部の友人のひとりがルーサーのほうをちらっと見やり、優生学だの、人種間の知性の格差だの、本物のあほうしか論じないようなたわごとをもったいぶって披露する。

いちばん口数は少ないが、眼に炎を宿しているのは、エイヴリー・ウォレスが近づくなと警告した人物、警部の右腕のエディ・マッケンナ警部補だった。太った男で、毛だらけの鼻孔からよく息を吸い、川面の満月のように明るい笑みを見せるが、あのにぎやかで陽気な性格は信用できないとルーサーは思っていた。ああいう男はかならず笑っていない部分を隠し持っている。それは奥深く隠されているがゆえに、いっそう貪欲だ。冬眠から覚め、穴から這い出してきたクマのように。鼻がにおいにただ惹《ひ》きつけられて、道理をいっさい受けつけない。

日曜に警部の書斎に入る男たち全員のなかで――メンバーは毎週変わった――ルーサーにもっとも注意を払うのはそのマッケンナだった。最初は親しみがこもっているように思えた。ルーサーが飲み物を渡したりつぎ足したりすると、ほかの男たちはたいていルーサーの奉仕を当然ととらえ、存在すら認めないようにふるまうのだが、マッケンナはかならず礼を言った。ルーサーが書斎に入ると、マッケンナはいつも、元気か、今週はどうだった、寒い気候には慣れたかといったことを尋ねた。「もう一着コートが欲しくなったらいつでも言ってくれ。警察署に予備が何着かあるから。いいにおいがするとは言えんがな」そう言ってルーサーの背中を叩いた。

マッケンナはルーサーが南部から来たと思っているようで、ルーサーもわざわざ正す必要はないと感じていたが、ある日曜の夕方のディナーでこんなことがあった。

「ケンタッキー？」マッケンナが言った。

最初、ルーサーは話しかけられていると思わなかった。サイドボードの横に立ち、小鉢に角砂糖を入れていた。

「ルイヴィルだろう、ちがうか？」マッケンナはポークのひと切れを口に入れながら、あからさまにルーサーを見ていた。

「出身地ですか？」

マッケンナの眼がちらっと光った。「そうだ」

警部がワインをひと口飲んで言った。「警部補は訛《なまり》を聞き分けることに自信があるのだ」

ダニーが言った。「でも自分の訛は消せない」

コナーとジョーが笑った。マッケンナはダニーにフォークを振った。「こいつはおしめをしてるときから生意気な口をきく」また顔を向けた。「で、どこなんだ、ルーサー？」

ルーサーが答えるまえに、コグリン警部が手を上げて制止した。「推測させなさい、ミスター・ローレンス」

「もう推測したぞ、トム」

「まちがってる」

「ほう」エディ・マッケンナはナプキンで口を拭いた。「ルイヴィルじゃない？」

ルーサーは首を振った。「ちがいます」

「レキシントン？」

ルーサーはまた首を振った。家族全員の視線を感じた。

マッケンナは椅子の背にもたれ、手で腹をなでた。「ふむ。ミシシッピほど間延びはしてないな、それはたしかだ。ジョージアでもない。ヴァージニアにしては訛ってるし、しかも速い。だとすると、アラバマか」

「バミューダ諸島かな」ダニーが言った。

ルーサーはダニーと眼を合わせて微笑んだ。家族のなかでいちばんつき合いが浅いのはダニーだが、エイヴリーの言ったことは正しかった。この男に嘘はない。

「キューバです」ルーサーはダニーに言った。

「南すぎる」ダニーは言った。

ふたりはくすくす笑った。

駆け引きの愉しみがマッケンナの眼から消えた。肌に赤みが差していた。「若造どもがふざけはじめた」テーブルの向かい側に坐っているエレン・コグリンに微笑んだ。「ふざけはじめた」とくり返し、ロースト・ポークにナイフを入れた。

「どこだと思う、エディ？」コグリン警部が薄切りのポテトにフォークを刺した。

エディ・マッケンナは顔を上げた。「これ以上つまらない推測をするまえに、ミスター・ローレンスに少し考えてもらおう」

ルーサーはまたコーヒーのトレイに向き直ったが、そのまえにダニーの視線に気づいた。かならずしも心地よくない、わずかに哀れみが含まれた視線だった。


ルーサーがコートを着ながら玄関の階段に出ると、ダニーが四九年式の栗色のオークランドのフードにもたれて立っていた。ダニーはルーサーのほうへ何かの壜を上げてみせた。通りにおりると、ウィスキーの壜だとわかった。戦前の高級品だ。

「飲むか、ミスター・ローレンス？」

ルーサーはダニーから壜を受け取り、口に近づけた。手を止め、本当にこの男は黒人と一本の壜を分かち合いたいのだろうかと、相手の表情を確かめた。ダニーはどうしたというように眉を上げた。ルーサーは壜を唇に当て、飲んだ。

ルーサーがそれを戻すと、大きな警官は服の袖で壜の口を拭きもせず、そのまま自分の唇に持っていって勢いよくあおった。「いい酒だろう？」

ルーサーは、エイヴリー・ウォレスがこのコグリンを、自分ひとりで何かを考えている変わり者だと書いていたのを思い出した。彼はうなずいた。

「いい夜だ」

「ええ」空気が爽やかだが風はなく、落ち葉を焚いた煙であたりがかすかに白んでいた。

「もう一回いくか？」ダニーはまた壜を渡した。

ルーサーは飲み、率直でハンサムな顔立ちの大柄な白人を見つめた。女にもてるのはまちがいないが、それを生涯の商売にするような男でもない。この男はほかの人間に聞こえない音楽を聞いている、誰も知らない場所から指示を受けているとルーサーに思わせる何かが、眼の奥で動いていた。

「ここで働くのは好きか？」

ルーサーはうなずいた。「ええ。すばらしい家族です、ス、ー」

ダニーは眼をぐるりとまわしてまた酒を飲んだ。「おれにそのくそみたいな〝スー〟はやめてくれるか、ミスター・ローレンス？　どうだ、やめられるか？」

ルーサーは気圧《けお》された。「ではどう呼べばいいですか？」

「ここで？　ダニーでいいよ。あそこでは」顎で家のなかを示した。「ミスター・コグリンかな」

「どうして〝スー〟がいけないんです」

ダニーは肩をすくめた。「くだらないお飾りだ」

「わかりました。だったらこっちもルーサーと呼んでください」

ダニーはうなずいた。「それに乾杯だ」

ルーサーは笑って壜を傾けた。「エイヴリーがあなたは変わり者だと言ってました」

「墓のなかから戻ってきて、おれが変わり者だと言ったのか？」

ルーサーは首を振った。「〝後任〟に書き置きを残していて」

「なるほど」ダニーは壜を受け取った。「おれのおじのエディをどう思った？」

「いい人に見えますが」

「ちがう」ダニーの声は穏やかだった。

ルーサーはダニーと並んで車にもたれた。「ちがいますね」

「あそこで彼に探られてるように感じなかったか？」

「感じました」

「過去は完全にきれいなのか、ルーサー？」

「ほとんどの人と同じくらい」

「それじゃあまりきれいでもない」

ルーサーは微笑んだ。「たしかに」

ダニーはまた壜を渡した。「おじのエディ、彼は誰よりも人の心を読むことに長《た》けてる。人の頭のなかをのぞきこんで、そいつが世間に知られたくないと思ってることをなんでも見つけ出す。どうしても自白を引き出せない容疑者がいるとするだろう？　そんなとき、おじが呼ばれる。すると容疑者はかならず口を割る。おじはどんな手を使ってでも自白を引き出す」

ルーサーは壜を両手に挟んでまわした。「どうしてそんなことをおれに？」

「おじはおまえさんに気に入らないものを嗅《か》ぎ取ってる。あの眼つきを見ればわかる。それに、おれたちはジョークを引き伸ばしすぎた。彼は自分が笑われてると思って不快になった。あれはまずかったな」

「酒をどうもありがとう」ルーサーは車から離れた。「これまで白人と同じ壜から飲んだことはなかった」肩をすくめた。「でも、そろそろ帰ったほうがよさそうです」

「おれはべつに職務質問をしてるんじゃない」

「本当に？」ルーサーはダニーを見た。「どうしてわかります？」

ダニーは両手を広げた。「世の中の人間は二種類しかいない――見たとおりの人間と、そうでない人間だ。おれはどっちだと思う？」

ルーサーは、ウィスキーが体の奥を駆けめぐるのを感じた。「あなたはこの街で会った人間のなかでいちばんの変わり者だ」

ダニーは酒を飲み、空の星を見上げた。「エディは一年、いや二年かけて、おまえのことを探るかもしれない。信じてもらっていいが、彼はいくらでも時間をかける。だが、そうしてついにおまえのまえに現われたときには、逃げ道をすべてふさいでるぞ」ルーサーと眼を合わせた。「おれは、エディと親父が、ならず者や詐欺師や銃使いを相手に目的を達成するのはいっこうにかまわないが、彼らが一般市民を追いかけるのは好きじゃない。わかるか？」

ルーサーは両手をポケットに入れた。ぴりっとした空気が暗く、いっそう寒くなった。

「つまり、あなたは猟犬を追い払えると?」

ダニーは肩をすくめた。「たぶん。そのときが来るまでわからないが」

ルーサーはうなずいた。「それで、あなたの目的は?」

ダニーは微笑んだ。「おれの目的?」

ルーサーも気づくと笑みを返していた。今度は自分たちで探り合っていると感じたが、それを愉しんでいた。「この世にただで手に入るものはないでしょう、悪運を除いて」

「ノラだ」ダニーは言った。

ルーサーは車のほうに戻り、ダニーから壜を受け取った。「彼女がどうしたんです?」

「彼女と弟がどうなってるか知りたい」

ルーサーはダニーを見つめながら酒を飲み、笑い声を上げた。

「なんだよ」

「弟のガールフレンドを好きになって、おれに〝なんだよ〟ですか?」ルーサーはまた笑った。

ダニーも笑いに加わった。「まあ、ノラとおれには過去があったと言っておこう」

「わかってます」ルーサーは言った。「ふたりが同じ部屋にいるのを見たのは一度だけですが、失明したおれの死んだおじにだってわかるほどだ」

「そこまで目立つのか?」

「たいていの人にとっては。どうしてミスター・コナーにわからないのか不思議です。ミスター・コナーは、彼女のことになるといろいろなものが見えなくなる」

「そうだな」

「どうして結婚を申し込まないんです？　彼女は飛びつきますよ」

「いや、それはない。ぜったいに」

「飛びつきます。ふたりをつないでるもの？　あれは愛に決まってる」

ダニーは首を振った。「こと愛に関して論理的にふるまう女をひとりでも知ってるか？」

「いいえ」

「だろう」ダニーは家のほうを見た。「おれには女のことが何ひとつわからない。一分後に何を考えてるか、わかったためしがない」

ルーサーは微笑んで首を振った。「それでもあなたはうまくやっていけると思う」

ダニーは壜を持ち上げた。「あと指二本分ほど残ってる。最後に一回どうだ？」

「もらいます」ルーサーは一度あおって壜を返し、ダニーが空《から》にするのを見た。「よく観察しておく。それでどうです？」

「いいだろう。エディが近づいてくるようなことがあったら知らせてくれ」

ルーサーは手を差し出した。「取引成立」

ダニーはその手を握った。「知り合えてよかったよ、ルーサー」

「こちらも、ダニー」

ルーサーはショーマット・アヴェニューの建物に戻り、雨もりはないかと何度も確認したが、天井からは何も垂れていないし、壁も湿っていなかった。そこでまず壁の漆喰《しっくい》を全面はがしてみると、なかの木摺《きずり》の多くはまだ使えることがわかった。ぎりぎりのところで崩れないものもあるが、それでもよしとしなければならない。床と階段もほぼ同じ状況だった。通常、ここまで放置され、火と水で破壊されたものを修繕するなら、真っ先に取り壊して骨組みだけにするところだが、資金がかぎられていて、もらう、借りる、盗むのアプローチでいく今回は、使えるものは釘の一本まで使うしかない。ルーサーと、ワーゲンフェルド家の使用人のクレイトン・トームズは、ともにサウス・ボストンの家で似たような時間に働いていて、休日まで一致していた。そこで、イヴェット・ジドロとの会食が設けられ、クレイトンは何のことやらわからぬうちにこの改修計画に加えられていた。その週末、ルーサーはようやく人手を借りることができた。彼らは一日かけて、まだ使える木材、金属、真鍮《しんちゅう》の備品を集め、三階に運び上げて、翌週は配管と電気の配線作業をおこなうことにした。

たいへんな仕事だった。体は埃と汗と石灰にまみれた。バールでこじ開け、木を裂き、釘抜きハンマーで引き抜いた。肩から首が凝り固まり、膝の軟骨が岩塩になり、腰のうしろに熱い石が入りこみ、背骨の縁をかじられるような仕事だった。大の男が埃だらけの床のまんなかにへたりこみ、膝のあいだに頭を垂れ、「ふう」とつぶやいて、頭を垂れたまま もう少し眼を閉じていたいと思うような。

しかし、コグリン家でほとんど何もせずに数週間をすごしたあとで、ルーサーはほかのことをしたいとは思わなかった。これは手と心と筋肉の仕事だ。自分がいなくなったあとにも、この労苦と自分自身の痕跡をとどめる仕事だ。

職人芸《クラフツマンシップ》とは——かつてコーネリアスおじが教えてくれた——労働と愛が結びついたときに生じるものを、ただ聞こえよく言ったにすぎない。

「くそっ」クレイトンが玄関ホールに仰向けに寝て、二階上の天井を見上げながら言った。

「彼女が室内の配管を全部するつもりなら——」

「そのつもりだ」

「——排水管はよ、ルーサー——排水管だけでも——地下から天井の換気口まで延びなきゃならない。わかるか？　四階分だ」

「五インチのパイプだ」ルーサーは笑った。「鋳鉄製の」

「で、そのパイプからさらに各階にパイプを延ばすんだろう？　バスルームからはたぶん二本？」クレイトンは眼を丸くした。「ルーサー、こりゃ正気の沙汰じゃない」

「そうだな」

「だったらなんで笑ってる？」

「おまえもなんで？」ルーサーは言った。

「ダニーはどうなんです？」ルーサーはヘイマーケットへと歩きながらノラに尋ねた。

「ダニーがどうしたの？」

「なんだかあの家族としっくりいってないように見える」

「エイデンが何かとしっくりいくこと自体、思いつかない」

「どうしてみんな彼をダニーと呼んだり、エイデンと呼んだりするんです？」

ノラは肩をすくめた。「たまたまよ。あなたも彼をミスター・ダニーと呼ばない。気づいたわ」

「だから？」

「コナーには〝ミスター〟をつけるでしょう。ジョーにさえつける」

「ダニーに〝ミスター〟をつけるなと言われた、みんなといるとき以外」

「ずいぶん仲がいいのね」

まずい。ルーサーは、手の内を見抜かれていないことを祈った。「仲がいいと言えるかどうか」

「でも彼が好きなんでしょう。顔に書いてある」

「彼はほかの人とちがう。これまでああいう白人の男に会ったことがないかもしれない。あなたみたいな白人の女にも会ったことがないけれど」

「わたしは白人じゃないわ、ルーサー。アイルランド人よ」

「へえ、アイルランド人は何色です？」

ノラは微笑んだ。「ジャガイモの灰色」

ルーサーは笑って自分を指さした。「おれは紙やすりの茶色だ。初めまして」

ノラはさっと膝を曲げてお辞儀をした。「光栄ですわ」

ある日曜のディナーのあとで、エディ・マッケンナがルーサーを家まで送っていくと言い張った。ルーサーは玄関でコートを着ながら、すぐに返答を思いつけなかった。

「外はひどい寒さだ」マッケンナは言った。「メアリー・パットには、牛たちよりまえに家に帰ると言ってある」テーブルから立って、ミセス・コグリンの頬にキスをした。「フックからわしのコートを取ってくれるか、ルーサー。助かるよ」

このときダニーは食事に来ておらず、ルーサーは部屋のなかを見まわしたが、注意を払っている者はいなかった。

「じゃあ、また近いうちに」

「おやすみ、エディ」トマス・コグリンが言った。「おやすみ、ルーサー」

「おやすみなさい」ルーサーは言った。

マッケンナはイースト・ブロードウェイを走り、右斜めのウェスト・ブロードウェイに入った。寒い日曜の晩でも騒々しく、何が起きてもおかしくない雰囲気だった。ちょうどグリーンウッドの金曜の夜がそうだったように。戸外でダイス賭博がおこなわれ、娼婦たちが窓から身を乗り出し、あらゆる酒場から音楽が流れていた。酒場は数えきれないほどある。威圧感のある大きな車に乗っていても、なかなか先に進めなかった。

「オハイオか？」マッケンナが言った。

ルーサーは微笑んだ。「そうです。ケンタッキーが惜しいところでした。このまえの夜、すでにおわかりだったんですね……」

「ああ、やっぱり」マッケンナはパチンと指を鳴らした。「川の反対側を言ってしまったな。オハイオのどこだ？」

外では、ウェスト・ブロードウェイの騒音が相変わらずうるさく、街の光が車のフロントガラスでアイスクリームのように溶けていた。「コロンバスの郊外です」

「これまで警察の車に乗ったことは？」

「ありません、スー」

マッケンナは大声で笑った。岩でも吐き出しているような笑い。「ああ、ルーサー、信じられないかもしれんがな、トム・コグリンとわしはともに警官になるまえ、かなりの時間を法のまちがった側ですごしたものだ。囚人護送車で運ばれたこともあるし、トラ箱に入れられたことも数知れない」手を振った。「移民階級はそういうものだろう。淫売宿にくり出して、相手が誰だろうと寝まくって。おまえも同じ儀式を経てきたのかと思っただけだ」

「私は移民ではありません、スー」

マッケンナは彼を見やった。「なんだって？」

「ここで生まれました、スー」

「どういう意味だ？」

「べつに意味はありません。ただ……移民はそういうものだとおっしゃって、たしかにそのとおりかもしれない、でも私は移民ではないと言うつもりで――」

「どうしてそうなる？」

「はい？」

「どうしてそうなるんだ？」マッケンナはルーサーに笑みを向けた。車は一本の街灯の下を通った。

「スー、何をおっしゃりたいのか――」

「おまえは言ったな」

「はい？」

「おまえは言った、移民は留置場に入るものだと」

「いいえ、スー、そんなことは言ってません」

マッケンナは自分の耳たぶを引っ張った。「だったらわしの頭のなかは耳くそだらけにちがいない」

ルーサーは何も言わず、フロントガラスの外を見つめていた。車はD通りとウェスト・ブロードウェイの交差点の信号で停まった。

「移民に何か恨みでもあるのか？」エディ・マッケンナは言った。

「いいえ、スー。ありません」

「まだわれわれはテーブルの席を与えられていないと思うのか」

「ちがいます」

「代わりにわれわれの子供の子供がその名誉を勝ち取るまで待てということか、え？」

「スー、決してそんな――」

マッケンナはルーサーの眼のまえで指を振り、大声で笑った。「驚いたか、ルーサー。からかったんだよ。見事成功だ」ルーサーの膝をポンと叩いて、また愉しそうに笑った。信号が青になった。マッケンナはブロードウェイを走りつづけた。

「まいりました、スー。本当に驚きました」

「だろうな！」マッケンナは言って、今度はダッシュボードを叩いた。車はブロードウェイ・ブリッジを越えた。「コグリン家で働くのは好きか？」

「はい、スー、好きです」

「ジドロ家はどうだ？」

「はい？」

「ジドロ家だよ。知らないと思ったか？　アイザイアは、このあたりじゃかなり名の知れた上流気取りのネグロイドだ。デュボイスの耳を持っている、人種平等に関するビジョンを持っていると言われる。こともあろうに、このすばらしい街においてだ。たいしたもんだと思わんかね？」

「そうですね」

「いやまったくたいしたものだ。感心する」最高に温かい笑みを浮かべた。「もちろん、ジドロ家はおまえら黒人の友人じゃないと主張する人もいる。じつのところ、敵だとな。ジドロが平等の夢を振りかざせば、とんでもない結末を迎える、この街の通りという通りに黒人の血が流れることになると、そう言う人もいる」マッケンナは手を自分の胸に当てた。「もちろん、何人かだ。全員じゃない。この世界にこれほどの不和があるのは嘆かわしいことだ。そう思わんか？」

「思います、スー」

「じつに痛ましいことだ」マッケンナは首を振り、舌打ちをして、セント・ボトルフ通りに入った。「家族は？」

「はい？」

マッケンナは家々のドアを確認しながら、通りをゆっくりと進んだ。「家族をカントンに残してきたのか？」

「コロンバスです、スー」

「コロンバスだったな」

「いいえ、私ひとりです」

「だったらなぜはるばるボストンまで来た？」

「あれです」

「は？」

「ジドロ家です。いま通りすぎました」

マッケンナはブレーキを踏んだ。「そうか」彼は言った。「じゃあまた」

「またお願いします、スー」

「暖かくしてろよ、ルーサー。厚着しろ」

「そうします。ありがとうございました」ルーサーは車から出た。うしろにまわって歩道に立った。マッケンナの車の窓がおろされる音がした。

「新聞で読んだんだな」マッケンナが言った。

ルーサーは振り返った。「何をです？」

「ボストンだよ！」マッケンナの両眉が愉しげに上がった。

「そういうわけでもありません」

マッケンナはすべて納得したというようにうなずいた。「八百マイルだ」

「はい？」

「距離だよ」マッケンナは言った。「ボストンとコロンバスの」車のドアを軽く叩いた。

「おやすみ、ルーサー」

「おやすみなさい、スー」

ルーサーは歩道に立って、マッケンナの車が走り去るのを見た。両手を上げて見た——震えているが、そうひどくもない。まったくひどくない、いまの状況を考えれば。

17

ダニーは日曜の夕方、スティーヴ・コイルと〈ウォーレン・タヴァーン〉に立ち寄った。秋というより冬のような日だった。スティーヴはダニーの口ひげについて何度かジョークを言い、捜査の進み具合を尋ねた。ダニーは謝りながら、一般市民と公《おおやけ》に捜査のことを話すわけにはいかないとくり返した。

「だが相手はおれだぞ」スティーヴはそう言って、片手を上げた。「いや、冗談、冗談。わかるよ」大きいと同時に弱々しい笑みをダニーに向けた。「わかる」

ふたりは昔の事件、懐かしい日々について話した。ダニーが一杯飲み終えるころには、スティーヴは三杯飲んでいた。スティーヴはこのところウェスト・エンドに住んでいる。下宿屋の地下を六つに区切った窓のない部屋で、どこも濃厚な石炭のにおいがする。

「まだ部屋にトイレがないんだ」スティーヴは言った。「信じられるか？　一九一〇年ごろまで裏庭の小屋でしてたらしい。囚人か黒人みたいに」首を振った。「で、十一時までに家に帰らないと、頭のおかしい爺さんが鍵をかけて、ひと晩じゅうなかに入れなくなる。生きていくのもたいへんだ」また大きく弱い笑みを浮かべ、酒を飲んだ。「だが荷車が手に入ったら？　すべてが変わる。言っとくぜ」

　スティーヴのいちばん新しい仕事の計画に、ファニエル・ホール市場の外に荷車を置いて、果物を売るというのがあった。きわめて悪質とは言わないまでも、かなり乱暴な連中が、そういう荷車をすでに十台以上出しているが、スティーヴは気にしていないようだった。果物の卸売り屋が、新規の売り手を警戒して最初の六カ月は〝特別〟価格で品物を卸すため、とうてい元が取れないことも、〝ただの噂〟と退けた。二年前から市役所がその地域の商人に登録証のメダルを与えなくなっていることにも怯《ひる》まなかった。「役所におれの知り合いがいるだろう？」スティーヴはダニーに言った。「あいつらなら、おれに金を払ってでも店を構えてくれと言うさ」

　ダニーは、二週間前にスティーヴ本人が、昔の知り合いで電話に出てくれるのはおまえだけだと言っていたことは指摘しなかった。ただうなずいて、激励するように微笑んだ。ほかに何ができる？

「もう一杯いくか？」スティーヴが言った。

　ダニーは時計を見た。七時にネイサン・ビショップと食事をすることになっている。首を振った。「いや、無理だ」

　すでにバーテンダーに合図を送っていたスティーヴは、眼に現われた落胆を、大きすぎる笑みと吠えるような笑い声で隠した。「ついでくれ、ケヴィン」

　バーテンダーは顔をしかめ、注ぎ口から手を離した。

「一ドル二十セントの貸しだぞ、コイル。今日は払えよ、この飲んだくれ」

スティーヴはポケットを叩いた。ダニーは「おれが払う」と言った。

「いいのか？」

「もちろん」ダニーはブース席から出てカウンターに近づいた。「ケヴィン、ちょっと来てくれるか」

バーテンダーはありがたく思えと言わんばかりの態度で歩いてきた。「なんだ？」

ダニーは一ドルと五セント硬貨四枚をカウンターに置いた。「やるよ」

「今日はおれの誕生日か」

バーテンダーが金に手を伸ばすと、ダニーはその手首をつかんで引き寄せた。

「笑うか、折るかだ」

「え？」

「ソックスの試合の話をして笑ってるふりをしろ。さもなくば、この手首を折る」

ケヴィンは微笑んだ。顎は引きつり、眼は飛び出しかけた。

「おれの友だちをあと一度でも〝飲んだくれ〟と呼んでみろ、このくそバ、ー、テ、ン、ダ、ー、。その歯を全部へし折って、ケツから体のなかに戻してやる」

「はい――」

ダニーはつかんだ肉をひねった。「ただうなずきゃいいんだよ、くそ野郎」

ケヴィンは下唇を噛み、四回うなずいた。

「それから、次の一杯は店のおごりだ」ダニーは言い、相手の手首を離した。

ダニーとスティーヴは消えゆく夕陽の余光のなか、ハノーヴァー通りを歩いていった。ダニーは自分の部屋に寄って、隠れ家のアパートメントで使う暖かい服を取ってくるつもりだった。スティーヴは昔住んでいたあたりをぶらぶらしてみたいと言った。プリンス通りまで来ると、人々が彼らのまえを横切って、セイレム通りのほうへ走っていった。ダニーの下宿屋の角に着くと、停まった黒いハドソンのスーパー・シックスを大勢の人が取り囲んでいた。男と少年の何人かは、車の踏み板やフードで飛び跳ねている。

「いったいなんだ？」スティーヴが言った。

「ダニー巡査！　ダニー巡査！」ミセス・ディマッシが玄関前の階段から狂ったように手を振った。ダニーは一瞬、頭を下げた――数週間の囮捜査が台なしになってしまったかもしれない、ひげまでたくわえたのに、二十ヤード先から老女に見破られたことによって。人混みのあいだから、車の運転手が麦藁帽《むぎわらぼう》をかぶっているのが見えた。助手席にいる人間もかぶっている。

「わたしの姪《めい》、連れていこうとしてる」ダニーとスティーヴが近くに来ると、ミセス・ディマッシは言った。「アラベラを連れていこうと」

ダニーは別の角度から車を見た。捜査局のレイム・フィンチがハンドルを握り、クラクションを鳴らして前進しようとしていた。

群衆はそれを妨げていた。まだ何も投げていないが、叫び、拳を握りしめ、イタリア語で呪いのことばを吐いていた。ダニーは黒手《ブラック・ハンド》組の男がふたり、群衆の端で動いているのを見た。

「もう車のなかに？」ダニーは訊いた。

「うしろの席」ミセス・ディマッシは叫んだ。「連れていく」

ダニーは励ますように彼女の手を握ったあと、人々をかき分けて車に近づきはじめた。フィンチの眼が彼の眼と合い、細くなった。十秒ほどして、ダニーだとわかったという閃きがその顔に表われた。しかしそれはすぐに別のものに替わった——群衆に対する恐怖ではなく、断固前進するという決意に。フィンチはギアを入れ、じりじりと進もうとした。

誰かがダニーを押し、ダニーはつまずきかけたが、太い腕の中年女ふたりにぶつかって止まった。ひとりの少年がオレンジを持って街灯にのぼった。もしうまく投げることができたら、事態はたちまち怖ろしいことになる。

ダニーは車に到達した。フィンチがわずかに窓を下げた。アラベラは後部座席で丸くなっていた。眼を見開き、手の指を十字架に絡ませ、唇は祈りのことばをつぶやいていた。

「彼女を解放しろ」ダニーは言った。

「この群衆を移動させろ」

「暴動を起こすつもりか？」ダニーは言った。

「この通りでイタリア人が何人か死んでもいいのか？」フィンチはクラクションを拳で叩い

て鳴らした。「こいつらをさっさとどかすんだ、コグリン」

「この娘はアナーキストのことなど何も知らない」ダニーは言った。

「彼女はフェデリコ・フィカーラと会ってたんだ」

ダニーはアラベラを見た。彼女は、まわりで人々が怒りを募らせていることしかわからないといった眼を返した。誰かの肘がダニーの腰を押し、ダニーはつぶされるかというほど車に押しつけられた。

「スティーヴ！」彼は叫んだ。「まだうしろにいるか？」

「十フィートほどうしろだ」

「おれを少し自由にしてくれないか」

「杖を使わなきゃならない」

「かまわない」ダニーはまた首をまわし、レイム・フィンチが開けた窓の隙間に顔を押し当てて言った。「彼女がフェデリコといっしょにいるところを見たのか？」

「ああ」

「いつ？」

「三十分ほどまえ。パン工場のそばで」

「あんた自身の眼で？」

「いや、別の捜査官が見た。フェデリコには逃げられたが、この娘は身元がわかった」

誰かがダニーの背中に頭突きをくらわした。ダニーは相手の顎をつかんで平手ではたいた。

唇を窓の隙間に押しつけた。「もしあんたが彼女を連れていって、またここに帰したら、彼女は暗殺される。フィンチ、聞こえるか？　彼女を殺すのと同じだ。だから解放しろ。ここはおれにまかせてくれ」また別の体が背中にぶつかり、男がひとり、車のフードにのぼった。「ここじゃ息もできない」

フィンチが言った。「いまさらあと戻りはできない」

さらに別の男がフードに乗り、車が揺れはじめた。

「フィンチ！　彼女を車のなかに連れこむだけでもう充分ひどい仕打ちだ。事実はどうあれ、彼女は本物の情報屋だと思う人間が出てくるだろう。だがいま解放すればなんとかできる。そうしないと……」また別の体がダニーに追突した。「何してる、フィンチ！　早くこのドアのロックを解除しろ」

「話し合う必要がある」

「わかった、だったら話そう。ドアを開けてくれ」

フィンチは最後にもう一度、まだ決着にはほど遠いことを示すために、ダニーを長々と見つめた。そしてうしろのドアに手を伸ばし、ロックを解除した。ダニーはドアのハンドルに手をかけ、群衆のほうを振り返った。「まちがいが起きた《チェ・スタート・ウン・エローレ》。下がってくれ《ソステーニョ》。下がって。彼女は出てくる《スタ・ウシエンド》。下がってくれ！」

ダニー自身驚いたことに、群衆が数歩うしろに下がった。ダニーは車のドアを開け、後部座席で震えていた娘の手を取って引き寄せた。何人かが歓声を上げ、手を叩いた。ダニーはアラベラを抱きしめ、歩道に向かった。アラベラは胸元の十字架を両手で握りしめていた。ダニーはその脇の下に何か固く角張ったものを感じ、彼女の眼を見たが、そこには恐怖が浮かんでいるだけだった。

ダニーはアラベラをしっかりと引き寄せ、人々のまえを通りながら、うなずいて感謝した。最後にフィンチを一瞥《いちべつ》し、通りの先に首を振った。またまばらな歓声が上がり、車のまわりの群衆が減りはじめた。フィンチがどうにか車を数フィートまえに進めると、人々はさらに後退し、タイヤが徐々にまわりはじめた。そこで最初のオレンジが当たった。冷えきった果物は岩のような音を立てた。リンゴ、ジャガイモが続いた。たちまち果物や野菜が雨霰《あめあられ》と降りそそいだ。しかし車はセイレム通りを止まらず進んだ。腕白な子供が何人かその横を走って叫んだが、顔は笑っていて、群衆の野次がそれに祭りのような明るさを加えた。

歩道に着くと、ミセス・ディマッシがダニーから姪を引き取り、家の階段に向かいはじめた。ダニーが振り返ると、フィンチのハドソンのテールライトは交差点に達していた。スティーヴ・コイルが横に立ち、ハンカチで顔を拭きながら、半分凍った果物が散乱した通りを見ていた。

「一杯やりたいだろう？」スティーヴはダニーにフラスクを渡した。

ダニーは飲んだが、何も言わなかった。アラベラ・モスカがおばの腕に抱かれて小さくなっているのを見た。自分がどちらの側についているのかわからなくなった。

「彼女と話をしなければなりません、ミセス・ディマッシ」

ミセス・ディマッシは彼の顔を見つめた。

「いますぐ」ダニーは言った。

アラベラ・モスカは切れ長の眼と青みがかった黒いショートヘアの小柄な女だった。〝ハロー〟、〝グッバイ〟、〝サンキュー〟以外に英語はひと言もしゃべらない。ミセス・ディマッシの居間のカウチに坐り、まだおばに両手を握られ、まだコートも脱いでいなかった。

ダニーはミセス・ディマッシに言った。「コートの下に何を隠しているのか、彼女に訊いてもらえませんか」

ミセス・ディマッシは姪のコートにちらっと眼をやって、顔をしかめた。指さして、コートを開きなさいと言った。

アラベラは顎を引き、激しく首を振った。

「頼むよ」ダニーは言った。

ミセス・ディマッシは自分より若い親戚の娘に何かを頼む人ではなかった。その代わりに、平手で娘の頬を打った。アラベラはほとんど反応しなかった。さらにうつむき、また首を振った。ミセス・ディマッシはカウチでまた腕をふりかぶった。

ダニーは上半身をふたりのあいだに割りこませた。「アラベラ」つかえながらイタリア語で言った。「やつらはきみの夫を国外追放にするぞ」

アラベラの顎が胸から離れた。

ダニーはうなずいた。「あの麦藁帽をかぶった連中。やつらだ」

堰《せき》を切ったようにアラベラの口からイタリア語があふれ出し、ミセス・ディマッシは手を上げて止めようとした。アラベラは、ついていけないのではないかと思うほど早口でまくしたてて、ダニーのほうを向いた。

「彼らにそれはできないと言ってる。夫は仕事を持っているからと」

「それでも違法な移民だ」ダニーは言った。

「馬鹿な」ミセス・ディマッシは言った。「このあたりに住んでる人の半分は違法。全員追放するの？」

ダニーは首を振った。「彼らを困らせる人間だけだ。彼女にそう伝えてくれ」

ミセス・ディマッシはアラベラの顎の下に手を突き出した。「コートの下に持っているも《ダンミ・ケル・ケ・ティエニ・ソット・イル・》のを渡しなさい、でないとあんたの夫は次のクリスマスをパレルモですごすことになるよ《カポット・オ・トゥオ・マリート・パッセラ・イル・プロッシモ・ナターレ・ア・パレルモ》」

アラベラは言った。「ノー、ノー、ノー」

ミセス・ディマッシはまた腕を上げ、アラベラと同じくらいの速さで言った。「アメリカ《クウエスティ・》人はわたしたちを犬みたいに扱う。《アメリカーニ・チ・トラッタノ・コメ・カーニ》そのひとりのまえでわたしに恥をかかせるんじゃないよ。《ノン・ティ・ペルメッテロ・ディ・ウミリアルミ・ディナンツィ・アド・ウノ・ディ・ロロ》コートを開きなさい、でなきゃ背中から引っぺがすからね！《アプリ・イル・カポット・オ・テ・ロ・ストラッポ・ディ・ドッソ》」

彼女が何を言ったにせよ——ダニーにも〝アメリカ人〟、〝犬〟、〝恥をかかせるんじゃない〟はわかった——それは効果を発揮した。アラベラはコートのまえを開き、白い紙袋を取り出した。それをミセス・ディマッシに渡すと、老女はダニーに渡した。

ダニーがなかを見ると、紙の束が入っていた。いちばん上の一枚を取り出した。


おまえたちが休み、ひざまずいているあいだに、われわれは働いた。そして実行した。

これは始まりだ、終わりではない。決して終わることはない。

おまえたちの子供じみた神と子供じみた血は、海へと流れる。

次はおまえたちの子供じみた世界だ。


ダニーはその紙をスティーヴに見せ、ミセス・ディマッシに言った。「彼女はこれをいつ配るはずだったんですか？」

ミセス・ディマッシは姪に訊いた。アラベラは首を振りかけて、やめた。ミセス・ディマッシにひと言つぶやき、ミセス・ディマッシはダニーのほうを向いた。「日暮れどき」

ダニーはスティーヴを見た。「夕方のミサをやっている教会はいくつぐらいある？」

「ノース・エンドで？　二、三カ所かな。どうして？」

ダニーは紙を指さした。「〝おまえたちが休み、ひざまずいているあいだに〟。わかるか？」

スティーヴは首を振った。「いや」

「安息日には休む」ダニーは言った。「教会でひざまずく。そして最後に——〝おまえたちの血は海へと流れる〟。海の近くの教会にちがいない」

スティーヴはミセス・ディマッシの電話のまえまで行った。「警察に連絡する。おまえはどこだと思う？」

「条件に合うのはふたつだ。セント・テレサか、セント・トマス」

「セント・トマスで夕方のミサはない」

ダニーはドアに駆け寄った。「あとから来るか？」

スティーヴは受話器を耳に当てて微笑んだ。「杖をつきながらな、もちろん」ダニーを追い立てるように手を振った。「さあ、早く行け。あ、それから、ダン」

ダニーはドアのところで立ち止まった。「なんだ？」

「まず撃てよ」スティーヴは言った。「何度でも撃て」


セント・テレサ教会はフリート通りとアトランティック・アヴェニューの交差点に建ち、ルイス埠頭と向かい合っている。ノース・エンドでもっとも古い教会のひとつで、小さく、すでに崩れはじめている。ダニーは両膝に手をついて息を整えた。走ってきたのでシャツは汗まみれだった。ポケットから時計を出して見た——五時四十八分。ミサはもうすぐ終わる。もしサリュテーション署のときのように爆弾が地下にしかけられているのなら、できるのは、教会に駆けこんで全員を外に出すことだけだ。スティーヴが電話をかけたから、さほどたたないうちに爆弾処理班が到着するだろう。だがもし爆弾が地下にあるのなら、なぜまだ爆発していない？　教区民はもう四十五分以上なかにいる。床下で爆発を起こすには充分な時間……。

そのとき音が聞こえた。遠くから、最初のサイレンが。一台目の警察車が一分署を出たのだ。まちがいなくそのあとからも来る。

交差点は静かだった。人気《ひとけ》はなく、教会のまえにおんぼろ車が数台停まっているだけだった。どれも馬で牽《ひ》く荷車と大差ないが、そのうち二台は心をこめて手入れされている。ダニーは通りの向かいから車のルーフをざっと眺めて思った――なぜ教会なんだ？　アナーキストにとってさえ、教会の爆破は政治的自殺に思える、とりわけノース・エンドでは。そこで思い出した。この界隈《かいわい》で教会が夕方のミサをおこなう唯一の理由は、戦時中〝不可欠〟と見なされて安息日にも休めない労働者の要求を満たすためだったと。その〝不可欠〟には、間接的であれ、軍とのつながりが認められる――武器、鉄鋼、ゴム、工業用アルコールの生産にたずさわる人々。したがって、この教会はたんなる教会ではない。軍事目標でもあるのだ。

教会のなかで讃美歌を歌う何十人もの声が響いた。選択の余地はない――彼らを外へ出す。爆発がまだ起きていない理由はわからない。ことによると一週間早かったのかもしれない。犯人が起爆に失敗したのかもしれない――アナーキストにはよくあることだ。理由は何十と考えられるが、なかにいる会衆が死んでしまっては、考えても意味がない。彼らをまず安全な場所へ連れ出す、そのあと疑問や非難について考えればいい。いまはとにかく、彼らを出すことだ。

通りを渡りはじめて、おんぼろ車のうち一台が二重駐車していることに気づいた。

そうする必要はなかった。通りの両側にいくらでも空いた場所があるのだから。空いていないのは教会の真正面の路肩だけだ。その車が二重に停まっているのはそこだった。古いランブラー63のクーペ、おそらく一九一一年か一二年式だろう。ダニーは通りのまんなかで立ち止まった。足が凍りつき、喉と脇の下に冷や汗がにじみ出た。ゆっくりと息を吐き、また動きだした。車に早足で近づくと、運転者がハンドルに低くもたれかかっているのが見えた。黒い帽子を目深にかぶっている。サイレンの音が鋭くなってきた。複数のサイレンがそれに加わった。運転者が背筋を伸ばした。左手はハンドルを握っている。右手は見えなかった。

教会のなかで讃美歌が終わった。

運転者は顔を上げ、通りのほうを向いた。

フェデリコだ。もう白髪はなく、口ひげも剃《そ》り、そのせいで顔つきがほっそりして貪欲になったようだ。

彼はダニーを見たが、眼にダニーとわかった表情は浮かばなかった。ただ、ひげもじゃのボルシェヴィキの大男がノース・エンドの通りで何をしているのかと訝《いぶか》っているような、漠然とした好奇心だけがうかがえた。

教会の扉が開いた。

最初のサイレンが一区画ほど向こうで聞こえた。四軒先の店から少年がひとり出てきた。ツイードのハンチングをかぶり、腕に何かを抱えている。

ダニーは上着のなかに手を入れた。フェデリコの眼がダニーの眼と合った。

ダニーは銃を取り出し、フェデリコは座席の上の何かに手を伸ばした。

最初の教区民が教会の階段に出てきた。

ダニーは銃を振って叫んだ。「教会のなかに戻れ！」

誰も自分たちに向けられた声だとは思わなかったようだ。ダニーは左に寄り、腕を上げて、フェデリコの車のフロントガラスに弾を撃ちこんだ。

教会の階段で数人が悲鳴を上げた。

ダニーがもう一度撃つと、フロントガラスが砕け散った。

「なかに戻るんだ！」

何か熱いものが耳たぶのすぐ下をかすめた。左側に銃の白い閃光が見えた――少年がダニーに拳銃を向けて撃っていた。車のドアが開き、導火線から火花が散っているダイナマイトを一本持って、フェデリコが出てきた。ダニーは銃を構える手にもう一方の手を添えて、フェデリコの左膝を撃った。フェデリコは甲高《かんだか》く叫んで車に倒れかかった。ダイナマイトが車のまえの座席に落ちた。

ダニーはさらに近づいていたので、ほかのダイナマイトが後部座席に積まれているのも見えた。二、三束ある。

通りの敷石がはがれて飛んだ。ダニーは身を屈めて少年を撃ち返した。少年が倒れ、帽子が落ちて、長いキャラメル色の髪が流れ出た。少年は車の下に転がりこんだ。少年ではない。テッサだ。ダニーは眼の隅でランブラーのなかの動きをとらえ、もう一発撃った。惜しくもはずれて車の踏み板に当たり、リボルバーの弾は撃ち尽くした。ポケットに予備があったので、空の薬莢を通りに落とし、前屈みで街灯まで走って肩を当て、震える手で再装填しようとした。相手の弾が何発かいちばん近くの車で跳ね、街灯に当たった。

悲しみと絶望に満ちた声でテッサがフェデリコの名を呼び、叫んだ。「逃げて《スカッパ》、逃げて《スカッパ》、アモーレ・ミオ！　早く安全なところへ《メッテイティ・イン・サルヴォ》！　逃げて《スカッパ》！」

フェデリコが座席から体をひねり出し、撃たれていないほうの膝を通りについた。ダニーは街灯のうしろから出て撃った。最初の弾はドアに当たったが、二発目はフェデリコの尻に命中した。また奇妙な甲高い悲鳴が上がり、あふれた血でフェデリコのズボンのうしろが黒ずんだ。彼は座席に倒れこみ、また車内に這い戻った。突然、ダニーの脳裡にフェデリコの住まいでの光景が甦った。フェデリコが浮かべていた温かく輝かしい笑み。そのイメージを振り払っていると、テッサが叫んだ。希望を断たれた悲痛な叫び声だった。テッサは両手で銃を構えて発砲した。ダニーは左手に跳び、通りを転がった。銃弾が敷石を次々とはがし、ダニーは転がりつづけて通りの反対側の車まで達した。テッサのリボルバーの弾が切れた音がした。フェデリコがランブラーから飛び出した。背中を反《そ》らして振り返り、車のドアを押して離れようとした。ダニーはその腹を撃った。フェデリコはまたランブラーのなかに倒れた。ドアが閉まって彼の足を挟んだ。

ダニーは最後にテッサを見た場所に弾を撃ちこんだが、彼女はもうそこにおらず、教会から数軒先を走っていた。腰のうしろを押さえた手が赤い。あふれた涙が顔を伝い、口は開いて声にならない叫びを発していた。先頭の警察車が角を曲がってくると、ダニーは最後に彼女を一瞥《いちべつ》し、両手を上げて車のほうへ走っていった。接近するまえに誤解を避けておきたかった。

爆発は水面下から湧き出た大きな泡のようだった。最初の爆風はダニーの足を払い、彼を側溝に落とした。見るとランブラーは空中に四フィート飛び上がり、地上のほぼ同じ位置に落ちた。窓が吹き飛び、タイヤがつぶれ、ルーフの一部が缶の蓋のようにめくれ上がった。教会正面の階段が砕け、石灰石がそこらじゅうに飛び散った。教会の重い木の扉は蝶番《ちょうつがい》からはずれて落ちた。ステンドグラスが崩壊した。破片と白い塵芥《じんかい》が空中を舞った。車からは炎が立った。あふれ出す炎と油臭い黒煙。ダニーは立ち上がった。両耳から血が垂れているのがわかった。

眼のまえで顔が揺らめいた。知っている顔だ。口がダニーの名を呼ぶように動いた。ダニーは両手を上げげた。片方の手にはまだリボルバーを持っていた。その警官は――名前を思い出した、グレンなんとかだ、グレン・パチェット――首を振った。いや、その銃は持っていていい。

ダニーは銃をおろして上着のポケットに戻した。顔に炎の熱を感じた。そこにフェデリコがいるのが見えた。黒焦げになって燃えている。助手席のドアにもたれ、つき合いでドライブにきて眠っているかのように。眼を閉じたその姿は、初めて彼といっしょにパンを食べた夜をダニーに思い出させた。蓄音機の音楽にすっかり魅了された様子のフェデリコは、やはり眼をつぶって指揮をしていた。人々が教会から出てきはじめた。崩れた階段の横からまわりこんでくる。ダニーはふと、彼らの声が深さ一マイルの穴の底から聞こえるような気がした。

彼はパチェットのほうを向いた。「おれの声が聞こえたらうなずいてくれ」

パチェットは怪訝《けげん》な顔をしたが、とにかくうなずいた。

「テッサ・フィカーラという名で全署緊急連絡を出してくれ。二十歳、イタリア人、五フィート五インチ、茶色の長い髪。右の腰のうしろから出血。いいか、グレン？　少年のような恰好をしている。ツイードのニッカーボッカー、格子縞のシャツ、サスペンダー、茶色の作業靴。わかったか？」

パチェットは手帳に書き留め、うなずいた。

「銃を持っていて危険」ダニーは言った。

パチェットは書き留めた。

ダニーの左耳の奥がポンと鳴って開き、血がさらに首を流れたが、それで聞こえるようになった。突然音が戻ってきて頭痛がした。ダニーは耳に手を当てた。「くそっ」

「聞こえるようになった？」

「ああ、グレン。聞こえるよ」

「車のなかで燃えてるのは？」

「フェデリコ・フィカーラ。連邦から逮捕状が出てる。たしか一カ月ほどまえ、点呼のときに話が出たはずだ。爆弾犯だ」

「もはや死んだ爆弾犯だ。あんたが撃ったのか？」

「三発な」ダニーは言った。

パチェットは自分たちの髪や顔に降りそそぐ白い埃と破片を見た。「日曜をここまで台なしにするか？」

爆発の約十分後、エディ・マッケンナが現場に到着した。ダニーは教会の階段だった瓦礫《がれき》の中央に坐り、自分の名づけ親が爆弾処理班の巡査部長のフェントンと話すのを聞いていた。

「得られた情報から判断するかぎり、エディ、人々が全員外に出てきて、いつものように十分ほどこのあたりをうろついてるあいだに、ダイナマイトを爆発させる計画だったんでしょう。だがイタリア人たちが教会から出てくると、そこにいるコグリンの息子がなかに戻れと叫んだ。そのうえ発砲して言うことを聞かせた。会衆はなかに戻り、コグリンはランブラーにいるあのくそを撃ちはじめた。そのあたりで、もうひとり別の人間が加わった——機動隊から聞いた話では女のようです、信じられます？　コグリンは彼女にも撃たれたけど、くそ野郎を車のなかから出さなかった。で、自分のダイナマイトで爆死させた」

「ここから特捜隊が引き継ぐというのはなんとも皮肉だな、巡査部長」マッケンナは言った。

「機動隊に言ってください」

「ああ、もちろん。あとはまかせてくれ」マッケンナはフェントンがさっさと引き上げるまえに、その肩に手を置いた。「きみの専門的な意見では、巡査部長、もし教区民が通りに集まっているときに爆発があったら、どうなっていた？」

「最低でも二十人の死者。場合によっては三十人。あとは怪我をしたり、手足を失ったり」

「たいへんなことになってたな」マッケンナはそう言い、微笑んで首を振りながらダニーに近づいた。「おまえはかすり傷も負わなかったのか？」

「そのようです」ダニーは言った。「耳が両方ものすごく痛むけど」

「まずサリュテーション通り、次に流感であれだけ働き、今度はこれか？」マッケンナは階段の名残に坐り、ズボンの膝の部分を引き上げた。「ひとりの人間にニアミスがどれだけ起きるものかな、え？」

「おれは明らかにそれを試してるようです」

「女を怪我させたそうじゃないか。あのテッサのくそ女《あま》を」

ダニーはうなずいた。「右の腰のうしろに当たりました。おれの弾かもしれないし、跳弾かもしれない」

「あと一時間で夕食の予定だろう？」エディは言った。

ダニーは顔を上げた。「正直な話、行かなくてもいいと思ってるでしょう？」

「なぜ？」

「おれが夕食で会うことになってる男は、いまこうして話してるあいだにも、テッサの傷を縫ってやってるかもしれない」

エディは首を振った。「あの女はプロだ。パニックには陥らないし、すっかり暗くなるまえに出血しながら街を移動したりはしない。いまはどこかにじっと隠れてる」まわりの建物に眼を走らせた。「まだ近所にいるのかもしれん。今晩はわざと目立つように警戒線を敷く。それで女は動けなくなる。少なくとも遠くには行けないだろう。それに、おまえの友だちのネイサンだけがこの分野で汚い仕事をする医者じゃない。だから夕食には予定どおり行くべきだ。もちろんこうなった以上、危険はともなうが、それは計算のうえだし、冒す価値がある」

ダニーは冗談の気配はないかと相手の顔をうかがった。

「すぐそこまで近づいてるんだ」エディは言った。「ビショップはおまえの手帳を欲しがった。おまえはそれを与えた。で、相手は夕食に誘ってきた。アイルランドじゅうの金《きん》を賭けてもいいが、フレニアが夕食に来る」

「それはまだ――」

「わかるとも」エディは言った。「推論できる。そしてすべての星が直列に並んで、フレニアがおまえを《革命時代》の事務所に連れていったら？」

「どうするんです？　〝こうして仲よくなったんだから、全組織の郵便の宛先リストをもらえませんか〟とでも言ってみる？　その手のことを？」

「盗め」エディは言った。

「え？」

「事務所のなかに入ったら盗むのだ」

ダニーは立ち上がった。まだ片耳が詰まっていて、少しふらついた。「リストがどうしてそれほど大事なんです」

「そうやって監視するのだ」

「監視」

エディはうなずいた。

「あなたは納屋いっぱいのくそをためてる」ダニーは階段をおりた。「おれは事務所になんか近づきませんよ。レストランで会うだけだ」

エディは微笑んだ。「わかった、わかった。特捜隊がおまえに保険をかけてやろう。数日はボルシーどもから変な眼で見られないようにしてやる。それでどうだ」

「どんな保険を？」

「うちの隊のハミルトンを知ってるだろう？」

ダニーはうなずいた。ジェリー・ハミルトン。ジャージー・ジェリー。ならず者だ。刑務所から離れていられる唯一の理由は、警官のバッジだけだという男。

「知ってます」

「よろしい。今晩は眼を皿のようにして、心の準備をしておけ」

「何に対する準備を？」

「そのときが来ればわかる。わしを信じろ」エディも立ち上がり、ズボンを叩いて白い埃を払った。埃は爆発のときからずっと降っている。「さあ、家へ帰ってシャワーを浴びろ。血が首を伝ってる。それに体じゅう埃だらけだ。髪も、顔も。昔絵本で見た、どこかの先住民のようだ」

18

ダニーがレストランに着くと、ドアには鍵がかかり、窓には鎧戸《よろいど》がおろされていた。

「日曜は休みだった」ネイサン・ビショップが、入口の陰から、最寄りの街灯の淡い黄色の光のなかに出てきた。「うっかり忘れてた」

ダニーは通りの左右を見渡した。「フレニア同志は？」

「別の場所にいる」

「別の場所とは？」

ネイサンは眉根を寄せた。「これから行く別の場所だ」

「ほう」

「ここは閉まってるから」

「そうか」

「きみはいつも頭が弱いのか、それともいまだけ弱ってるのか？」

「いつもだ」

ネイサンが手を伸ばした。「車は通りの向かいだ」

ダニーは車を見た――オールズモビルのモデルM、ピョートル・グラヴィアチが運転席について、まっすぐまえを見ている。彼がキーをまわすと、重々しいエンジン音が通りにこだました。

ネイサンが通りを車に向かいながら振り返った。「来るか？」

ダニーは、エディの部下たちが、どこか眼につかない場所で見張ってくれていることを祈った。曲がり角の先の酒場で飲んだくれてなどいないようにと。ことによると、レストランにはあとでのんびり歩いてきて、予定していた行動をとればいいと思っているのではないか。場面まで想像できた――ジャージー・ジェリーと下っ端のもうひとりのならず者が、明かりの消えたレストランのまえに立ち、ひとりが手のひらに書き留めてきた住所を眺めて、混乱した五歳の子のように首を振っている。

ダニーは縁石から足を踏み出し、車に向かった。

車で数区画走り、ハリソン・アヴェニューに入った。小雨が降りだした。ピョートル・グラヴィアチはワイパーのスイッチを入れた。車のほかの部分と同じようにワイパーも重厚な代物で、行きつ戻りつするその音がダニーの胸に響いた。

「今夜は静かだな」ネイサンが言った。

ダニーはハリソン・アヴェニューの人気《ひとけ》のない歩道を見た。「ああ、まあ、日曜だから」

「きみのことを言ってるんだ」

〈オクトーバー〉というレストランだった。ごく小さな赤い文字でドアにそう書かれているだけなので、ダニーはこの数カ月、何度もまえを通りすぎていたのに店だとは気づかなかった。なかにテーブルが三つあり、食事の用意ができているのはひとつだけ。ネイサンはダニーをそこへ連れていった。

ピョートルが内側から入口に鍵をかけ、そばにあった椅子に坐った。大きな両手が、眠っている犬のように膝にのった。

ルイス・フレニアが小さなカウンターのまえに立ち、電話にロシア語でまくしたてていた。たびたびうなずき、猛然と手帳に文字を書き殴っている。太った六十がらみの女バーテンダーが、ネイサンとダニーにウォッカの壜と、茶色のパンの入ったバスケットを運んできた。ネイサンはふたりにウォッカを注ぎ、乾杯のグラスを掲げた。ダニーも応じた。

「乾杯《チアーズ》」ネイサンは言った。

「おや、ロシア語じゃないのか」

「まさか。ロシア語をしゃべれる西洋人をロシア人がなんと呼ぶか知ってるか？」

ダニーは首を振った。

「スパイだ」ネイサンはまたふたり分のウォッカを注ぎ、ダニーの考えを読んだようだった。

「なぜルイスが例外かわかるかね？」

「なぜだ？」

「ルイスだからだ。パンを食べてみるといい。美味《うま》いぞ」

カウンターでロシア語が爆発したかと思うと、驚くほど大きな笑い声が続き、ルイス・フレニアが電話を切った。そしてテーブルに来て、自分の酒をついだ。

「こんばんは、諸君。無事たどり着けて何よりだ」

「こんばんは、同志」ダニーは言った。

「例の書き手だね」ルイス・フレニアは手を差しのべた。

ダニーはそれを握った。フレニアの力は強かったが、それで何かを証明しようというほどではなかった。「会えて光栄だ、同志」

フレニアは席につき、またウォッカをついだ。「とりあえず〝同志〟は省くことにしよう。きみの書いたものは読んだから、イデオロギーが揺るぎないことはわかっている」

「わかりました」

フレニアは微笑んだ。これほど近づくと、演説や、〈サウベリー・サルーン〉の奥で崇拝者に囲まれている姿からは微塵《みじん》も感じられなかった温かみを発していることがわかった。

「ペンシルヴェニア州西部の出だそうだね?」

「ええ」ダニーは言った。

「どうしてはるばるボストンまで来た?」パンの固まりから少しちぎって、口に放りこんだ。

「ここにおじが住んでいました。おれが来たときには、いなくなってずいぶんたっていました。もうどこにいるのかもわからない」

「彼は革命家だったのか？」

ダニーは首を振った。「靴屋でした」

「闘争のあと、いい靴で逃げられたわけだ」

ダニーはわずかに首を傾げて微笑んだ。

フレニアは椅子の背にもたれ、バーテンダーに手を振った。彼女はうなずき、奥の部屋に消えた。

「食べよう」フレニアは言った。「革命を語るのは、デザートのあとだ」

彼らは、フレニアが〝スヴェイ・オヴォシ〟と呼ぶ、ビネガーオイルのサラダを食べた。次いでジャガイモ料理、そして牛肉料理で、さらにジャガイモが出てきた。ダニーには何が出てくるか見当もつかなかったが、どれも〈サウベリー〉で夜ごと給仕される粥《かゆ》めいたものに比べれば、はるかにましだった。それでも、ダニーは食事のあいだじゅう、集中するのに苦労した。耳鳴りがしているせいもある。言われたことの半分しか聞こえず、残りの半分は、適当に笑ったり首を振ったりしてやりすごした。しかし、つまるところ、テーブルから彼の注意をそらしつづけたのは、不自由な耳ではなかった。このところ体になじんでしまった感覚――この仕事は自分の心に向いていないという感覚だった。

今朝起きて、起きたがゆえに、ひとりの男が死んだ。その男が死すべき人間だったかどうかで悩んでいるのではない――死すべきに決まっている。ダニーが悩んでいるのは、自分が彼を殺したからだった。二時間前に。通りに立ち、動物でも撃つように撃った。甲高い悲鳴がいまも聞こえる。フェデリコ・フィカーラに当たった銃弾がいまも見える――最初の弾は膝を貫通し、二番目は尻に、三番目は腹に当たった。どれも痛かっただろうが、とくに最初と最後は耐えがたい苦痛だっただろう。

それが二時間前で、いまはまた仕事に戻り、その仕事は、たしかに熱が入りすぎているがとても犯罪者には見えない男ふたりと食事をすることだ。

フェデリコの尻を撃ったとき（あの相手を蔑むような射撃がいちばんダニーを悩ませた。フェデリコは森のなかの獲物のようにあの車から逃げ出そうとしていた）、ダニーはこんな状況を作り出したのは誰だろうと思った。街の通りのまんなか、爆弾を積んだ車のそばで三人が撃ち合う。そんなシナリオを考え出す神などいない、たとえ最下層の動物のためにでも。誰がフェデリコを創ったのだろう。そして、テッサを。神ではない。人間だ。

おれはおまえを殺した、ダニーは思った。だがそれは死んじゃいない。

ルイス・フレニアに話しかけられていた。

「失礼、いまなんと？」

「あれほど苛烈な議論を展開する書き手にしては、ずいぶん口数が少ないなと言ったんだ」

ダニーは微笑んだ。「紙にすべてを残したいほうで」

フレニアはうなずき、グラスをダニーのグラスに軽く当てた。「なるほど」椅子の背にもたれて、煙草に火をつけた。子供がロウソクの火を消すときのように唇をすぼめ、狙いすましてマッチの火を吹き消した。「なぜレティッシュ労働者協会なのだ」

「質問の意味がわかりません」

「きみはアメリカ人だ」フレニアは言った。「この街を半マイルほど歩けば、リード同志のアメリカ共産党がある。なのに東欧人の集団を選んだ。同じ仲間とはうまくいかないのかね？」

「そんなことはありません」

フレニアはダニーのほうに手のひらを傾けた。「ではなぜ？」

「書きたいんです」ダニーは言った。「リード同志、ラーキン同志は新人にあまり新聞記事を書かせないようなので」

「私は書かせる？」

「そう聞きました」ダニーは言った。

「率直だ」フレニアは言った。「気に入った。ところで、いくつかは非常にいい。きみの論考のことだが」

「ありがとうございます」

「いくつかは、なんと言うか、張りきりすぎだ。大仰と言ってもいいかもしれない」

ダニーは肩をすくめた。「心からのことばです、フレニア同志」

「革命に必要なのは、頭からことばを発する人間だ。知性、明晰《めいせき》さ――この集団ではそれらがもっとも重視される」

に、封筒に詰め、その封筒に名前と住所をタイプする。そういうことができるか？」

ダニーはうなずいた。

「つまり、新聞の手伝いがしたいということだな？」

「心からそう思っています」

「華やかな仕事ではない。そう、たしかに記事を書くこともあるが、新聞を印刷し、封筒に詰め、その封筒に名前と住所をタイプする。そういうことができるか？」

「もちろんです」ダニーは言った。

フレニアは煙草の葉を舌の上からつまみ取り、灰皿に捨てた。「来週の金曜に事務所に来てくれ。どういう仕事ができるか見てみよう」

あっという間だ、ダニーは思った。あっさりしたものだ。

〈オクトーバー〉を出て、たまたまルイス・フレニアとピョートル・グラヴィアチのうしろを歩いていた。ネイサン・ビショップが歩道を走り、オールズのモデルMのうしろのドアを開けた。フレニアがつまずき、人影のない通りに銃声が響いた。ピョートル・グラヴィアチがフレニアを地面に倒して、自分の体で覆った。ピョートルより小柄なフレニアの眼鏡が道路脇に当たって溝に落ちた。二軒先の玄関口から男が出てきて、拳銃を持った腕を伸ばした。ダニーはゴミ箱の蓋を取って男の手から銃を叩き落とし――そこでまた弾が飛び出した――男の額を殴った。サイレンが聞こえた。近づいている。ダニーは金属の蓋でもう一度男を殴り、男は尻もちをついた。

振り返ると、グラヴィアチがフレニアを車の後部座席に押しこみ、踏み板の上に立っていた。ネイサン・ビショップが運転席に飛びこみ、ダニーに激しく手を振った。「早く来い！」

狙撃者がダニーの両方の足首をつかんで引っ張った。ダニーは歩道に体が跳ねるほどの勢いで倒された。

警察車がコロンバス・アヴェニューに入ってきた。

「行け！」ダニーは叫んだ。

オールズはタイヤを軋らせて発進した。

「白人、見つけ出す！」グラヴィアチが踏み板から叫んだ。警察車がレストラン正面の路肩に停まった。オールズは鋭く左折して見えなくなった。

最初に着いた警官ふたりが、何ごとかと外に出てきた女バーテンダーとふたりの男を押しのけて、レストランに駆けこみ、内側からドアを閉めた。すぐあとに二台目が到着し、路肩に半分乗り上げて停まった。なかからエディ・マッケンナが出てきたが、事態のばかばかしさにすでに笑っていた。ジャージー・ジェリー・ハミルトンがダニーの足首を離した。ふたりは立った。マッケンナと巡査ふたりが近づいてきて、ダニーとハミルトンを警察車へと乱暴に追い立てた。

「それらしく見えたと思うか？」マッケンナが言った。

ハミルトンは額を何度かこすり、ダニーの腕にパンチをくらわした。「血が出てるじゃねえか、このくそ」

ダニーは言った。「顔は狙わなかった」

「狙わなかっただと……?」ハミルトンは路上に唾を吐いた。「ぶちのめしてやる、おまえの——」

ダニーは一歩詰め寄った。「いますぐ、ここで病院送りにしてやってもいいぞ。そうしようか、ごろつき?」

「なあ、エディ、どうしてこいつはこんなしゃべり方ができると思ってんだ?」

「実際にできるからだ」マッケンナはふたりの肩を叩いた。「さあ、ルーフに手をのせろ」

「いや、おれは真剣だ」ダニーは言った。「一対一で闘いたいのか?」

ハミルトンは眼をそらした。「言ってみただけだ」

「言ってみただと?」

「ふたりとも」マッケンナが言った。

ダニーとジャージー・ジェリーは車のルーフに両手をのせた。マッケンナは身体検査をするふりをした。

「くだらない」ダニーはささやいた。「こんなの見破られるに決まってる」

「馬鹿言うな」マッケンナは言った。「おまえは何も信じないやつだ」

マッケンナはふたりに手錠をかけるふりをし、彼らを車の後部座席に押し入れた。みずから運転席につき、ハリソン・アヴェニューを引き返していった。

車のなかでハミルトンが言った。「いまに見てろ。もし勤務外でおまえに会ったら——」

「なんだよ」ダニーは言った。「もっと情けない悲鳴を上げるのか？」

マッケンナはダニーをロクスベリーの隠れ家まで送っていき、建物から半区画離れたところで車を路肩に停めた。

「気分はどうだ？」

じつのところ、ダニーは泣きたい気分だった。とくに理由があるわけではなく、ただ心身ともに疲れきっていた。両手で顔をこすった。

「大丈夫」

「ほんの四時間前に、とんでもなく切迫した状況でイタ公テロリストに弾をぶちこみ、そのあと囮捜査でまたテロリストかもしれない男と会い、それから――」

「くそエディ、彼らは――」

「なんだと？」

「――くそテロリストじゃない。共産主義者だ。たしかにおれたちが失敗し、政府がまるごとつぶれて海に流れこむことを望んでいる。それは認めるけど、彼らは爆弾犯じゃない」

「それは純真すぎるな」

「だったらそのままでいい」ダニーはドアのハンドルに手を伸ばした。

「ダン」エディはダニーの肩に手を置いた。

ダニーは待った。

「この数カ月は、おまえにあまりにも多くのものを要求したな。それは認める、神のもとで。だが、もうすぐおまえは金の盾を手に入れる。そうなったら何もかもがすばらしくなる」

ダニーはエディの手を肩から離すためにうなずいた。エディは手をおろした。

「いや、そうはならない」ダニーは言って、車の外に出た。

次の日の午後、それまで一度も入ったことのなかった教会の告解室で、ダニーはひざまずき、十字を切った。

司祭が言った。「酒のにおいがする」

「飲んでいたからです、神父様。お分けしてもいいのですが、壜をアパートメントに置いてきました」

「ここへは告解に来たんでしょうね？」

「わかりません」

「どうしてわからないのです？　罪を犯したか、犯していないかのどちらかでしょう」

「昨日、ある男を撃って殺しました。教会の外で。すでに話は聞いておられるかもしれませんが」

「聞いています。その男はテロリストだった。あなたが……？」

「はい、三回撃ちました。当てようとしたのは五回です」ダニーは言った。「二回はずしたのです。神父様？　おれは正しいことをしたと言ってくださいますか？」

「判断するのは神──」

「彼は教会を爆破しようとしていました。あなたがたの教会のひとつを」

「そう。あなたは正しいことをした」

「でも彼は死んだ。おれは彼を地上から消した。振り払えない思いがあるのです……」

長い沈黙が続いた。教会の静寂のせいでいっそう長く感じられた。香と軟石鹼のにおいがした。部屋は分厚いビロードとダークウッドに囲まれていた。

「どんな思いですか？」

「われわれ──おれとその男──は同じ樽のなかで生きているのではないかという。わかります？」

「いや、意味がわからない」

「お赦《ゆる》しを」ダニーは言った。「くそだめの大きな樽のことです。そこに──」

「ことばに気をつけて」

「──支配階級や〝持てる者〟は住んでいない。いいですか？ 彼らはそこに、自分たちが考えたくないものごとの結果をくそみたいに放りこむ。要するに──」

「あなたは神の家にいるのですよ」

「──要するに、神父様、われわれは彼らにおとなしくしたがい、彼らの用がすんだらいなくなるということです。彼らが与えてくれるものを受け入れ、飲み、食べ、それに拍手して〝ああ、もっとください、ありがとう〟と言う。神父様、言わせてもらえば、おれはもう腹いっぱいで反吐《へど》が出そうだ」

「いますぐこの教会から出ていきなさい」

「もちろん。あなたも出ます？」

「酔いを醒ましたほうがいいでしょう」

「あなたも引きこもっているこのご立派な御霊屋《みたまや》から出て、教区民の本当の生活を見たほうがいい。最近そうしたことがあります、神父様？」

「私は――」

「一度でも？」


「どうぞ」ルイス・フレニアが言った。「坐ってくれ」

真夜中すぎ。いかさまの暗殺未遂から三日後。十一時をまわったころにピョートル・グラヴィアチが電話をかけてきて、マタパンのパン屋の住所を告げた。ダニーがそこに到着すると、ピョートルがオールズのモデルMから出てきて手を振り、パン屋と仕立屋のあいだの路地に入った。ダニーは彼について建物の裏手にまわり、貯蔵室に足を踏み入れた。ルイス・フレニアが、背板のまっすぐな木の椅子に坐って待っていた。その向かいにまったく同じ椅子が置いてあった。

ダニーはそれに坐った。手を伸ばせば、きれいに刈りそろえた頬ひげに触れられそうなほど近くで、黒い眼の小柄な男と向かい合った。フレニアはダニーからかたときも眼をそらさなかった。それは狂信者の燃え盛る眼ではなかった。狩られることに慣れきってしまい、退屈が居坐るようになった眼だった。フレニアは足首を交差させて、椅子の背にもたれた。

「われわれが去ったあとで何があったか話してくれ」

ダニーは後方に親指を振った。「もうネイサンとグラヴィアチ同志に話しました」

フレニアは言った。「私に話してくれ」

「ところでネイサンはどこです？」

フレニアは言った。「起きたことを話してくれ。私を殺そうとしたあの男は誰だったのか」

「相手の名前はわかりませんでした。話すらしなかった」

「そう、幽霊のような男だ」

「努力はしたんです。警察はすぐに攻撃してきた。おれを殴り、彼を殴り、またおれを殴った。そしておれたちふたりを車のうしろに押しこめて、分署に連れていった」

「どの分署に？」

「ロクスベリー・クロッシングです」

「それで、そこに向かうあいだ、私を襲撃した男とは冗談のひとつも交わさなかったのか？」

「声はかけました。でも相手は答えなかった。そのうち警官が、おまえの穴を閉じてろと言った」

「そんなことを？　穴を閉じてろと？」

ダニーはうなずいた。「さもなくば警棒を突っこむぞと脅して」

フレニアの眼が輝いた。「生々しい」

床には落ちた小麦粉がこびりついていた。室内はイースト、汗、砂糖、カビのにおいがした。大きな茶色のブリキ缶──なかには人の背丈ぐらいのものもある──が壁際に置かれ、そのあいだに小麦やほかの穀物の袋が積まれている。天井の中央から裸電球が鎖でぶら下がり、光の届かないところではネズミが鳴いていた。オーブンは午《ひる》ごろから使われていないのだろうが、部屋にはまだ熱気がこもっていた。

フレニアが言った。「距離が問題だったな、そう思わないか？」

ダニーはポケットに手を入れ、硬貨のなかにボタンを見つけた。それを手のひらに押しつけて、身を乗り出した。「なんのことです？」

「あの暗殺を試みた男だ」まわりの空気に手を振った。「記録がどこにも見当たらない。誰にも目撃されていない、あの夜、ロクスベリー・クロッシング署の留置場にいた、私の知り合いの同志にさえ。その知り合いは最初の帝政打倒革命の古強者で、そこにいるピョートル同志と同じく、筋金入りのレッツのメンバーだ」

エストニアの大男は腕を組んで大型冷蔵庫の扉にもたれていた。自分の名前が出てもなんの反応も示さなかった。

「彼はきみの姿も見ていない」フレニアは言った。

「留置場には入りませんでしたから」ダニーは言った。「連中は愉しみのためか、おれを囚人護送車でチャールズタウンに送ったんです。ビショップ同志にもそう説明しました」

フレニアは微笑んだ。「それなら解決だ。すべて問題ない」手を叩いた。「ピョートル？　私はなんと言った？」

グラヴィアチはダニーの頭のうしろの棚を見つめたままだった。「すべて問題ないと」

「すべて問題ない」フレニアは言った。

ダニーは坐っていた。部屋の熱が両足に、頭蓋の裏側に達した。

フレニアはまえに屈んで、両肘を膝についた。「ただし、あの男は撃ったときに七、八フィートしか離れていなかった。どうしてあの距離ではずせる？」

ダニーは「緊張したとか？」と言った。

フレニアは山羊ひげをなでてうなずいた。「私も最初そう思った。だが疑問が湧いた。あのとき、われわれは三人で歩いていた。うしろから来ていたきみを入れれば四人だ。そしてわれわれの先には、あのツードアの大型車があった。きみに訊こう、サンテ同志、撃たれた弾はいったいどこに行ったのだ？」

「歩道でしょうか」

フレニアは舌打ちをして首を振った。「残念ながらちがう。歩道は調べた。前後二区画にわたってしらみつぶしに探したのだ。容易なことだった、警察はまったく調べていなかったから。彼らは見ようともしなかった。市内で発砲があったのに、二発も。ところが警察は、侮辱のことばを浴びせたぐらいにしか考えていない」

「うむ」ダニーは言った。「それは――」

「きみは連邦の人間か？」

「はい？」

フレニアは眼鏡をはずし、ハンカチで拭いた。「司法省？　移民局？　捜査局？」

「そんなこと――」

フレニアは立ち上がってまた眼鏡をかけた。ダニーを見下ろして言った。「それとも市警か？　街じゅうに広げているという囮捜査網の一部か？　聞いた話では、レヴィアのアナーキストの集団に北イタリアの出身だというメンバーがひとり加わったが、ことば遣いや抑揚は南のものだという」歩いてダニーの椅子のうしろにまわった。「きみはどうなのだ、ダニエル？　どれだ？」

「ダニエル・サンテ、ペンシルヴェニア州ハーランズバーグ出身の機械工です。警官じゃない。政府のまわし者でもありません。自分で言うとおりの人間です」

フレニアはダニーのうしろに屈んだ。顔を寄せてダニーの耳元でささやいた。「ほかにどんな答がある？」

「何もありません」ダニーはフレニアの細面が見えるまで首を傾けた。「真実ですから」

フレニアは両手を椅子の背に置いた。「ある男が私を暗殺しようとしたが、たまたま射撃の腕が悪かった。そのときたまたまいっしょにいたきみが私を救った。発砲から数秒で警察の車が偶然にも到着した。レストランにいた人間は全員引き止められたが、誰も職務質問されなかった。暗殺者は警察の拘束下から消えた。きみもお咎《とが》めなしで釈放され、これも驚いたことに、たまたま類いまれな文章の書き手だ」またゆっくりと椅子のまえに戻って、自分のこめかみを軽く叩いた。「これらすべてがどれほど都合よく起きているかわかるかね？」

「運がよかったということでしょう」

「私は幸運を信じない、同志。論理を信じる。そして、きみの話にはそれがまったくない」

ダニーのまえで背を屈めた。「去れ。きみのブルジョワのボスたちに伝えろ、レティッシュ労働者協会は正道を踏んでおり、なんの法も犯していないと。そうでないことを証明しようと、次のまぬけを送りこんでくるんじゃないと伝えろ」

ダニーは後方から貯蔵室に入ってくる足音を聞いた。ひとりではない。おそらく三人。

「おれは言ったとおりの人間です」ダニーは言った。「大義に、革命に身を捧げる覚悟です。去るつもりはありません。誰のまえだろうとこの自分は否定しません」

フレニアは背を伸ばした。「去れ」

「去りません、同志」

ピョートル・グラヴィアチが冷蔵庫の扉を片肘で押してまえに出た。もう一方の腕は体のうしろにまわされている。

「もう一度だけ言う」フレニアが言った。「去れ」

「無理です、同志、おれは――」

四挺の銃の撃鉄が起こされた。三挺はうしろから、四挺目はピョートル・グラヴィアチの銃だった。

「立て！」グラヴィアチが叫んだ。硬い石の壁で声が反響した。

ダニーは立った。

ピョートル・グラヴィアチが彼のうしろにまわった。ダニーのまえの床に影が伸び、その影が腕を伸ばした。

フレニアが悲しげな笑みを浮かべた。「きみに残された選択肢はこれだけだ。しかも、いますぐ実行しなければ期限切れになる」ドアのほうに手を振った。

「あなたはまちがっている」

「いや」フレニアは言った。「まちがっていない。おやすみ」

ダニーは答を返さず、フレニアのまえを通りすぎた。貯蔵室の奥にいる四人の男の影が、眼のまえの壁に映っていた。後頭部に燃え立つようなかゆみを覚えながら、ダニーはドアを開け、パン屋から夜のなかへ出た。

ダニエル・サンテの隠れ家で最後にしたのは、二階のバスルームでひげを剃《そ》り落とすことだった。まず裁ちばさみでほとんどを刈り取って、大量のひげを紙袋に入れ、顔を湯で濡らしたあと、たっぷりと泡立てたひげ剃りクリームを塗った。カミソリを一回走らせるたびに、自分が細く、軽くなるような気がした。剃《そ》り終わったあと、最後に残ったクリームを拭き取ると、ダニーは微笑んだ。

ダニーとマーク・デントンは土曜の午後、市長の執務室で、オマラ本部長とアンドルー・ピータース市長に会った。

市長はダニーに場ちがいな男という印象を与えた。まるで執務室に、大きな机に、糊《のり》のきいた高い襟のシャツやツイードのスーツにふさわしくないかのように。机の上の電話をさかんにいじり、敷物の位置を飽きもせず直していた。

ダニーたちが着席すると、市長は微笑んだ。「ボストン市警のおふたりかな？」

ダニーは笑みを返した。

スティーヴン・オマラが机のうしろで立ち上がった。ひと言も発しないうちに部屋の空気を支配していた。「ピータース市長と来年の予算を検討してみた。こちらから一ドル、あちらから一ドルというふうに移せるところはある。はっきり言っておくが、それではまだ足りない。ただ、最初の取っかかりではある。さらにそれ以上の意味もある――これはわれわれが、きみたちの苦情を公式に、真剣に受け止めたということだ。ちがいますか、市長？」

ピータースは鉛筆立てから眼を上げた。「ああ、もちろんだよ、そうだ」

「全分署の健康状態を調査することについて、市の公衆衛生担当とも相談してみた。新年一月に調査を開始することで同意してくれたよ」オマラはダニーの眼を見た。「出だしとしてはまずまずかな？」

ダニーはマークを見やり、オマラに眼を戻した。「もちろんです、本部長」

ピーターズ市長が言った。「市はまだコモンウェルス・アヴェニューの下水プロジェクトの借入金を返しているところだ、諸君。路面電車のルート拡大、戦時中の家庭の燃料危機は言うまでもなく。白人地区の公立学校の運営でも多額の赤字が出ている。市債の格付けは低く、さらに下がりつつある。加えて物価が未曾有の高騰だ。だから、きみたちの懸念はじつによくわかる――本当にわかる――けれども、時間が必要なのだ」

「確信も」オマラが言った。「あとほんの少し。きみたちの仲間の警官たちに、意見を訊いてもらえないだろうか。不満の声、日々の仕事で経験したこと、給与の不均衡が家庭生活に与える影響についての証言、そういうものを集めてリストにしてもらいたい。各署の衛生状態を完全に文書にまとめ、上位者による組織的な権力濫用と思われる事例を収集してもらえないかな？」

「報復行為の心配なく？」ダニーが言った。

「報復はいっさいなし」オマラは言った。「私が保証する」

「であれば喜んで」マーク・デントンが言った。

オマラはうなずいた。「一カ月後にもう一度ここで会おう。その間、報道機関に不満を伝えたり、ハチの巣をつつくようなことは、いかなるかたちでもしない。それでいいかな？」

ダニーとマークはうなずいた。

ピーターズ市長が立ち上がって、ふたりと握手した。「私もまだこの職についたばかりだが、きみたちの信頼に応えられることを願っている」

　オマラが机をまわってきて、執務室のドアを指さした。「あそこを出ると、報道機関が待ち構えている。フラッシュが焚《た》かれ、大声で質問が浴びせられる。ふたりとも囮捜査にはたずさわっていないな？」

　たちまち顔がほころぶのがダニーにはわかった。みずから説明できないほどの誇りに満たされて、彼は言った。「もうたずさわっていません」


〈ウォーレン・タヴァーン〉の奥のブース席で、ダニーはエディ・マッケンナに箱をひとつ手渡した。なかには、ダニエル・サンテの服、下宿屋の鍵、報告書に転記しなかったさまざまなメモ、囮捜査のために学んだ文献すべてが入っていた。

　エディはダニーのきれいにひげを剃った顔を指さした。「つまり、終わりということか」

「終わりです」

　エディは箱のなかをざっと見て、脇に押しやった。「心変わりする可能性はないか？　ぐっすり眠ったあと眼覚めて、気が変わるといった――」

　ダニーが浮かべた表情を見て、エディはことばを切った。

「殺されていたかもしれないと思うか？」

「いや。理屈で考えればそれはない。でも銃四挺の撃鉄が起こされる音が聞こえたら？」

　エディはうなずいた。「キリストその人でも、御《おん》みずからの信念が賢明なものかどうか考えてみるだろうな」

ふたりはしばらく黙って坐り、それぞれ酒を飲み、考えに沈んでいた。

「新しい身元をこちらで用意して、新しい集団に潜入してもらってもいい。ちょうどひとつ――」

「やめてください。お願いです。とにかく終わりです。おれは自分たちがいったい何をしてたのか、いまでもわからない。理由も――」

「われわれの仕事は理由をこねまわすことではない」

「それはこっちの台詞《せりふ》です。これはあなたの計画だ」

エディは肩をすくめた。

「おれは何をしました？」ダニーは開いた手のひらに視線を落とした。「何をなしとげました？　組合員や無害なボルシェヴィキのリストを作ること以外に――」

「無害な〝アカ〟はいない」

「あんなことになんの意味があったんです？」

エディ・マッケンナは茶色のジョッキに入ったビールを飲み、消えた葉巻にまた火をつけて、煙の向こうで眼をすがめた。「おまえはわからない人間になった」

「なんですって？」ダニーは言った。

「もう完全にわからない」エディはつぶやいた。

「どういうことです。おれはおれ、ダニーです」

エディは天井のタイルを見上げた。「子供のころ、しばらくおじと暮らしたことがある。母方だったか、父方だったかすら憶えていないが、いずれにせよ、顔色の悪いアイルランド人の屑だった。音楽も、愛も、光もなかった。だが犬を飼ってた。薄汚れた雑種犬で、泥並みに知恵がなかったが、その犬には愛も光もあった。わしが丘を登っていくと、飛び跳ねて尻尾《しっぽ》を振った。可愛がられ、いっしょに走ってもらえ、斑《ぶち》の入った腹をなでてもらえるとわかっているだけで、喜んで跳ねまわってた」エディは葉巻を吸い、ゆっくりと煙を吐き出した。「そいつが病気になった。寄生虫だ。くしゃみをすると血が出た。いよいよ死期が近づくと、おじはその犬を海に捨ててこいと言った。嫌だと答えると、平手で殴った。泣いたらさらにひどく殴った。だから結局、その犬を海に連れていった。水が顎を少し越えるところまで運んでいって、流した。水中に沈めて六十数えろと言われてたが、そんなことをしても意味はない。犬はすっかり弱っていて、悲しげな顔で音もなく沈んでいった。岸に歩いて帰ると、おじはまた殴った。〝どうして？〟わしは叫んだ。おじは指さした。すると、いたんだ。あの弱った知恵なしの犬が、こっちに泳いできていた。わしのほうにだ。そしてついに岸までたどり着いた。ぶるぶる震えてた。息をあえがせ、ぐっしょり濡れて。驚異の犬だ、ロマンティスト、ヒーローだ。そいつがわしのほうを見たそのとき、おじが犬の背骨に斧を振りおろして、まっぷたつにした」

マッケンナは椅子の背にもたれた。葉巻を灰皿から取り上げた。女バーテンダーが隣のテーブルから五、六個のマグを片づけていった。彼女がカウンターに戻ると、また店内は静かになった。

「なんでそんな話をするんです」ダニーは言った。「いったいどうしたんです」

「こっちが訊きたいよ。おまえはいったいどうしたんだ。いまのおまえの頭には〝公正《フェア》〟という考えがある。ないなんて言うなよ。おまえはそれを実現できると思ってる。ぜったいに。わしにはわかる」

ダニーは背を丸めた。口から離したジョッキからビールがあふれて垂れた。「そのくだらない犬の話から何か学べと言うんですか？　人生は厳しいとか？　勝負は最初から決まってるとか？　そんなのが耳新しいとでも？　組合やボルシェヴィキやBSCが得るべきものを得るチャンスはある、おれがわずかでもそう信じてるように見えますか？」

「だったらなぜ肩入れしてる？　おまえの父親も、弟も、わしも——心配してるんだ、ダン。病気になりそうなほど心配してる。囮捜査がフレニアにばれたのは、おまえが心のどこかでばらしたいと思っていたからだ」

「ちがう」

「おまえはそこに坐って、わかったようなことを言う。理に適《かな》った、あるいは常識をわきまえた政府は、市、州、連邦を問わず、決してこの国がソヴィエト化することを認めはしない、ぜったいにそれはないと。なのに、BSCのくそにますます深く足を踏み入れて、おまえを大切に思う人間からますます遠ざかっている。なぜだ？　おまえはわしの名づけ子だぞ、ダン。なぜなんだ？」

「変化は痛みをともなう」

「それがおまえの答か？」

ダニーは立ち上がった。「変化は痛みをともなう、エディ、でもぜったいにそれは起きます」

「起きない」

「起きなければならない」

エディは首を振った。「闘争と愚行は別のものだ。残念ながら、すぐにおまえもそのちがいを学ぶことになるだろう」

19

火曜の夕方、ルーサーは靴工場の仕事から帰ってきたばかりのノラと台所に入り、スープに入れる野菜を切っていた。ジャガイモの皮をむいていたノラが言った。「ガールフレンドはいるの？」

「え？」

彼女はルーサーにいつもの薄青の眼を向けた。揺れるマッチの炎のような光が躍っていた。

「聞こえたでしょう。あなたはどこかにガールフレンドがいるの？」

ルーサーは首を振った。「いません」

ノラは笑った。

「なんです？」

「嘘をついてる、ぜったいに」

「どうしてそう言えるんです？」

「声から感じ取れるわ」

「何が？」

彼女は声をからして笑った。「愛よ」

「誰かを愛しているからといって、その人がおれのものとはかぎらない」

「今週初めて心からの真実を口にしたわね。誰かを愛しているからといって……」みなまで言わず、また静かに鼻歌を歌いながら皮をむきはじめた。鼻歌は彼女の癖で、まずまちがいなく本人も気づいていないとルーサーは思っていた。

切ったセロリをまな板からナイフの刃で鍋に落とした。ノラをよけて、流しの水切りから何本かニンジンを取り、またカウンターに戻って葉を落とし、四本ずつ並べて細かく切った。

「美人なの？」ノラが聞いた。

「美人です」ルーサーは答えた。

「背は高い、低い？」

「低いほうです」ルーサーは言った。「あなたぐらい」

「わたしは背が低い？」片手に皮むき器を持ったまま、振り返ってルーサーを見た。ルーサーは、それまでにも何度かあったように、いちばん何気《なにげ》ないときに、彼女の火山のように噴火しやすい気質を感じた。ほかに白人女性の知り合いはあまり――アイルランド人に至ってはひとりも――いないが、かなりまえから、ノラに接する際には注意しなければならないという印象を抱いていた。

「大柄じゃない」ルーサーは言った。

ノラは長いこと振り返っていた。「もう知り合って何カ月もたつけれど、ミスター・ローレンス、今日工場でふと気づいたの、あなたのことをまだほとんど知らないって」

ルーサーは笑った。「こちらもまったく同様と言いたいところです」

「とりわけ気になることでもあるの？」

「おれですか？」ルーサーは首を振った。「あなたがアイルランドから来たことは知っているけど、どの町かは知らない」

「アイルランドのことがわかるの？」

「まったくわかりません」

「それなら、知ってどういうちがいがあるの？」

「あなたが五年前にここに来たことは知っている。ミスター・コナーとつき合っているが、そのことをあまり考えているようには見えない。つまり――」

「なんですって《エクスキューズ・ミー・ボーイ》？」

ルーサーは、アイルランド人が黒人に〝ボーイ〟と言うときには、アメリカの白人の場合と意味がちがうことに気づいていた。彼はまた笑った。「気に障ったかな、お嬢さん《ヒット・ア・ナーヴ・ゼア・アイ・ディッド・ラス》？」

ノラも笑った。皮むき器を持つ濡れた手の甲を唇に当て、「もう一度やって」

「え？」

「方言よ、アイルランドの方言」

「ああ、いいですよ、なんのことかと思った」

ノラは流しにもたれ、ルーサーをまじまじと見た。「エディ・マッケンナにそっくり。声の質まで、本当に」

ルーサーは肩をすくめた。「なかなかのものですか？」

ノラは真顔になった。「まちがっても彼に聞かれないように」

「おれは頭がおかしくなったんだと思います？」

彼女は皮むき器をカウンターに置いた。「あなたは彼女に会いたくてたまらない。眼にそれが表われてる」

「そうです」

「彼女の名前は？」

ルーサーは首を振った。「今日はここまでにしておきましょう、ミス・オシェイ」

ノラはエプロンで手を拭いた。

「あなたは？」

彼女は微笑み、また眼を光らせた。しかし今回の光は眼が潤んでいるからだった。「ダニーよ」

ルーサーはうなずいた。「わかります。でも、ほかの何かからも逃げてる。もっと遠くにある何かから」

彼女はまた流しのほうを向き、水とジャガイモの入った鍋を持ち上げて流しに運んでいった。「わたしたち、なかなか興味深い組み合わせだと思わない、ミスター・ローレンス？直感を働かせるのは他人のことばかりで、自分のことじゃない」

「そうするのが自分のためだから」ルーサーは言った。

「彼女がそう言ったのか？」ダニーは下宿屋の電話で言った。「おれから逃げてると？」

「ええ」ルーサーはジドロ家の玄関の電話台のまえに坐っていた。

「もう逃げるのに疲れたといった口調だった？」

「いいえ」ルーサーは答えた。「もう慣れてしまったという感じでした」

「ほう」

「すみません」

「いや、ありがとう、本当に。エディはまだ攻めてきてないな？」

「もうすぐ攻めるぞと知らせてきました。何で、どうやってするのかはまだわからないけれど」

「オーケイ。もし攻めてきたら……」

「あなたに知らせます」

「彼女をどう思う？」

「ノラのこと？」

「ああ」

「あなたには女らしすぎると思う」

ダニーは笑い声を轟かせた。聞き手に足元で爆弾が炸裂したのかと思わせるような笑いだった。「そう思うか？」

「たんにひとつの意見です」

「おやすみ、ルーサー」

「おやすみなさい、ダニー」


ノラの秘密のひとつは煙草を吸うことだった。ルーサーはコグリン家で働きはじめて間もなくそれを知り、以来、ミセス・エレン・コグリンが夕食の身繕《みづくろ》いにバスルームに入り、ミスター・コナーもコグリン警部もまだとうてい仕事から帰ってこない時間に、いっしょに外に出て一服するのがふたりの習慣になった。

そんなあるとき――太陽が高く、寒さが厳しい午後――ルーサーはノラに、またダニーについて尋ねた。

「彼がどうしたの？」

「あなたは彼から逃げていると言った」

「言ったっけ？」

「ええ」

「わたし、そのとき素面《しらふ》だった？」

「台所にいたときです」

「ああ」ノラは肩をすくめ、同時に煙草を顔のまえに出して、ふうっと煙を吐いた。「たぶん、逃げてるのは彼」

「そうなんですか？」

ノラの眼が光った。彼女のなかに感じ取れる危険なものが表面に浮かび上がってきた。

「あなたの友だちのエイデンについてひとつ教えてあげましょうか？　あなたが想像すらしなかったことを？」

ルーサーには、沈黙がいちばんの友人になるのはこういうときだとわかっていた。

ノラはまた煙を吐き出した。今回はすばやく、苦々しく。「彼はいかにも反逆者らしく見えるでしょう？　独立した精神と自由な考え方を持っているように」彼女は首を振り、激しい勢いで煙草を吸った。「ちがうの。とどのつまり、ぜんぜんそうじゃない」ルーサーを見た。その顔に笑みが無理にのぼってきた。「結局、彼はわたしの過去を受け入れられなかった。あなたがこれほど知りたがってる過去をね。彼はなんというか、高潔《リスペクタブル》でありたがったけれど、うまくできたとは言えないわね」

「でも、ミスター・コナーにしても、そういうタイプには――」

ノラはしきりに首を振った。「ミスター・コナーはわたしの過去を何も知らない。知ってるのはダニーだけ。知ったとたんにふたりは火のなかに放りこまれたようなものよ、見ればわかるでしょう」またルーサーに強張《こわば》った笑みを向け、踵《かかと》で踏んで煙草の火を消した。凍ったポーチから吸い殻を取り上げ、エプロンのポケットに入れた。「今日の質問はこれで終わり、ミスター・ローレンス？」

彼はうなずいた。

「彼女の名前は？」ノラは言った。

ルーサーは彼女の鋭い視線を受け止めた。「ライラ」

「ライラ」ノラは和らいだ声でくり返した。「いい名前ね」

ルーサーとクレイトン・トームズは、ショーマット・アヴェニューの建物の構造物を解体していた。吐く息が白くなるほど寒い土曜の朝だった。それでも解体はバールと大槌を使った重労働で、ふたりは一時間とたたないうちにアンダーシャツ一枚になっていた。

午《ひる》近くに休憩をとり、ミセス・ジドロが作ってくれたサンドイッチを食べ、ビールを飲んだ。

「このあとは」クレイトンが言った。「なんだ？　下地床を張る？」

ルーサーはうなずくと、煙草に火をつけ、疲れた様子で煙を長々と吐き出した。「来週と再来週は壁に電線を引けるな。おまえが大いに興奮してる配管もいくらかやれるかもしれない」

「まったく」クレイトンは首を振り、大きな声であくびをした。「これだけの作業がたんにより高い理想のためか？　おれたちはまちがいなく黒人天国《ニガー・ヘヴン》に入れるぜ」

ルーサーは穏やかに微笑んだが、何も言わなかった。彼は〝ニガー〟ということばを気安く口に出せなくなっていた。といっても、それまでに使ったことがあるのは一度だけ、ほかの黒人たちといっしょにいたときだけだったが。ジェシーとディーコン・ブロシャスは絶えず使っていた。ルーサーは心のどこかで、彼らとともにこのことばを〈クラブ・オールマイティ〉に葬ってきたような気がしていた。うまく説明できないが、ただ自分の口からそのことばを発するのは正しくないと感じた。たいていのことと同じように、感覚もやがて過去のものとなる。だがいまは……。

「そうだな、おれたちも――」

ルーサーは口を閉じた。マッケンナが、まるでこの建物の持ち主か何かのように正面のドアから入ってきたからだ。マッケンナは玄関広間に立ち、荒れ果てた階段を見上げた。

「ちくしょう」クレイトンがつぶやいた。「警察だ」

「わかってる。おれの雇い主の友だちだ。とても親しげにふるまうが、本心はそうじゃない。おれたちの友人じゃない、まったくちがう」

クレイトンはうなずいた。ふたりともそれまでの人生で嫌というほどそれに該当する白人を見てきた。マッケンナは彼らが作業をしている部屋に入ってきた。台所にいちばん近い大部屋、五十年前にはおそらくダイニングルームだった場所だ。

マッケンナの口から出た最初のことばは「カントン？」だった。

「コロンバスです」ルーサーは言った。

「ああ、そうだったな」マッケンナはルーサーに微笑み、クレイトンに眼を向けた。「たぶん初対面だな」肉厚の手を差し出した。「ボストン市警のマッケンナ警部補だ」

「クレイトン・トームズです」クレイトンは握手した。

マッケンナは彼の手を握って振りつづけた。顔に笑みを張りつけたまま、クレイトンの眼を、次いでルーサーの眼を探った。心の奥までのぞきこむような視線だった。

「M通りの未亡人のところで働いてるな。ミセス・ワーゲンフェルドだったか？」

クレイトンはうなずいた。「はい、そうです、ス、スー」

「やっぱり」マッケンナはクレイトンの手を離した。「彼女は石炭入れの下に、スペインの金でけっこうな財産を蓄えているという噂だ。これは多少なりとも本当なのか、クレイトン？」

「まったく知りませんでした」

「かりに知ってたとしても、誰にも言わないほうがいいぞ！」マッケンナは笑ってクレイトンの背中をばしんと叩いた。そのあまりの強さに、クレイトンは数歩まえに飛び出した。

マッケンナはルーサーに近づいた。「どうしてここにいる？」

「はい？」ルーサーは言った。「私がジドロ家に住んでいることはご存じでしょう。ここは本部になるのです」

マッケンナはクレイトンのほうを見て眉をひそめた。「本部？　なんのだね？」

「NAACPです」ルーサーは言った。

「ああ、あの立派な組織の」マッケンナは言った。「わしも自分の家を改装したことがある。頭が痛くなるような作業だった、あれは」足で床のバールを脇に押しやった。「いまは解体中なんだな？」

「はい、スー」

「うまくいっている？」

「はい、スー」

「もう終わっているようだな、少なくともこの階は。だが、最初の質問はな、ルーサー、おまえがこの建物で働いていることとは関係がなかったのだ。〝どうしてここにいる〟と訊いたときの〝ここ〟は、ボストンのことだった。たとえば、クレイトン・トームズ、出身はどこだね？」

「ウェスト・エンドです。生まれも育ちも」

「よくわかる」マッケンナは言った。「この街の黒人は地元で生まれ育つことが多い、ルーサー。たいした理由もなくここへ来る黒人はまれだ。ニューヨークや、ほかにもシカゴや、デトロイトのようなところへ行けば、もっと大勢仲間がいるんだから。だから訊くが、おまえはどうしてここにいる？」

「仕事があるからです」ルーサーは言った。

　マッケンナはうなずいた。「エレン・コグリンを教会に送り迎えするために、八百マイル移動してきたのか？　おかしな話だ」

　ルーサーは肩をすくめた。「それなら、おかしな話ということでけっこうです、スー」

「さては」マッケンナは言った。「女か？」

「はい？」

「このあたりにつき合ってる女がいるのか？」

「いいえ」

マッケンナは顎の無精ひげをなで、ともにゲームを愉しんでいるかのようにまたクレイトンを見た。「女のために八百マイル来たというのなら信じるがな。それなら話はわかる。だが実際にはちがう？」

マッケンナはなんでも受け入れそうな、いつもの陽気な顔でルーサーを長いこと見つめた。

沈黙が二分目に入るころ、クレイトンが「そろそろ仕事に取りかかろう、ルーサー」と言った。

マッケンナの頭が回転台にのっているようにゆっくりとまわり、何か問いたげにクレイトン・トームズを見つめた。クレイトンはたちまち眼をそらした。

マッケンナはルーサーのほうに向き直った。「どうもおまえが相手だと話が長くなるな、ルーサー。こっちも仕事に戻ったほうがよさそうだ。思い出させてくれてありがとう、クレイトン」

クレイトンはよけいなことを言った自分の愚かさに首を振った。

「外の世界では、近ごろ」マッケンナはうんざりしてため息をついた。「いい給料をもらってる連中が、飼い主の手を嚙んでもいいと思っている。ふたりとも、資本主義の根幹は何かわかるか？」

「わかりません」

「まったくわかりません」

「資本主義の根幹はな、販売するものの製造と採掘だ。それだけだよ。この国はその上に形作られている。だからこの国の英雄は、兵士でも、運動選手でも、さらに言えば大統領でもない。鉄道や車、紡績その他の工場を作った連中こそが英雄なのだ。彼らがこの国を動かしてる。したがって、その下で働く人間は、知るかぎり世界一自由な社会の形成にたずさわらせてもらっていることを、彼らに感謝しなければならない」両手を伸ばして、ルーサーの肩にぽんとのせた。「ところがこのところ、そうなっていないようだ。信じられるかね？」

「われわれ黒人が妨害活動をすることはあまりありませんが、警部補、スー」

マッケンナは眼を見開いた。「おまえはどこで生きてきたのだ、ルーサー？　いまハーレムじゃ左翼活動が盛んだ。上流気取りの黒人が教育を受けて、マルクスだの、ブッカー・Tだの、フレデリック・ダグラスだのを読みはじめてる。そしてデュボイスやマーカス・ガーヴィーのような連中が出てきた。彼らのことをゴールドマンやリードや無神論者の労働活動家と同じくらい危険だと論じる者もいるのだ」人差し指を立てた。「そういう者がいくらかいるし、ひどいのになると、ルーサー、ＮＡＡＣＰはたんに見せかけであり、内部で破壊工作や治安妨害の計画が練られていると言う者すらいる」手袋をはめた手でルーサーの頰を軽く叩いた。「いくらかは」

マッケンナは振り返って、焼け焦げた天井を見上げた。

「さて、ふたりとも仕事があるんだろう。そろそろ失敬しよう」

両手を背中側にまわし、床の上を横切っていった。ルーサーもクレイトンも、彼が玄関を出て正面の階段をおりていくまで息を詰めていた。

「ああ、ルーサー」クレイトンが言った。

「わかってる」

「あの人に何をしたのか知らないが、取り消すしかないぞ」

「何もしちゃいない。彼はいつもああなんだ」

「どういう意味だ？　白人らしいってことか？」

ルーサーはうなずいた。

「しかも下劣だ」ルーサーは言った。「死ぬまでまわりを食い荒らすような下劣さだ」

20

特捜隊を去ったあと、ダニーは昔の受け持ち区域、一分署のハノーヴァー通りの警邏《けいら》に戻った。いっしょに巡回することになったネッド・ウィルソンはあと二カ月で二十歳という男で、五年前に人生に見切りをつけていた。勤務時間のほとんどを、酒を飲むか、コステロの店でクラップス賭博をしてすごしている。たいていの日、彼とダニーは出勤直後の二十分ほどと、帰宅前の五分ほどしか顔を合わせない。残りの時間でダニーは好きに行動することができた。むずかしい逮捕に成功したときには、電話ボックスからコステロの店に連絡し、ネッドが合流してから分署に容疑者を連行した。あとはただうろついていた。街じゅうを歩き、一日で訪ねられるだけの分署を訪ねた——コート・スクウェアの二分署、ビーコン・ヒルの三分署、ラグレインジの四分署から、サウス・エンドの五分署、そしてボストン市警の十八の分署のうち徒歩で行けるところすべて。ウェスト・ロクスベリー、ハイド・パーク、ジャマイカ・プレインの三カ所はエメット・ストラックの担当、イースト・ボストンの七分署はケヴィン・マクレー、ドーチェスター、サウス・ボストン、ブライトンの一四分署はマーク・デントンが担当した。ダニーは残りを受け持った——ダウンタウン、ノース・エンド、サウス・エンド、ロクスベリーを。

仕事は新規加入者と証言を集めることだった。ダニーは愛想よくふるまい、甘言を弄《ろう》し、熱弁をふるい、話しかけた警官の三分の一あまりを説得して、彼らの一週間の業務の詳細、借金と収入、職場である分署の状況について書かせた。巡回に戻って三週間のうちに、ボストン・ソーシャル・クラブのフェイ・ホールの会合に六十八人の男を呼び寄せた。

特捜隊にいたときの自己嫌悪の激しさは、振り返るとどうしてあんなことがわずかでもできたのだろうと思うほどだったが、真に交渉力のある組合の結成をめざしてBSCのために働くいまは、目的意識をはっきりと感じ、福音を説いているような気分になることすらあった。

これこそサリュテーション通りの事件以来ずっと追い求めていたことだったのだ。ダニーは一〇分署の三人の巡査から証言をもらって、一分署に戻る途中でそう思った。これこそ自分が命を救われた理由だったのだと。

分署に戻ると、夜、勤務が終わったあとで自宅に来てほしいという父親からの伝言があった。父親に呼ばれると、たいていろくなことがないのはわかっていたが、それでもサウス・ボストンに向かう路面電車に乗り、粉雪の降る市街を抜けていった。

ノラが玄関のドアを開けた。まさかダニーが来るとは思っていなかったのがわかった。家で着るセーターを体に巻きつけるようにして、ふいに一歩うしろに下がった。

「ダニー」

「やあ」

流感のころからほとんど彼女と会っていなかった。ルーサー・ローレンスに会った数週間前の日曜の夕食を除いて、家族の誰の顔もほとんど見ていなかった。

「どうぞ、入って」

ダニーはなかに入り、マフラーをはずした。「母さんとジョーは？」

「もう寝たわ」ノラは言った。「うしろを向いて」

ダニーがしたがうと、ノラは彼のコートの肩と背中から雪を払い落とした。

「さあ、脱いでわたしにちょうだい」

ダニーはコートを脱いだ。彼女がごく控えめにつけている香水がほのかにかおった――バラと、わずかなオレンジの香り。

「調子はどう？」ダニーは彼女の薄い色の眼を見て思った――死んでもいい。

「元気よ。あなたは？」

「元気だ」

ノラは彼のコートを廊下のコート掛けに預け、マフラーを丁寧《ていねい》に伸ばした。あまりしたことのない動作で、ダニーは息を止めてその姿を見つめた。ノラはマフラーを別のフックにかけると、また彼のほうを向き、何か気まずいものでも見つけられたかのように、すっと眼を落とした。たしかに、ある意味で見つけられたのだった。

おれはなんでもする、ダニーはそう言いたかった。どんなことでも。おれは愚かだった。

まずきみに対して、そのあときみを追って、そしていま、きみのまえに立って。愚か者だ。

彼は言った。「おれは――」

「え？」

「きみはきれいだ」彼は言った。

ノラの眼がまたダニーの顔に向けられた。澄みきって温かみすら感じさせる眼だった。

「やめて」

「やめて？」

「わかるでしょう」彼女は両肘を抱えて床を見た。

「おれは……」

「何？」

「すまない」

「わかってる」彼女はうなずいた。「あなたはもう充分謝った。充分すぎるほど。あなたは……」彼に眼を上げた。「……高潔《リスペクタブル》でありたかったのよね？」

またただ――もうそのことばは言わないでくれ。また面と向かって投げつけられた。もし自分の語彙《ごい》から単語をひとつはずすことができるなら、完全に語彙から消し去って一度も使わなかったことにできるなら、これがそのことばだった。口に出したあのときには酔っていた。酔って、アイルランドに関する彼女の突然の告白に呆然としていた――クエンティン・フィンについての告白に。

高潔だと。くそっ。

ダニーは言うべきことばが見つからず、両手をまえに出した。

「今度はわたしの番ね」彼女は言った。「わたしが高潔な人間になる番」

ダニーは首を振った。「ちがう」

ノラの顔に燃え立った怒りを見て、自分の言いたかったことをまた彼女が誤解しているのがわかった。高潔な人間などめざす必要はないと言いたかったのに、彼女は、めざしてもそこには到達できないという意味にとらえてしまった。

ダニーが説明するまえに彼女は言った。「あなたの弟から結婚を申し込まれたわ」

ダニーの心臓が止まった。肺も。脳も。血の循環も。「それで？」出てきたことばは蔦《つた》に絡まれているかのようだった。

「わたしも考えていると答えた」彼女は言った。

「ノラ」ダニーは彼女の腕を取ろうとしたが、彼女はうしろに逃げた。

「お父さんは書斎よ」

ノラは廊下を歩き去った。ダニーはまたしても彼女を失望させたことを知った。もっと別の受け答えをすべきだった。もっと速く？　ゆっくりと？　予測できないように？　どうすればよかったんだ。もしひざまずいて彼自身が求婚していたら、彼女は逃げる以外のことをしていただろうか。それでもせめて彼女が断われるくらい目立った意思表示を何かすべきだった。それで天秤の釣り合いがいくらか保たれただろうに。

父親の書斎のまえに立つと、ドアが開いた。「エイデン」

「ダニーです」ダニーは食いしばった歯の奥で訂正した。


窓の外の闇に雪が降っている父親の書斎で、ダニーは机に面した革張りの肘かけ椅子に坐った。暖炉に火が入り、反射する光で部屋がウィスキー色に輝いていた。

トマス・コグリンはまだ制服を着ていた。上着の首のボタンをはずし、青地の両肩には警部の肩章がついている。私服のダニーはその肩章にあざ笑われているような感覚を抱いた。

父親は彼にスコッチのグラスを渡し、机の端に腰かけた。

酒を飲み干す父親の青い眼が、グラスの向こうで光った。彼はデカンタからまたつぎ、グラスを両手で挟んで左右にまわしながら、息子をじっと見つめた。

「エディから聞いたんだが、彼らに取りこまれたそうだな」

ダニーは自分も両手でグラスをもてあそんでいるのに気づいて、左手を腿におろした。

「エディは大げさに言ってます」

「本当に？　私自身も最近わけあって、ボルシーたちの思想がおまえに移ったのではないかと思うことがあるんだがな、エイデン」誰にともなく微笑んで、飲み物に口をつけた。「マーク・デントンはボルシェヴィキだ、知ってるだろう。BSCのメンバーの半数はそうだ」

「まさか、父さん。おれにはみんな警官に見えますよ」

「彼らはボルシェヴィキだ。ストライキの話をしてるだろう、エイデン。ス、ト、ラ、イ、キだと？」

「おれのまえでそのことばを発した人間はいません」

「守らなければならない原則というものがある。おまえにはわかるか？」

「何でしょう」

「バッジの保有者は、いかなる理想より公共の安全を優先させなければならない」

「食卓に食べ物をのせることも理想のひとつです」

父親は煙のようにそのことばを手で払った。「今日の新聞を読んだか？　モントリオールで暴動が起きている。市のすべてを焼き払おうとしている。財産や人々を守るはずの警官も、火事を消し止めるはずの消防士もいない。みなストライキに入っているからだ。もうペトログラードのようになってもおかしくない」

「モントリオールだけかもしれない」ダニーは言った。「ボストンだけかもしれない」

「われわれは従業員ではないのだ、エイデン。公僕だ。人々を守り、彼らに奉仕する」

ダニーは顔に笑みをのぼらせた。父が意味もなく興奮し、自分がそれを鎮める鍵を握っていることなどめったにない。煙草をもみ消すと、思わず唇から笑い声がもれた。

「笑うのか？」

ダニーは片手を上げた。「父さん、ボストンはモントリオールにはなりませんよ。本当に」

父親は眼を細め、机の上で体を動かした。「どうして？」

「いったいどんなことを耳にしたんです？」

父親は葉巻の貯蔵箱に手を伸ばして、一本取り出した。「スティーヴン・オマラに直訴したそうだな。私の息子、コグリン家の人間が。立場もわきまえず。そしていまおまえは、分署を次々とまわって、標準以下の労働条件に関する供述書を集めている？　警察の勤務時間にいわゆる〝組合〟の勧誘活動をしている？」

「彼は感謝してました」

父親は葉巻の吸い口をカッターに挟みこんでいた手を止めた。「誰が？」

「オマラ本部長です。おれに感謝したんですよ、父さん。そしてマーク・デントンとおれに、そういう供述書を集めてくれと頼んだ。われわれがもうすぐ問題を解決すると考えているようでした」

「オマラが？」

ダニーはうなずいた。父親の力強い顔から血の気が引いた。ダニーはそんなことが起きるとは思ってもみなかった。百万年かけても、想像すらできなかった。顔に大きな笑みが浮かびそうになるのを、頬の内側を嚙んでこらえた。

ひと泡吹かせた、ダニーはそう言いたかった。二十七年間この惑星で生きて、ようやくあなたにひと泡吹かせた。

父親は机から立ち上がり、手を差し出してさらにダニーを驚かせた。ダニーも立ってその手を取った。父親の握手には力がこもり、そのままダニーを引き寄せると、息子の背中をぽん叩いた。

「驚いたな。それならわれわれも胸を張っていられる、息子よ。たいしたものだ」息子の手を離し、両手でその肩を叩いて、また机の端に坐った。「いやまったく、たいしたものだ」

父親はため息とともにくり返した。「本当に安心したよ、このごたごたがすっかり解決して」

ダニーも坐った。「おれもです」

父親は机の上の敷物をいじっていた。ダニーはその顔に、第二の皮膚のように力と狡猾さが戻ってくるのを見ていた。沖合に新しい議題がある。父親はすでにそれに取りかかっていた。

「もうすぐノラとコナーが結婚するが、どう思う？」

ダニーは父親の鋭い視線を受け止め、声を平静に保った。「いいことです。本当に。似合いのカップルだ」

「まったくそうだな」父親は言った。「夜、コナーが彼女の部屋に忍びこもうとするのを防ぐ私と母さんの苦労は並たいていではなかったがな。まるで子供だ、あのふたりは」父親が机のうしろにまわってきて、ふたりは外の雪を眺めた。ダニーは自分たちの顔が窓に映っているのを見た。父親もそれに気づき、微笑んだ。

「おまえは私のおじのポードリックに生き写しだ。その話をしたことがあったかな？」

ダニーは首を振った。

「クロナキルティでいちばん大きな男だった」父親は言った。「それがまた大酒飲みで、飲んだときには聞き分けがまったくなくなった。酒場の主人があるとき、もうビールを出さないと言った。するとボードリックは、ふたりのあいだにあるバーカウンターを叩き割った。分厚いオークの板だったのだ、エイデン。それを割って一部をもぎ取ると、勝手になかに入って、もう一パイントついだ。伝説の男だよ。そして、そう、彼はめっぽう女にもてた。そこはおまえとよく似ている。素面《しらふ》のときにはみんなに愛された。おまえはどうだ。おまえもみんなに愛されるだろう？　女たちも、子供も、みすぼらしいイタリア人も、みすぼらしい犬も、おまえのことが大好きだ。ノラも」

ダニーはグラスを机に置いた。「いまなんと言いました？」

父親は窓から振り返った。「私は眼が見えないわけではない。おまえたちふたりは固く結びついていると思っているかもしれないが、彼女は別のかたちでコンを愛している。そしておそらく、そのほうがいい」肩をすくめた。「だがおまえは――」

「話がかなり危険なほうへ向かってますよ」

父親は口をなかば開いてダニーを見た。

「わかってるでしょう」ダニーは言った。自分の声が強張っているのがわかった。

ようやく父親はうなずいた。相手の性格のある面を認めつつ、別の弱い面について考えていることを知らせる賢人のうなずきだった。

彼はダニーのグラスを取り、自分のグラスと合わせてデカンタのまえまで運び、また酒をついだ。

そしてダニーにグラスを渡した。「どうして私がおまえにボクシングをやらせておいたかわかるか？」

ダニーは答えた。「おれを止められなかったから」

父親は自分のグラスをダニーのグラスにカチンと当てた。「そのとおり。おまえは小さなころから、ときにうながしたり、なだめたりすることはできても、決して型にはめることができない少年だった。型にはめられることを極端に嫌った。よちよち歩きのころからそうだ。私がおまえを愛しているのを知ってるか？」

ダニーは父親の眼を見てうなずいた。知っている。いつもわかっていた。父親が世間に対して見せる、その場にふさわしいさまざまな顔や心をすべて取り払えば、残された唯一の顔と心はつねに明らかだった。

「コンも愛している、もちろん」父親は言った。「子供たちはみな愛している。だがおまえに対する愛はちがう。敗北を認めたうえで愛しているからだ」

「敗北？」

父親はうなずいた。「私はおまえをあてにできない、エイデン。おまえを方向づけることができない。今回のオマラの件がいい例だ。今回はうまくいったが、後先《あとさき》を考えない行為だった。おまえのキャリアを台なしにしてもおかしくなかった。私自身はやらないし、知っていたらおまえにもやらせなかった行為だ。そこが私のほかの子供とちがうところだ——私はおまえの運命を予測することができない」

「でもコンについてはできる？」

「コンはいつの日か地区検事になる。まちがいなく。そのあと、かならず市長になる。もしかすると知事にも。私はおまえに警察本部長になってもらいたかった。だがおまえのなかにその可能性はない」

「ありません」ダニーも同意した。

「そしておまえが市長になるという考えは、これまで私が思いついたことのなかでもっとも滑稽《こっけい》だ」

ダニーは微笑んだ。

「つまり」トマス・コグリンは言った。「おまえの未来は、おまえがこうと決めて自分のペンで書くものだ。けっこう。私は敗北を認める」本気で言っていないことをダニーに知らせるために微笑んだ。「しかし、おまえの弟の未来は、私が庭の世話をするように手をかけているものだ」机の上ですっと背筋を伸ばした。眼は明るく、潤んでいた。確実な不吉の前兆だ。「ノラはアイルランドについて話したことがあるか？　どうしてここにたどり着いたかについて」

「おれに？」

「そう、おまえにだ」

何か知ってる。

「いいえ」

「過去についてひと言もしゃべらなかったか？」

すべて知ってるのか。

ダニーは首を振った。「おれには何も」

「おかしいな」父親は言った。

「おかしい？」

父親は肩をすくめた。「どうやらおまえたちは私が想像したほど親密ではなかったようだ」

「危険な話題です。かなり」

父親はそれに薄笑いで答えた。「ふつう人は過去についてしゃべる。とりわけ親しい……友人には。だがノラはそうしていない。どう思うね？」

ダニーはどう答えようかと考えた。が、そこで廊下の電話がけたたましく鳴った。父親は炉棚の時計を見やった。十時近い。

「九時以降にこの家にかけてくるだと？」父親は言った。「自分の死刑執行令状に署名させるぞ、まったく」

「父さん」ダニーはノラが廊下で受話器を取る音を聞いた。「どうしてあなたは――」

ノラがドアを静かにノックした。トマス・コグリンは言った。「開いている」

ノラがドアを押し開けた。「エディ・マッケンナです。緊急の用件だそうです」

トマスは渋い顔をして机から立ち上がり、廊下に出ていった。

ダニーはノラに背中を向けたまま言った。「待ってくれ」

椅子から立ってドアのまえで彼女をとらえた。廊下の反対側の端、台所の横の壁のくぼみに置かれた電話に父親が出るのが聞こえた。「エディ？」

「何？」ノラが言った。「なんなの、ダニー、わたしは疲れてるの」

「彼は知ってる」ダニーは言った。

「何？　誰のこと？」

「父さんだ。彼は知ってる」

「何を？　何を知ってるっていうの、ダニー」

「きみとクエンティン・フィンのことを、たぶん。すべてではないかもしれないが、何かを。先月、エディから、フィンという名前に心当たりはないかと訊かれた。そのときには偶然の一致だろうと思った。よくある名前だから。だが、父さんが――」

平手打ちが来るのは見えなかった。距離が近すぎた。それが顎に当たると、足がぐらつくほどの衝撃だった。五フィート五インチの彼女がダニーを床に殴り倒しかけた。

「あなたが言ったのね」顔に唾を吐きかけるようにことばを投げつけた。

振り返ろうとした彼女の手首をダニーはつかんだ。「気でもふれたのか？」荒々しいささやき声で言った。「おれがきみを売ると思うか、ノラ。きみを見捨てると、そんなこと、一度でも思ったことがあるのか？　顔をそらすな。おれを見ろ。あるのか、あるのか？」

ノラはダニーを見つめ返した。その眼は狩られる獣の眼だった。部屋のなかを見まわし、安全な場所を探している。もうひと晩生き抜こうとして。

「ダニー」彼女はささやいた。「ダニー」

「きみにそんなことを思わせるわけにはいかない」彼は言った。声がひび割れた。「ノラ、できない」

「思ってないわ」彼女は言った。顔を彼の胸に押しつけた。「思ってない」顔を離して彼を見上げた。「どうしよう、ダニー。どうすればいい？」

「わからない」ダニーは父親が受話器を架台に戻す音を聞いた。

「彼は知ってるの？」

「何かを知ってる」ダニーは言った。

廊下を父親の足音が近づいてきた。ノラはダニーから身を離した。最後に一度、混乱し当惑した眼差しを向けて廊下を去ろうとした。

「サー」

「ノラ」トマス・コグリンが言った。

「何かお持ちしましょうか？　お茶でも」

「いや、いい」書斎のほうを向いた彼の声は震えていた。顔面蒼白で、唇も震えていた。

「おやすみ」

「おやすみなさい」

トマス・コグリンはうしろ手に書斎の引き戸を閉めた。大きく三歩足を踏み出して机に近づき、酒を飲み干すなり、次の一杯をついだ。ぶつぶつと何かひとり言をつぶやいた。

「なんです?」ダニーは言った。

父親はダニーがいたことに驚いたように振り向いた。「脳卒中だ。爆弾のように頭のなかで破裂した」

「え?」

グラスを突き出し、眼を見開いた。「居間の床に倒れて、奥さんが電話にたどり着くまえに、もう天使を見ていた。なんということだ」

「意味がわからない。誰のことを――」

「死んだ。スティーヴン・オマラが死んだのだ、エイデン」

ダニーは椅子の背もたれに手を当てた。

父親は書斎の壁を見つめた。まるでそこに答が書いてあるかのように。「神よ、市警を救いたまえ」


(下巻へつづく)

本書は、二〇〇八年八月に早川書房より単行本として刊行された作品を文庫化したものです。

名作ハードボイルド

プレイバック
レイモンド・チャンドラー／清水俊二訳

女を尾行するマーロウは彼女につきまとう男に気づく。二人を追ううち第二の事件が……

湖中の女
レイモンド・チャンドラー／清水俊二訳

湖面に浮かぶ灰色の塊と化した女の死体。マーロウはその謎に挑むが……巨匠の異色大作

高い窓
レイモンド・チャンドラー／清水俊二訳

消えた家宝の金貨の捜索依頼を受けたマーロウ。調査の先々で発見される死体の謎とは？

さむけ
ロス・マクドナルド／小笠原豊樹訳

新婚旅行で失踪した新妻を探すアーチャーはやがて意外な過去を知る。巨匠畢生の大作。

ウィチャリー家の女
ロス・マクドナルド／小笠原豊樹訳

突然姿を消した富豪の娘を追うアーチャーの心に、重くのしかかる彼女の美しくも暗い翳

ジョン・ダニング／古書店主クリフ

死の蔵書
宮脇孝雄訳

古書に関して博覧強記を誇る刑事が稀覯本取引に絡む殺人を追う。ネロ・ウルフ賞受賞作。

幻の特装本
宮脇孝雄訳

古書店を営む元刑事クリフの前に過去の連続殺人の影が……古書に関する蘊蓄満載の傑作

失われし書庫
宮脇孝雄訳

八十年前に騙し盗られたという蔵書を探し始めたクリフを待ち受ける、悲劇と歴史の真実

災いの古書
横山啓明訳

蔵書家射殺事件の調査を開始したクリフ。被害者は本をめぐる争いに巻き込まれたのか？

愛書家の死
横山啓明訳

馬主の蔵書鑑定依頼は意外な展開に……古書蘊蓄に加えて、競馬への愛も詰まった異色作

アーロン・エルキンズ／スケルトン探偵

〈アメリカ探偵作家クラブ賞最優秀長篇賞受賞〉

古い骨
青木久恵訳

老富豪事故死の数日後に古い人骨が……骨に潜む謎を解く、人類学教授ギデオンの名推理

呪い！
青木久恵訳

密林の奥、発掘中のマヤ遺跡で殺人が発生する。推理の冴えで事件に挑むギデオンの活躍

骨の島
青木久恵訳

骨に隠された一族の数々の秘密。円熟味を増したギデオンの推理が、難事件を解き明かす

暗い森
青木久恵訳

森林で発見された人骨から縦横無尽の推理を紡ぎ出すギデオン・オリヴァー教授の真骨頂

断崖の骨
青木久恵訳

博物館から人骨が消え、続いて殺人が……ギデオン夫妻の新婚旅行を台無しにする難事件

アーロン・エルキンズ／スケルトン探偵

水《みな》底《そこ》の骨
嵯峨静江訳
ごく普通の骨に思えたが、やがてその骨の異常さが明らかに……ギデオンの推理が冴える

骨の城
嵯峨静江訳
古城で発見された骨はあぐらをかく職業の人物とわかるが……ギデオンが暴く意外な真相

密林の骨
青木久惠訳
アマゾンを旅する格安ツアーでもめぐりあうのは怪事件だった。密林の闇に挑むギデオン

原始の骨
嵯峨静江訳
世紀の発見の周辺で次々と不審な事故が……物言わぬ一片の骨に語らせるギデオンの推理

騙す骨
青木久惠訳
メキシコの田舎を訪れたギデオン夫婦。だが平和なはずの村では不審な死体が二体も……

ハヤカワ文庫

傑作短篇集

コーパスへの道
デニス・ルヘイン／加賀山卓朗・他訳

現代短篇の名手たち〔1〕名作『ミスティック・リバー』に勝る感動を約束する傑作七篇

貧者の晩餐会
イアン・ランキン／延原泰子・他訳

現代短篇の名手たち〔2〕現代イギリス・ミステリの旗手がお届けする文句なしの傑作集

泥棒が1ダース
ドナルド・E・ウェストレイク／木村二郎訳

現代短篇の名手たち〔3〕世界一不幸な男、哀愁の中年プロ泥棒ドートマンダーの奮闘記

ババ・ホ・テップ
ジョー・R・ランズデール／尾之上浩司編

現代短篇の名手たち〔4〕奇想天外にして感動の表題作をはじめ、大巨匠が叩き出す12篇

探偵学入門
マイクル・Z・リューイン／田口俊樹・他訳

現代短篇の名手たち〔5〕心やさしき巨匠が贈る、ヴァラエティに富んだ傑作15篇を収録

傑作短篇集

心から愛するただひとりの人
ローラ・リップマン／吉澤康子・他訳

現代短篇の名手たち〔6〕女性たちの行く手にひらく突然の陥穽。実力者が放つ初短篇集

やさしい小さな手
ローレンス・ブロック／田口俊樹・他訳

現代短篇の名手たち〔7〕傑作14篇を収録。ハードボイルド魂を抱く巨匠が描く人間絵巻

夜の冒険
エドワード・D・ホック／木村二郎・他訳

現代短篇の名手たち〔8〕怪事件20連発！名手中の名手が贈るサスペンスフルな傑作集

11の物語
パトリシア・ハイスミス／小倉多加志訳

著者のデビュー作「ヒロイン」をはじめ、絶対に忘れることを許されぬ物語十一篇を収録

ミニ・ミステリ100
アイザック・アシモフ他編／山本・田村・佐々田訳

あっという間に読み終わるけど、読み応えはたっぷりのコンパクトなミステリ百篇大集合

訳者略歴　1962年生，東京大学法学部卒，英米文学翻訳家　訳書『盗まれた貴婦人』『春嵐』パーカー，『ミスティック・リバー』ルヘイン，『樽』クロフツ，『剣の八』カー（以上早川書房刊）他多数

HM=Hayakawa Mystery
SF=Science Fiction
JA=Japanese Author
NV=Novel
NF=Nonfiction
FT=Fantasy

運命《うんめい》の日《ひ》
〔上〕

〈HM㉟-3〉

二〇一二年三月十日　印刷
二〇一二年三月十五日　発行
（定価はカバーに表示してあります）

著者　デニス・ルヘイン
訳者　加《か》賀《が》山《やま》卓《たく》朗《ろう》
発行者　早川　浩
発行所　株式会社　早川書房
郵便番号　一〇一 - 〇〇四六
東京都千代田区神田多町二ノ二
電話　〇三 - 三二五二 - 三一一一（大代表）
振替　〇〇一六〇 - 三 - 四七七九九
http://www.hayakawa-online.co.jp

乱丁・落丁本は小社制作部宛お送り下さい。
送料小社負担にてお取りかえいたします。

印刷・三松堂株式会社　製本・株式会社川島製本所
Printed and bound in Japan
ISBN978-4-15-174403-7 C0197

本書は活字が大きく読みやすい〈トールサイズ〉です。